이랑비랑 한약국

화가야 Vol. 2

이랑비랑 한약국

초판 1쇄 펴낸 날 | 2017년 1월 4일

지은이 | 이영희
펴낸이 | 서경석

편집책임 | 조윤희   편집 | 이은주, 최고은
마케팅 | 서기원   경영지원 | 서지혜, 이문영

임프린트 | (MUSE)
주소 | 경기도 부천시 원미구 부일로 483번길 40 서경B/D 3F (우) 14640
전화 | 032-656-4452 팩스 | 032-656-4453
이메일 | roramce@naver.com 블로그 | bolg.naver.com/roramce
홈페이지 | http://www.chungeoram.com

발 행 처 | 도서출판 청어람
출판등록 | 1999년 5월 31일 제387-1999-000006호
어람번호 | 제11-0046호

ⓒ 이영희, 2017

ISBN 979-11-04-91064-7 03810

뮤즈는 도서출판 청어람 단행본사업본부의 임프린트입니다.

도서출판 청어람은 언제나 여러분의 소중한 작품 투고와 도서 출간 기획 등 다양한 제안을 기다리고 있습니다. chungeorambook@daum.net

이랑비랑 한약국

화가야 Vol. 2

이영희 장편소설

MUSE

목차

1.
달맞이꽃

꽃의 가야, 화(花)가야.

역사에는 기록되지 않은 일곱 번째 가야.

보라색 안개의 결계와 거센 바다 소용돌이가 지키는 비밀의 땅.

원주민인 화인(花人)들이 꽃들과 더불어 살았다는 전설의 땅 화(花)가야에 꽃의 바람 이랑풍이 불었다. 휘몰아드는 바람이 불면서 그 사이로 꽃잎이 이랑이랑 떠돌아다녔다.

꽃잎은 회오리 모양으로 맴을 돌다가 일직선으로 서로 꼬리를 물며 흩날렸다. 댓돌 위에, 담장 위에, 기와지붕 위에 기억처럼 쌓였고, 꽃잎을 안은 바람은 쌓인 그 꽃잎 위를 또 지나다녔다. 천지에 꽃향기가 퍼졌다.

나비와 벌들은 날개를 접고 꽃잎을 타고 다녔다. 더듬이를 팔랑거리며 놀이를 즐거워했다. 바람과 함께 꽃잎이 이랑이랑 흩날린다고 이랑풍이라고 불렀다.

캄캄한 밤에는 물안개가 걸렸다. 조는 듯 내리는 달빛은 물안개 사이를 헤엄쳤다. 인적이 없는 산길은 전설처럼 끝이 없었고 온통 노란 달맞이꽃만 피어올랐다. 빈하는 달맞이꽃이 흐드러지게 핀 산길을 힘겹게 걸어갔다.

저만치 앞에 희뿌연 형체 하나가 떠올랐다. 그 사람이다! 언제나 앞서서 걸어만 가는 사람. 아무리 불러도 돌아보지 않는 사람. 결국은 울음으로 붙잡게 하는 사람.

빈하는 겨우 다가갔다. 하지만 물안개 속의 사람은 딱 다가간 그만큼 멀어졌다. 갑자기 빈하의 발밑이 무너져 내렸다. 그대로 깎아지른 낭떠러지 밑으로 떨어졌다. 빈하의 몸과 옷자락이 마른 나뭇잎처럼 휘날렸다.

소스라치게 놀라며 빈하는 잠에서 깨어났다.

어리둥절한 눈으로 방을 둘러보았다. 연분홍 창호지를 바른 동창으로 햇살이 들어오고 있었다. 아직 밝은 낮 시간, 빈하는 깜박 낮잠에 들었던 모양이었다.

"뭐야? 한동안 꾸지 않았었는데……."

아담한 체구의 빈하는 까마중을 닮은 검은 눈동자에 반으로 올려 묶은 머리를 했다. 머리에서 늘어진 띠는 입고 있는 치마저고리와 같은 색이었다. 스물한 살의 나이답게 앳되고 맑았다. 겨우 정신을 차리고 방문을 나섰다. 기침을 심하게 토했다. 햇살은 따갑고 날은 화창한데 어쩐 일인지 목이 싸했다.

밖에는 이랑풍이 불고 있었다.

빈하가 마루에서 마당으로 막 내려서는데 본채 문으로 미우가 들어섰다. 같은 동리에서 나고 자란 미우는 빈하의 제일 친한 동무였다. 빈하보다 키는 좀 컸지만 비슷한 인상을 지녔다. 좋아하는 사람끼리는 닮는 모양이었다.

"미우야, 수를 놓자고 온 게냐?"

"혼자 애를 태울 것 같아서 들렀지."

"내실에 들어가 있을래? 내는 잠시 오라버니께 나갔다 오마."

"목소리는 왜 그래? 기침까지 하고. 여름 햇살이 얼마나 따가운데 그 모양이라니?"

"이랑풍이 불어서 그런가?"

"너, 또 그 꿈 꾸었구나."

빈하가 고개를 끄덕이자 미우의 안색이 표 나지 않게 어두워졌다.

"같이 이랑풍 맞으러는 못 가겠네."

두 사람은 이랑풍을 맞으러 일부러 '이랑풍의 언덕'으로 가고는 했다.

"오늘은 바람을 쐬면 안 되겠어. 기침도 나고 목이 많이 시린걸."

"알았어. 안에서 기다릴 테니 얼른 다녀와."

<이랑비랑 한약국>

오라버니 고빈유의 약국이었다. 도(都)약사였던 아버지가 돌아가신 후 가업을 이어받아 운영하고 있는데 쪽문 하나를 사이에 두고 본채와 붙어 있었다.

화가야에는 의원이라는 직함이 없었다. 대신 약사가 모든 병자를 진료하고 처방도 하고 침, 뜸 등의 치료도 했다. 약사가 곧 의원이었다.

약국으로 들어서는데 서늘한 기운이 빈하를 맞았다. 화가야에서는 나무로 집을 짓는데 약재를 보존해야 하는 약국은 돌로 벽을 쌓았다. 서늘한 기운 때문에 기침이 심해졌다.

"빈하야, 한여름에 웬 기침인 게냐?"

"기후 오라버니."

빈하는 입을 가리며 진료실로 다가갔다. 지금은 약국의 점심시간이었다.

삼 년에 한 차례 태양궁에서는 약사를 선출하는 과거를 시행했다. 여기에서 삼위 안으로 급제를 해야 약국에 '한'이라는 이름을 붙이는 것이 허락되었다. 국읍(수도)에서도 '한'이 붙은 약국은 몇 되지 않았다.

"혹 또 그 꿈을 꾼 게야?"

기후가 손에 든 약재를 가지런히 내려놓았다. 기후는 중간쯤 되는 키에 마른 몸을 지녔다. 반으로 묶은 풍성한 머리카락은 유난히 탐스러웠다.

"네."

"한낮에 웬 꿈을?"

내용까지는 몰라도 빈하가 이 년 동안 같은 꿈을 꾸고 있다는 것을 기후도 알았다.

"낮잠에 잠시 들었는데 어지러운 꿈을 꾸었어요."

"이리 앉아보거라. 고 약사는 잠시 출타를 하였다."

빈유는 나간 모양이었다. 기후는 약재 상자를 열더니 사간, 길경(도라지 뿌리)과 감초를 꺼냈다. 일대일 같은 양으로 덜어서 일부는 유리 항아리에 담고 일부는 그 자리에서 차를 우리기 시작했다.

"빈하야, 이 사간이 뭔지 알지?"

"범부채꽃의 뿌리줄기가 아닙니까?"

"그럼 쓰임에 대해서도 아느냐?"

"인후 질환에 가장 많이 쓰이는 약재이지요. 길경, 감초와 함께요. 봄가을에 캐서 수염뿌리는 제거하고 햇볕에 말린 후 사용합니다. 열담으로 기침이 나고 숨이 찰 때 담도 제거하고 통증을 가라앉히지요."

"약사인 나만큼이나 잘 알고 있구나. 약학생이 되어도 되겠어."

약국에는 과거를 준비하며 약학 공부를 하는 문하생들이 있었다. 그들을 약학생이라고 부르는데 빈유의 약국에는 약학생 없이 빈유와 기후 둘이서만 환자를 보았다.

"그렇기야 하겠어요?"

"부지런히 음용하거라. 인후 화농(가래)을 예방하여 줄 터이니. 혹시 게을리 먹으면 효과를 못 볼 수도 있어."

"명심할게요."

기후도 점심시간을 틈타 저자에 볼일이 있다며 약국을 나섰다.

"어찌 그리도 오래 같은 꿈을 꾸는 것이냐?"

약국을 나서며 기후가 근심스럽게 물었다. 끓기 시작하는 찻물을 보면서 빈하는 소리 없이 웃었다.

한번 피기 시작한 꽃은 첫서리가 내리기 전까지 지지 않는 꽃의 가야. 봄꽃과 여름꽃이 어우러진 길가에 이랑풍을 타고 내리는 꽃잎까지 가세하여 꽃향기가 온몸에 저몄다.

윤세는 꽃향기에 묻혀서 그 길을 걸었다. 많이 그리웠던 풍경이었고, 이 년 만에 다시 돌아온 거리였다. 저자 길 끝에 드디어 빈유의 약국이 보였다. 윤세의 걸음이 빨라졌다. 문을 열고 발소리를 죽이며 약국 안으로 들어섰다.

"계십니까? 아무도 안 계십니까?"

아무도 대답이 없었다. 윤세는 입구를 한참 둘러보았다. 그러다가 안쪽으로 더 들어갔다. 진료실이 나왔다. 문을 밀어서 열었다. 안을 천천히 둘러보았다.

'참 오랜만이다! 이 친근한 약재 냄새도.'

잠시 기억 속에 잠겨 있던 그의 시선이 한 곳에 머물렀다. 강인해 보이는 눈매가 살짝 찌푸려졌다.

눈을 내리깔고 미동도 없이 앉아 있는 빈하를 발견한 것이다. 일렁이는 촛불 빛이 빈하의 속눈썹 그림자를 길게 늘이고 있었다. 미인은 아니지만 전체적으로 동그란 귀여운 얼굴.

'빈하야!'

윤세의 입술이 소리도 없이 빈하를 불렀다. 그의 심장에서 바스라진 돌멩이들이 떨어져 내리며 흙먼지가 일어났다.

윤세가 자신을 쳐다보는 줄도 모르고 빈하는 찻잔에서 김이 오르는 것을 보고 있었다. 한 잔을 더 마신 후에 본채로 돌아가려던 참이었다. 그런데 갑자기 차를 끓이던 불빛이 일렁였다.

'웬 바람이?'

의아한 빈하가 고개를 돌리니 닫아놓았던 진료실 문이 열려 있었다. 그리고 열린 문 너머에 서 있는 윤세가 보였다. 처방실의 문지방에 맞닿게 큰 키, 반만 묶어 어깨 위로 늘어진 거친 머릿결, 검게 그을린 얼굴에 날카로운 눈매, 곧은 콧대와 강인한 입술, 옷 위로 드러난 단단한 상반신.

어깨 너머로는 이랑풍의 꽃잎이 떨어져 내리는데 윤세에게서는 시린 겨울이 풍겼다. 마치 얼음폭포를 타고 내려온 한 마리 늑대 같았다. 빈유나 기후와는 완전히 다른 모습이었다.

"누구…… 세…… 요?"

괜히 말소리가 떨렸고 빈하는 윤세를 알아보지 못했다.

"진료를 받으러 오셨습니까?"

윤세는 답이 없었다.

"아직 점심시간이 끝나지 않았어요. 이 각(30분) 후에 다시 오시지요."

빈하가 문 쪽으로 다가가며 손짓으로 밥 먹는 시늉을 했다. 문고리만 잡고 선 윤세는 여전히 말이 없었다.

"혹여 말을 알아듣지 못하세요?"

빈하가 진료실을 완전히 나오자 빈하와 윤세가 마주 보고 서게 되었다. 윤세가 잡고 있던 문고리에서 손을 뗐다. 빈하가 계속 고개를 갸웃거리자 둘 사이에 침묵이 흘렀다.

그때 윤세의 왼쪽 소매에서 꽃다람쥐 한 마리가 기어 나왔다. 화가야의 다람쥐답게 줄무늬 대신 분홍색 해당화 꽃무늬를 지녔다. 하지만 보통의 꽃다람쥐는 갈색 털에 각각의 꽃무늬를 지닌 것에 비해서 머리부터 꼬리 끝까지 온통 붉은색 털이었다.

붉은 꽃다람쥐는 윤세의 가슴을 타고 올라가 어깨에 앉았다.

윤세처럼 빈하를 빤히 보는데 눈동자가 까망과 빨강으로 두 가지 색이었다. 몸도 눈동자도 처음 보는 색깔이었고 빈하는 그것이 신기했다.

"빈하야, 잠시 약국에 다녀오마 하더니 어째 한나절이냐? 기다리다 지쳐서 찾으러 왔다. 수는 언제 놓을 참이야?"

본채와 통하는 쪽문이 열렸다. 수놓을 거리를 손에 든 미우가 약국으로 들어서고 있었다.

"미안하구나! 차 한 잔 마시고 가느라고. 오라버니들은 다 출타를 했고 나도 그만 안채로 가려는데 약국에 손님이 오셨어."

"그래? 지금은 점심때인데."

"모르고 찾아오신 모양이야."

"가셨다가 다시 오시라고 말씀드리지 않고?"

"얘기했는데. 이분, 말을 알아듣지 못하는 모양이야."

"그래?"

미우가 빈하 쪽으로 다가왔다. 그러자 윤세가 미우 쪽으로 고개를 돌렸다. 윤세의 얼굴을 확인한 미우의 눈이 화등잔처럼 휘둥그레졌다. 손에서 수놓을 거리가 떨어졌다.

"윤, 세…… 오라버니?"

더듬거리며 윤세의 이름을 부르는 미우의 얼굴이 하얗게 질렸다.

"어째 너는 아는 분이냐?"

빈하의 고개가 한쪽으로 더 기울어졌다. 하지만 의아한 빈하의 물음에 미우도 답을 못 했다.

"미우야."

그제야 윤세가 미우를 소리 내어 불렀다. 그의 입술이 서글프게 구겨졌다. 붉은 다람쥐는 다시 윤세의 소매 속으로 숨어버렸다.

이튿째 이랑풍이 불었다. 꽃잎이 쉼 없이 휘몰아 돌며 꽃대 사이를 스쳤다. 바람에 싸여 이랑이랑 흩날리는 꽃잎이 담장 안을 훔쳐보며 지나갔다.

"오라버니! 소녀 빈하예요. 부르셨어요?"

"그래. 들어오너라."

잠시 건너오라는 부름을 들은 빈하가 사랑채 빈유의 방으로 들어섰다. 약국도 문을 닫았고 곧 저녁밥을 먹을 시간이었다.

윗목에 빈유가 앉아 있었다. 하루 종일 약국 일을 보았는데도 구김이 별로 없는 바지저고리가 빈유의 조심스러운 성격을 보여주었다. 눈에 확 띄는 미남인데 스물세 살의 나이임에도 앳된 모습은 빈하와 마찬가지였다.

그리고 옆에는 겨울의 기운을 몰고 왔던 윤세도 있었다. 빈하는 갑자기 저고리 앞섶이 서늘해지는 것을 느꼈다.

"왜 그리 서 있는 게야? 앉거라."

빈하는 빈유 앞에 놓인 방석에 가서 앉았다.

"인사하거라. 내 오랜 지기인 설윤세야."

"안녕하세요?"

빈하가 그제야 윤세에게 아는 척을 했다. 붉은 다람쥐는 윤세의 옆에 앉아 있었다.

"네."

서늘했던 첫인상만큼이나 윤세의 음성도 서늘했다.

"어제는 결례를 하였어요. 저랑 전에 알고 지냈던 분이시라는데."

"괜찮습니다. 연유는 고 약사에게 들었고요."

짧게 답하는 윤세의 입김에서도 서리가 뚝뚝 떨어지는 것 같았다.

"당혹스러우셨겠어요."

"아닙니다."

답은 빈하에게 하면서도 윤세는 빈유를 보았다.

"차를 좀 준비해 주겠니? 이씨 아주머니는 손이 바쁘시다는구나."

"알겠어요. 마루에서 차를 나누시지요. 이랑풍이 불고 있으니 함께 보시면 좋을 것이에요."

야무지게 대답을 하고 빈하가 나갔다. 윤세의 시선이 방을 나서는 빈하의 뒤를 따르다가 원망이 담긴 눈으로 빈유를 보았다.

"아주머니도 계신데 일부러 빈하를 불렀는가?"

윤세의 손이 파르르 떨렸다.

"그러는 자넨 왜 다시 돌아왔는가?"

가늘게 떨리는 윤세의 손을 빈유는 알아차렸다.

"빈하 때문에 돌아온 것이 아닌가? 내가 잘못 알았는가?"

"……그렇지."

망설이면서도 확고한 대답이었다.

"하면 빨리 부딪치는 것이 자네에게도, 빈하에게도 좋을 것이네."

"내게도, 빈하에게도 시간이 필요하네."

"벌써 이 년이 지났네."

"이 년이라?"

윤세의 굵은 눈썹이 움찔거렸다.

"상처만 주고 떠났던 나일세. 이 년이라는 시간을 벌써라고 말할 수는 없겠지."

"해서, 시간이 더 필요하단 말인가?"

"글쎄……."

"언제까지 객사에 머무를 텐가? 기숙실이 비어 있으니 속히 약국으로 들어오게."

"안채 어머니께서도 아시는 일인가?"

"어머니야 약국의 일에는 상관치 않으시네. 어머니를 배려하지 않았다면 자네를 약국이 아닌 사랑채로 들였을 것이고."

"본채와 붙어 있으니 늘 마주치며 봐야 할 텐데. 나는 그냥 객사에 머물러도 아무 상관이 없네."

"내가 상관이 있어. 오랜 벗을 객사에 머물게 할 수야 없지."

"생각해 보겠네."

저녁을 먹고 가라고 했는데도 윤세는 구태여 객사로 돌아갔다.

빈하와 빈유는 단둘이 저녁을 먹고서 이야기를 나누었다. 어머니 황씨 부인은 머리가 아프다면서 식사를 하지 않았다. 윤세를 약국에 들이겠다는 것에 대해 시위를 하는 것임을 진즉에 알았기에 빈유는 알아서 하시라고 했다.

"오라버니, 어째서 손님이 계시는데 저를 부르셨어요?"

빈하가 한 모금 들이켠 숭늉 그릇을 내려놓았다.

"언제는 손님 앞에 너를 부르지 않았니?"

"이씨 아주머니를 부르실 것이지. 저에게 차 준비까지 시키지는 않으시잖아요."

"왜? 혹여 분주한 틈에 내가 오라 청하였어?"

"그것이 아니라, 낯선 사람 앞에 갑자기 불러내시니 놀랬잖아요."

빈유는 숭늉을 마실 생각도 않고 가만히 빈하를 보았다.

"어이 그렇게 보세요?"

"윤세는 낯선 사람도 아니고 너와 내외를 할 사이도 아니라고 했잖니? 참말로 아무 기억도 없는 게냐? 윤세에 대해서?"

"한 번 들어본 적도 없는 이름이에요. 오라버니 또한 말씀하신 적이 없지요."

"잘 익혀두거라. 앞으로 우리 약국의 약학생으로 약국 기숙실에서 기거하게 될 게다."

"약학생을 들이시겠다고요?"

"그래."

"먼 길 떠났다 이제 막 국읍으로 돌아온 이를요? 참 의아한 일이네요."

수많은 약사 지망생들이 빈유의 약국을 찾아왔었다. 하지만 빈유는 그들을 모두 돌려보냈다. 윤세가 돌아오기만을 기다리고 있었다는 것을 빈하가 알 턱이 없었다.

배기후는 태양궁의 약사 과거에서 오위로 급제했지만 가정 형편이 넉넉하지 않았다. 그래서 돈을 모은 후에 제 약국을 열겠다면서 빈유의 약국에서 일을 하는 중이었다.

"아직도 기침을 그리 뱉는 게야?"

빈하는 말하는 사이사이에 기침을 토하고 있었다.

"쉬이 멎지가 않네요."

"또 그 꿈을 꾸었다고?"

"어찌 아세요?"

"배 약사가 얘기하더구나."

"어찌 꼭 그 꿈 끝에는 이렇게 기침을 토하네요."

"지금도 꿈에서 똑같은 풍경이 나오느냐?"

"줄곧 그랬잖아요."

"혹시 꿈에 나오는 이가 누군지는 아느냐?"

"오라버니도 참. 꿈에 나오는 이를 어찌 알겠어요? 매번 뒷모습
만 보여주니 얼굴도 한 번 본 적이 없고요, 발 앞이 무너져서 떨
어져 내리는 저를 보고서도 매번 외면하고 가버려요. 그래서 그
꿈만 꾸고 나면 한기가 들면서 기침이 나나 봐요."

"그이의 얼굴이 궁금하지는 않으냐?"

"꿈속에 나오는 이의 얼굴이 궁금하고 말고 할 게 무엇이에요?
아무 상관도 없는 사람을요. 갑자기 왜 이리 꼬치꼬치 캐물으시
는 거예요?"

"아니다. 그냥 궁금하여서."

"숭늉이나 마저 드세요. 그리고 오라버니……."

빈하가 그릇을 정리하여 놓은 소반을 들어 올렸다.

"윤세라는 그이, 저는 왠지 마음이 편치 않아요. 앞으로 그이와
있을 때는 따로 소녀를 부르지 말아주셔요."

"왜 그리 말하는 것이냐? 너답지 않게."

"참말이에요. 어제 약국에 처음 왔을 때도 제가 몇 번을 어찌 오셨나 물어도 답도 없이 빤히 쳐다만 보는데, 저는 말을 알아듣지 못하는 이인 줄 알았다고요. 어찌나 민망하였던지."

정말이었다. 한여름에 겨울의 기운을 몰고 다니는 윤세가 빈하는 불편했다.

며칠 후.

빈하는 제 방에서 미우와 수를 놓았다. 약재를 넣어 말릴 삼베포에, 약국에서 사용할 손수건에, 병자를 볼 때 사용할 덧치마 주머니에 갖은 꽃수를 놓았다. 미우의 꽃수는 뚜렷하고 선명한 모양인데 반해 빈하의 수는 삐뚤삐뚤하고 모양도 정확하지 않았다. 그래도 빈하는 열심히 오라버니의 이름을 수놓았다.

"미우야, 참 이상하다. 너도 왜 내게 설윤세라는 이에 대해서 말을 하지 않았어?"

수를 놓다 말고 빈하가 미우를 보았다.

"으, 응?"

윤세의 이름을 듣자 미우가 바늘을 잘못 놀려 손끝을 찔렀다. 피가 맺혔다. 언제나 손가락을 찔리는 것은 빈하의 몫이었는데 미우에게는 처음 있는 일이었다.

"그렇잖니? 국읍(수도)을 떠나 있기 전 몇 년간이나 우리 집 사랑채에서 기거했다면서? 보아하니 너도 꽤 친근히 지낸 사이였던 것 같은데. 그런데 왜 오라버니도 그렇고 너도 그렇고 말 한 번을 안 했냐고?"

"아니 그게, 달리 얘기를 꺼낼 계기가 없었잖니?"

미우는 바늘에 찔렸다는 것을 내색하지 못했다.

"그래? 아무리 그렇더라도 이상해. 왜 나는 저이에 대한 기억이 하나도 없는 게야? 나 또한 오라버니라고 부르며 친근히 따랐다면서……."

"네가 윤세 오라버니를 못 알아볼 줄은 몰랐어. 여태도 기억이 온전하지 못한 게야?"

"글쎄다. 그날의 기억 말고는 잃어버린 것이 없는 줄 알았는데. 내도 이참에 처음 알았어."

"그렇구나. 그나저나, 온통 달맞이꽃이 만개하였네."

미우는 얼른 말머리를 돌려 버렸다.

"달맞이꽃의 꽃말이 기다림이라는 것은 알지?"

빈하가 생각할 틈도 없이 미우가 물었다.

"당연하지."

"빈하 너는 혹시 기다리는 사람이 있니?"

"나? 내가 달리 기다릴 만한 사람이 있을까? 그런데 뜬금없이 그건 왜?"

"그냥. 나는 오래 기다렸던 사람이 있어서."

"누군데? 누구? 누구야? 미우 너!"

호기심이 발동한 빈하는 수놓던 손수건까지 내려놓고 미우 쪽으로 몸을 기울였다. 하지만 미우는 그게 누구인지 끝내 밝히지 않았다.

"아, 아니. 넌 말해도 모르는 사람이야."

말을 얼버무리는 미우의 찔린 손가락 끝이 아려왔다.

미우가 돌아간 후 빈하는 식혜를 들고 약국으로 향했다. 곧 있을 점심 끼니 전의 간식거리였다.

"오라버니, 식혜를 내왔어요."

쟁반을 들고 불편한 손동작으로 빈하가 진료실 문을 열었다.

"들어오너라!"

진료실로 들어서니 빈유와 기후는 함께 아낙 두 명을 치료하고 있었다.

"고 약사님! 한여름에 웬 고뿔이랍니까? 기침이 멎지가 않습니다."

"저도 그렇습니다. 이이랑 어울려 길쌈을 했더니 그새 옮은 모양입니다요."

두 아낙은 심하게 기침을 했다.

"잘 듣게 처방을 하였으니 단방에 나을 겁니다. 식전에 차로 우려내 드시지요. 한참 길쌈에 손이 바쁠 터인데 고뿔까지 걸려 걱정입니다."

"아이고, 우리 고 약사님 말씀도 다정다감하시지. 우리네가 이 맛에 약사님을 찾는 것이 아닙니까?"

"암요. 이랑비랑 한약국에 오면 몸보다 마음이 먼저 낫는다고 다들 말들을 하지요."

"그리 말씀해 주시니 저희 또한 감사하지요. 제 누이에게도 처방을 한 약재입니다."

"어쩜, 역시 우리 고 약사님이셔."

"자네는 참! 우리 배 약사님은 어떻고?"

"그려! 그려! 한데 들어온 저 처자가 고 약사님 누이인가 보아요?"

그제야 빈하를 발견한 두 아낙의 시선이 빈하에게로 모였다.

"역시나 고운 처자입니다."

"해도 우리 약사님만큼 곱지는 않습지요."

아낙들이 손으로 입을 가리며 웃었다. 솥뚜껑만큼이나 큰 손과 큰 덩치에 어울리지 않는 조신한 행동거지였다. 게다가 한지에 싼 약을 내미는 빈유의 손등을 은근슬쩍 쓰다듬는 음흉한 행동까지 했다. 돌아앉아 약상자를 정리하는 기후의 너른 등짝도 괜히 스치듯 만지작거렸다.

빈유의 약국이 유명한 데에는 약재 처방이 뛰어난 탓도 있지만 여인들이 끝없이 몰려오는 첫 번째 이유는 단연코 빈유와 기후 때문이었다.

빈유는 웃을 때 깊게 패이는 볼우물을 가졌다. 꼭 갓난아기의 손가락으로 살짝 눌러놓은 듯했다. 유난히도 까만 눈동자에 늘 생기가 선명한 입술에서 흘러나오는 말은 다정다감하고 배려가 깊었다. 기후는 쌍꺼풀이 진 큰 눈이 유난히 시원시원했다. 외모가 훤칠한 두 사내 앞에서 동네 여인들은 아주 사족을 못 썼다.

"네가 식혜를 들여왔기에 망정이지, 아주 곤욕을 치르는 중이었어."

두 아낙이 나간 후, 빈유가 이마에 맺힌 땀을 닦아냈다.

"그러게 말이야. 점심때가 되었는데도 돌아갈 생각들을 안 하고 눌러앉아 계시니. 그나마 점심 전 마지막 병자여서 다행이었네."

기후도 손사래를 쳤다.

"하지만 덕분에 매일 약국이 문전성시이지요."

빈하는 일부러 비꼬아주었다.

"빈하야, 너처럼 어여쁜 아가씨라면 모를까, 우락부락한 아주머니들은 겁이 나."

"나도 아주머니들의 듬직한 손등은 무서웁단다."

"하면 일일이 대거리들을 안 하시면 되잖아요."

빈하가 손을 양쪽 허리에 턱 걸쳤다.

"빈하야, 약사는 꼭 육신의 병만 고치는 것이 아니다."

앓는 소리를 멈추며 빈유가 정색을 했다.

"그래. 우리들 한마디에 저들의 지친 마음이 쉬어 간다면 그 또한 약사가 할 일이지."

기후가 맞장구를 쳤다.

"너도 들었지 않느냐? 이 맛에 우리 약국을 찾는다고."

"드러난 병만 고치는 것은 최하수의 약사."

"숨겨진 마음까지 알아서 어루만질 수 있는 것은 최고수의 약사."

"해서 우리는 바로 최고수의 약사."

"암! 우리가 국읍에서 가장 멋진 약사들이라 칭송을 받는 것도 바로 그 이유지."

"명실상부 국읍 약사계의 쌍두마차라고 할 수 있지."

빈유와 기후가 주고받는 말이 아주 가관이었다.

"자자! 이제 그만 두 너구리님들께서는 시원할 때 입을 다시세요. 식혜의 냉기가 사라지면 맛이 덜하답니다."

너구리들이 착각의 늪에 더 깊이 빠져들기 전에 빈하가 말을 끊어놓았다.

"고맙구나. 참, 빈하야!"

식혜 그릇을 들다 말고 빈유가 불렀다.

"윤세는 약재 창고에서 일을 하는 중이다. 네가 식혜를 좀 가져다주련?"

"일을 마치고 나오면 마시라 하세요. 곧 점심때이기도 하잖아요."

이 오라버니가 정말! 내가 분명 그이는 불편하다고 말을 하였는데도 이런다.

"윤세가 창고에 들어가면 나올 줄을 모르니 하는 말이다. 잠시 수고를 해주렴."

"나 참, 오라버니도. 알았어요."

몸을 일으키는 빈하의 손에 식혜 한 그릇이 담긴 소반이 들렸다.

"참말 맛있네."

"암, 이씨 아주머니의 식혜야 늘 그렇지 않은가?"

"나중에 점심 후에 한 그릇 더 하세."

"나야 좋지."

아주 그릇을 빨아 먹듯이 식혜에서 입을 떼지 못하는 두 사람을 보며 빈하는 진료실을 나섰다. 저런 모습을 환자들이 본다면 이렇게 약국이 문전성시를 이루지는 못할 것 같았다. 빈하는 고개를 저으며 소리 없이 혀를 찼다.

윤세가 있는 약재 창고는 문이 활짝 열려 있었다. 선뜻 다가서지 못하고 빈하는 잠시 그 앞에서 망설였다.

"저기, 설 약학생님."

손길이 바쁘던 윤세가 고개를 들었다. 윤세는 객사를 나와 어제부터 약국 기숙실에서 머물고 있었다. 붉은 다람쥐는 윤세의 뒤에서 나무조각을 갉아대고 있었다.

　"곧 점심시간입니다. 입을 좀 다시라고 식혜를 내왔는데 빈유 오라버니가 가져다 드리라고 해서요."

　"고맙습니다."

　손을 멈춘 윤세가 다가왔다. 식혜만 건네고 빈하는 얼른 몸을 돌리려고 했다.

　"잠시만! 금방 마실 테니 그릇을 도로 내가시지요."

　윤세가 식혜를 들이켰다. 유난히 돋은 목울대가 오르락내리락 했다. 빈하는 물끄러미 윤세를 바라보았다. 이유를 모르겠다. 그의 기운은 시리기만 한데 이상하게도 자꾸 시선이 갔다.

　"감사히 잘 마셨습니다."

　"아, 네."

　빈하는 얼른 시선을 거두어들였다. 윤세가 건넨 그릇을 받는데 잠시 손가락 끝이 스쳤다. 역시나 싸늘했다.

　"수고하세요."

　빈하는 창고를 돌아 나왔다.

　'대체 왜 이러는 게야? 왜?'

　빈하는 제 머리를 쥐어박으며 서둘러 찬방(부엌) 안으로 훌쩍 들어가 버렸다.

　"빈하야."

　그녀 앞에서는 내뱉지 못한 이름이 윤세의 입에서 나지막이 터져 나왔다. 한참을 창고 문 앞에서 사라진 그녀의 뒷모습을 좇던 윤세는 겨우 시선을 거두고 다시 창고 안쪽으로 몸을 돌리려 했다.

그때 뚫어지게 자신을 보는 시선이 느껴졌다. 본채의 마루 중간쯤에 황씨 부인이 서 있었다. 윤세는 공손히 인사를 올렸다. 하지만 윤세가 고개를 들었을 때 마루는 텅 비어 있었다. 윤세의 인사도 받지 않고 황씨 부인은 방으로 들어가 버린 것이었다.

"휴! 언제쯤이면……? 돌아온 것이 정말 잘한 것일까?"

윤세의 혼잣말이 여름 공기 속에서 처량했다. 붉은 다람쥐가 달려와서 윤세의 발등에 몸을 비볐다.

어느덧 점심때가 되었다.

넓은 대청마루에 윤세와 빈유와 기후가 한 상을 받고 앉았고, 빈하와 황씨 부인 그리고 이씨가 한 상에 둘러앉았다. 병약한 황씨 부인을 대신해 집안일을 도맡아 해주는 이씨는 걸걸한 음성을 지녔다.

"약사님들! 맛있게들 드세요. 오전 내도록 병자들 돌보시느라 수고가 많으셨어요."

빈유네 상에다가 조기 한 마리를 더 얹어주는 이씨의 음성에 어머니의 정이 담겼다.

"식전에 먹은 식혜도 참 달았었는데 점심 밥상도 수고가 많으셨네요."

젓가락질을 쉬지 않으면서 빈유가 이씨를 쳐다보았다. 이씨의 입에 배시시 웃음이 걸렸다.

"약사님들 고생에야 비하겠어요? 우리 약사님들께 상 차려 드리는 일이 나는 아주 즐겁기만 해요. 오후 진료 보시려면 부지런히들 드세요."

"네! 아주머니도 맛있게 드세요."

"우리 설 약사님도 많이 드세요. 오래 객지로만 떠도시느라 집밥이 그리웠을 것이구만요."

이씨가 자신까지 살뜰히 챙기자 윤세가 작게 웃었다.

"자네!"

그런데 갑자기 황씨 부인이 그 웃음 사이로 끼어들었다. 옻칠을 한 나무 밥상에 젓가락을 내려놓는 소리가 사나웠다.

"밥상머리에서 왜 이리 주절주절 말이 많은 겐가? 그리고 설 약사님이라니?"

황씨 부인의 싸늘한 음성에 이씨의 어깨가 저절로 움츠러들었다.

"약사님과 약학생은 엄연히 급이 다른 직책이네. 약국 밥 먹은 지가 얼마나 됐는데 아직까지 그런 것 하나 구분을 못 하는가?"

"아니, 저는 그냥……."

"어허."

"송구해요."

갑자기 둘러앉은 상머리의 분위기가 냉랭해졌다.

"앞으로는 똑바로 구분하여 부르게."

"알았구만요."

황씨 부인의 성정을 아는 터라 이씨가 금방 수긍을 했다.

"어머니, 아주머니가 뜻 없이 한 말에 무얼 그리 노여워하십니까? 식사나 마저 하세요."

빈유가 나서서 분위기를 마무리했다. 그사이 윤세의 표 나지 않던 웃음이 멈추어 버렸다. 그리고는 마치 자기 이야기가 아닌 듯이 무심하게 젓가락질을 계속했다.

'윤세, 저 사람……'

그 무심한 모습에 빈하는 마음이 쓰였다.

"어머님, 며칠 되지는 않았지만 설 약학생 실력이 약사 못지않습니다."

기후까지 분위기를 살피느라 말을 보탰다. 황씨 부인은 기후마저 한 번 노려보는가 싶더니 더 이상은 말이 없었다.

빈하는 어머니가 무엇 때문에 저렇게 노여워하는지 궁금했다. 몸이 약한 탓인지 유독 노여움을 잘 탔는데 오늘은 이유가 뭔지 모르겠다. 괜히 죄 없는 윤세가 된서리를 맞았다고 생각하니 잠시 그가 가여웠다.

"식찬 자리에서 괜히 또 엉뚱한 사람을 붙잡고……"

구시렁거리는 빈하를 이씨가 건드리며 눈을 찡긋거렸다. 싸한 분위기 속에서 식사는 금방 끝나 버렸다.

빈유와 윤세는 함께 약재를 옮기고 있었다. 저만치에는 기후가 오가는 모습도 보였다. 오후 진료 준비를 하는 중이었다.

"이제 어떻게 할 생각인가?"

윤세가 건네는 약재를 받으며 빈유가 물었다.

"자네가 돌아왔으니 빈하의 기억도 조만간 돌아올 텐데."

"글쎄, 이 년간이나 돌아오지 않았던 기억이네. 빈하 스스로 가두어 버린 기억이니까."

"가둔다고 하여 가두어지는 것이 기억이던가? 하니, 자네가 먼저 이야기를 해주는 것이 좋을 듯하네만."

"내는 잘 모르겠네. 어떻게 해야 할지……. 여하튼, 빈하에게는 상처일 수밖에 없는 기억이니까."

"자네에게는 어디 상처가 아니었던가? 자네도 빈하 못지않게 아팠네."

빈유가 측은하게 윤세를 보았다.

"그리고 차라리 그때, 모든 사실을 밝혔다면 오히려 빨리 아물 었을지도 모를 상처네."

"아니. 그럼 정말로 빈하를 완전히 잃어버렸을지도 모르지."

윤세의 눈빛이 검게 물들었다.

"빈하는 건강하고 밝은 아이이네. 어떻게든 받아들이고 이겨내 었을 게야."

"안채 어머니도 노여워하실 터인데."

윤세가 황씨 부인의 방문 쪽을 쳐다보았다. 서릿발 같았던 눈빛이 떠올랐다. 호칭을 똑바로 부르라며 이씨를 나무라던 모습까지도.

"어제 일이 아직까지 마음에 걸리는 것인가? 신경 쓰지 말게. 워낙에 성정이 그런 분이시니. 게다가 어머니야 당사자는 아니지 않은가."

"그래도……."

"이것저것 다 따지려고 하지 말게. 자네의 마음이 그대로라면 이렇게 지체할수록 빈하의 마음은 더 멀어질 걸세. 아직까지도 자네를 다 버릴 수 있을 만큼 빈하를 생각한다면 먼저 모든 것을 털어놓게. 계속 머뭇거리다간 결국 자네의 진심마저 왜곡되고 말

터이니.”

“또다시 빈하에게 상처를 주게 될까 봐 겁이 나네.”

“지금은 그때와 다르네. 빈하가 많이 강건하여졌어.”

“시간을 좀 더 주게. 생각을 해보겠네.”

“알았네. 나도 내가 나서서 개입할 생각은 없으니. 어머니처럼 나 또한 제삼자일 뿐이니까. 하지만 한 가지는 꼭 기억해 두게. 자네가 우리 집에 처음 왔던 그 어렸던 날부터 난 항상 자네 편이라는 것을. 그리고 그때도, 또 지금도 여전히.”

빈유의 집에 윤세가 처음 왔던 날부터 빈유는 그저 윤세가 좋았다. 윤세의 아픈 성장 과정을 모두 알고 나서는 그가 더 좋아졌다.

“그리 말해줘서 고맙네.”

“이게 어디 공치사 들을 말인가?”

“머리가 복잡하이. 내 잠시 바람을 좀 쐬고 와도 되겠는가? 오후 진료 전에는 들어오겠네.”

빈유가 고개를 끄덕이자 윤세는 약재에서 손을 놓았다.

“빈하가 잠시 가까이 지내던 이가 있었네. 그 많은 혼처를 다 싫다고 마다하더니 웬일로 관심을 보이길래 어머니가 나서서 혼사를 서두르셨는데 내가 아니 된다 강경히 반대했었네. 다행히 빈하도 혼인에는 관심이 없다 하였고.”

돌아서던 윤세의 등에 던지듯이 건네는 빈유의 말이었다.

혼인? 빈하가?

“자네와 아주 닮은 이였다네. 처음 보았을 때 내도 깜짝 놀랐지. 우습지 않은가? 자네에 대한 기억일랑은 하나도 없으면서.”

윤세의 등이 움찔거렸다. 하지만 몸을 돌리지는 않았다.

"그게 뭘 뜻하는 것이겠나?"

묻지 않는 물음을 빈유가 던졌다. 하지만 윤세는 답 없이 약국을 나섰다. 약재를 정리하던 기후는 알 수 없는 눈빛으로 윤세의 뒷모습을 바라보았다.

빈하는 드팀전(포목점)에 들렀다 오는 길이었다. 날이 더워졌다. 아무리 서늘한 약국이라고 해도 여름옷이 필요할 때였다. 미우와 함께 수를 놓다 보니 덧치마감이 부족하여서 직접 가서 끊어오는 길이었다.

양팔 한가득 든 옷감이 무거웠다. 집에 가져다 달라고 할걸, 빈하는 뒤늦게 후회했다.

"에이구. 우리 집은 언제나 나오려나?"

"모퉁이를 두 번은 더 돌아야 나옵니다."

갑자기 빈하의 팔이 허전해졌다. 무겁게 얹혀 있던 옷감이 공중으로 떠올랐다.

"어?"

빈하의 고개가 뒤로 젖혀졌다.

"설 약학생님."

뒤로 젖힌 빈하의 눈 속에 윤세가 들어섰다. 윤세가 빈하의 옷감을 들어 올린 것이었다. 빈하에게는 무거웠던 옷감이 그가 들고 있으니 종잇장처럼 가벼워 보였다.

"드팀전에 다녀오는 길인가 봅니다."

"네."

윤세는 조금 전 약국을 나와서 잠시 저자를 돌았다. 다시 약국으로 향하는데 낑낑대며 걸어가는 빈하를 보았다. 망설였지만 다가와 옷감을 들어준 것이었다.

빈하는 또 몸에 한기가 오르는 듯했다. 이상했다. 볼 때마다 겨울의 냉기를 풍기는 이 사람.

"이 많은 옷감은 다 무엇에 쓰려고요?"

"약국에서 입으시라고 여름 덧치마를 지을까 합니다."

"그래요? 고 약사는 좋겠습니다. 이렇게 끔찍이 위해주는 누이가 있으니."

빈하가 바느질을 할 줄 알았던가? 늘 천방지축 선머슴 같기만 했는데. 윤세는 막대기를 집어 들고 자신을 따라 휘둘러대던 빈하의 모습을 떠올렸다. 웃음이 났다.

그리고 빈하는 마침 윤세의 그 웃음을 보았다. 부드럽게 입술이 휘는데 의외로 웃는 모습이 순해 보였다. 참 이상했다. 이렇게 찬 사람인데 왜 나는 자꾸 이 사람을 보게 될까?

"약학생님께도 하나 지어드릴까요?"

빈하가 용기를 내서 물었다. 어차피 기후에게도 같이 지어줄 것이었다. 그리고 어제 어머니께 괜히 생트집을 잡힌 일로 미안한 마음이 있기도 했다.

"제게도 말입니까?"

윤세의 물음에 빈하가 고개를 끄덕였다. 그를 볼 때마다 가슴이 서늘했다. 그런데도 자꾸만 보게 된다. 그러니 일부러 멀리 지낸다면 더욱 불편할 것이었다.

'불편함 따위.'

빈하는 너무 싫었다.

"그리해 주시면 저야 고마울 따름이지요."

답을 하는 윤세의 입가가 더 부드럽게 휘었다.

"하면, 없는 솜씨나마 부려보겠습니다."

"기대하겠습니다."

"많이 기대하세요."

빈하는 기분이 좋아졌다. 어려운 이 사람과, 서늘한 이 사람과 살갑게 대화를 주고받는 것이 너무 신났다.

"한데 그 꽃다람쥐는 약학생님이 키우는 것인가요?"

붉은 다람쥐는 윤세의 저고리 앞섶에 매달려 있었다.

"휘파 말입니까? 키우는 게 아니고 같이 의지하고 사는 거죠."

"휘파요? 이름이 휘파예요? 특이하다. 무슨 뜻인데요?"

"요 녀석, 가끔 사람이 부는 휘파람 소리를 낸답니다. 해서 휘파람의 글자를 따서 휘파라고 지었지요."

"정말요? 그러면 지금 들어볼 수 있어요?"

"시킨다고 아무 때나 하지는 않아요."

"털색이랑 눈동자는 왜 붉은색이에요? 이런 다람쥐는 한 번 들어본 적도 없어요."

"……."

윤세가 선뜻 답을 하지 않자 빈하가 걸음을 멈추었다.

"그게, 독화사(毒花蛇)의 독에 당한 적이 있어서."

"독화사에게요? 그런 맹독에 당하고도 살아났다고요?"

"네…… 구사일생으로."

윤세의 말이 띄엄띄엄 끊어졌다.

"뭐야. 쬐끄만 다람쥐인 줄 알았더니 용감한 전사였군요."

"용감한 전사라고요?"

윤세가 크게 웃었다. 그 웃음에 빈하는 좀 더 용기를 내었다.

"연전에는 제가 오라버니라고 불렀다지요?"

웃음을 그대로 걸고서 윤세가 고개를 끄덕였다.

"하면 그리 존대하지 않으셔도 좋아요. 제가 왜 약학생님과의 기억을 몽땅 잃었는지는 모르겠으나 오라버니의 지기시면 약학생님 또한 제게는 오라버니이지요."

"……."

"누이로 대하세요. 하대를 하시고요. 저도 앞으로는 오라버니라고 부르겠습니다."

윤세의 웃음이 멎더니 눈빛이 깊어졌다.

"빈하는 건강하고 밝은 아이이네. 어떻게든 받아들이고 이겨내 었을 게야."

윤세는 조금 전 빈유가 했던 말이 떠올랐다.

"어이 답이 없으세요? 그리하면 불편하신가요?"

"아닙니다. 차차 그리하지요."

"첫날, 알아보지 못하는 저를 보고 많이 놀라셨지요?"

"아닙니다. 나중에 이유는 빈유에게 들었고요."

"그렇다면 다행이네요. 빈유 오라버니가 대강 얘기하였겠지만 아버지와 약초를 캐러 갔다가 사고를 당하였어요. 하여 아바님은 세상을 달리하셨고 저도 오래 고생을 하였지요. 그날의 기억을 몽땅 잃고 말았는데 왜 하필 약학생님의 기억까지 함께 잃어버린 것인지 그것은 모르겠습니다."

"충격이 깊어 심화에 사무친 탓이겠지요."

'그래. 내가 널 그리 만들었지.'

윤세가 아린 눈빛으로 빈하를 보았다.

"저기, 약국이 보입니다."

윤세의 눈빛을 깨닫지 못한 빈하의 걸음이 빨라졌다.

"다음에 보실 때에는 빈하야, 라고 부르시기예요. 저 또한 약학생님이라고 부르는 것은 이것이 마지막입니다. 이제 한 지붕 아래에서 매일 부딪칠 텐데요. 날이 더워집니다. 여름 덧치마를 빨리 지어야겠어요. 이는 첫날 알아뵙지 못한 것에 대한 사죄의 뜻이기도 하답니다."

빈하가 어느새 앞서서 걸어갔다. 살짝 콧노래를 흥얼거렸다. 어려운 숙제 하나를 해결한 기분이었다. 역시 망설이고 주춤거리는 것은 빈하답지 않았다.

'빈하야! 처음 만났던 그날처럼 너는 또 이리 살갑게 내게 다가서려는 것이냐? 나를 보며 비명을 내지르며 진저리 치던 네 모습이 아직도 나는 생생한데, 나 때문에 까무러치던 네 모습이 아직도 나는 아린데, 너는 또 다 잊고 내게 가까이 다가오려는 것이냐? 너에게 나를 무엇이라고 해야 하느냐? 너에게 무엇이라 말을 하며 다가가야 하느냐? 널 지켜주지 못한 내가, 너에게 눈물과 상처만 안긴 내가, 그리하여 너에게 나는 온통 아픈 기억일 텐데 이리 다시 시작해도 되는 것이냐?'

윤세가 속으로 물으니 빈하는 답이 없었다. 앞서가는 치맛자락만이 나풀거릴 뿐이었다. 휘파가 윤세의 아린 가슴을 토닥였다.

　며칠 후, 약국 문이 닫히자마자 빈하가 쏜살같이 달려 들어왔다. 손에는 몸의 치수를 재는 긴 줄을 들었다.

　"오라버니들! 오라버니들!"

　분주히 뒷정리를 하던 세 사람에게로 빈하가 손을 내밀었다.

　"수를 다 놓았으니 덧치마를 새로 지어야겠어요. 치수를 다시 재어야 하니 다들 이리로 와보세요."

　"빈하야!"

　빈유의 음성이 비명처럼 터졌다. 아이쿠! 제발, 이라는 뒷말은 차마 못 하고 입안으로 삼키고 말았다. 그건 기후도 마찬가지였다. 아무것도 모르는 윤세만 빈하의 가까이로 선뜻 다가갔다.

　"재어둔 치수가 있는데 이리 다시 또 재어야 하는 것이냐?"

　"병자들 돌보실 때 입어야 할 것인데 매번 치수를 재는 일부터 정성을 들여야지요. 덧치마를 그렇게 지어다 대드려도 자꾸 약물이 들어 못 쓰게 되니. 이 누이의 정성을 너무 함부로 생각하시는 것 아닌지요?"

　빈하는 쭈뼛거리며 다가온 빈유의 어깨 너비를 제일 먼저 재었다.

　"아니다. 병자를 돌보다 보면 덧치마를 상하는 일이 많구나."

　"이씨 아주머니가 지어준 덧치마는 저리 오래 사용하시잖아요."

　빈하가 턱을 들어서 진료실 옆에 가지런히 걸린 덧치마를 가리켰다.

"꼭 네가 지어준 덧치마에만 약물이 튀는 것을 우린들 어쩌겠니? 아마도 약물이 예쁜 아가씨가 지어준 것이라고 네 덧치마만 찾아 튀어가는 탓이겠지."

빈유와 같이 등을 돌리고 선 기후가 하는 말이었다.

"괜히 할 말씀들이 없으시니까."

빈하는 입을 삐죽이면서도 기분은 좋은 모양이었다. 콧소리가 섞여서 나왔다.

"지어만 주면 내는 오래오래 그것을 잘 간수하며 사용하지요."

맨 마지막 순서가 윤세였다. 빈유와 기후의 뜨악한 시선이 동시에 윤세를 향해 날아갔다.

'흐으. 지금 한 말을 두고두고 후회할 텐데.'

입 밖으로 내지 않은 말을 머릿속에 떠올리며 빈유와 기후의 입이 동시에 한쪽으로 말려 올라갔다.

"똑바로, 가만히, 서 계세요. 자꾸 어깨가 기울어지잖아요."

"내는 똑바로 서 있다. 네가 줄로 간지럼을 태우니까 그렇지."

"제가 언제 간지러움을 태웠어요? 이렇게 정성 들여 치수를 재고 있는데."

"아야. 살살 하려무나. 허리가 휘겠어."

"내는 머리카락 끝이 집혔다. 좀 얌전히 줄을 잡거라."

"엄살쟁이들. 음전하고 훌륭하신 약사님들은 어디로 다 가셨나요?"

"지금은 약국 문을 닫았어. 여기 약사님이 어디 있다는 말이냐? 그리고 치수는 거기까지 재는 게 아니다. 그냥 딱 무릎까지만 재면 돼."

"그래. 머리카락은 위로 들어 올리고 그냥 맨 목에다가 대고 치수를 잡아야지."

"잔소리는. 오라버니들이 바느질에 대해 무얼 안다고."

"너만큼은 우리도 알고 있어."

"시끄러워요. 자꾸 그러시면 입 치수도 재어드릴 거예요."

약국 안이 시끌벅적 난리도 아니었다. 윤세는 그 북새통이 낯설면서도 싫지 않았다. 산 너머로 넘어가던 해의 입술에도 웃음이 걸렸다.

화가야의 온 산에는 달맞이꽃이 피어올랐다. 노란 기다림이 불어오는 바람에 몸을 흔들어댔다. 오래 기다렸다고, 그리고 돌아오게 되어서 너무 다행이라고 속삭였다.

달맞이꽃의 꽃말은 <기다림>.

2.

봉숭아꽃

하루의 일과가 끝났고 이랑비랑 한약국이 문을 닫을 시간이었다. 마지막 해그림자가 길게 늘어졌지만 유월 하순의 저녁 하늘은 아직까지 환한 빛을 내고 있었다.

　"아주머니, 오늘 하루도 수고가 많으셨어요. 안녕히 가세요."

　약학생 대신 시간을 정해두고 일을 돕는 아낙이 한 명 있지만 빈유와 기후는 진료 뒷정리를 함께했다. 윤세가 와 있는 지금도 그 습관은 그대로였다.

　"고 약사, 나도 이만 돌아가겠네. 내일 다시 보도록 하세."

　정리를 마치고 짐 보따리를 등에 진 기후가 약국 문을 나서려 했다.

　"배 약사, 그러지 말고 해도 긴데 저녁 식찬을 들고 가게나."

　빈유가 진료실을 나서면서 기후를 붙들었다.

　"나까지 그래도 되겠는가? 이씨 아주머니가 좀 번거로우실 듯한데."

발을 멈춘 기후가 몸을 돌렸다.

말은 그렇게 했지만 집에 가서 먹는 밥보다야 이씨의 밥이 정갈하고 맛있었다. 없는 살림에 벌이는 모두 빚 갚는 데 쓰이다 보니 기후의 집 반찬은 늘 똑같았다. 천하의 난봉꾼이었던 아버지는 막대한 노름빚만 남긴 채 세상을 떠났고, 노름빚을 갚아가면서 어머니와 세 동생들을 건사하는 일은 오롯이 기후의 몫이었다.

"아주머니는 도리어 좋아하실걸. 내 이미 그리 일러두었네."

"하면 오랜만에 반주나 한잔 나누어볼까나?"

"좋지."

말 한마디 없는 윤세도 그 술자리에 함께하는 걸로 했다.

"오라버니들!"

세 사람이 막 본채로 들어가려는 참이었다. 본채로 통하는 문을 열고 빈하가 들어섰다. 찬방에서 무엇을 하다 온 것인지 앞치마를 둘렀다. 윤세는 그저 바라보는데 빈유와 기후의 얼굴에서는 핏기가 걷혔다.

"빈, 빈하야."

동시에 빈하를 부르는데 둘 다 말까지 더듬었다.

"기후 오라버니, 오늘은 저녁 식사를 함께 드시고 가신다면서요? 이씨 아주머니는 그만 들어가시라 하고 빈하가 감자옹심이를 만들어보았어요."

"빈, 빈하 네가 감자옹심이를 말이냐?"

빈유가 여전히 더듬거리며 물었다.

"개나리읍에서 난 감자라 하는데 맛이 아주 좋아요."

"빈하야, 내는 오늘 집에 손이 찾아오신다 하여 일찍 들어가 봐야겠다."

기후는 본채로 향하던 발걸음을 다시 약국 입구로 돌렸다.

"기후 오라버니! 본채에서 저녁 드시고 가려던 길 아니에요?"

"아니다. 일과가 끝났는데 얼른 집으로 돌아가 봐야지."

기어이 기후는 약국 문 쪽으로 향했다. 빈유가 그러는 기후를 노려보았다.

"계십니까? 약사님, 계십니까?"

기후가 나서려던 약국의 출입문이 열렸다. 그리고는 깔끔한 입성을 한 중년의 사내가 들어섰다.

"고 약사님이 뉘십니까?"

사내는 서 있는 세 사람을 둘러보며 누가 빈유인지를 가늠하는 눈치였다.

"제가 고빈유 약사입니다."

빈유가 사내에게로 한 발 다가섰다. 빈유를 찾는 사람이라는 것을 안 기후는 이미 약국 문을 나서고 없었다. 지금쯤 걸음아 날 살려라 하고 달아나는 중일 것이었다.

"지금은 약국이 문을 닫은 시간입니다. 급한 증세가 아니라면 밝은 날 다시 오시지요."

앞치마에 손을 문지르며 빈하가 대신 답을 했다. 사내의 모습을 보아하니 급하기는커녕 그냥 병자도 아닌 듯했다.

"급한 병자가 있어서 왕진을 청하고자 왔습니다."

"아, 그래요?"

빈유는 잠시 사내와 빈하를 번갈아 보았다.

"한데 약국 시간이 끝났다니 아니 되겠지요?"

"아닙니다. 약사가 병자를 보는 데 어찌 시간의 늦고 이름을 논하겠습니까?"

빈유가 사내에게로 한 발 더 다가섰다.

"빈유 오라버니, 문을 닫은 후에는 병자를 보지 않겠다고 약조하셨잖아요. 약사가 먼저 제 몸을 살펴야 병자에게 더 심신을 쏟을 수 있다면서요."

"얼마나 급하면 이 저녁에 발걸음을 하셨겠니?"

"아무리 그래도……."

빈하가 항변을 해보지만 아무 소용이 없었다.

"윤세, 오늘은 자네 혼자 저녁을 들어야겠네. 어여 들어가 보게나."

빈유는 아예 윤세를 본채 쪽으로 밀어버렸다. 윤세는 영문도 모르고 빈하를 따라 본채 쪽으로 사라져 갔다. 빈유가 한숨을 내뱉더니 사내에게로 눈을 돌렸다.

"어디가 불편한 병자입니까? 알아야 준비를 하고 가지요."

"등창 환자입니다."

"그래요? 급한 환자라 하시니 화농(고름)이 심한 모양입니다."

"그렇습니다. 한데 약사님, 먼저 어려운 부탁이 있습니다."

"무엇입니까?"

"병자가 있는 곳까지 눈을 가리고 가셔야 합니다."

"뭐라고요?"

"또한 오늘의 왕진에 대해서 그 누구에게도 말씀을 해서도 아니 됩니다. 무례한 부탁을 하였습니다. 아니 되겠습니까?"

사내의 눈빛이 초조했다.

"아닙니다. 사연 있는 이들의 왕진을 거절한다면 약사의 도리가 아니지요. 그리하세요. 채비를 하고 나올 터이니 잠시 기다리세요."

빈유는 진료실과 약재 선반을 오가며 보따리를 쌌다. 마무리를 끝내자 사내가 다가와서 보따리를 대신 안아 들었다.

"여기서부터 눈을 가리고 저를 따르시지요. 밖에 가마가 준비되어 있습니다."

사내가 검은 천을 내밀었다. 빈유는 얌전히 몸을 돌렸다. 사내가 눈을 가린 빈유의 몸을 잡고 약국을 나서더니 세워져 있던 가마에 그를 밀어 넣었다.

빈유가 자리를 잡고 앉자 가마가 움직이기 시작했다. 그제야 빈유는 눈을 가리고 있던 검은 천을 풀었다. 눈을 깜박거려 시야를 확보했다. 그런 후 살짝 가마의 옆문을 열어보려 했다. 그런데 단단히 고정이 되어 있었다. 힘을 좀 더 주어봤지만 어림도 없었다. 그렇게 꼼짝없이 가마에 갇혀 실려갔다.

얼마나 움직였을까? 드디어 가마가 멈추었다. 빈유는 손을 올려 스스로 다시 눈가리개를 했다. 대문 열리는 소리가 들리고 다시 두 개 정도의 문턱을 더 지나갔다.

"그만 가마에서 나오십시오."

가마가 바닥으로 내려지고 사내의 음성이 들려왔다.

"병자의 방으로 모시겠습니다."

사내에게 몸을 의지한 채로 마루에 올라서자 이윽고 방문이 열리는 기척이 들려왔다.

물매화 향기.

물가를 따라 피어나는 하얗고 순결한 꽃잎의 여러해살이식물, 물매화. 연지를 바른 여인 같은 꽃향기가 빈유가 들어선 방 전체에 은은히 깔려 있었다. 향낭에서 풍기는 향이었다.

"가린 것을 풀어드리겠습니다."

이윽고 빈유의 눈앞이 밝아졌다. 아주 큰 방이었다. 문에서 먼 윗목에 발이 하나, 빈유와 대각선으로 발이 또 하나 늘어져 있었다.

"송구합니다."

인사를 꾸벅 한 사내는 문을 닫고 나갔다.

"안녕하신가? 약사님이 오셨구려."

빈유가 눈을 깜박이며 서 있는데 대각선의 발 너머에서 목소리가 흘러나왔다. 기품 있는 중년 여인의 목소리였다. 이만큼의 집 규모에 방 또한 화려했다. 높은 귀족 댁에서 은밀히 볼 병자 여인이 있는 모양이었다.

"안녕하십니까? 이랑비랑 한약국의 약사 고빈유라고 합니다."

"저쪽 발 앞에 일단 좌정하시게."

빈유는 인사를 올리고 윗목의 발 앞에 가서 앉았다.

"내 딸아이를 봐주십사 하고 이리 청하였다오. 눈가리개까지 하게 한 것은 결례인 줄은 아나 소문이 나서는 아니 되는 일이라서."

성긴 발 사이로 돌아앉은 아가씨의 모습이 드문드문 보였다.

"저는 괜찮습니다."

"함부로 약사를 청할 수 있는 처지도 아니라 결례를 범하였소. 혹시 오시는 길이 불편하지는 않으셨는가? 모신 이들이 불편함을 주지는 않았는지 걱정이로세."

"평안히 잘 왔습니다."

"감사한 일이군. 하면 이제 딸아이의 화농 상처를 좀 살펴주시게. 약을 수십 첩을 썼는데도 차도가 없이 계속 악화되고만 있다네."

중년 여인이 한숨을 내뱉었다.

빈유는 고개를 끄덕이며 발 너머를 보았다. 딱 어깨쯤의 발은 좀 성글게 짜여 있어 드러난 맨살이 보였다. 그리고 등을 돌리고 앉은 아가씨의 양옆으로 여인이 두 명 더 앉아 있었다.

"이리하고서는 제가 살필 수가 없습니다."

발 사이를 살펴보던 빈유가 시선을 거두었다.

"어인 말인가?"

"병인을 살피는 데 있어서 제일 으뜸이고도 중요한 것이 정확한 진맥입니다. 한데 발을 사이에 두고 먼 거리로 떨어져 앉아서야 어찌 진맥을 하겠습니까?"

중년 여인은 말이 없었다. 잠시 고민을 하는 것 같았다.

"유모, 아가씨를 발 가까이로 뫼시게."

중년 여인의 말에 양옆으로 앉았던 두 여인이 등을 돌리고 앉은 아가씨를 부축해 일어났다. 아가씨의 뒷모습이 빈유에게로 좀 더 가까이 다가왔다.

"이리하여도 살필 수가 없습니다."

"어째 또 그러시는가?"

중년 여인의 목소리에 불쾌감이 어렸다.

"발을 사이에 두고는 결단코 제대로 된 진맥을 할 수 없다는 말씀입니다. 발을 거두어주십시오."

"무례하시네."

"하면, 다른 약사를 청하시지요."

빈유도 밀리지 않았다. 부축을 해왔던 여인이 안절부절못하는 모습이 발 너머로도 보였다.

"유모."

중년 여인의 입술이 살짝 물렸다.

"네, 마눌하님."

마눌하님이라면 귀족가에서도 상당히 높은 벼슬을 지내는 댁 부인의 칭호였다. 잠시 침묵이 흘렀다.

"발을 거두시게."

"네? ……네."

발이 걷혀 올라가고 바로 앞에 아가씨의 모습이 드러났다. 유모라 불린 중년 여인과 아직 어려 보이는 여아는 저만치 뒤로 물러났다.

빈유의 앞에 맨살을 드러낸 아가씨의 등이 바짝 다가왔다. 조심스럽게 등을 살피던 빈유의 눈썹이 구부러졌다. 이마 사이가 좁아지면서 주름이 갔다.

화농의 상처는 왼쪽 어깨 뒤에 넓게 자리하고 있었다. 주변 살까지 짓무르고 색깔이 변한 것으로 보아 시간도 상당히 지났고 오래 고생을 한 흔적이었다. 명망 높은 귀족가에서 소문을 두려워하여 상처를 감추기만 하느라 치료 시기를 놓친 모양이었다.

아가씨는 저고리를 벗은 후 쓰개로 화농 상처 바로 아래까지 몸을 감싸고 있었다.

"손을 내밀어주십시오."

빈유가 청하자 아가씨가 오른손을 뒤로 내밀었다. 그 동작을 따라 물매화 향이 공기 중에 퍼졌다. 코끝이 시렸다.

빈유가 아가씨의 손목을 살짝 쥐었다. 잡힌 손목이 파르르 떨렸다. 빈유의 손목이 떨리는 것인지 아가씨의 손목이 떨리는 것인지 모르겠다.

"어떠한가? 치유할 수 있겠는가?"

마눌하가 물었다.

"네. 한데……."

"한데?"

"약재나 다른 것으로 다스리기 전에 먼저 맨살에 입을 대어 화농을 빨아내어야 합니다."

"무어라? 이런 무례한 인사를 보았나? 언감생심 어찌 그런 생각을?"

마눌하가 분을 내는 기운에 드리운 발이 떨렸다.

"맨살에 직접 입을 대어 화농을 빨아내겠다고? 감히 그 아이가 누군 줄 알고? 약사 자네가 정녕 목숨이 여러 개이시던가?"

"약사가 병자를 진료함에 있어 무엇보다 첫째가는 목적은 완치이지요. 하여 완치를 위해서라면 자신의 안위는 논하지 않는 것이 또한 약사의 도리입니다. 아가씨의 화농을 치유한 후에 제 목숨을 내놓아야 한다면 그 또한 약사인 제가 당연히 감당해야 할 몫으로 압니다."

마눌하의 기세에도 빈유는 기가 죽지 않았다.

"알았네. 하면 그만두시게나. 약사가 없어서 자네를 부른 것은 아니니."

발 너머에 앉은 마눌하의 몸이 반쯤은 돌아앉아 버렸다.

"하오나, 마눌하님."

그때, 말없이 앉아만 있던 유모가 마눌하 쪽을 향해 몸을 조아 렸다.

"듣자 하니 화농을 치료하는 신묘한 기술로는 이 약사님을 따를 분이 없습니다. 제발 약사님이 아가씨를 진료할 수 있게 허락하여 주십시오."

"유모, 이 사람이. 시끄럽네. 당치도 않은 말을!"

"제발 간구 드립니다, 마눌하님."

"어미인 나보고 여식의 맨살에 사내의 입술이 닿는 것을 지켜보고 있으란 말인가?"

"그냥 사내가 아니라 약사이십니다. 하옵고 송구하나 저 또한 아가씨를 젖 먹여 키운 어미의 마음입니다."

"어허, 시끄럽다니까. 그만두게."

"마눌하님, 제발."

유모가 더 간절히 말을 했다. 그 말 속에서 풍기는 아가씨에 대한 극진한 마음이 빈유에게도 느껴졌다. 방 안에 팽팽한 기운이 감돌았다.

"휴, 알았네."

결국 마눌하가 깊은 한숨을 뿜어내었다.

"그리하시게. 하나, 오늘 일에 대해서 한마디라도 말이 새는 날이면 정녕 자네의 목숨은 보존할 수 없을 것이네."

"그는 심려치 마십시오. 병인의 비밀을 지키는 것 또한 약사의 도리입니다."

빈유의 입술이 일자로 굳게 닫혔다.

"하면 시작하겠습니다."

빈유가 돌아앉은 아가씨에게로 다가갔다.

화농의 상처가 없는 오른쪽 어깨에 놓인 아가씨의 반려화는 물매화였다. 그리고 방 안에 어린 물매화 향에 이제 빈유의 머리가 어지러울 정도였다. 향기가 짙어서가 아니라 두근거려서.

"혹시나 하여 대야와 삼베수건은 구비하여 두었습니다. 지금 나가서 입을 가실 물도 좀 준비하겠습니다요."

유모가 눈짓을 하자 같이 앉아 있던 여아도 일어나 방을 나갔다.

"따끔할 것입니다."

빈유는 작은 침으로 살을 떴다. 그리고는 드러난 아가씨의 맨 어깨에 입술을 가져다 대었다. 아가씨의 살결은 갈아놓은 마처럼 부드러웠다. 빈유의 입술이 그 속으로 풍덩 빠졌다. 자꾸만 정신이 혼미해져서 애써 가다듬었다.

'고빈유, 정신 차리거라. 너는 지금 약사로서 이 여인을 치료하는 중이다. 이 여인은 네가 치료해야 할 중한 병인일 뿐이다.'

빈유는 입안 가득히 아가씨의 고름을 머금었다. 어째서 썩은 고름에서조차 물매화 향이 풍기는지 모르겠다. 여아가 문밖에 나가서 가져다준 은대야에 고름을 뱉어냈다. 다시 빨아내고 뱉어냈다. 그러기를 몇 번을 반복했다.

돌아앉은 아가씨의 어깨가 움찔거렸다. 많이 아플 터인데 신음 소리 한 번 내지 않는 인내심이 대단했다.

한참 그러기를 반복하자 빈유의 입안에 알싸한 기운이 퍼졌다. 빈유의 이마에도, 아가씨의 귀밑머리에도 땀방울이 송글송글 맺혀갔다. 고름을 빨아내는 것도 기술과 적절히 분배된 힘이 필요한 법이었다.

"아가씨, 조금만 더 참으십시오."

빈유가 속삭였다. 아가씨의 인내심이 대단하기는 하지만 그래도 너무도 큰 고통일 것이었다. 아가씨의 어깨를 조심스럽게 감싸 잡은 자신의 손길이 조금이나마 위로가 되길 빈유는 바랐다.

"거의 다 되었습니다."

쑤욱, 드디어 화농의 뿌리가 딸려 나왔다. 어른 엄지손가락만 하게 컸다. 딸려 나온 뿌리를 뱉어내고 빈유는 유모가 가져다 놓은 물로 입을 헹구었다. 돌아앉은 아가씨가 불쾌하지 않도록 되도록 조용히.

"아이고! 되었습니다. 드디어 화농의 뿌리가 뽑혀 나왔습니다."

유모의 얼굴에 화색이 돌았다.

"수고하시었네. 고마우이."

발 뒤의 마눌하도 그제야 안심하는 기색이었다.

빈유는 상처를 아물게 하는 약초를 붙이고 마지막으로 말린 엉겅퀴를 붙였다. 흰 천으로 왼쪽 어깨를 감싸고 단단히 고정을 시켰다.

"매일 아침 식사 전, 저녁 식사 전, 약재를 갈아 붙이고 천도 갈아주십시오. 드실 약재도 준비해 두겠으니 모레 아침나절 찾으러 오시면 될 것입니다."

빈유가 유모 쪽을 보며 말을 했다.

"고맙습니다. 약사님, 고맙습니다."

"아닙니다. 아가씨가 끝까지 잘 참아주셨습니다."

"아닐세. 내 약사님의 공을 잊지 않겠소."

마눌하도 빈유에게 진심으로 감사한 모양이었다. 자신의 공을 치하하는 그들의 말을 들으며 빈유는 치료 물품을 갈무리하여 일어서려고 했다.

"고맙습니다."

나비 날개가 바스락거리는 것처럼 조용하고, 이랑풍에 섞인 꽃잎이 이랑이랑 떨어져 내리는 것처럼 가벼운 음성이었다.

빈유는 처음에는 잘못 들은 줄 알았다. 아니면 방 안 어딘가에 날벌레가 날아 들어와 날개를 비비는 줄 알았다.

하지만 짐을 정리하며 일어서는 빈유의 귓가에 '고맙습니다' 한마디가 다시 한 번 선명하게 날아들었다. 유모의 음성도, 마눌하의 음성도 아니었다.

빈유는 돌아앉은 아가씨를 보았다. 여전히 아무런 미동도 없었다. 아가씨의 화농 상처의 반대편 오른쪽 어깨 뒤의 물매화 문신도 아무 움직임이 없었다.

반려화(伴侶花), 화가야인은 모두 한 송이씩은 품고 있는 꽃.

화가야인들은 아이가 태어나고 첫돌이 되면 크게 잔치를 한다. 그리고 아이의 앞에 부모들이 열 종류의 꽃 그림을 놓아둔다. 주로 부모가 좋아하는 꽃 종류로 선별된다.

막 걸음마를 시작한 아이는 그중의 한 그림을 골라 들고, 선택 받은 꽃은 평생 동안 아이와 함께하는 반려화가 된다.

세 번째 생일이 되면 문신사가 찾아와, 아이의 반려화를 오른쪽 어깨 뒤쪽에 문신으로 새겨준다. 그러면 그 아이는 평생 동안 반려화의 보호를 받을 수 있다고 화가야인들은 믿었다.

하지만 화가야의 궁궐인 태양궁의 왕족들은 반려화를 따로 새기지 않았다. 그들은 손등에 꽃문양이 새겨진 채로 태어나서 죽을 때까지 그 꽃의 향기를 풍겼다. 나비 떼도 자유자재로 부렸다. 태양궁 꽃문양의 왕족에게는 꽃과 나비를 부리면서 살던 화가야의 원주민인 화인(花人)의 피가 흐르기 때문이었다.

그리고 이때는 매화 향기를 잃어버린 아율 공주가 아직 태양궁으로 돌아가기 전이었다. 손등에 매화꽃 문양이 있기는 했지만 연못에 던져질 때의 충격으로 향기를 잃어버렸다. 그래서 왕족의 신분을 증명할 수가 없었다. 향기를 잃어버린 이를 태양궁에서만 사는 수정나비들이 따를지 안 따를지도 알 수 없는 일이라서 자신의 존재를 증명하기까지 아직은 더 오랜 시간이 흘러야 했다.

민가의 화가야인들은 꽃을 심거나 향낭을 만드는 것도 모두 자신의 반려화로 하는 것을 즐겼다. 아가씨의 반려화는 물매화였고 그래서 방 안의 공기에는 향낭 속의 물매화 향기가 가득했던 것이다.

"아닙니다. 잘 참아주셔서 제가 고맙습니다."

빈유도 아가씨에게만 들리게 속삭였다. 순간, 심장에서 알싸한 기운이 올라왔다. 간지러운 것 같기도 하고 아픈 것 같기도 했다.

"밖에 있는가?"

발 너머의 마눌하가 방문 밖을 쳐다보며 사람을 불렀다. 말이 떨어지자마자 방문이 열리고 아까의 사내가 들어와 섰다.

"약사님이 일을 다 마치셨네. 모셔 오던 길보다 더 공손히, 더 극진히, 다시 모셔다드리도록 하게."

"네, 마눌하님."

사내가 다가와 빈유의 눈을 가렸다. 앞이 캄캄해졌다. 그렇게 방문을 열고 나서자 물매화 향기도 사라져 버렸다.

그 시각, 안채 빈유의 방에서 윤세는 밥상을 앞에 두고 앉아 있었다. 아니 앉아 있기를 강요당했다. 분명 감자옹심이라고 들었다. 빈하는 감자옹심이를 준비했다고 했다. 그런데 눈앞의 뚝배기에 담겨 있는 것은 초록색이 감도는 정체불명의 음식이었다.

"빈하 누이, 저녁 식사는 감자옹심이라고 들었는데?"

어느새 윤세는 빈하를 누이라고 부르고 있었다.

"맞습니다. 감자옹심이입니다."

"한데, 어째 국물 색이 초록색인 것이냐?"

윤세가 옹심이 뚝배기 속으로 숟가락을 넣어 국물을 한 번 건져 올렸다.

"아, 그것이요? 그것은 소녀가 시금치를 찧어 넣어 그런 것이에요. 자고로 시금치는 뇌의 노화를 막아주고 탈모도 방지해 준다지요. 갖은 양분이 다량 들어 있다 합니다. 겨울의 찬 기운을 이기고 올라오는 채소이니 오죽하겠어요?"

"하면 썰어 넣으면 되었을 터인데."

"써는 것보다는 찧어서 넣는 것이 양분 흡수에 훨씬 도움이 되지요. 오라버니들 약국 일이 얼마나 힘에 부치는 일이세요? 드시고 힘내시라고 소녀가 특별히 준비하였어요."

"그, 그래?"

"맛있게 드세요. 빈하가 솜씨를 발휘하는 것은 흔한 일이 아닙니다. 어머니께서는 아니 드신다 하시니 양은 충분하답니다."

'당연히 아니 드신다 하셨겠지.'

마지못해 윤세는 숟가락을 들었다. 하지만 한 입 머금는 순간 왈칵 토기가 올라왔다. 오묘하고도 놀라운 맛이었다.

"어떠세요? 적이 맛나지요?"

빈하의 눈이 빛났다. 윤세는 토기를 참고 빈하를 보았다. 애써 한 모금을 삼키고 웃는데 등 뒤로 식은땀이 흘렀다.

"맛있어. 하지만 누이는 이만 나가보려무나. 누이가 옆에 버티고 앉아 있으니 편히 먹을 수가 없어."

"알겠습니다. 다 드시고 그대로 두고 나가세요."

"알았다."

"그리고 여기 이건 휘파, 네 것."

빈하가 휘파 앞에도 작은 종지 하나를 두고 방을 나갔다. 꽃다람쥐는 떨어진 통꽃을 좋아해서 꽃잎까지 띄워주었다.

휘파가 종지 속 감자옹심이에 입을 대었다. 그러다가 소스라치게 놀랐다.

[이봐, 친구. 이걸 설마 먹으려는 건 아니지?]

놀랍게도 휘파가 윤세에게 말을 건넸다. 입으로 사람의 소리를 내어서 하는 말은 아니었는데 윤세에게는 또렷하게 인간의 목소리로 들렸다.

[다람쥐 잡겠군. 이건 거의 쥐약 수준인데. 자네도 먹으면 큰일

나겠어.]

"쥐약은 쥐나 잡지, 사람도 다람쥐도 잡는 약이 아닌데."

[독화사에 같이 당해봤던 동무로서 하는 말이네. 이걸 먹고 나면 오늘 밤 자네 목숨은 보장할 수가 없을 것이야.]

"독충이 득실거리는 얼음폭포에서도 이 년을 버텼던 나야."

[원래 모르고 있다가 기습적으로 찌르고 들어오는 검이 더 위험한 법이지.]

"그래도 빈하가 만들어준 것인데."

[자네가 기를 쓰고 다시 국읍으로 돌아온 게 저 여인 때문이지?]

"그래."

윤세의 대답은 망설임이 없었다.

[자네가 저 여인을 위해 독배도 마다치 않을 마음인 것은 알겠어. 하지만 이 감자옹심이는 정말 아니네. 아내와 자식들이 독화사에게 죽어가던 모습을 오롯이 지켜보았던 나일세. 하니 자네가 잘못되는 모습까지 보여주지는 말게나.]

"하여간 유난스럽기는. 그 정도는 아니거든."

[흥. 그 정도가 맞거든.]

휘파가 감자옹심이가 담긴 종지를 앞발로 걷어차 버렸다.

윤세는 이제야 이유를 알겠다. 말까지 더듬거리면서 황급히 나가 버리던 빈유와 기후를. 함께 반주를 나누자고 하고서는 기어이 나가던 그 모습들을.

"이런 배신자들."

윤세는 방 안을 둘러보았다. 저만치 문갑 옆에 항아리가 하나 놓여 있었다. 난이 새겨진 장식용 항아리였다. 그는 이를 갈며 빈 항아리 속으로 초록색 감자옹심이를 부었다.

어느새 여름밤이 깊었다. 갈 때만큼 긴 시간을 다시 가마에 실려 빈유는 집으로 돌아왔다.

"오늘 일은 참으로 고맙습니다."

가마에서 내리는 것을 도와준 사내가 다시 인사를 올렸다.

"하고, 이것은……."

사내가 빈유 쪽으로 무언가를 내밀었다. 한눈에 보기에도 값비싼 자개보석함이었다.

"이것이 무엇입니까?"

빈유는 자개보석함을 받아 들지 않았다.

"마눌하님께서 따로 치하하신 물건입니다."

"이미 치료 삯은 충분히 받았는데요."

"마눌하님께오서 고마움의 표시이니 꼭 받아주시라 말씀하셨습니다."

"아니 받겠습니다."

"그러시면 제가 마눌하님께 치도곤을 당합니다."

"하면 제가 댁이 어디인지 알아내서 직접 돌려 드릴까요?"

사내의 눈이 커졌다. 정말 빈유가 그러자고 나서면 큰일이었다.

"아이고, 아닙니다요. 알았습니다. 마눌하님께는 그리 전하겠습니다."

빈유를 내려놓은 가마를 앞세우고 사내는 총총히 멀어졌다. 눈을 가렸던 검은 천은 아직도 빈유의 손에 있었다. 묻혀온 물매화 향이 밤공기 속에 어지럽게 감돌았다.

빈유는 곧장 본채로 들어가지 않고 약국으로 들어섰다. 서늘한 돌벽의 기운이 오늘따라 더 싸늘했다.

"윤세, 아직도 잠에 들지 않았는가?"

입구 탁자 옆에 앉은 윤세가 보였다. 촛불이 조용히 빛을 밝혔다.

"이제 돌아오는 길인가? 시간이 많이 지체되었네."

어쩐 일인지 윤세가 빈유보다 더 피곤해 보였다.

"응. 그리되었어."

다가가서 빈유도 탁자에 앉는데 윤세의 옆에 항아리가 하나 놓여 있었다. 자세히 보니 자신의 방에 장식으로 놓아두었던 항아리였다.

"이 항아리는?"

빈유가 손가락으로 항아리를 가리켰다.

"자네 방에 있던 것이네."

"어째서 이 항아리를 약국으로 들고 나온 것인가?"

"안을 좀 들여다보게."

빈유가 고개를 숙이자 옆으로 넓은 항아리 안이 보였다.

"이것이 무언가? 냄새도 그렇고 색깔이 푸르죽죽하니 약재는 아닌 듯한데."

빈유는 도대체 정체를 알 수가 없었다.

"자네가 피하여 달아난 오늘 저녁 식사일세."

"저녁 식사?"

"빈하 누이가 시금치를 찧어 넣어서 국물을 낸 감자옹심이란 말일세."

"어? 아!"

빈유는 처음엔 의아하였다가 정체를 깨달았다.

"내 늘 자네를 벗이라 믿었는데 오늘은 그 생각이 조금은 달라 졌네."

윤세가 일부러 항아리를 더 기울여 빈유 쪽으로 보여주었다.

"미안하네. 내가 부러 그런 것은 아니네."

"빈하 누이 또한 부러 이런 것은 아니겠지. 한데, 왜 이리 늦은 것인가? 병자의 상태가 많이 중하던가? 치료를 제대로 하지 못했 어?"

"아니. 덧나지 않게 잘 치료하고 왔네."

"얼굴빛은 잘 치료하고 온 모습이 아닌데."

"그래 보이는가?"

"병자를 잘 치료하고 온 자네가 그런 낯빛을 할 리가 없으니 까."

"잘 모르겠네. 어디가 아픈 것 같기도 하고."

"누가? 병자 말고 자네가?"

"되었네. 아무것도 아니야. 그만 들어가겠네. 생각이 번다하여 잠시 들렀어. 그리고 자네는 적이 배가 불렀군. 빈하가 해준 음식 을 앞에 두고 이런 말을 할 줄이야!"

"이 사람이."

"되었네. 내일 아침에 그대로 빈하에게 일러주겠네. 누이가 해 준 감자옹심이 때문에 윤세가 나의 벗 됨을 의심하였다고."

"설마…… 빈하 누이에게는 아무 말 않을 거지?"

윤세의 동공이 떨렸다.

"여전히 빈하 일이라면 자넨 반편이가 되는구만. 내 그걸 빈하에게 이를 사람인가? 농일세. 농이란 말이야."

얼굴은 농이 아닌 채로 빈유는 본채로 들어갔다.

윤세는 약국 창밖으로 밤거리를 내다보았다. 손가락으로 톡톡 항아리를 두드렸다.

"그래. 빈하가 만들어준 음식."

무언가 결심한 듯 윤세는 탁자에서 몸을 일으키더니 선반에 놓인 숟가락을 들고 왔다. 열심히 숟가락을 놀렸다. 기숙실에서 먼저 잠든 휘파는 윤세가 감자옹심이를 먹는 것을 몰랐다.

본채에 들어서자마자 빈유는 방으로 들어가지 않고 앞마당 쪽으로 다가갔다.

앞뜰에는 봉숭아꽃이 한창 물이 올랐다. 화가야의 꽃은 통꽃과 씨꽃 두 품종으로 나뉘었다. 통꽃은 첫눈이 오기까지 계속 꽃을 피우고, 씨꽃은 꽃을 떨어뜨려서 씨를 품거나 열매를 맺었다.

빈유는 씨를 머금은 송이 하나를 손가락으로 튕겨보았다. 씨를 품었던 씨꽃이 빈유의 손길에 쏟아지며 잔 씨앗을 튕겨냈다. 빈유의 마음처럼 멀리 흩어졌다. 바라보던 빈유의 눈빛이 씁쓸함으로 깊어졌다.

'봉숭아꽃의 꽃말.'

혼자 속삭인 빈유가 밤하늘을 올려다보았다. 걸려 있는 달이 돌아앉은 여인의 둥근 어깨 같았다. 자신의 입술을 쓸어보았다. 천천히, 천천히. 그러다가 심장을 지그시 내리눌렀다.

왜 이렇게 심장이 아려오는 것일까? 내리는 달빛이 아려서 그런가?

빈유는 봉숭아꽃을 쥔 채로 어지러움에 눈을 감았다.

다음 날, 윤세는 잠에서 깨자 약재 창고로 갔다. 밤새 화장실을 들락거리느라 늦잠을 자고 말았다. 약재 창고는 안채나 사랑채와는 마주 보며 마당 옆쪽에 있었다. 약재 창고 건너편은 찬방인데 뜻밖에도 찬방 문 앞에 빈하가 앉아 있었다.

"빈하 누이."

"윤세 오라버니. 이 시간에 찬방에는 어쩐 일이셔요?"

"내는 약재 창고에 들르는 길이다. 밤새 문을 꼭꼭 닫아두었으니 환기를 좀 시켜야지."

"그래요?"

"너는 어찌 그리 가련한 모습으로 앉아 있는 게야?"

빈하는 정말 비 맞은 강아지처럼 처량하게 앉아 있었다.

"아무것도 아니에요."

"아무것도 아닌 게 아닌데. 무슨 일이냐?"

"그것이……."

"그래. 말을 해보려무나."

"어젯밤 감자옹심이가 남아 이씨 아주머니께 맛을 뵈었습니다. 한데……."

아하, 그 정체불명의 시푸르죽죽한 것을?

"한데?"

"이를 어찌 사람이 먹겠냐며, 꿀꿀이죽으로나 써야겠다고 하면서 어찌나 타박을 주시던지. 준비해 두고 간 얼갈이무침은 어쩌고 그걸로 저녁을 내놓았냐고 야단도 아니었어요."

"그런 일이 있었구나!"

"윤세 오라버니, 오라버니는 감자옹심이 맛있게 드셨지요? 어젯밤 상을 치우러 갔더니 그릇이 깨끗이 비어 있던데요."

윤세는 약국으로 들고 나갔던 장식용 항아리를 떠올렸다. 약국 탁자에 앉아 토기를 참아가며 마지막 한 숟가락까지 남김없이 먹었다.

"아무렴. 내야 맛있게 한 그릇 다 비웠지."

"그렇지요?"

금방 빈하의 얼굴이 활짝 갰다.

"하여간 이씨 아주머니는 꼭 내 음식에 타박을 못 놓아서 난리라지."

"빈하 누이, 혹 음씩 솜씨를 부려보고 싶으냐?"

"여인이면 당연하지 않아요? 한데 앞으로는 더 이상 요리는 하지 말아야겠어요."

여인이면 당연하다. 빈하야, 그 말은 너에게 참으로 어울리지 않는구나.

"하면 빈하야, 네가 요리를 하면 내가 그 요리를 맛봐주마."

"오라버니가요? 정말로요?"

그래. 화장실 문이 부서지도록 드나들게 되더라도 빈하 네가 해주는 음식이라면 내가 다 먹어낼 것이다.

"한데 오라버니가 맛을 평가할 수나 있나요?"

"어머니 없이 내가 손수 끼니를 챙겨야 할 일도 많았다. 맛보는 것 정도야 일도 아니지."

"하면 참말로 소녀가 한 음식은 다 먹어주시는 거지요?"

"그럼."

"좋아라. 오라버니들 덧치마 지으면서 제 앞치마도 새로 같이 지어야겠어요. 이씨 아주머니가 공연히 앞치마만 더럽혀 놓는다며 그것까지 통박을 늘어놓으시는데. 이제 좀 안심이다. 오라버니, 오라버니도 이만 볼일 보세요."

"그래. 알았다."

"참. 그렇다면 오늘 저녁에는 꽃탕을 끓여볼게요."

꽃탕은 화가야인들이 즐겨 먹는 음식으로 쌀가루와 꽃잎을 육수와 함께 끓여내는 것이었다.

빈하는 콧노래를 부르며 안채 쪽으로 사라져 갔다. 윤세는 빈하의 모습이 보이지 않을 때까지 미동도 없이 서 있었다.

"아침부터 빈하랑 둘이 뭘 그리 다정하게 서 있었는가?"

약재 창고를 정리한 윤세가 우물가로 가자 세수를 마친 빈유가 면포로 얼굴을 닦아내고 있었다. 물기에 젖은 빈유의 얼굴은 윤세가 보기에도 조금은 황홀했다.

"아, 어제 감자옹심이 이야기."

"그 시푸르죽죽한 돼지죽 말인가?"

빈유가 단번에 이씨랑 같은 말을 했다.

"쉿! 조용히 말하게. 빈하가 듣겠네."

"빈하도 이제는 포기할 때가 되었네. 왜 그날 이후로 저리 집안일이며 부엌일을 한다고 설쳐 대는지. 오죽하면 십 년 넘게 일하시던 아주머니가 일을 그만두시고 이씨 아주머니가 새로 오셨겠는가? 그나마 이씨 아주머니는 빈하를 딸같이 예쁘게 보며 아끼시는 것 같지만."

"그래? 그날 이후로?"

윤세의 날카로운 눈이 가늘게 모였다.

'혹시? 설마? 그것 때문에?'

아닐 것이었다. 아니어야 했다. 윤세는 고개를 저어서 헛된 생각을 떨쳐 버렸다.

"언제 둘이 그렇게 살가운 사이가 됐는가?"

"빈하가 내를 오라버니라 부르고 자기는 누이라 불러달라며 다정히 지내자고 했지."

"뭐야? 사내답지 못하게 결국 그 말을 빈하가 먼저 하게 만들었단 말인가?"

"나는 감히 빈하에게 먼저 뭐라고 말할 처지가 못 되네."

"참, 그래서 어떡하려고? 그냥 아무 말 없이 계속 기다리기만 하려고?"

"그래. 빈하 스스로 기억을 찾을 때까지 내는 기다리겠네. 가두어둔 기억을 억지로 일깨워 주거나 끄집어내는 것은 당사자에게 제일, 그리고 아주 해로운 일임을 자네도 나도 잘 알고 있지 않은가?"

"그래서 이대로 자네는 기다리기만 하겠다고? 그러다가 빈하가 영영 기억을 찾지 못하면?"

"하면 이리 다정한 오누이로만 지낼 수 있어도 내는 괜찮네."

"거짓말 말게. 빈하가 한 번 혼인 말이 있었다는 얘기 들을 때 자네 얼굴이 어땠었는데?"

"그래도 아까 빈하한테 앞으로 빈하가 만든 음식은 내가 다 맛보아주마 얘기도 하였네."

윤세가 변명을 하듯이 말했다.

"뭐라고? 빈하의 음식을? 아이고, 친구! 사람이 꼭 독을 먹어서만 죽는 것은 아니네."

"빈하가 해주는 음식이라면 독이라도 괜찮네. 어젯밤 자네가 본채로 간 후 감자옹심이도 내 결국 다 먹어내었어."

"이 사람이……."

반은 놀리는 표정으로, 반은 측은한 표정으로 빈유가 윤세에게 두레박을 건넸다.

"좋아. 자네 알아서 하게. 전에도 말했듯이 내가 먼저 나서서 개입하는 일은 없을 테니. 자네 결정이 그렇다면 나도 그것에 따르도록 하지."

"그래 준다면 고맙겠네."

"봉숭아 씨꽃이 맺히기 시작했네. 나를 만지지 마세요. 저기 잔뜩 부풀어 오른 씨꽃을 행여 잘못 건드리면 씨들이 무방비로 쏟아져 튀어나오니 봉숭아에는 그런 꽃말이 붙었겠지?"

윤세에게서 시선을 거둔 빈유가 봉숭아꽃을 보았다.

"그렇지."

"하지만 꼭 터뜨려야 할 진실은 반드시 만져야만 하네."

"무슨 말인지 알겠네."

"그래. 나는 먼저 들어감세."

빈유가 먼저 방으로 들어갔고 윤세는 두레박으로 물을 길어 올렸다. 한여름이라 그런지 길어 올린 우물물은 얼음만큼 시원했다.

세수를 하면서 윤세도 봉숭아꽃을 보았다. 음식을 먹어주겠다고 하자 씨를 잔뜩 머금은 봉숭아처럼 뿌듯해하던 빈하의 얼굴을 떠올리며 미소를 지었다.

팔월이었다.

이랑비랑 한약국의 돌벽은 팔월의 태양 아래에서도 서늘한 기운을 풍겨냈다. 막 치료를 마친 병자가 진료실을 나서고 있었다.

그런데 빈유는 다음 병자를 들어오라고 하지도 않고 무엇인가를 골똘히 보고 있었다. 빈유의 옆에 뽑아서 심어놓은 물매화 줄기 하나가 투명한 화분에 심겨 있었다. 기후는 옆에서 다른 병자를 보고 윤세는 병자의 집에 약을 전달해 주러 가고 없었다.

"고 약사, 또 그리 물매화를 넋 놓고 보고 있는가? 다음 병자 들여야지. 얼른 잡념을 수습하게나."

"알았네."

"물매화 한 줄기 심어놓고부터 어찌 그리 정신을 놓고 있을 때가 많은가? 차라리 안채에 가져다 놓게."

"아니, 안 되네. 아주머니, 다음 병자를 들라 하세요."

빈유가 자세를 고쳐 앉으면서 시선을 정리했다.

들어온 병자는 빈하 또래의 아가씨였다. 손질이 잘 된 눈썹 아래에 속쌍꺼풀이 진 눈이 총명해 보였다. 빗은 듯한 콧날 아래 도톰하면서도 작은 입술은 앙증맞았다. 하지만 핏기가 다소 없고 하얀 볼에는 실핏줄마저 내비쳐서 병약하고 처연해 보였다.

옷차림은 옷깃이 없는 무색의 치마저고리였다. 화가야에서는 귀족들만 옷깃을 따로 두었다. 하지만 아가씨는 우아한 기품을 감추지 못했다.

"고 약사님! 병자가 들었습니다."

기후가 칸막이 너머로 빈유를 흔들면서 불렀다. 분명 방금 전에는 정신을 차리는 듯하더니 빈유는 그새 또 넋을 잃고 있었다.

"아, 네."

퍼뜩 정신을 차린 빈유가 황급히 시선을 다잡았다. 저도 모르게 침이 넘어갔다.

"어, 어디가 불편하여 오셨습니까?"

애써 가다듬어서 내는 빈유의 목소리인데 떨림을 숨길 수가 없었다.

"그것이…… 제가 불편하여 온 것이 아니라 저의 아버지께서 불편하십니다."

"아버님이요?"

"네. 평소 간이 허하신데 이즈음에는 황달기까지 있습니다."

"하면 병자의 상태를 직접 보아야 합니다."

"아니요. 그것이, 저기…… 어머니를 일찍 여의고 의지가지라곤 아버지와 저뿐입니다. 저 혼자 힘으로 모셔 오기도 힘이 들고 아버지께서도 거동하시기 불편하여서."

"그러시군요. 매화초를 준비해 드리지요."

이상했다. 빈유가 제대로 문진(물어서 병자의 상태를 아는 일)을 하지도 않고 바로 약재를 준비했다.

"고 약사님, 문진을 제대로 하셔야죠."

기후의 말은 들은 척도 않았다.

빈유가 약재 상자를 열어서 매화초와 여러 가지를 꺼냈다.

물매화를 말린 매화초.

물매화는 뿌리만 제외하고는 전체 식물(줄기, 잎, 꽃)을 말려 약재로 사용한다. 해독에도 좋고 급성 간질환이나 이로 인한 황달에도 그만이었다.

한참 약재를 조제하다 말고 빈유가 몸을 일으켰다.

"잠시 약재 창고에 다녀오겠습니다. 급히 필요한 약재가 있어서요."

"고 약사님, 여기에 없는 무엇이 필요하십니까?"

진료를 보는 순서에 약재 창고에 가는 것은 없는 일이었다. 그래서 막 병자가 나간 기후가 몸을 일으키려고 했다.

"아닙니다, 배 약사님. 제가 다녀오지요."

빈유가 터무니없는 고집을 부렸다. 정말 이상했다.

"아가씨는 예서 잠시만 기다려 주십시오."

아가씨에게 당부를 남기고 빈유는 진료실을 나갔다. 기후는 도대체 이해가 되지 않아서 멀뚱히 빈유의 뒷모습만 보았다.

시간이 흘러 돌아온 빈유의 손에는 달랑 감초가 들려 있었다. 기후가 더 심하게 고개를 갸웃거렸다. 감초는 진료실의 약재 상자에도 차고 넘치게 들어 있었다.

시간이 흐르고 처방을 마치자 아가씨는 일어났다.

"언제 다시 오실 수 있습니까?"

빈유가 아가씨에게 물었다.

"네? 다시 와야 하나요?"

"처방약을 드신 후 병인의 차도가 어떠한지 저희가 알아야 합니다."

"아니, 저기 그것이…… 안 되는데요."

"왜요? 오는 길이 너무 머십니까?"

빈유가 다정하게 물었다.

"네. 해서 두 번은 올 수가 없을 것 같은데 어찌할까요?"

"하면 양을 많이 해드리지요. 그리고 물매화꽃이 피기 시작했어요. 처방약이 다 떨어지면 물매화 꽃잎을 말려 차를 내어 음용케 하십시오. 꾸준히 하시면 분명 효험을 볼 수가 있을 것입니다."

"고맙습니다."

넘치게 지어준 약재를 챙겨 들고 아가씨가 일어났다. 하지만 아가씨가 진료실을 나가 사라지도록 빈유의 시선은 돌아오지 않았다.

"고 약사, 대체 오늘 왜 그러는가? 또 정신을 놓고 있지 않은가? 게다가 진료실에도 넘치게 있는 감초는 왜 가지러 갔다 온 것인가?"

기후가 물었지만 빈유는 답이 없었다.

"한데 저 아가씨는 아무리 주변에 사람이 없기로 아버지를 잠시 약국에 모셔다 줄 이도 없는가? 정히 아니 되면 우리가 왕진을 가야 할 것이고. 그리고 물매화를 어떻게 말려야 하는가 처방전을 하나 써줄 것이지 그냥 말려 드시라 말만 하면 어떡하는가?"

"어차피 음용하지도 않을 걸세."

"뭐라고 하는 건가, 지금?"

"배 약사, 물매화 향일세."

빈유가 정신 나간 사람처럼 중얼거렸다.

"그래, 물매화 향이네. 자네 앞에 물매화를 심어두었고 매화초
는 물매화꽃을 말려 만든 약재이니 당연한 것 아닌가?"

"그런 게지? 물매화 향이야. 물매화 향."

빈유가 물매화 향이라고 자꾸만 되뇌었다.

"정말 어디 불편한 거 아닌가? 자네 이만 들어가게. 오늘 진료
는 내 혼자 보겠네."

기후가 뭐라고 하던 빈유는 계속 물매화 향이라고 중얼거리기
만 했다. 뒤를 이어 들어온 병자는 기후가 진맥을 시작했다.

빈유가 왼손을 들어 올려 자신의 오른쪽 어깨 뒤를 만졌다. 빈
유의 반려화는 노루귀였다. '인내'라는 꽃말을 가진 노루귀.

"늘 반려화의 꽃말대로 살아왔는데, 과연 이번에도 그럴 수 있
을까?"

빈유가 길고도 긴 한숨을 내쉬었다.

약재를 든 아가씨는 쓰개를 덮어쓰고 약국 문을 나섰다. 그리
고 그때, 본채 문 앞에 숨어 있던 빈하가 얼른 아가씨를 따라갔
다.

조금 전 빈유가 본채에 들어와 빈하를 찾았다. 진료를 하다 말
고 이런 적은 한 번도 없었다.

"오라버니, 어인 일이세요?"

"빈하야, 조금 있으면 네 또래의 아가씨가 약국 문을 나설 것이
다. 하면 너는 본채 문 앞에 숨어 있다가 은밀히 아가씨의 뒤를

밟도록 해라. 절대 뒤따른다는 것을 눈치채지 못하게 은밀히 해야 한다. 그런 후 그 아가씨가 어느 집으로 들어가는지 그것만 알아보고 바로 돌아오너라."

"네? 무슨 말씀입니까? 저에게 다른 사람 미행을 하란 말이세요?"

"묻지 말고 그리해 다오. 집이 어딘지만 알아보고 오면 된다."

"알겠어요, 오라버니. 한데 어쩐 연유로 그러시는 것인데요?"

"묻지 말라지 않았느냐? 그냥 그리만 해다오."

빈하는 더 이상 묻지 않았다. 빈유의 눈빛이 너무 절실해 보였다. 약재를 든 아가씨는 천천히 걸음을 옮겼다. 얌전하고 조용한 발걸음이었다.

'무슨 걸음걸이가 저리 조심스럽담? 귀족가 아가씨도 아니면서.'

그 뒤를 따라가면서 자기가 먼저 앞서게 될까 봐 빈하는 속이 탔다.

그렇게 어느 길 모퉁이에 이르렀을 때였다. 모퉁이를 돌아서 중년의 여인이 걸어 나왔다. 그러자 아가씨는 반가운 기색을 지었다. 중년의 여인이 깍듯이 고개를 숙이더니 아가씨를 감싸듯이 하고 함께 걸어갔다.

'어머니가 아닌가? 어째 고개를 숙여 인사를 하는 게지?'

"빈하 누이!"

생각에 잠겨 열심히 뒤를 따르는데 누군가가 빈하를 불렀다. 돌아보니 병자의 집에 약재를 전해주고 돌아오던 윤세였다.

"쉬잇, 오라버니!"

빈하가 냉큼 다가오더니 손가락으로 윤세의 입을 막는 시늉을 했다.

"어딜 그리 가는 길이냐?"

"조용히 하시라니까요. 소리를 내면 아니 돼요."

"뭘 하는 것이냐?"

"그만 물으시고 저랑 같이 가셔요."

"어딜 말이냐?"

"쉬잇!"

발까지 굴린 빈하가 막무가내로 윤세를 잡아당겼다. 윤세는 어안이 벙벙한 채로 끌려갔다.

[친구, 막무가내로 어디로 끌려가는 거야?]

왼쪽 소맷자락에서 얼굴을 내민 휘파가 은밀하게 속삭였다.

"나도 모르지."

윤세도 낮게 답했다.

[낯설군. 친구의 이런 모습. 저 여인 일이라면 아예 쌍수를 들고 나서고 있으니.]

"이런 모습, 앞으로 자주 봐야 할 게야."

[쯧쯧! 한 마리의 수컷이 여러 암컷을 거느리는 게 자연의 마땅한 이치인데, 뭘 그렇게 한 여인에게 목을 매는가?]

"자연의 이치가 아니라 꽃다람쥐의 이치겠지. 게다가 이 년 전에 짝을 잃은 후 나랑만 붙어 다니는 자네가 할 말도 아니고."

[흥!]

콧방귀는 휘파의 십팔번이었다.

"오라버니, 자꾸 뭐라고 중얼거리시는 거예요? 조용히 하고 따르시라니까요."

윤세가 혼자 떠드는 줄 안 빈하가 주의를 주었다. 휘파가 혀를 내밀더니 소매 속으로 다시 들어갔다.

아가씨와 중년의 여인은 대문이 높이 솟은 집 앞에서 걸음을 멈추었다. 이랑비랑 한약국이 있는 저자와는 상당히 먼 곳이었다. 대문 앞에서 아가씨는 쓰개를 완전히 둘러썼고 그러자 얼굴이 하나도 보이지 않았다. 그리고는 잠시 중년 여인과 뭐라고 수군거리더니 대문 안으로 모습을 감추었다.

몸을 숨기고 지켜보던 빈하는 의아했다. 어떻게 저만한 귀족가에서 집사도 아닌 어린 여인을 약 심부름을 보낸 걸까? 집에서 부리는 사람이 아픈 걸까? 하면, 중년 여인은 도대체 뭐지? 온통 의문투성이였다.

"오라버니, 혹 저 댁이 누구네 댁인지 아셔요?"

뒤에서 같이 몸을 숨기고 있는 윤세에게 빈하가 물었다.

"글쎄. 낸들 어찌 알겠니?"

"가만히 계셔보세요."

"안 그래도 가만히 있는 중이다."

빈하가 주위를 두리번거렸다. 마침 저만치에서 젊은 사내가 한 명 걸어왔다.

"말씀 좀 여쭙겠습니다."

"그리하세요."

"혹 저 댁이 어느 분 댁인지 아십니까?"

사내는 빈하가 가리키는 손끝을 따라 시선을 옮겼다.

"저 솟을대문 집 말입니까?"

"네."

"에이, 그리 손가락질 말아요. 경을 치려고. 저 집은 대각간 김우찬 대감 댁이 아닙니까?"

"대각간 김우찬 대감이요?"

"태양궁 귀족회의의 제일 높은 관직에 계신 분이지요. 게다가 저 댁 고명딸 아가씨는 내년이 되면 한울왕 전하로 등극하실 겸 왕자님의 후비가 될 것이에요."

"그렇군요. 감사합니다."

사내에게서 눈을 돌리며 빈하가 윤세를 보았다. 손가락 두 개로 동그라미를 그려 보였다.

"오라버니, 대각간 대감의 댁이랍니다."

"나도 들었다. 한데 넌 어찌 저이들을 뒤쫓아온 게야?"

"그것이, 빈유 오라버니가 은밀히 뒤를 밟아 집을 알아오라 하여서요."

"고 약사가 말이냐?"

"네."

"그것참 기이한 일이구나."

"저도 기이하다 했어요. 병자를 진료하다 말고 본채에 들어와서는 소녀에게 그리 당부를 하고 다시 나갔다니까요."

"고 약사가 진료 중에? 일부러 본채에까지 들어와서 말이냐?"

빈하가 고개를 끄덕였다.

"기이하지요? 참으로 기이하지요?"

"그래, 참 기이하구나!"

더 이상 들킬 염려도 없는데 모퉁이에 숨어 서서 대각간의 집을 바라보았다. 같이 고개를 갸우뚱거렸다.

그때, 대각간 집의 대문으로 들어선 아가씨와 중년의 여인은 두 개의 대문을 더 지났다. 그리고는 물매화꽃이 흐드러지게 피기 시작하는 별채에 다다랐다. 내실이 있는 마루로 올라섰다. 그제야 아가씨는 쓰개를 내려서 얼굴을 보였다.

"아씨, 아라 아씨. 저희들 다녀왔습니다."

중년의 여인이 방문에 대고 말을 했다. 안에서는 아무런 대답도 나오지 않는데 여인과 아가씨는 방문을 열고 들어섰다. 방 윗목의 서탁에서 책을 펼치고 앉아 있던 여아가 두 사람이 들어서자 몸을 일으켰다.

"아라 아씨."

서탁에서 일어난 여아가 막 방문으로 들어온 아가씨를 부르며 다가갔다.

"행여나 누가 별채에 들어올까 봐 제가 얼마나 마음을 졸였는지 아십니까? 제가 아씨 대신에 이러고 앉았다는 것을 누가 알기라도 하면 제 엉덩이가 남아나겠냐고요?"

그랬다. 이랑비랑 한약국을 다녀온 이는 바로 대각간 김우찬의 무남독녀인 아라였고 중년의 여인은 아라의 유모였다. 그리고 별채 방에 앉아 아라 흉내를 내던 여아는 유모의 딸 단아로 저번에 빈유의 물심부름을 했었다.

"미안하구나, 단아야. 수고했소, 유모."

아라가 쓰개를 벗었다.

"어머니도 그러십니다. 어쩌자고 아라 아씨 장단에 맞추어 이리 저를 곤고한 지경에 처하게 하신답니까?"

단아의 입이 댓 발은 앞으로 나왔다. 별채에 앉아 아라 흉내를 내고 있던 것이 상당히 고되었던 모양이었다.

"하면 아씨가 그리 애원하시는데 끝까지 모른 척하여야 옳은 것이냐? 어찌 내가 아씨께 그리 매정할 수가 있냔 말이냐?"

"아무리 그래도 그렇죠."

"아씨께서 화농을 치료해 주신 약사님 얼굴 한번 보자 하는 것이 나쁜 일도 아니잖니? 누구라도 궁금할 수 있잖아. 아씨, 아씨도 참말 수고하셨구만요. 가마도 없이 그 먼 길을."

"나는 괜찮소. 먼 길도 아니었는데, 뭐."

아라가 괜찮다고 해도 유모는 계속 아라의 등을 쓰다듬었다.

"모르겠습니다. 하여튼 저는 가슴을 졸이다 졸이다 아주 저승 문 앞까지 골백번은 갔다 왔다니까요."

"한 번만이다. 요번 딱 한 번만이니 그만 노여움을 풀거라."

아라는 입이 나온 단아를 달래며 쓰개를 유모에게 건넸다.

"당연히 한 번만이어야지, 설마 또 하시려고요? 그랬다간 참말로 제 수명이 간당간당할 겁니다. 그나저나 약사님 얼굴은 뵈었습니까?"

여전히 입을 비죽인 채 단아가 호기심이 가득한 눈으로 아라를 보았다.

"그래. 얼굴도 뵙고 음성도 들었어."

아라의 표정은 마치 꿈속에 잠긴 듯했다.

"어땠습니까? 제 말처럼 훤칠한 분이시지요?"

단아가 다시 물었다.

"그래. 참으로 훤칠하고 참으로 다정하신 분이시더구나. 약사님 앞에서 내 마음이 한참을 어지러웠어."

"하기야 우리 아씨 귀한 옥체를 벗겨놓고 입술을 대고서는 쪽! 쪽!"

단아의 눈이 동그랗게 말렸다.

"너 무슨 그리 천박한 말을 아씨 앞에서 하는 것이냐?"

유모가 단아의 원색적인 표현에 화를 내며 머리를 쥐어박았다.

"어머닌 꼭 나한테만 그래."

"괜찮소, 유모. 없는 말을 한 것도 아닌데."

아라가 단아의 편을 들었다.

"하여튼 단아 저것은 제가 입단속을 더 시키겠어요, 아씨."

"참말 괜찮다니까. 유모랑 단아는 그만 나가보오. 내 좀 쉬어야 겠소."

"그러세요. 화농 상처가 다 아물어간다고는 하나 병 끝에 수월 찮이 고생하셨네요. 이제 의복일랑 얼른 바꿔 입으셔야지요."

유모가 발을 내리고 단아는 옷을 벗었다. 그러자 늘어진 발 뒤에서 아라가 옷을 갈아입었다.

"아씨, 저희들은 이만 물러갑니다요."

아라가 입고 나갔던 옷이 발 밖으로 나오자 단아는 그 옷을 입었다.

"그래. 수고하였네. 참으로 고맙소."

유모와 단아가 방문을 닫고 나가자 아라는 혼자 남겨졌다. 아라는 빈유가 치료해 준 왼쪽 어깨를 만졌다. 욱신거리는 낯선 통증이 올랐다. 아물고 있는 화농의 상처가 아픈 것이 아니었다.

스물한 살의 아가씨, 내년이면 사십오 대 한울왕이 될 겸의 후비로 거론되고 있는 대각간 댁의 무남독녀 아라 아가씨, 물매화 꽃을 반려화로 지닌 고귀한 아가씨.

어깨를 쓰다듬던 아라는 빈유의 얼굴을 떠올렸다. 볼우물이 깊게 패던 그 입가를. 맑은 낯빛으로 다정하게 웃어주던 그 눈매를.

"언제 다시 오실 수 있습니까?"

눈을 맞추고 물어보던 다정한 음성도 떠올렸다.

"고빈유 약사님!"

아라가 두 손을 포개어 자신의 가슴 위에 얹었다. 혼자서 빈유를 부르는 아라의 마음은 빈유의 볼우물 속으로 풍덩 빠져 버렸다.

"그래, 대각간 댁이더란 말이지?"

다시 한 번 확인하는 빈유의 음성이 낯설었다. 윤세와 빈하와 함께한 저녁상을 물린 후, 아가씨가 들어간 집이 대각간 김우찬 대감의 집이더라는 말을 들었다.

"그렇다니까요. 그 댁 고명딸 아가씨는 한울왕 전하의 후비가 될 거라고도 했고."

"누가 그러더냐?"

"지나가던 그이가 다 말해줬지요. 우리만 몰랐지 그쪽 거리 사람들은 다 알고 있나 보던데요."

빈하는 엄청난 발견이라도 한 듯했다.

"어찌하여 빈하 누이에게 그런 일을 시킨 것인가?"

냉수로 입을 가시던 윤세가 빈유를 이상하게 보았다.

"그래. 그럴 테지."

"뭐가 말인가? 묻는 말에는 답도 없이."

"입성을 바꾸었다 하여 음성까지 바꿀 수 있었겠는가? 신분을
감추었다 하여 그 고운 손까지야 감출 수 있었겠는가?"

"자네 오늘 왜 이러는가? 낮에 약국에서도 내도록 이상하더
니."

"맞아요. 도대체 혼자서 뭐라고 중얼거리시는 거예요?"

빈하와 윤세가 뭐라고 하든지 말든지 빈유는 계속 혼잣말에
빠져 있었다.

"아무리 그렇지만, 그래도 그리 하늘같이 귀한 댁이더란 말인
가? 그리 높은 아가씨더란 말인가? 해서 병증을 드러낼 수도 없
었고 약재를 받으러 오지도 않았던 것이었군."

빈유가 고개를 저었다.

"사십오 대 한울왕 전하의 후비가 되실 몸이라고? 이런, 내가
결코 만져서는 안 될 어깨를 만져 버린 것이로구나."

빈유의 볼우물이 근심으로 깊게 패였다. 어찌나 골똘히 노려보
는지 앞에 놓인 냉수 그릇이 뚫어져 버릴 지경이었다.

빈하와 윤세는 마주 보며 어깨를 으쓱거렸다.

마당의 앞뜰에는 봉숭아꽃이 지천으로 피어올랐다. 한껏 부풀
어 오른 씨꽃은 뿌듯해 보이기도 했지만 또 그만큼 위태로웠다.

바람이 불거나 만지기라도 하면 그대로 터져 버릴 준비를 하고
있었다.

봉숭아꽃의 꽃말은 <나를 만지지 마세요>.

3.

까마중

깊은 밤, 윤세는 우물물을 길어 올렸다. 구월의 우물물은 냉기를 풍기며 끌려 나왔다. 헛간에 놓아둔 목욕통에다 물을 부었다. 몇 번을 반복했다. 옆에 놓인 조그만 통 속에는 휘파가 사람처럼 뒷다리를 꼬고서 들어앉았다.

"물이 차지 않은가?"

[이 정도쯤이야, 무슨. 자네 말처럼 얼음폭포의 냉기 속에서도 살았던 우린데.]

"그곳이 그리운가?"

[윤세 자네는 그곳이 그리운가?]

"아니."

[나도 아닐세.]

"자네는 십 년을 살았던 집이잖은가?"

[십 년을 살기도 했지만 아픈 기억만 남은 곳이기도 하지.]

"자네는 기숙실에 가서 그만 자도 된다니까. 밤을 새며 번을 서야 할 것인데."

[사내 하면 의리, 의리 하면 사내. 벗이 밤을 새워가며 도둑을 지키는데 내가 먼저 잠에 들 수야 없지. 그만 떠들고 어서 물에 들어가기나 하게. 얼음폭포만큼은 아니어도 아주 시원하구만.]

기분이 좋은지 휘파가 휘파람을 불기 시작했다. 윤세가 좋아하는 '풀꽃 연가'였다. 정말로 사람이 부는 것하고 똑같았다.

목욕통 입구 조금 못 미쳐 냉기가 도는 물이 찰랑거렸다. 윤세는 아무것도 걸치지 않은 맨몸으로 목욕통 안으로 들어갔다. 물이 일렁이면서 조금 넘쳤다.

옆에 놓아둔 촛대에서는 촛불이 타올랐고 그만큼의 공간이 환하게 빛났다. 그래도 천으로 가려놓아서 밖에서는 불빛이 보이지 않을 터였다.

윤세는 고개를 들어 뒤로 젖혔다. 헛간 지붕에 가려 밤하늘은 보이지 않았다. 하지만 윤세의 시선은 지붕을 지나 밤하늘에까지 올라갔다.

고빈하.

생각만 해도 심장이 아린 이름. 몇 날이 걸려야 올 수 있는 길을 상상 속에서는 한달음에 달려와서 매일 옆에서 속삭이던 이름. 얼음폭포의 냉기 속에서 그나마 윤세가 얼어붙지 않게 했던 봄 같은 그 이름. 상처가 되었던 이름. 눈물이 되었던 이름. 멀리 있었기에 그리움이었던 이름. 이제 가까이에 있지만 여전히 그리운 이름.

"빈하야."

윤세의 고개가 더 뒤로 젖혀졌다. 휘파의 휘파람 소리는 점점 낮아졌다.

＊

아버지는 참 잔혹하고도 모진 사람이었다. 적어도 어린 윤세에게는 그랬다. 지방 소읍인 철쭉읍에서 약사로 일을 하던 아버지는 약초보다는 독초에 더 관심이 많았다.

"윤세야, 몸에 유익한 약초들이 아무리 우리 몸을 보양하여 준다 해도 잘못 먹은 한 번의 독초는 그 모든 것을 깡그리 앗아간단다. 민가에서 잘못된 지식으로 독초를 먹고 허망하게 죽어가는 이들이 많구나. 이 애비는 그를 통탄하여 독초에 대해 깊이 연구하고자 한다. 하니 이런 애비의 마음을 아들인 너는 헤아려 줄테지?"

그러면서 아버지는 어린 윤세에게 독초를 먹였다.

얼마를 먹어야 치사량까지는 이르지 않는지, 얼마나 지나야 반응이 나타나며 그 증세는 무엇인지, 그것을 다스릴 수 있는 약초는 또 무엇인지.

고열에 들떠 헛소리를 내뱉는 윤세를 눕혀두고 아버지는 일지에 기록을 하였다. 물론 아버지가 항상 먼저 독초를 먹었고 그때는 모든 것들을 윤세가 기록하여야 했다.

윤세가 열다섯 살이 되던 해였다.

같이 독초를 나눠 먹고 아버지와 윤세는 나란히 누웠다. 이제 두 사람 다 면역이 생겼으니 함께 실험을 해보자고 아버지는 말하였다. 약국이 하루 쉬는 날이니 괜찮을 것이라고도 하였다.

이름도 생각나지 않는 독초를 먹은 윤세는 목이 타들어가듯이 아팠다. 손가락 하나도 움직일 수 없게 온 신경이 갈가리 찢어졌다.

"아버지, 아버지. 너무 아파요. 죽을 것 같아요. 물, 물 좀."

윤세는 옆에 누워 있는 아버지를 불렀다. 답이 없었다.

"아버지…… 제발 물을 좀."

윤세의 목소리는 애절했지만 아버지는 여전히 답이 없었다.

그제야 윤세는 옆에 누운 아버지의 가슴이 전혀 오르내리지 않는다는 것을 알았다. 방 안에서 오르는 거친 호흡은 오직 윤세의 것 하나뿐이었다.

"아버지!"

꼼짝도 할 수 없는데 윤세의 눈물만은 폭포수처럼 흘러내렸다.

아버지의 시신과 함께 누워 하루가 지났고 약국에 진료를 하러 왔던 병자가 두 사람을 발견하였다. 여전히 열에 들떠 있는 윤세를 눕혀두고 철쭉읍의 사람들은 자기들끼리 아버지의 장례를 치렀다.

혼자 남은 방 안에서 윤세는 꼼짝도 하지 않았다. 이웃 사람들이 음식을 가져다주었다. 방문을 열어 들여다보며 걱정하는 말들도 하였다. 하지만 걱정스러운 손길로 먹여주는 음식은 반이나 넘게 윤세의 입 밖으로 흘러 버렸다. 윤세는 신경도 쓰지 않았다. 눈꺼풀을 깜빡이는 것조차 귀찮았다. 매일 돌아가면서 밤을 보내주는 이웃 사람들을 한 번 쳐다보지도 않았다. 그러면서 독초에 빠져 사는 아버지를 저주하며 떠나 버린 어머니를 떠올렸다.

"두고 봐요, 당신. 그 독초가 반드시 당신과 윤세까지도 몽땅 망쳐 버리고 말 테니까. 이제 지긋지긋해요. 저 무시무시한 독초들도, 독초보다 더 독한 당신도. 떠날 거예요. 나는 그만 이 무서운 곳을, 당신 곁을 떠나 버릴 거라고요."

그렇게 말하면서 단 한 번도 윤세에게는 같이 가자고 하지 않았다. 그리고 어느 날 어머니는 정말 윤세의 삶 속에서 사라져 버렸다. 마치 처음부터 아버지 혼자서 윤세를 낳아서 기른 것처럼. 그래서 단 한 번도 어머니를 그리워하지 않았다.

그런데 그때는 어머니가 그리웠다. 마지막으로 눈 속에 새겨놓았던 얼굴도 이제는 기억나지 않는데 어머니가 미치도록 보고 싶었다.

'어머니, 어머니. 보고 싶어요.'

얼마나 불렀는지 모르겠다.

윤세의 반려화는 엉겅퀴였다. 혼자 있을 때면 윤세의 오른쪽 어깨에서 엉겅퀴꽃들이 진짜로 돋아났다. 보라색 가시를 날카롭게 세웠다. 반려화를 부릴 수 있는 능력을 가진 사람은 몇 되지 않는데 윤세가 그랬다. 그 가시는 일제히 윤세를 찔러댔다. 밤낮이 따로 없이 피가 흘렀다.

그렇게 한 달 가까이 시간이 흘렀다.

"윤세야."

누군가가 윤세를 불렀다. 아침을 등진 방문이 열리더니 긴 그림자가 하나 들어섰다.

"윤세야."

다시 윤세를 불렀다. 아버지에게서는 한 번도 들어보지 못한 다정한 음색이었다.

"그만 일어나거라. 나와 같이 가자꾸나."

눈물이 고인 다정한 목소리가 윤세를 부축해 일으켰다. 강인한 어깨에서 연하게 약 냄새가 났다.

남자와 함께 윤세는 말에 올랐다. 휘청이는 윤세의 몸을 뒤에 앉은 그림자가 꽉 안아주었다. 기억도 나지 않는 어머니의 품속처럼 포근하였다.

말을 타고 집에서 멀어져 갔다. 열다섯 살의 윤세는 마지막으로 뒤를 돌아보았다. 온통 엉겅퀴가 피어올라 앞마당이 보라색으로 물이 들어 있었다. 엉겅퀴 속에 서서 아버지는 윤세를 향해 손을 흔들었다.

'아버지.'

윤세의 눈을 보며 아버지는 눈가를 늘이며 서글프게 웃었다. 윤세가 기억하는 한, 처음 보는 아버지의 웃음이었고 그리고 마지막이었다.

"집 앞마당이 온통 엉겅퀴로구나. 너의 반려화가 엉겅퀴라지? 설 약사 그 사람도 참! 하고많은 꽃들 중에 어쩌자고 엉겅퀴를 아이에게?"

긴 그림자가 윤세의 뒤에서 말을 했다.

말을 달려 국읍으로 올라왔다. 긴 그림자의 주인은 아버지의 오랜 벗이자 이랑비랑 한약국을 운영하는 고진서 약사로 바로 빈하와 빈유의 아버지였다.

윤세는 고 약사 집의 사랑채에 누워서 또 며칠을 보냈다. 하루에 몇 번씩 고 약사가 들여다보고 갔다. 황씨 부인도 다녀갔다. 하지만 한 번도 윤세는 고개를 들지 않았다.

"사랑채 이 방에는 아무도 출입하지 않게 단속하게. 특히나 빈하는 더."

"알겠습니다, 도약사님."

"나으리, 저는 도저히 저 아이가 마음에 들지 않습니다. 딱 엉거퀴 같은 아이입니다. 매일 독초를 먹고 자랐다면서요? 독을 품고 가시가 있는 꽃을 집 안에 두는 법은 없습니다."

"어허, 부인도 참. 아직 어린아이에게 그 무슨 말씀이오? 하고 저 아이의 반려화가 엉겅퀴인 것이 아이의 잘못이랍니까?"

"엉겅퀴처럼 자란 것은 잘못이 되겠지요."

"이제 열다섯 살이오. 저라고 좋아서 그렇게 자랐겠습니까?"

"어찌 되었든 저 아이가 우리 집에 머무는 것이 저는 싫습니다."

"부인은 거기에 대해서는 더 이상 말을 하지 마세요. 내가 거두었고 내가 살아 있는 한은 끝까지 지킬 것이오."

바깥에서는 그런 이야기들이 들려왔다.

시간이 가는 줄도 모르고 아침이 지나면 밤이 찾아왔다. 밤이 지나면 또 아침이 왔다. 그렇게 몇 날이 또 흘렀다.

"오라버니."

고 약사의 긴 그림자가 윤세의 집에 들어섰을 때처럼, 조그마한 그림자가 윤세가 누운 사랑채의 방으로 들어왔다. 종종걸음을 치며 윤세의 곁으로 다가왔다.

"오라버니, 살았니? 죽었니?"

조그만 여자아이의 음성이 툭 하고 윤세의 어깨를 건드렸다.

"오라버니야, 죽었냐고?"

여자아이가 또 윤세의 어깨를 건드렸다. 윤세는 그냥 다 귀찮았다. 눈을 꼭 감고 죽은 듯이 누워 있었다.

하지만 여자아이는 포기하지 않고 계속 말을 걸었다. 윤세는 그제야 겁을 주어서 쫓아버려야겠다고 생각했다.

벌떡 몸을 일으켰다. 그리고는 눈에 힘을 주어 여자아이를 노려보았다. 윤세의 눈매가 워낙 날카로워서 힘을 주어 노려보면 어른들도 뒷걸음질을 치고는 했다.

그런데 순간, 윤세의 눈앞에 보이지 않는 불꽃이 일었다. 윤세의 날카로운 눈매로 노려본 눈은 어리고 작은 눈동자였다. 봄처럼 예쁜 눈동자였다. 하얀 별 모양의 꽃 밑에 촘촘히 매달린 까마중 열매처럼 탐스러운 눈동자였다.

"살아 있었구나, 윤세 오라버니."

까마중 열매 같은 여자아이의 눈동자가 윤세의 이름을 불렀다. 입에서는 단내가 났다.

"누구냐, 넌?"

"윤세 오라버니, 내 이름은 빈하."

"빈하?"

마치 태어나서 처음으로 발음을 해보는 것처럼 윤세가 빈하의 이름을 불렀다.

"응, 빈하. 우리 아버지께선 고진서 약사이지요."

빈하가 배시시 웃었다.

"참 이상하다. 어머니가 말씀하시길 '참으로 엉겅퀴 같은 녀석입니다!'라고 하더니 다 거짓말이네. 오라버니 어디가 엉겅퀴 같애?"

빈하가 황씨 부인의 말소리를 흉내 냈다. 그 모습이 너무 귀여워서 윤세는 그만 웃어버렸다. 몸을 가득 채우고 꼿꼿하게 바늘이 섰던 엉겅퀴 잎새들이 한꺼번에 늘어져 버리는 기분이었다.

"웃으니 이리 고운 오라버니인데. 그치? 윤세 오라버니."

빈하가 다시 윤세의 이름을 불렀다. 그 음성을 따라서 윤세의 심장이 울렁거렸다. 이상하게 목도 탔다. 하지만 분명히 독초를 먹었을 때와는 다른 느낌이었다.

몸이 완전히 회복된 이후부터 고 약사의 밑에서 약학을 배웠다. 아버지에게서 배웠던 독초에 관한 지식들이 무용지물은 아니라서 공부에 큰 밑천이 되었다. 윤세는 처음으로 아버지에게 감사했다.

"윤세 오라버니, 이것 좀 먹어봐. 어머니가 나만 먹으라고 주신 거다."

열두 살의 빈하가 약재를 정리하고 있는 윤세에게 다가와 과자를 내밀었다. 열다섯 살의 윤세는 손에 묻은 약재 부스러기를 털면서 빈하를 향해 웃었다.

"빈유 오라버니도 주지 않은 거니까 아무한테도 얘기하면 안 돼."

"빈유가 보면 또 골내겠는데."

"상관없어, 몰래 먹으면. 게다가 빈유 오라버니는 내가 오라버

니에게 먼저 줬다고 오히려 좋아할걸? 날마다 바보같이 웃기만
하잖아."

"그래도."

"얼른 먹고 둘이서 시침 뚝 떼면 그만이야."

"녀석."

빈하와 윤세는 다정하게 앉아서 과자를 나누어 먹었다. 빈하가
윤세의 입가에 묻은 과자 부스러기를 작은 손으로 털어주었다.

열세 살의 빈하가 까마중을 가득 머금고 웃었다.

"오라버니, 나 좀 봐. 이가 온통 새까매. 옆집 할머니처럼 나는
이에 염색했다."

검게 변한 잇속이 보이자 열여섯 살의 윤세가 빈하의 볼을 꼬
집었다.

"아야, 아프잖아."

"이런, 미안해. 많이 아팠어?"

"아니, 하나도 안 아파. 윤세 오라버니가 꼬집는 건 언제라도
좋아."

"다른 사람이 꼬집으면 아프고?"

"아니. 사실은 빈유 오라버니가 꼬집는 것도 나는 좋아."

볼을 감싼 빈하는 해맑기만 했다.

열다섯 살의 빈하가 비비추꽃을 안고 걸어갔다. 열여덟 살의
윤세가 다가와 놀래켰다.

"오라버니, 깜짝 놀랐잖아."

정말 놀랐는지 빈하의 어깨가 들썩거렸다.

"놀래라고 한 건데 안 놀래면 재미없잖아."

"그렇다면 나중에 나도 복수하고 말 테야."

"얼마든지."

"두고 봐. 되로 주고 말로 받는다는 속담을 뼈저리게 알게 될 테니."

"아직 뼈저릴 나이는 아닌데."

"그럼 내가 이 자리에서 뼈가 저리게 해줄까?"

"이래 봬도 통뼈란다."

"통뼈 저리는 소리를 들어봤나 몰라?"

눈을 흘긴 빈하가 윤세의 어깨를 때려주었다. 윤세는 그저 좋아서 웃었다.

열여섯 살의 빈하가 산길을 걸어갔다.

"다리 아프지? 업혀."

열아홉 살의 윤세가 빈하에게 등을 내밀었다.

"안 돼. 누가 보면 어쩌려고?"

"보면 어때? 참 다정한 오누이구나 하고 부러워하겠지."

"그렇지? 사실은 나도 그렇게 생각하고 있었어."

빈하가 윤세에게 업히면서 혀를 쏙 내밀었다.

열일곱 살의 빈하가 배씨 아주머니를 따라 채소를 다듬고 있었다. 배씨는 이씨가 오기 전 집안 살림을 봐주던 여인이었다.

"빈하 누이, 어울리지 않게 뭐 하는 게야?"

스무 살의 윤세가 다가가 무엇을 하냐고 물었다.

빈하는 답이 없었다.

"빈하 누이, 괜히 아주머니 일감만 더해놓는 것 아니니?"

윤세의 한쪽 입가가 올라갔다.

"몰라요. 남이사!"

대답도 안 하고 얼굴이 발개지더니 빈하는 제 방으로 들어가 버렸다.

"아이고, 우리 빈하. 부끄러운가 보네."

배씨가 웃자 윤세가 뒷머리를 긁적였다.

윤세는 스물한 살이 되었다. 빈하의 집에 온 지가 햇수로 꼭 육 년이었다.

"윤세야."

약국 문을 닫고 사랑채로 들어왔는데 고진서 약사가 윤세를 찾아왔다.

"스승님, 어찌 저를 부르시지 않고요?"

무릎을 꿇고 앉는 윤세를 고 약사가 다정하게 보았다.

"윤세 너, 혹 마음에 두고 있는 아가씨가 있느냐?"

"그는 어찌 물으십니까?"

윤세는 사실은 빈하라고 얘기하고 싶었다. 하지만 그러기에는 약사도 되지 못한 자신의 위치가, 그리고 언제나 자신에게는 싸늘 하기만 한 황씨 부인이 마음에 걸렸다.

"이제 너도 성년이 되지 않았느냐? 맞춤한 짝을 정해주고 싶은 데."

"……."

"우리 빈하는 어떠하냐?"

고 약사의 물음에 윤세의 눈이 휘둥그레졌다.

"너와 짝지어놓고 내후년쯤에 혼례를 치르면 좋겠는데. 그때가 되면 빈하는 스물, 너는 스물세 살이 되니 크게 부족함이 없을 것 같구나."

"스승님!"

"너의 엄친(남의 아버지를 높여 부르는 말)과 약조를 하였었다. 아이가 태어나면 서로 가시버시를 맺어주자고. 내게는 빈하와 빈유가 있고 너는 설 약사의 유일한 핏줄이니 너와 빈하가 짝을 맺는 게 옳은 일이겠구나."

고 약사는 자애로운 눈빛으로 윤세의 손을 잡았다.

그해 유월, 윤세와 빈하는 고 약사와 함께 비비추를 캐러 갔다. 빈하는 그냥 집에 있으라고 했는데 끝내 고집을 부려서 따라나온 걸음이었다.

"아아악!"

절벽 끝에 위태하게 서 있던 빈하의 발 앞이 무너졌다. 하지만 윤세는 때를 놓칠 수가 없었다. 윤세는 고 약사에게 검을 휘둘렀다. 가슴을 움켜쥔 고 약사는 비비추 꽃밭 속으로 쓰러졌다.

그런 후에도 윤세는 빈하에게 달려가지 않았다. 가만히 쳐다만 보았다. 결국 처절한 비명과 함께 나무뿌리에 매달려 있던 빈하의 작은 손이 더 이상 보이지 않게 되었다.

✳

윤세는 생각에서 깨어났다. 무언가 바스락거리는 소리를 들은 것이다. 촛불을 불어서 끈 후에 살그머니 물에서 나왔다. 물기가 떨어지는 맨몸에 수건을 돌려 둘렀다. 옷까지 챙겨 입을 시간이 없었다. 의리를 외쳐 대던 휘파는 짚단 위에서 꼬리를 말고 잠들어 있었다.

이즈음, 약재 창고에 도둑이 자주 들었다. 그래서 빈유와 기후와 함께 돌아가며 저녁 번을 섰다. 지금은 기후가 번을 서고 있고 한 시간 후에는 윤세의 차례였다. 졸음을 쫓으려고 먼 뒷마당 헛간에서 목욕을 하는 중이었다. 윤세는 얼른 달빛이 들지 않는 귀퉁이로 몸을 숨겼다.

한편 조금 전, 빈하는 달빛이 밝아 잠에 들지 못하고 뒤척이다가 마당으로 내려섰다. 약재 도둑이 자꾸 드는 모양이니 저녁에는 문단속을 잘 하고 바깥출입을 하지 말라고 빈유가 일러주었는데도 약재 창고 쪽으로 다가가 보았다. 번을 서는 기후가 꾸벅꾸벅 졸고 있었다.

숨을 한 번 내쉬고 조금 더 걸었다. 그런데 그때, 뒷마당 쪽에서 이상한 소리가 났다. 물이 첨벙거리는 소리 같기도 하고 조심스럽게 걷는 발자국 소리 같기도 했다. 휘파람 소리도 섞여서 났다.

조금 더 걸어가 보니 소리가 나는 곳은 헛간이었다. 자질구레한 살림 도구를 보관하는 일 말고는 쓸 일이 없는 곳인데. 빈하는 귀를 기울여 보았다. 분명 소리가 났다. 게다가 언뜻 불빛도 본 듯했다.

이놈의 도둑, 오늘 이 빈하한테 아주 잘 걸리셨구만. 빈하는 겁도 없이 기후를 부를 생각은 안 하고 헛간 안으로 발을 들였다.

윤세는 모퉁이에 숨어 서서 입구 쪽을 보았다. 어두움이 가려놓아 잘 보이지는 않지만 분명 그림자 하나가 헛간 쪽으로 들어서고 있었다.

'이 야심한 시간에 누가 헛간에?'

들어온 그림자는 이리저리 헛간 안을 둘러보았다. 윤세는 그 그림자가 자리옷인 바지를 입고 있어서 남자처럼 보이는 빈하라는 걸 알 턱이 없었다. 재빠르게 다가가 그림자의 손목을 낚아챘다.

"누구냐?"

찬물에 들어 있다가 나와서 목이 잠긴 윤세가 물었다. 잡힌 손목은 가늘었다. 하지만 빈하는 대답도 없이 윤세의 손에서 벗어나려고 버둥거렸다. 목소리를 내서 여자라는 것을 들키면 더 큰일이었다.

"누구냐고 물었다."

답은 없이 빈하가 윤세를 세게 밀쳤다. 그대로 밖으로 달아날 기세였다. 도둑을 잡으려고 들어왔다가 오히려 자기가 잡힐 판이었다. 빨리 도망쳐서 오라버니들에게 알려야 했다.

하지만 윤세가 빈하를 세게 끌어당겨 바닥에다가 눕힌 후 한쪽 무릎을 세워 빈하의 몸을 내리눌렀다. 그대로 촛불을 끌어당겨 부싯돌을 부딪쳤다. 초에 불이 붙더니 어둡던 헛간이 환하게 밝아졌다.

윤세는 촛대를 들어 누워 있는 그림자의 얼굴 가까이로 가져다 댔다.

"빈하…… 누이?"

촛불 빛 아래에서 빈하의 얼굴이 드러났다.

"윤세 오라버니?"

빈하도 그제야 자신을 내리누르고 있는 이가 윤세라는 것을 알았다.

"아니 빈하 누이가 이 시간에 여기엔 어쩐 일이냐?"

"그보다 몸부터 치워주세요. 등이 시립니다."

"아이쿠, 이런. 미안하구나. 어서 일어나거라."

윤세는 촛대를 옆에 세워두고 빈하를 잡아 일으켰다.

"그러는 오라버니야말로 이 야심한 시각에 헛간에는 어인 일로 와 계시는 거예요? 요즘 약재 도둑이 잦다 하여 저는 꼭 도둑인 줄로만 알았습니다."

몸을 일으키면서 빈하가 말을 했다. 하지만 몸을 완전히 일으킨 빈하의 입이 딱 막히고 말았다. 그제야 윤세의 벗은 몸이 보였다. 수건으로 허리 아래만 간신히 가려놓은 윤세의 몸이.

"윤, 윤세 오라버니. 무, 무얼 하시고 계셨던 겁니까? 그 모, 모양새가 무엇입니까?"

빈하가 두서없이 말을 더듬었다. 냉큼 몸을 돌리며 빈하가 외면하자 그제야 윤세도 자신의 차림새를 깨달았다.

"이런, 잠시 목간 중이었는데."

"이 찬 저녁에 말입니까?"

"그대로 돌아서 있어라. 약재 도둑 때문에 번을 서기 전에 잠시 정신을 깨느라 그랬다. 내 또한 들어서는 네가 약재 도둑인 줄 알았어."

빈하가 돌아선 뒤에서 부스럭거리며 윤세가 옷을 입었다.

"오, 오라버니, 저는 이만 들어갑니다."

"빈하 누이, 잠시만 기다리거라. 내가 실수를 하였다."

"아니에요. 서로가 다 약재를 지키고 싶은 마음에 그런 게지요. 갑니다."

빈하가 후다닥 창고를 뛰어나갔다. 얼굴이 발갛게 달아올랐다.

"어째서? 심장에다가?"

긴 물음표가 빈하를 따라서 같이 뛰어나왔다. 빈하는 두근거리는 심장을 진정시키며 내실 쪽으로 향해 갔다.

막 사랑채 쪽에서 나오던 빈유가 빈하의 그 모습을 보았다.

"빈하야, 내 저녁에는 문밖출입을 하지 말라고 일렀는데."

"잠시 바람이나 쐬러 나왔어요. 오라버니야말로 이 시간에 어찌?"

"약재 창고에서 돌아가며 번을 선다 하지 않았느냐? 지금은 배약사가 번을 서고 있는데 잠시 나가보려 한다. 한데 너는 이 싸늘한 가을밤에 얼굴이 왜 그리 붉은 게야?"

정말이었다. 빈하의 얼굴이 숯불이라도 끼얹은 양 뜨겁게 불타올랐다.

"아니에요. 잠시 뛰었더니 숨이 차나 봅니다."

"혹여 또 그 꿈을 꾼 게냐?"

빈유가 걱정스럽게 물었다. 그 꿈만 꾸고 나면 빈하는 꼭 열이 나면서 기침을 했다.

"아니에요. 참말 아닙니다. 그런데 오라버니……"

잠시 말을 멈추었다가 빈하가 고개를 갸웃거렸다.

"혹여 심장 위에다가도 반려화를 놓습니까?"

"너의 문신 말이냐?"

"아니요. 그게 아니고, 반려화 문신은 보통 오른쪽 어깨 뒤에 놓지 않습니까?"

"그렇지."

"한데 심장 위에다가 반려화 문신을 놓기도 합니까?"

"반려화를 심장 위에?"

"네."

"아니다. 그건 너무 위험한 일이야. 늘 심박이 뛰고 있고 심장에서 뇌로 오르는 혈관이 밀집해 있으니 문신을 잘못 새겨 넣으면 자칫 생명에 치명적일 수 있어."

"그렇겠지요? 소녀 또한 그 일만 아니었다면……"

잠시 빈하의 얼굴에 그늘이 깃들었다.

"빈하야."

빈유가 다정히 빈하를 불렀다.

"너는, 살리기 위해 놓은 문신이었다. 혹 그 일로 하여 힘이 드는 게냐?"

"아닙니다, 절대."

"하면 왜 묻는 것이냐?"

"정말 아무것도 아닙니다. 어서 약재 창고에나 나가보세요."

"뭐가 됐든 힘든 것이 있으면 언제든 오래비에게 말을 하려무

나. 내 살펴줄 것이니."

"네."

빈유가 달빛을 밟으면서 약재 창고 쪽으로 갔다.

'오라버니, 심장 위에다 비비추 문신을 새긴 이를 보았어요. 저처럼요.'

빈유의 뒷모습을 보며 빈하는 혼자서 속으로 말을 했다.

달빛과 함께 빈유가 약재 창고 쪽으로 사라지자 빈하는 자신의 방으로 들어갔다. 따라 들어오는 달빛도 없는데 방문을 닫지 못하고 한참을 서 있었다. 어둡던 방 안에는 달빛이 내려 모든 사물이 희끄무레했다.

빈하는 펴놓은 잠자리 위에 앉았다. 밀쳐 두었던 철제 거울을 몸 앞으로 끌어왔다. 화가야의 철광산인 해든재에서 캐낸 강철로 만든 철제 거울이었다.

빈하는 조용히 거울을 들어 올렸다. 잘 닦인 거울이 희미한 달빛 아래 반들거렸다. 다른 손으로는 조용히 저고리를 풀었다. 얇게 바스락거렸다. 그 소리가 이랑풍의 바람 자락처럼 들렸다.

저고리가 빈하의 어깨에서 미끄러져 내리고 맨 어깨가 드러났다. 드러난 어깨는 빈하의 얼굴처럼 동그랬다.

빈하는 철제 거울을 몸 앞으로 당겼다. 저고리를 벗은 자신의 어깨가 거울에 비쳤다. 몸을 틀자 오른 어깨 뒤에 반려화인 비비추 문신이 보였다. 이번에는 조금 밑으로 심장 앞, 문신사가 놓아준 비비추 꽃이 보였다. 손을 올려 쓸어보았다.

반려화를 수놓는 오른쪽 어깨가 아닌 파닥이는 심장, 그 위에 불꽃처럼 수놓인 비비추 문신.

빈유 오라버니가 들려준 얘기는 이랬다.

*

잃어버린 기억 속의 그날.

빈하는 아버지와 함께 약재를 채취하러 갔다. 아직 약학생이었던 빈유는 약재를 조제하느라 바빴다.

정신없이 약초를 캐던 아버지가 절벽 끝자락으로 다가갔다. 빈하가 말렸지만 아버지는 온통 약초에 정신이 팔려 있었다.

약초를 캐고 일어서려는데 갑자기 아버지가 서 있는 절벽 끝자락이 무너지기 시작했다. 빈하가 몸을 날려 아버지를 감싸 안았다.

곧 무너진 절벽 끝으로 두 사람은 떨어져 내렸다. 하나로 감싸 안았던 아버지와 빈하의 몸도 분리가 되었다. 높디높은 절벽이었다.

아버지는 그 자리에서 목숨을 잃었고 빈하는 겨우 목숨을 건졌다. 절벽 밑에 피어난 비비추가 빈하의 몸을 받아주었기 때문이란다. 빈하의 반려화인 비비추가 빈하의 생명을 지켜준 것이었다.

하지만 평생 지울 수 없는 큰 상처를 입었다. 왼쪽 어깨 앞에서부터 젖가슴 바로 위까지 지그재그로 찢어진 상처. 혼기가 찬 아가씨에게 치명적인 상처였다.

"빈하야, 너의 상처를 그대로 둘 수만은 없구나."

추락 사고로부터 두 달이 지나갈 무렵, 빈유가 말했다.

"하면 어찌해야 하나요?"

"솜씨가 비상한 문신사가 있어. 그 상처 위에 너의 반려화인 비비추꽃을 새겨주겠다 하는구나. 심장 위에 문신을 놓는 건 참으로 위험하고도 어리석은 일이다. 하지만 이 오래비가 아는 지식을 모두 동원해서 위험치 않게 해줄 것이다. 오라버니를 믿어주겠니?"

"그리 아니 해도 저는 괜찮습니다."

"아니, 하나뿐인 내 누이가 그런 상처를 안고 평생을 살게 하고 싶지 않아."

"저는 정말로 괜찮다니까요."

"내가 싫어 그런 것이야."

그래서 심장 위 찢어진 상처에다가 비비추 문신을 새겼다.

빈유가 달여준 길초근(쥐오줌풀 뿌리: 달여서 천연수면제로 사용함)이 들어간 약재를 한 사발 마시고 누웠다가 일어나니 이미 문신은 끝나 있었다.

그렇게 오른쪽 어깨 뒤에는 원래 있었던 한 송이의 비비추가, 왼쪽 어깨 앞에서 심장 부근까지는 상처의 결을 따라 불꽃 모양으로 수놓인 비비추 꽃무더기가 빈하의 몸에 자리하게 되었다.

빈하는 거울 속의 비비추 꽃무더기를 다시 쓸어보았다. 손끝에 비비추꽃 향이 묻어나는 듯했다.

'그런데 윤세 오라버니는 왜? 윤세 오라버니의 반려화는 엉겅퀴라고 했잖아. 그런데 오라버니는 무엇을 숨기려고 심장 위에다가 꽃 문신을 놓은 것일까? 반려화인 엉겅퀴도 아닌 비비추를?'

거울 속에 비친 빈하의 얼굴이 깊은 생각에 잠겼다.

똑똑히 기억난다. 벗은 윤세의 상체를 보았을 때, 윤세도 심장 위쪽으로 불꽃무늬 같은 비비추 문신을 가지고 있었다. 빈하의 것과 한 치의 오차도 없이 똑같았다. 너무 엉겁결이라서 오른쪽 어깨 뒤에 놓인 윤세의 반려화, 엉겅퀴는 보지도 못했다.

'윤세 오라버니, 정말 왜? 무엇 때문에?'

가슴의 비비추 문신 위에 손을 얹으면서 빈하는 혼자 중얼거렸다.

구월이 꽃잎 위로 지나가면서 까마중이 익어갔다. 까마중 씨꽃들은 하얀 통꽃 사이로 올망졸망 열매를 머금었다.

이랑비랑 한약국의 세 남자는 뜨악한 시선으로 덧치마를 걸치고 있었다. 본채와 통하는 쪽문 앞에 나란히 선 세 남자는 벌을 서고 있는 것 같았다.

덧치마. 병자를 돌볼 때 옷 위에 걸쳐 입는 것. 혹 병자의 상처가 옮겨 묻는 것을 막아주고 주머니를 달아서 필요한 도구들을 넣어가지고 다니기도 했다.

빈하가 포목점에서 끊어온 삼베 옷감으로 빈유, 윤세, 기후의 덧치마를 지어 들고 왔다. 그리고 덧치마를 입은 세 남자의 얼굴은 지금 뜨악하게 질려 있었다. 여름날부터 만든다고 난리였던 삼베 덧치마가 가을이 되어서야 완성이 되었다. 역시 빈하였다.

"이리저리 팔을 움직여 보세요. 혹 불편한 부분이 있으면 수선을 해야 합니다."

연신 싱글거리는 빈하의 얼굴에 뿌듯함이 담겼다.

윤세는 팔을 들어봤다. 바느질이 제대로 되지 않은 솔기에서 뿌드득 실밥이 뜯어지는 소리가 났다. 빈유는 덧치마 앞쪽을 들어보았다. 박음질이 엉성해서 실밥이 나풀거렸다. 기후는 끈을 묶었다. 치마 부분과 끈이 제대로 달리지 않아 덧치마가 한쪽으로 기울어졌다. 세 남자는 동시에 손바닥에 얼굴을 묻었다. 아이구! 하는 탄식 소리는 그렇게 손바닥에 묻혀 버렸다.

"왜들 그러세요? 어디가 불편하십니까?"

빈하가 걱정스럽게 물었다.

"아, 아니다. 참으로 좋은 덧치마를 만들었구나."

빈유가 덧치마를 정돈하며 몸에 걸쳤다.

"그래. 내도 마음에 적이 흡족하구나."

윤세도 덧치마를 들었던 팔을 내렸다.

"고맙구나. 잘 입도록 하마."

기후도 한쪽으로 비뚤어진 덧치마의 모양을 애써 바로잡았다.

"그렇다면 되었습니다. 부지런히 바느질을 해서 조만간 한 벌씩 더 맞추어 드릴게요."

"그, 그래."

빈하는 세 남자의 얼굴색을 알아채지 못한 채 어깨를 으쓱거리며 본채 대문 쪽을 향해 갔다.

"빈유."

덧치마를 풀지도 묶지도 못한 채 윤세가 빈유를 불렀다.

"대체 언제부터 빈하가 바느질을 시작한 것인가?"

"나도 정확히는 모르겠네. 일전에도 말했지만 사고 후 완전히 깨어난 이후로 저리 바느질하며 음식 만들기며 공을 들이는군."

"그래도 어찌 되었건 입기는 입어야겠지?"

아직도 덧치마를 손으로 잡고 있던 기후의 말이었다.

"그렇지."

세 남자가 동시에 한숨을 내쉬었다. 그중에서도 윤세의 한숨이 제일 컸다.

그 시각, 빈하가 대문간으로 향하고 있는데 열려 있던 대문으로 누군가가 들어섰다. 미우가 왔다. 그리고 미우의 옆에 한 남자가 같이 들어섰다.

"명노랑(랑: 청년 남자를 부르는 호칭)."

들어서는 남자를 보며 빈하가 반갑게 불렀다. 명노라 불린 남자와 미우가 손을 흔들었다.

"명노 오라버니가 저자 구경을 가자는구나. 너도 같이 가자고."

"그래. 하면 내야 좋지."

망설임도 없이 빈하가 다가서자 세 사람은 함께 대문을 나섰다. 아직까지도 본채와 맞붙은 쪽문 앞에 서 있던 윤세가 빈유를 보았다.

"혹 저이인가? 빈하와 혼인 말이 있었다는?"

"그러네."

그러고는 빈유는 더 말이 없었다. 윤세의 얼굴이 어두워졌다.

대문을 나선 세 사람은 길을 걸었다. 오후의 저잣거리는 부산했다. 저마다 셈을 하며 물건을 주고받는 사람들의 얼굴이 진지

했다.

명노가 조금 앞서 걷고 미우와 빈하는 뒤를 따랐다.

명노는 미우의 고종사촌 오빠였다. 지방 민들레 소읍에서 살고 있었는데 일 년 전 무과 시험에 급제하여 국읍으로 올라왔다. 태양궁의 지시위부령이 되어 미우의 집에서 함께 기거하고 있었다.

날카로운 눈매에 큰 키, 그리고 균형 잡힌 몸. 어느 모로 보나 윤세와 많이 닮았다. 남자에게 관심이라고는 없던 빈하가 처음 본 그날부터 좋아하며 즐겨 따랐다. 그 이유를 미우와 빈유는 알았다. 빈하에게 말을 해주지는 않았지만.

황씨 부인이 한 번 혼인 말을 꺼내기도 했지만 빈유가 극구 반대를 하였다. 빈하도 혼인까지는 관심이 없었다.

"빈하야, 윤세 오라버니랑은 좀 어떠니?"

"윤세 오라버니? 왜? 서로 편하게 잘 지내고 있다."

"아직도 윤세 오라버니에 대해 아무 기억도 나지 않니?"

"응. 그래도 상관없다. 지금도 오누이처럼 다정히 지낸다."

"오누이처럼?"

빈하가 고개를 끄덕였다.

"그렇구나."

"왜 묻는 것이냐?"

"네 기억에서 잃어버린 사람이라서 혹여 불편할까 하여 물어보는 게지."

"불편할 게 무어니? 빈유 오라버니를 도와주는 고마운 사람인데."

"빈하야, 하면 저기…… 내가 윤세 오라버니를 좋아해도 되겠니?"

망설임 끝에 가까스로 물어온 미우의 말이었다.

"으응? 미우 너, 윤세 오라버니를 말이냐?"

"그래."

"……."

"괜찮니?"

"그, 그야 나한테 물어볼 일은 아니지 않니?"

빈하는 이상하게 대답이 쉽게 나가지 않았다. 기분이 쌉싸름했다.

"하지만."

미우가 입속으로 삼키듯이 다시 말을 했다.

"되었다. 그는 네가 알아서 하면 될 일이지."

무심하게 답을 하며 빈하는 앞서가는 명노를 보았다. 어색한 분위기에서 빨리 벗어나 버리고 싶었다.

"명노랑, 같이 가세요. 어찌 걸음이 그리 빠르십니까?"

빈하는 곧장 명노의 옆으로 가서 섰다. 그리고 미우는 앞서 걸어가는 두 사람을 보았다.

'빈하야, 너에게 물어볼 말은 아니라고? 아니. 네 기억이 돌아오면 내 뺨을 내려칠지도 모를 말인데.'

하지만 곧 생각을 떨쳐 버리고 미우도 걸음을 빨리했다.

"오라버니, 빈하야, 같이 가요."

미유가 다가가자 세 사람이 다시 나란히 서게 되었다.

빈하는 곁눈질로 미우를 보았다. 무심한 척하였지만 기분이 언짧았다.

'그래, 미우야. 나한테 물어볼 일은 아니다.'

빈하는 고개를 젓고는 일부러 더 씩씩하게 걸어갔다. 그런데 다리가 잘 들리지 않았다.

"약사님, 고 약사님!"

다급한 윤세의 목소리가 진료실 밖에서 날아들었다.

"약학생님, 무슨 일입니까?"

"급한 병자가 있어 약사님께서 먼저 좀 봐주셔야겠습니다. 어린 아이입니다."

"얼른 먼저 들이세요."

그제야 윤세의 뒤에서 아이를 안은 어머니가 모습을 드러냈다. 여섯 살쯤 되어 보이는 여자아이는 머리에 흰 천을 감고 바들바들 떨고 있었다. 차례를 기다리고 있던 다른 병자들이 자리를 물러나 주었다. 일을 돕는 아낙이 정리를 했다.

"아이를 천천히, 조심해서 안아 들이세요."

상태가 어떤지 알지를 못해 아이의 어머니에게 안고 들어오라고 했다. 이리저리 몸을 움직이면 오히려 아이에게 해로웠다.

아이가 눕자 빈유는 조심스럽게 머리에 댄 흰 천을 걷어냈다. 다행이었다. 피가 심하게 엉겨 있긴 하지만 상처가 깊지는 않아 보였다.

"아이의 이름이 무엇입니까?"

손을 떨며 안절부절못하고 있는 아이의 어머니에게 빈유가 물었다.

"정이라 합니다, 약사님."

이름을 들은 빈유가 다정한 눈빛으로 정이를 보았다.

"네 이름이 정이로구나."

정이가 눈을 깜박였다.

"참 고운 이름이구나. 혹여 머리가 아프거나 어지럽지는 않니? 아, 머리를 움직여서는 안 된다."

불안하게 눈동자를 굴리던 정이는 아니라고 손을 저었다.

"속이 울렁거리거나 쓰리지도 않고?"

정이가 이번에도 손을 저었다.

"내 얼굴이 겹쳐 보이지 않고 정확하게 보이니? 색도 선명하고?"

이번에는 정이가 웃음을 띠고 손을 끄덕였다.

빈유는 아이의 이마를 쓰다듬으며 웃었다. 볼우물이 깊게 패였다.

"옳지, 웃으니 이리 예쁜 아이로구나! 한데 아이는 어쩌다 이렇게 된 것입니까?"

빈유가 정이의 볼을 어루만지며 정이의 어머니를 보았다.

"오래비들 자치기하는 틈에 끼어 있다가 날아오는 알에 머리를 맞았습니다."

자치기 놀이에서 긴 막대는 '채', 날아가는 짧은 막대는 '알' 또는 '메뚜기'라고 부른다.

"천만다행입니다. 그나마 아이가 날린 것이라서 힘이 세지는 않았던 모양입니다."

"하면 괜찮겠습니까?"

정이의 어머니는 하얗게 질린 채 입술을 깨물었다.

"예. 상처 부위를 꿰매고 아물고 나면 큰 문제는 없을 듯합니다."

먼저 일시적으로 마취 효과를 내는 망원초 즙을 바르고 정이의 상처를 꿰매었다. 약절구에 백반을 넣고 까마중 열매와 줄기를 함께 넣어 찧어내었다. 금방 까맣게 물이 나왔다. 독을 빼주는 약재를 더 섞어서 아이 손바닥 크기만 하게 덜어 정이의 상처에 붙여주었다. 그 위에 흰 천을 감는 건 옆에 앉아 있던 기후의 몫이었다.

"길에 까마중이 한창입니다. 아시지요?"

빈유가 정이의 어머니를 보았다.

"약국에 두 번 오실 필요는 없으십니다. 까마중 열매와 잎을 따서 깨끗이 씻어 찧은 후 조제해 드린 약재와 함께 아침마다 상처 부위에 새로 갈아주세요. 소독도 되고 상처 아무는 데에 그만한 것이 없습니다. 대신 꼭 하루에 두 번 청결하게 갈아주셔야 합니다. 또 열매를 말린 후 달인 물을 따뜻하게 데워 마시는 것도 좋습니다. 작은 주전자에 스무 알이나 서른 알 정도면 적당합니다."

"감사합니다, 약사님."

정이의 어머니가 머리를 조아렸다.

"유의하실 것이 한 가지 더 있습니다."

"말씀하십시오."

"까마중은 원래 독성이 있는 초본식물이라 과다히 섭취하면 오히려 해롭습니다. 그러니 한꺼번에 너무 많이 드시지는 마세요.

혹 집에 혈압을 앓는 이가 있습니까?"

"아이 아버지가 좀 그렇습니다만."

"하면 열매를 달인 물로 아이와 부친이 함께 들도록 하세요. 아침나절 한 잔씩 드시면 상처 회복에도 좋고 강혈압(혈압을 떨어뜨림) 작용도 있습니다."

"네."

"정이야, 어머니가 해주시는 약재를 잘 먹어야 한다. 착한 아이니까 그럴 수 있지?"

빈유가 다정한 눈빛으로 정이의 뺨을 쓸어주었다. 정이가 눈을 깜박였다.

"그럼 인제 일어나 볼까? 옆방에 잠시 누웠다가 집에 돌아가면 된단다."

빈유가 정이를 안아 일으켰다. 정이의 가벼운 몸이 성큼 들려왔다. 그런데 정이가 빈유에게서 떨어지지 않고 품에 꼭 안겨 버렸다.

"정이야, 얼른 어미한테 오너라. 약사님은 다음 병자를 보셔야 한다."

정이의 어머니가 손을 내밀었다. 하지만 정이는 빈유에게 더 달라붙었다.

"싫어요, 어머니. 좀 더 이러고 있을래요."

"정이야! 그럼 못써!"

"되었습니다. 그냥 두세요. 배 약사, 다음 환자는 배 약사가 계속 좀 보시게."

"알았네."

기후가 답하자 빈유가 정이를 안고 뒤로 물러났다. 정이를 보며 빙그레 웃는데 볼우물이 찰랑거렸다.

"약사 아저씨, 난 아저씨가 참으로 좋아요."

빈유의 품에 안긴 정이가 귓가에 속삭였다.

정이의 어머니는 빈유와 기후를 번갈아 보며 감탄을 자아냈다.

'어쩜 하나같이 다들 순한 미남자들이시구나. 진료실을 안내하던 약사님은 좀 무서웠지만!'

정이의 어머니는 아까 정이를 안고 왔을 때, 약재를 정리 중이던 윤세를 떠올렸다. 윤세의 날카로운 눈매에 검은색 옷차림이 잠시 무서웠었다.

빈하는 또 꿈을 꾸고 있었다.

발밑이 무너졌다. 그대로 깎아지른 낭떠러지 밑으로 떨어졌다. 온몸과 옷자락은 종잇장처럼 사납게 휘날렸다.

"살려주세요! 제발, 살려주세요!"

그러자 이번에는 돌아서 가던 사람이 뒤를 돌아보았다.

"빈하야!"

뒤를 돌아본 사람이 떨어져 내리는 빈하를 소리쳐 불렀다. 남자의 목소리는 메아리처럼 울리는데 정작 얼굴은 보이지 않았다.

"살려주세요! 살려주세요, 윤세 오라버니!"

마지막 비명과 함께 빈하는 잠에서 깨어났다.

어두운 밤이었다. 달빛도 조용히 졸고 있었다. 빈하는 손을 올려 얼굴을 만졌다. 눈물을 얼마나 흘렸는지 얼굴이 흥건했다.

'지금 뭐라고? 윤세 오라버니?'

빈하는 분명히 들었다. 꿈속에서 자신이 살려달라며 외치던 이름은 분명 윤세였다.

'게다가 분명 빈하야! 라며 애타게 부르던 목소리도 윤세 오라버니였는데?'

윤세의 목소리가 확실했다. 빈하는 잠이 달아나 버리고 말았다.

몸을 일으켜 방문을 열고 나갔다. 달빛이 앞마당에 조용히 내려앉았다. 마당 한쪽에 만들어놓은 화단에 까마중 열매가 주렁주렁 열렸다. 통꽃은 꽃으로 피어나 있고 열매를 맺는 씨꽃은 열매를 매달고 시들어 내렸다.

빈하는 마루를 내려서서 화단으로 다가갔다. 까마중을 한 알 따서 입안에 넣어보았다. 톡 하고 껍질이 터지면서 새큼한 기운이 입안 가득 번졌다.

쓰고도 단 열매를 혀로 굴리면서 빈하는 약국 건물 쪽을 바라보았다. 윤세의 기숙실에서 촛불 빛이 새어 나오고 있었다.

'윤세 오라버닌 아직도 자지 않는 것인가? 한데 왜 꿈속에서 오라버니 목소리가 들렸을까?'

빈하의 짐작대로 윤세는 잠들지 않았다. 본채 쪽을 향한 쪽문을 열어젖히고 빈하의 방 쪽을 바라보고 있었다. 빈하가 나왔다. 윤세는 얼른 벽 쪽으로 몸을 붙이고 숨어서 지켜보았다.

화단으로 다가간 빈하가 까마중 열매를 따서 입에 넣었다. 까마중이 익어가는 구월이 되면 온통 입가를 새까맣게 하고 뛰어다니던 어린 빈하의 모습이 생각이 났다.

"윤세 오라버니, 이것 봐. 내 이가 새까맣게 변했어요."

빈하가 잇속을 드러내며 웃는데 까마중 물이 들어 온통 새까 맸었다.

"세상에 이가 새까만 사람도 있을까요? 화가야 밖을 벗어나면 그런 사람도 만날 수 있을까요?"

빈하가 눈을 앙증맞게 뜨고 윤세에게 물었다.

"글쎄, 이 오래비가 알기로는 세상에 이가 새까만 이는 없단다."
"그렇구나! 하면 이 빈하가 세상에서 이가 새까만 유일한 사람 입니다. 멋있다!"

빈하가 까매진 입을 더 크게 벌렸다.
생각에서 깨어나니 어느새 빈하는 방 안으로 사라지고 없었다. 윤세도 쪽문을 벗어나 약국의 기숙실로 들어왔다.
문갑 위에 까마중 열매가 가득 담긴 소반이 놓여 있었다. 생까 마중을 달인 물을 따뜻하게 데워 마시면 불면증을 없애고 숙면 에 들게 도와준다. 빈하의 곁으로 돌아온 이후 윤세는 단 하루도 단잠에 들지 못했다.
윤세는 아까의 빈하처럼 까마중 한 알을 들어 입에 넣어 깨물 었다. 새큼한 맛에 전율이 났다. 하지만 한참을 삼키지 못했다.
[친구, 왜 까마중을 머금고만 있나?]

윗목에 엎드려 있던 휘파가 꼬리를 살랑거리며 다가왔다.

"왠지 삼킬 수가 없어서."

[어째서? 목에 가시라도 박혔나?]

"실없기는. 아닌 줄 알잖은가?"

[그것도 저 여인 때문에?]

"그럴지도."

[얼음폭포에서 지낼 때, 자네의 마음은 온전히 내 것이었지. 한데 국읍으로 돌아온 후로부터 나는 언제나 저 여인에게 밀려나 버리는군. 낮에는 약국 일로 바쁘고 밤에는 안채 훔쳐보기에 바빠서 나랑은 놀아주지도 않고.]

"착각하지 말게. 나한테 일 순위는 언제나 빈하였거든."

[자네야말로 착각하지 말게. 말 한마디 안 하고 숨어서 훔쳐만 본다고 자네의 마음을 저 여인이 알아줄 것 같은가? 아이고, 참으로 안타깝고 절절하시구나 하고?]

"알아주기를 바라는 것이 아니야."

[인간들은 말이야, 너무 이상해. 그냥 '오늘부터 내 꺼 하자' 왜 이렇게 말을 못 해? '나는 네가 너무 좋다' 왜 이렇게 표현을 못 해? 음, 아무래도 살랑살랑 흔들면서 구애할 꼬리가 없어서 그런가?]

"그게 그렇게 간단한 문제가 아니거든."

[내가 좀 도와줄까?]

"왜? 꼬리라도 빌려주려고?"

[필요하다면 언제든지.]

"됐거든."

[그건 내가 할 말이거든. 흥!]

휘파가 까마중을 하나 베어 물었다. 윤세도 따라서 까마중을 깨물었다. 으깨진 까마중 사이로 빈하의 이름이 들어와 박혔다.

다음 날, 한낮의 마당이 고즈넉했다. 윤세는 까마중이 가득 담긴 소반을 들고 안채로 다가갔다.

일년생 초본식물인 까마중은 소금과 백반을 넣고 잎과 열매를 찧어 상처 부위에 바르면 아무는 데 도움이 된다. 피부 질환에도 도움이 되고 혈액을 맑게 해주어 혈압 강하 작용도 한다. 무엇보다 인후나 기관지에도 효능이 좋다. 길경(도라지 뿌리)과 함께 달이면 범부채 뿌리인 사간만큼이나 효과가 좋다.

화단에 물을 주고 있던 빈하가 윤세를 보고 다가왔다.

"손에 든 것이 무엇입니까?"

빈하가 윤세가 든 소반을 쳐다보았다.

"까마중이네요."

"어제 저자에서 많이 사왔어. 너에게 나눠주려고 가져왔는데."

"제게요? 제가 까마중 열매를 정말로 좋아하는데 그걸 알고 주시는 게지요?"

윤세가 고개를 끄덕였다.

"감사합니다. 우물에서 씻어다가 금방 먹을게요."

"그러려무나."

소반을 받아 든 빈하가 우물가로 향했다. 윤세는 시선을 떼지 못하고 그 모습을 보았다. 바람을 맞는 문풍지처럼 심장이 떨려왔다.

"윤세 자네."

그때, 뒤에서 누군가 불렀다. 안채 마루에 황씨 부인이 서 있었다. 윤세가 몸을 돌려 공손하게 인사를 했다.

"잠시 따라 들어오시게."

윤세가 약국에 온 후 처음으로 윤세를 아는 척하는 황씨 부인이었다. 우물물을 길어 올리는 빈하를 한 번 쳐다보고 윤세는 뒤를 따라 방으로 들어갔다.

방으로 들어가고 나서도 윤세는 한참을 우두커니 서 있었다. 앉으라고도 하지 않고 윤세를 보는 황씨 부인의 시선이 복잡했다.

"그리 앉으시게."

조금 지나자 황씨 부인은 수가 놓인 방석을 앞으로 내놓았다.

"문안이 늦었습니다. 인사 받기를 원치 않으신다 하셔서."

"내 집에 든 지 석 달이 다 되어가는데 내가 무심하였네."

"아닙니다, 어머님."

"그리 부르지 말게. 자네가 내를 어머님이라고 부를 처지던가?"

"……."

"왜 다시 돌아온 것인가? 내 분명히 자네를 다시는 보고 싶지 않다고 하였는데."

"송구합니다."

"이 년 전에도 말했지만 내는 자네가 처음부터 맘에 들지 않았네. 게다가 빈하의 짝이라니. 내는 정말 정말 싫으네."

"……."

"엉겅퀴 같은 사내, 독초를 먹으며 엉겅퀴처럼 자란 사내를 여식의 반려로 마땅하게 생각할 부모가 세상 천지간 어디에 있겠는가?"

나직하지만 비수 같은 말이었다.

"비록 자네의 탓이 아니라고는 하나 자네로 인해 도약사 어른은 세상을 달리하셨고 빈하는 평생 지울 수 없는 상처를 입었네. 우리는 서로에게 고운 인연은 아닌 것 같단 말이야."

"송구합니다."

윤세는 달리 할 말이 없었다.

"빈유가 자네를 다시 들이겠다 하도 고집을 부려 어쩔 수 없이 승낙을 했네만, 다시는 빈하와 둘이 있는 모습만큼은 보고 싶지 않네. 자네는 그냥 이랑비랑 한약국의 약학생이기만 하란 말이네. 부디 유념해 주게나."

윤세의 고개가 자꾸만 떨어졌다.

"알아들었으리라 믿고, 이만 나가보시게나."

"하지만, 하지만 말입니다, 어머님."

말없이 고개만 떨구던 윤세의 눈빛이 변했다. 황씨 부인을 향해 고개를 들었다.

"유월이 되니 온 산천에 비비추가 피어올랐습니다. 그리워서, 보고파서 견딜 수가 없었습니다. 참아보려 하였습니다. 잊어보려고도 하였습니다. 하지만 빈하는 참아지지도, 잊어지지도 않았습니다. 일 년 내내 얼음이 어는 얼음폭포에서 빈하에 대한 기억을 얼려보려고도 했습니다. 하지만 빈하는 저에게 언제나 봄 같은 이름이라서 살얼음 한 번도 얼지가 않았습니다. 그래서 비비추 꽃잎이 벌어질 때마다 제 심장도 칼로 쪼개듯 벌어졌습니다."

"……"

"작년 한 해는 어떻게 버텨내었습니다. 하지만 올해는 정말 더 이상은 참을 수가 없었습니다. 저도 살려고 돌아왔습니다. 그렇게 있다가는 죽을 것 같아서, 죽을까 봐 겁이 나서 돌아왔습니다. 이렇게 차기만 한 어머니를 알고 있고 빈하가 저를 얼마나 몸서리쳐 했는지 기억합니다. 해서 돌아오는 일이 저에게는 죽을 만치 용기를 내야 하는 일이었습니다. 하지만 죽는 것보다는 낫겠지 싶어서, 그래서 돌아왔습니다."

"……"

"어머님 말씀처럼 독초를 먹고 살았습니다. 버려진 엉겅퀴처럼 살았습니다. 제 속의 가시가 끊임없이 저를 찔러와서 웃음도 모르고 기쁨도 모르고 아득바득 치열하게 살아내었습니다. 그랬는데, 그렇게 살던 저를 처음으로 웃게 한 것이 빈하였습니다. 제 속의 엉겅퀴 가시를 잊고 지낼 수 있도록 만들어준 것이 빈하였습니다."

"……"

"그대로 혼인을 하였다면 지금쯤이면 아이들의 아비가 되고 어미가 되어 함께 살아갈 저와 빈하였습니다. 한데도 아직 제가 그리도 용서가 되지 않으십니까?"

"내게서 그걸 바라지 말게. 내 뜻은 자네를 처음 본 그 순간부터 확고하였으니."

"하면 저는 어찌해야 합니까?"

"자네가 더 잘 알 터이지."

황씨 부인이 돌아앉자 윤세의 눈에 눈물이 고였다. 그렁그렁 차오른 눈물은 볼을 타고 흘러내렸다. 겨울의 시린 기운을 풍기는 사내, 날카로운 눈빛의 강인한 사내가 숨을 죽이며 눈물을 흘렸다.

어머니라고 불렀지만 한 번도 어머니이지 않았던 여인 앞에서 윤세가 울었다. 황씨 부인이 고개를 더 돌려 외면했지만 긴 한숨은 목화송이처럼 벌어졌다.

윤세가 황씨 부인과 함께 있는 줄 모르는 빈하는 우물물을 길어 올렸다. 손을 저어 까마중을 씻었다. 맑은 물이 나올 때까지 물을 갈았다. 그러다가 물을 부어내고 까마중 열매를 하나 입에 넣었다.

툭.

갑자기 까마중 열매를 쥔 손등에 물방울이 하나 떨어졌다. 비라도 오는가 싶어 하늘을 올려다보았다. 하지만 맑게 갠 하늘에는 햇살이 가득했다. 사실 그것은 빈하 자신의 눈물이었다. 자기도 모르게 볼을 타고 눈물이 흘러내리고 있었다. 그리고 입에 머금은 까마중 열매는 넘어가지가 않았다.

서러운 일도, 아픈 일도 없었는데 까마중 열매를 머금은 입에서 울음이 터졌다. 놀란 빈하는 손을 올려 입을 막았다. 그래도 울음이 멈추지 않았다. 체기라도 있는 듯 가슴이 답답했다. 손을 모아 가슴을 두드렸다. 그래도 울음은 여전히 멈추지 않았다.

가을 햇살이 까마중 열매 위에서 별 모양으로 빛났다.

왜 울고 있는지 이유도 모른 채, 빈하는 한참을 서러운 눈물을 쏟아냈다. 울어야 하는 이유가 가슴에 못처럼 박혀서 윤세도 한참을 서러운 눈물을 쏟아냈다. 서로의 눈물을 모르는 두 사람은 각자의 자리에서 그렇게 울었다.

이 년의 시간이 묻어놓은 윤세와 빈하의 진실은 도대체 무엇일까?

까마중의 꽃말은 <단 하나의 진실>.

4.

엉겅퀴

이랑풍이 불었다. 석 달 만에 불어오는 꽃잎 바람이었다.

"이랑풍이 불잖니? 함께 이랑풍 언덕으로 소풍 가자."

미우가 빈하를 찾아왔다.

"갑자기 쳐들어와서는 무슨 소풍?"

"겨울이 오기 전 마지막 이랑풍일지도 모르잖아."

겨울에는 추워서 이랑풍을 맞으러 갈 수가 없었다.

"조금만 있으면 점심때인데."

"도시락도 내가 다 준비했어. 오늘 마침 약국도 쉬는 날이라면서? 빈유 오라버니랑 윤세 오라버니랑 다 같이 가자. 내가 도시락도 간식거리도 넉넉하게 준비해 왔어."

"빈손이구만 무슨 도시락?"

"명노 오라버니가 들고 같이 왔어. 마침 오라버니도 오늘은 번이 비는 날이래."

그러고 보니, 반쯤 열린 대문 밖에 명노가 서 있는 것이 보였다. 도시락을 얼마나 쌌는지 그 큰 덩치가 버거워 보일 정도로 커다란 보따리를 들고 있었다.

"흐음! 그럼 오랜만에 이랑풍 언덕에나 가볼까?"

빈하가 빙그레 웃었다.

빈유는 같이 가지 않겠다고 했다. 오래간만에 푹 쉬고 싶다고 했다. 윤세는 빈하의 요청에 두말하지 않고 따라나섰다.

"기후 오라버니네 가서 같이 가자고 해볼까나?"

대문을 나서며 빈하가 물었다.

"관두렴. 배 약사님은 언제나 바쁘잖니. 쉬는 날에도 개인적으로 품을 팔며 벌이를 하시잖아."

미우는 기후만을 오라버니가 아니라 배 약사님이라고 불렀다.

"그렇겠지? 늘 정신없이 바쁘니까."

집안의 살림이 빈한한 기후는 쉬는 날에도 개인적으로 병자를 봐주면서 돈을 벌었다.

그래서 좀 이상한 모양이 되긴 했지만 윤세와 빈하, 미우와 명노 네 명이서만 짝을 맞추어 소풍을 가게 되었다. 윤세의 소매 속에 있는 휘파도 함께였다.

바람의 언덕, 이랑풍의 언덕.

얕은 언덕을 꼭대기까지 오르면 그 꼭대기의 평지에서는 바람이 아래에서 위로 기둥 모양으로 불었다. 그래서 이랑풍 언덕에서는 꽃잎이 땅에서 하늘로 솟구쳤다가 다시 떨어져 내리는 진풍경을 볼 수가 있었다.

빈하와 미우는 바람기둥 옆에 서서 감탄을 연발하고 윤세와 명노는 펴놓은 돗자리 위에서 그 모습을 지켜보았다.

"여인들은 참 이상하지요? 매번 보는 풍경인데도 볼 때마다 저리 신기할까요?"

빈하네를 바라보며 명노가 말했다.

"사내들보다는 감성이 빼어난 탓이겠지요."

윤세도 빈하에게서 시선을 거두지 않고 있었다.

"윤세랑께서는 약학생이시라 들었습니다. 내년의 약사 과거를 준비하신다고."

"솜씨는 미력하지만 노력하고 있습니다. 명노랑께서는 일 년 전에 무과에 급제하셨다고요."

"저 또한 미력한 솜씨입니다."

"겸손한 말씀을. 검 놀림이 신박하기까지 하다고 들었습니다."

"미우 누이가 말하던가요? 괜한 과찬입니다."

명노가 사람 좋게 웃었다.

"예전에 빈하 누이의 집에서 오래 함께 지내셨다 들었습니다."

"얼음폭포에 가서 지내기 전까지 칠 년을 같이 살았습니다."

"얼음폭포에는 얼마나 계셨습니까?"

"이 년쯤이오."

"이 년씩이나, 어인 연유로?"

명노가 조심스럽게 윤세를 바라보았다.

일 년 내내 얼음이 어는 얼음폭포는 그 주변까지도 춥고 싸늘한 곳이었다. 게다가 독거미, 독지네, 독모기 등 수많은 독충들이 번식하는 곳이기도 했다. 천적이 따로 없어 그 수는 상상을 초월했다.

화가야에서 가장 좋은 철이 나는 곳이라서 나라에서 많은 돈을 주고 그곳에 일꾼들을 기용했었다. 하지만 몇 달도 못 버티고 그만두기가 일쑤였다. 일하는 사람의 몸도 늘 한기가 서려 싸늘했고 독충들의 위협도 돈으로 무마할 수 있는 수준이 못 되었다. 이 년간이나 그곳에서 버텼다면 대단한 일이었다.

윤세에게서 늘 싸늘한 냉기가 풍기는 것은 어찌 보면 당연한 일이었다.

"그냥, 그저."

윤세가 답을 안 하고 쓰게 웃었다. 그러자 명노는 실수를 하였다 싶은지 금세 대화의 주제를 바꾸었다.

"집에서도 빈하 누이는 늘 저렇게 밝고 명랑합니까?"

"빈하야 항상 저런 모습이지요."

"약재에 대한 지식도 해박하다 들었습니다."

"약사까지는 못 되더라도 많이 알지요."

"한데 자세히 듣지는 못했지만 빈하 누이는 윤세랑에 대한 기억을 잃었다고 하던데."

"이 년 전에 사고가 있어 그랬습니다."

"기억을 잃었는데 함께 지내기 힘들지는 않으십니까?"

역시나 조심스러운 명노의 질문이었다.

"괜찮습니다."

괜찮을 리가 없었다. 혼인까지 앞두고 잃어버린 기억이니까.

"빈하 누이가 좋아하는 것은 뭐가 있습니까? 먹을거리라든지, 장신구라든지. 미우에게 물어도 되겠지만 오라버니 체면에 그런 말을 묻기가 영 멋쩍어서."

명노가 끊임없이 빈하에 대해 물었다. 윤세가 답을 않고 가만히 명노를 보았다.

"아하하하."

그러자 명노가 금방 어색하게 웃었다.

"제가 너무 빈하 누이 이야기만 했나요?"

"아닙니다."

윤세가 아무렇지 않은 척을 했다.

"오신 지 얼마 안 되어 잘 모르시겠지만 사실 빈하 누이와 제가 혼인 말이 한 번 있었습니다. 이랑비랑 한약국의 안채 어머니께서도 좋다 허락하셨는데 빈하 누이가 아직은 혼인 생각이 없다고 틀어버리는 바람에. 게다가 약국의 고 약사님도 유독 저에게는 싸늘하기만 해서."

"……."

"너무 조급하게 굴면 마음이 더 달아나 버릴 것 같아 기다리고는 있는데, 참 쉽지가 않습니다."

윤세의 마음을 모르는 명노의 말이었다. 윤세는 그런 명노를 보며 부럽기도 했고 마음이 아프기도 했다. 지금의 자신은 감히 꺼내보지도 못할 이야기였다.

"미우의 말로는 윤세랑과 빈하 누이는 친동기같이 좋은 사이라 하더군요."

무슨 말을 하려는지 명노가 겸연쩍어 하며 잠시 말을 멈추었다.

"그래서 말씀인데, 제가 부족한 사람이기는 하나 괜찮으시다면 조금만 저를 도와주십시오."

미우가 빈하와 윤세가 혼인을 하려 했었다는 말은 하지 않은 모양이었다.

"빈하 누이에게는 친오래비가 있습니다. 어찌 그런 부탁을 제게 하십니까?"

윤세는 명노가 기분이 나쁘지 않도록 물었다.

"그것이…… 말씀드렸다시피 고 약사님께서는 저를 영 달가워하지 않아서. 아까도 대문 안에 발도 못 들이고 서 있는 것 보셨지요? 부드러운 성품이라고 소문이 나신 약사님께서 어찌 저에게만은 그리 쌀쌀맞으신지."

그 이유가 윤세인데 그것을 알지 못하는 명노가 너스레를 떨었다.

"사람의 마음이란 것이 다른 이의 도움으로 움직이는 것은 아니지 않겠습니까? 아직 저에 대한 기억이 온전치도 못한 누이인데 이런 일에 나서기는 좀 그렇군요."

윤세가 애써 냉정을 가장했다.

"역시 그렇지요? 제가 괜히 쓸데없는 말을."

"아닙니다. 누구든 할 수 있는 이야기지요."

"그리 말씀해 주시니 고맙습니다. 오늘 소풍을 잘 나온 것 같습니다."

명노는 성품이 참 좋았다. 어찌 보면 역정을 낼 수도 있는 윤세의 말이었는데 너털웃음으로 넘어갔다.

"여어이!"

그때, 지나가던 한 남자가 윤세와 명노를 보더니 손을 흔들었다. 하지만 윤세도 명노도 모르는 얼굴이었다.

"형제간에 소풍이라니, 참 보기가 좋습니다."

남자가 환한 웃음을 지으며 언덕을 내려갔다.

하긴 큰 키에 강인한 체격, 날카로운 눈매, 왠지 무사의 기운이 흐르는 것이 윤세와 명노는 꼭 닮아 보이긴 했다.

"미우도 두어 번 윤세랑과 제가 닮았다고 얘기를 하더니 저이도 우리가 형제로 보이는 모양입니다. 제가 봐도 그런 것 같고요. 기분이 썩 괜찮습니다. 그런데 이 꽃다람쥐는 색깔이 참 특이합니다."

명노가 검지를 내밀어 휘파의 머리를 만졌다. 그러자 휘파는 털을 세우고 앞발을 휘저으며 화를 냈다.

[쓰다듬지 좀 마. 마음대로 쓰다듬지 말라고. 내가 이래 봬도 자네보다 먼저 장가까지 들었던 몸이라고.]

명노에게는 그저 찍찍거리는 소리로 들렸다.

"이런, 요 녀석이 제가 만지는 게 싫은가 봅니다."

[요 녀석 아니라고. 휘파라고.]

명노가 이번에는 자신의 얼굴을 쓰다듬었다. 한눈에도 화목한 가정에서 티 없이 자란 사람이란 것이 표가 났다. 독초를 마시며 살았던 엉겅퀴 같던 윤세의 삶과는 완전히 달라 보였다.

'그래, 빈하야. 네가 저런 이의 안사람이 된다면 행복하겠지? 그러면 안채의 어머님께서도 기꺼워하시겠구나.'

그런 생각을 하는데 가슴이 뻐근하게 금이 갔다. 윤세는 곧 고개를 저었다.

넷은 함께 앉아서 도시락을 먹었다. 휘파도 열심히 꽃잎을 갉아 먹었다. 화가야인들의 도시락에 통꽃의 꽃잎은 절대로 빠지지 않는 후식거리였다.

갈색 꽃다람쥐 한 마리가 돗자리 쪽으로 다가왔다. 휘파를 보더니 귀를 쫑긋 세우고 꼬리를 살랑거렸다. 하지만 휘파는 꽃잎을 앞발로 잡은 채 몸을 돌려 버렸다.

"요 녀석 좀 보게. 지금 싫다고 튕기는 거야?"

미우는 휘파의 하는 모양이 우스운가 보았다.

"요 녀석이라고 부르면 기분 나빠 해. 이름인 휘파라고 불러 줘."

빈하가 휘파의 편을 들었다.

"기분 나빠 하는지 어쩌는지 네가 어떻게 알아?"

"윤세 오라버니가 그랬는걸. 그래서 나는 꼭 휘파라고 불러."

"그런 것 같애. 아까 내가 머리를 쓰다듬었더니 앞발을 내저으면서 털을 곤두세우던데."

명노도 한마디 거들었다.

"그래? 참 희한한 녀석이네."

미우가 휘파의 꼬리를 건드렸다.

[하지 마. 하지 말라고 하잖아. 게다가 밥 먹을 때는 개도 안 건드리는 법인데. 어쩌면 사촌 오누이 간에 쌍으로 나한테 이래? 싫다. 정말 싫어.]

휘파가 다시 털을 세웠다. 그 모습에 다 함께 웃었다.

소풍을 마치고 돌아가는 길이었다. 빈하는 조금 앞쪽에서 명노와 나란히 걸어가고 있었다.

'빈하야, 아무리 그래도 내는 싫다. 네가 다른 사내의 곁에 서 있는 것, 정말로 싫다. 한데 그러면서도 내는 아무것도 못 하고

그저 너를 지켜만 보는 모자란 사내다. 이런 이율배반적인 나의 마음을 어찌해야 하느냐?'

"오라버니, 무슨 생각을 그리 골똘히 하세요?"

"응?"

윤세는 생각에서 깨어났다. 미우가 윤세를 부른 것이었다. 생각에 잠겨 윤세의 걸음이 뒤처졌다. 미우도 일부러 보조를 맞춰 천천히 걸어가고 있었다.

"점심 도시락이 어땠는지 오라버니께 여쭈어봤는데."

"도시락? 맛있었지. 아주 맛나더구나."

"정말요?"

미우가 환하게 웃었다.

"사실 오라버니 좋아하실 만한 것으로 준비했어요. 오라버니가 맛있게 드실 것을 상상하면서 제 손으로 일일이 다 준비했다고요."

"소풍은 나랑만 올 게 아니었는데?"

"제가 드시게 하고픈 이는 오라버니였어요. 그래서 소풍도 가자고 한 것이고요."

미우가 하는 말의 뜻을 가늠해 보느라고 윤세는 잠시 말을 멈추었다. 날카로운 눈매가 가늘어졌다.

"며칠 전, 빈하에게 물어보았어요. 제가 윤세 오라버니를 좋아해도 되겠느냐고."

"미우야, 그게 도대체 무슨 말이야?"

그제야 윤세는 미우가 하는 말의 뜻을 알아들었다. 놀란 마음에 걸음이 멈추고 말았다.

"빈하는 제게 아무 상관이 없다고 하던데요."

"미우야, 내는 빈하와 혼인을 할 몸이었다."

"아니요. 그만 얘기하세요."

윤세가 미우를 말리려 하는데 미우가 먼저 윤세의 말을 막아버렸다.

"오늘은 그냥 제 얘기만 할게요. 어제저녁부터 내도록 오라버니를 위해 도시락을 준비한 정성을 생각해서 오늘은 그냥 제 얘기만 들어주세요."

미우의 입술이 아프게 물렸다.

"오라버니가 얼음폭포로 떠나던 날, 많이 울었어요. 아니, 떠나신 후에도 한참을 저 혼자 숨어서 정말 많이 울었어요. 그때, 오라버니는 빈하의 정혼자였고 제 가장 친한 동무의 남진(남편)이 될 사람이었죠. 오라버니가 참 좋았었는데 그냥 그래서 좋아하는 줄 알았어요. 내 동무의 정혼자라서, 내 동무가 연모하는 이라서 저도 좋은 줄 알았어요. 언제나 오라버니의 옆자리는 빈하라고 생각했으니까, 원래부터 오라버니와 빈하는 정혼한 사이니까, 오라버니와 빈하를 하나로 묶어서 좋아한다고 생각했어요. 하지만 말이에요. 오라버니가 떠난 뒤에 알았죠. 저의 마음도 빈하의 마음과 똑같았다는 것을. 저도 빈하처럼 사내로서 오라버니를 마음에 품었다는 것을. 그런 제 마음을 깨달았기에 그래서 참 많이 울었던 것 같아요."

"……."

"언젠가는 오라버니가 꼭 돌아오실 거라 믿었죠. 그래서 저는 오라버니가 돌아오기만을 기다리고 또 기다렸어요. 매일매일을 하루같이. 언덕 위에 노랗게 흐드러진 달맞이꽃처럼."

"미우야."

"아니요. 오늘은 저만 얘기한다니까요."

"......"

"오라버니가 없는 동안 우리는 아무도 오라버니 얘기를 하지 않았어요. 돌아온 지금도 마찬가지고요. 이야기해 주는 사람이 없으니 빈하는 당연히 몰랐고 또 영원히 모를 거예요. 오라버니 또한 결코 그날의 일을 먼저 이야기하지 않을 거잖아요."

"......"

"오라버니가 돌아온 지 벌써 석 달이 되었어요. 빈하의 기억이 돌아오려고 했으면 벌써 돌아왔겠죠. 저는 차라리 이대로 빈하의 기억이 돌아오지 않았으면 좋겠어요. 빈하의 어머니는 언제나 그러셨죠. 엉겅퀴같이 거칠기만 한 오라버니가 참 싫다고. 독초 같은 사내라서 싫다고. 제 앞에서도 서슴없이 몇 번이나 그런 말씀을 하셨죠. 하지만 저는요, 엉겅퀴 같은 사람이라서 오라버니가 좋았어요. 엉겅퀴의 꽃말처럼 모든 일에 스스로 엄격하고 자제하는 성품이라서 오라버니가 좋았어요."

"......"

"그리고 이런 제 마음은 오라버니가 떠나 있던 이 년간에도 변하지 않고 그대로였어요. 그러니까 저도 이번에는 오라버니를 좋아해도 괜찮은 것 아닌가요? 빈하도 괜찮다고 허락했으니 이번엔 저에게도 기회가 있는 거잖아요."

"미안하다, 미우야. 내는 너에게 줄 마음일랑 없다."

윤세의 대답은 냉정하고도 단호했다.

"마음을 달라는 게 아니에요. 그냥 '미우라는 여인도 내 옆에 있구나' 그렇게 생각만 해주세요. 그것도 안 되겠어요?"

"미우야, 괜한 억지로 너 자신을 힘들게 하지 말아."

윤세가 다시 엄격하게 말했다.

"아, 아무 말씀 하시지 말라니깐요. 오늘 소풍은 기분 좋은 마음으로 끝내고 싶어요."

"미우야, 내 분명히 이야기하마. 나는 결코……."

"빈하야, 같이 가자. 우리만 떼놓고 명노 오라버니랑 뭐가 그리 즐겁니?"

윤세의 말을 잘라 버리면서 미우가 빈하네 쪽으로 뛰어가 버렸다. 윤세는 다시 미우를 부르지도 못하고 세 사람의 뒷모습을 보았다.

'빈하, 명노랑, 거기다 미우 너까지?'

윤세는 걸음을 멈추었다. 머릿속이 엉킨 실타래처럼 복잡했다. 원하지 않았던 그리고 상상하지도 못했던 일들이 일어나 버렸다.

그 시각, 국읍 저잣거리 찬막(식당)에 가서 앉은 빈유가 주인 여자에게 물었다.

"찬모, 혹 겸 왕자님의 후비에 관한 이야기를 아는 것이 있소?"

"약사님은 참말 아무것도 몰라 물으세요?"

찬모가 빈유의 건너편에 슬쩍 앉았다.

"내 늘 약국에만 갇혀 있으니 소식이 감감이라서."

"내년 봄의 첫 번째 달에 유일 왕자님께오선 제이 공주이신 아루 공주님과 국혼을 치르시고 국혼과 동시에 한울왕의 보위를 양

위한다고 전하께오서 선포하신 것은 아시지요?"

"그건 들었소."

"궁내 사관이 그것을 기록한 후 한울왕 전하의 인장을 찍어 그 내용을 한 치의 어긋남도 없이 보존케 하고 만방에 알려 화가야 백성의 기쁨으로 삼도록 하라고 하신 것도 아시지요?"

"그렇소."

"그러니까 그것이, 대각간 대감께서 겸 왕자님과 아루 공주님의 국혼이 성사되는 데에 공이 커서 그 대가로 아라 아가씨를 후비로 들이기로 했답니다."

"확실한 얘기요?"

"암요. 국읍 뒷방거리(귀족가 행랑을 일컫는 말)에서는 이미 자자한 소문인데요."

빈유와 기후는 늘 약국에서 바쁘게 일을 하고 빈하는 이 년 전의 사건 후로 미우 말고는 어울려 다니는 동무가 없었다. 어머니 황씨 부인도 성정이 메말라서 터놓고 왕래하는 이웃이 없었다. 당연히 이랑비랑 한약국은 소문에는 눈이 어두울 수밖에 없었다.

"하면 아라 아가씨는 어떤 분이오?"

무심한 척 빈유가 물었다.

"아라 아가씨요? 아이구, 두말하면 잔소리입지요. 아루 공주님만 아니셨다면 차후 왕후마마의 위에 오르고도 남음이 있는 분이라고 다들 칭찬을 하는데요."

찬모가 기다렸다는 듯이 아라의 이야기를 늘어놓았다.

"성품 고고하시지, 외양 얌전하시지, 게다가 집에서 부리는 이들에게도 다정다감하시지. 국읍의 모든 이들이 흠모하는 분이시잖아요.”

“찬모는 그 아가씨를 본 적이 있소?”

“늘 가마만 타고 다니는 높은 댁 아가씨를 제가 어찌 보았겠어요? 다 그 댁에서 부리는 사람들 입을 통해 전해 들은 이야기들이지요. 참! 다만 한 가지, 아가씨 지나가시는 자리마다 물매화향이 그리 진하여 참 좋더이다.”

“물매화 향이라?”

“한 번씩 길을 지나시면 가마 밖으로까지 물매화 향기를 남겨 두고 가시지요. 아가씨의 반려화가 물매화라 하더군요. 게다가 초막거리(국읍의 빈민가) 아이들이 가마에 달려들어 구걸을 해도 싫다 내색 한 번 없이 철폐도 쥐어주고는 하세요. 이리 보나 저리 보나 그 댁 부리는 이들의 말이 과장은 아닙지요.”

“참으로 왕실에 어울리는 아가씨이겠구려.”

빈유의 입안이 썼다.

“암요, 아루 공주님 때문에 왕후마마가 되지 못하니 그것이 그저 안타까울 뿐입지요.”

찬모가 자기 일인 양 안타까워했다.

잠시 후, 빈유는 찬막을 나와 아라의 집 앞으로 왔다. 골목 옆을 서성거렸다. 대문이 너무 높아서 담장 안을 들여다볼 수도 없고 오가는 사람들 때문에 마음 놓고 쳐다보지도 못했다.

출입이 엄격히 제한되어 외부와는 단절된 듯이 보였다. 다만 담장 위에 심어놓아서 담장 밖으로 늘어진 물매화 줄기에서 피어난 물매화꽃만이 바깥과 집안을 연결해 주고 있었다.

“물매화꽃 향기를 지닌 아라 아가씨.”

빈유가 혼잣말로 중얼거렸다.

"내년이면 한울왕 전하의 후비마마가 되실 존귀한 분이시라?"

빈유가 또 중얼거렸다.

과거에 급제하고 국읍에서도 이름난 약사라고는 하나 빈유는 그저 민가의 사내일 뿐이었고 아라는 귀족회의의 수장인 대각간의 무남독녀였다.

눈을 가린 채 가마를 타고 가서야만 겨우 만날 수 있는 꿈같은 이름. 많이 그립다는 말 한 마디도, 꽃잎 화사한 길가에서의 산보 한 번도 청해볼 수 없는 이름이었다. 그러니 시리게 맞닿았던 빈유의 입술과 아라의 맨 어깨도 그냥 한나절의 헛된 꿈일 뿐이었다. 반드시 깨어나야만 할.

빈유는 통증이 오르는 가슴을 겨우 눌렀다. 숨을 쉬는 것이 버거웠다.

"아라 아가씨."

한숨처럼 부르고는 고개를 들어 공기를 들이마셨다. 담장 너머로 풍겨온 물매화 향기가 불 같은 낙인이 되어 숨결 속에 내려 찍혔다.

며칠 후 이른 아침, 시끄러운 소리에 빈하는 잠에서 깨어났다.

"이른 아침부터 무슨 일이야?"

동창으로 비치는 빛을 보아하니 아직 날이 다 밝지도 않았는데 어째서 이렇게 소란스러운지 모르겠다. 자리옷을 갈아입고 방을 나섰다.

본채 마당에 여러 사람이 있었다. 윤세와 빈유, 기후, 황씨 부인, 휘파 그리고 그들의 앞에 무릎을 꿇고 앉은 소년이 하나 더.

"오라버니, 그 아이는 누구입니까?"

누구에게랄 것도 없이 빈하가 물었다. 모든 사람의 시선이 일제히 빈하에게로 쏠렸다가 돌아갔다. 빈하는 신발을 신으며 마루를 내려섰다.

"남몰래 드나들던 도선생을 잡았는데 이렇게 어린 선생이시구나."

아직도 잠이 덜 깬 목소리로 기후가 말했다.

"이 선생님을 잡느라 우리가 몇 날 밤을 고생하였다."

빈유가 어이가 없다는 듯이 말했다. 소년의 어깨를 지그시 누르고 있는 윤세만이 아무런 말이 없었다.

소년은 아직 열세 살도 안 돼 보였고 동네 골목에서 대장놀이나 하면 딱 어울릴 만한 앳된 모습이었다. 어떻게 약재를 훔쳐 갔는지 의아하기만 했는데 작은 몸으로 바깥으로 난 통풍창을 통해 드나들었던 모양이었다.

"이 쬐끄만 아이가 참말 약재 도둑이란 말이에요?"

빈하가 팔짱을 끼며 물었다.

"도둑 아니야. 내가 왜 도둑이오?"

무릎을 꿇고 앉은 아이가 금방 발끈했다.

"도둑 아니면? 돌콩만 한 녀석이 무서움도 없이."

"돌콩이라니? 누가 돌콩이오?"

"쬐끄만 녀석이 한참 누이한테 말하는 말본새하고는!"

"누이도 그닥 크지는 않구만은. 내나, 누이나!"

소년이 빈하에게 고래고래 고함을 질렀다. 황씨 부인과 남자들에게만 둘러싸여 있다가 빈하가 오니 만만해 보였던 모양이다.

"밤 시간을 틈타 남의 집 담을 넘었으니 너는 응당 도선생이
다."

빈유는 끝내 도둑이라는 표현은 쓰지 않았다.

"도둑 아니라고. 내 아버지 약재를 내가 가져가려던 것뿐인데
왜 내가 도둑이란 말이오?"

"네 아버지의 약재라니?"

"그렇소. 약초꾼인 내 아버지가 힘들게 캐다 나른 약재란 말이
오."

소년의 말은 아무도 이해할 수가 없었다.

"도대체 무슨 사연인지 자세히 들어보기부터 하자꾸나."

빈유의 말에 윤세가 누르고 있던 팔 힘을 풀었다. 하지만 이때
다 하고 소년의 몸이 잽싸게 빠져나갔다.

"이런."

윤세가 어깨를 움찔거렸다. 하지만 소년은 얼마 가지 못했다.
앞을 막아선 기후의 가슴에 세게 부딪치면서 소년의 발이 멈추고
말았던 것이었다.

낮은 비명을 지르며 소년은 기후의 가슴에서 머리를 떼내었다.
얼마나 세게 부딪쳤는지 소년의 코에서 피가 났다. 붉은 핏물이
뚝뚝 사정도 없이 떨어져 내렸다.

"에휴."

윤세와 빈유와 기후가 한꺼번에 손바닥에다 이마를 묻었다. 휘
파는 코를 콩콩거리며 야단이었다.

잠시 후, 약국의 진료실 앞 탁자에 모두가 둘러앉았다. 소년의

코피를 처치해 주러 약국으로 자리를 옮긴 것이다. 소년의 이야기가 궁금했던 빈하도 함께 따라 들어갔다.

"나이 어려 관아에도 못 가겠구나. 단단히 윽박지르고 가르쳐서 보내거라. 두 번 다시는 허튼 생각을 품지 못하도록. 대충 설렁설렁 하지 말고."

싸늘한 말을 남기고 황씨 부인은 안채로 들어가 버렸다.

윤세가 소년의 코에 엉겅퀴 빻은 가루를 밀어 넣었다. 아프지 않게 힘을 조절해 가며 조심스럽게 쟁였다.

엉겅퀴는 어혈을 풀어주고 피를 토하거나 코피를 흘리는 것을 멎게 해준다. 옴, 버짐 등 피부 질환에도 효능을 발휘하고 용종 치료에도 좋았다. 상처 환부에 짓찧어 바르면 금방 피를 멎게 해 '피가 쉬이 엉긴다'고 하여 엉겅퀴라고 부르니 그중 지혈 효과가 단연 뛰어나다는 말일 것이었다.

소년의 말을 자세히 듣고 보니 소년의 아버지가 약초꾼으로 일한 약국은 빈유의 이랑비랑 한약국이 아닌 〈금낭 한약국〉이었다.

금낭 한약국의 약사 이봉생은 병자에게나 부리는 이들에게나 속임수를 행하고 강짜 부리기로 유명했다. 하지만 일 년에 한 차례 외부로 다녀오는 무역선에서 외국의 약재를 들여오는 수완이 좋아 돈 있는 귀족가에서나 뷰유한 민가 사람들은 많이 찾았다. 돈이 넉넉하지 못한 민가 백성들에게는 문턱이 하늘만큼이나 높았다.

이랑비랑 한약국이 자신이 찾던 약국이 아니라는 것을 안 소년은 금방 풀이 죽었다.

"네 아버지가 다리를 다치셨다고?"

빈유가 시무룩하게 앉은 소년에게 물었다.

"네."

"다른 식솔들은 없는 것이냐?"

"아버지랑 저랑 단둘이에요. 아버지는 이제 그럭저럭 나아가시는데 당장 땟거리도 없어서."

어느새 소년의 대답이 고분고분해졌다.

"아버지가 다쳤는데도 약국에서는 품삯을 셈해주지 않았다고?"

"그렇습니다."

"해서 우리 약국에서 그리 약재를 들어내다 나른 것이냐?"

"죄송해요. 저는 정말 예가 그 약국인 줄로만 알고."

"아니다. 부러 한 일이 아니니 되었어."

빈유의 말투도 따라서 부드러워졌다.

"정말 죄송해요."

"되었다니까. 하지만 아무리 사정이 그렇다 하나 도둑질을 하는 것은 인의에 어긋나는 일이다. 알지?"

빈유의 말에 소년이 고개를 격하게 끄덕였다.

"한 번만 더 이런 일이 있었다간 그땐 절대로 용서치 않고 제대로 죗값을 물을 것이야. 네 아버지에게도 가감 없이 모든 사실을 알릴 것이고. 알겠지?"

빈유가 소년의 눈을 보며 다짐하듯이 물었다.

"마음에 잘 새기겠습니다."

"네 이름이 무어냐?"

윤세가 다정하게 물었다. 어머니는 일찍 집을 나가고 아버지와 둘이 살았던 윤세였다. 소년의 사정이 윤세에게는 남 일 같지가 않았다.

"웅이라 합니다."

"웅이? 씩씩한 이름이로구나."

윤세가 웅이의 머리까지 쓰다듬어 주었다.

"하면, 아버지가 나으실 동안 우리 약국에 와서 소제 일을 좀 도와주련?"

한층 더 따스해진 말투로 빈유가 소년을 보았다.

"소제 일을요?"

"그래."

"이렇게나 일할 손이 많은데요?"

웅이가 윤세, 빈유, 기후 그리고 빈하까지 쪼르르 훑어보았다.

"각자 나름의 일이 있어 바쁘단다."

거짓말이었다. 병자를 보는 틈틈이 서로가 알아서 정리 정돈을 했고 잔일은 아낙이 말끔히 해주었다. 물론 이씨와 함께 빈하도 손을 도왔다.

"어떠냐? 해볼 테냐? 내 품삯은 섭섭지 않게 셈해줄 터이니."

"정말이지요?"

웅이가 신이 나서 빈유를 보았다.

"어머니가 안 계셔서 찬방 살림이랑 소제라면 저도 자신이 있어요."

"그렇담 더 다행이구나. 하고, 네 아버지가 다 나으시고 나면 우리 약국 약초꾼으로 일해주시라 말씀드리려무나. 우리 약국에도 약초꾼이 필요하단다."

"고맙습니다. 이 은혜 참말로 잊지 않겠습니다. 고맙습니다."

"이건 가져가서 저녁거리 사도록 하고 내일 아침부터 우리 약국에 나오너라."

윤세가 철폐 몇 냥을 꺼내서 웅이에게 건네주었다. 하지만 웅이는 선뜻 손을 내밀지 않았다.

"괜찮아. 어서 받거라. 편찮으신 아버지 배를 곯릴 테냐?"

윤세가 웅이의 손을 잡아끌었다.

"정, 정말 고맙습니다."

웅이의 몸이 반으로 꺾이며 인사를 했다. 그런 후 웅이는 기분 좋게 집으로 돌아갔다. 손에는 엉겅퀴 가루와 환이 달랑거리며 따라갔고 주머니 안에는 윤세가 쥐어준 철폐 몇 냥도 짤랑거렸다.

"고 약사 그리고 설 약학생, 도대체 왜 그런 것인가?"

소년이 사라지자 기후가 불만스러운 표정을 지었다. 윤세와 빈유가 웅이와 말을 주고받을 동안 한마디도 하지 않았던 기후였다. 팔짱을 끼고 삐딱하게 선 모습이 불만에 차 있었다.

"뭐가 말인가?"

빈유가 진료 준비를 하던 손을 멈추었다. 윤세도 왜 그런가 하고 기후를 보았다.

"연유야 어찌 되었든 도둑은 도둑일세. 사정이 아무리 딱하다고는 하나 죄는 죄란 말일세. 지금 자네들이 내린 교훈은 훗날 저 아이를 훨씬 잘못된 길로 들어서게 할 수가 있음을 모르는가?"

"배 약사, 아이의 사정을 다 듣지 않았나? 게다가 자네 또한 항상 그랬지. 자고로 약사라 함은 병자의 신체만 살피는 것이 아니라 그 마음까지도 살필 수 있어야 한다고."

빈유가 의아하다는 듯이 물었다.

"이건 다른 문제이지 않나? 저 아이가 병자인가? 게다가 도둑질이나 하며 약국에 손해를 끼친 아이를 다시 들이겠다니? 또 무슨 일을 벌일 줄 알고?"

기후의 불만이 예사롭지 않았다.

"아픈 아비가 집에 혼자 누워 있다고 하지 않는가?"

빈유도 유쾌하지가 않은 모양이었다. 살짝 말투가 딱딱해졌다.

"아니, 이도 저도 다 똑같은 일이네."

그때, 빈유와 기후의 대화를 듣고만 있던 윤세가 끼어들었다.

"배 약사, 고 약사의 말이 맞네. 인정이 없이 법으로만 모든 것을 판단하자면 우리 중 누가 감히 내는 떳떳하다고 말할 수 있는가? 또한 법에 앞서 인정으로 먼저 배려해 주는 것이 우리 화가야의 미덕이 아니던가? 배 약사가 그리 생각하는 것은 내도 좀 의아하네."

웅이를 통해서 자신의 모습을 보았던 윤세였다. 저렇게나 불쾌해하는 기후가 이해되지 않았다.

"설 약학생, 자네는 약국 일에 대해 아직은 미주알고주알 의견을 내놓을 자격이 없네."

기후의 눈살이 크게 찌푸려졌다. 윤세와 빈유가 한 목소리로 자신을 탓하여 기분이 더 상한 모양이었다.

"그런가? 주제넘었다면 미안하네."

기후는 찡그린 얼굴을 한 채 답이 없었다.

"하지만 저 아이도 오늘 일을 계기로 누군가에게 아량을 베풀수 있는 넓은 사람이 될 수 있지 않겠는가? 마음으로 전한 것은 마음으로 받는 법이니. 또 앞으로 우리 약국에서 일을 하게 되면 더 이상 남의 물건을 탐하는 일도 없을 것이네."

윤세는 세상을 떠난 빈하의 아버지, 빈하 그리고 빈유에게서 그런 마음을 받았다.

"한 번 한 도둑질을 두 번은 안 할까?"

"넓은 마음으로 보면 그냥 넘어갈 수도 있는 문제네."

"맞아요, 기후 오라버니."

빈하까지 웅이의 편을 들었다.

"하면 나는 마음이 좁은 사람이라서 이리 말을 한다는 겐가?"

기후의 목소리가 높아지며 눈썹이 더 휘었다.

"어허! 자네 두 사람 왜 그러는가? 이런 일로 언성까지 높일 건 무언가?"

분위기를 마무리하려고 빈유가 나서서 중재를 했다.

"되었네. 내는 집에 들어가 제대로 진료 채비를 하고 나오겠네."

돌아가며 번을 서느라 기후도 어젯밤 약국에서 잠을 잤다. 불쾌한 얼굴을 한 채 약국 문을 나가 버렸다.

"어디서 굴러먹다 온 녀석이."

나가면서 기후가 혼자서 중얼거렸다. 윤세와 빈하와 빈유는 그 모습을 지켜보았다.

"배 약사 저 사람, 다 좋은데 너무 셈이 밝아서 문제야. 돈에 대한 문제라면 저리 날을 세우니. 윤세, 너무 맘 상하지 말게나."

"맘 상할 게 무언가? 배 약사 말도 틀린 말은 아니니."

"그래도 기후 오라버니가 저리 성을 내는 일은 잘 없잖아요. 오라버니들, 우리 빨리 진료 준비 서둘러요."

빈하가 이번에는 기후의 편을 들며 윤세와 빈유의 팔을 흔들었다.

"아이의 입성을 조금만 유심히 봤더라면 저리 말할 수는 없을 터인데."

진료실 쪽으로 가며 윤세가 중얼거렸다.

한바탕 소동이 끝나고 빈하는 방에서 수를 놓고 있었다. 미우가 찾아와서 불렀다.

"응, 미우로구나. 들어오너라."

"아니. 네가 나오너라. 내는 마루에 있어."

빈하가 방을 나오니 미우가 얌전한 모습으로 마루에 앉아 있었다.

"아침부터 또 어쩐 일이냐? 어째 요즘 우리 집 출입이 잦은 것 같다."

빈하가 나란히 그 옆에 앉으며 밉지 않은 표정으로 미우를 보았다.

"약재 도둑을 잡았다며?"

미우가 빈하의 가까이로 다가와 앉았다.

"어찌 알았니?"

"이씨 아주머니가 얘기해 주시던데."

그제야 찬방 안으로 들어가는 이씨의 뒷모습이 보였다.

"그랬구나. 아주 조그만 사내아이였어."

"금낭 한약국 약초꾼의 아이라고?"

"응. 거기에서 품삯을 셈해주지 않은 모양이야."

"하여튼 그 약사 욕심하고는. 그러니 그렇게 심술보가 덜렁덜렁 늘어지지."

"그러게나 말이다. 한데 그건 무어냐?"

미우는 치마 위에 복주머니를 올려놓고 있었다. 크기도 큰 데다가 불룩하니 튀어나와 무엇이 많이 들어 있는 모양이었다.

"아, 이것?"

미우가 입을 가리고 웃으면서 복주머니를 풀었다. 미우가 꺼내든 것은 찬 기운을 막아주는 목도리였다.

"이 가을에 웬 목도리라니?"

서리가 내리는 첫겨울이 오기 전까지는 가을이라 해도 그렇게 날씨가 춥지 않았다.

"내 것이 아니고 빈하 네 것이야."

"그 목도리가 내 것이라고?"

"응. 명노 오라버니가 너 갖다주라고."

"명노랑이?"

"한여름에도 기침을 한다고 했더니 겨울나기는 더 힘들겠구나 하면서 사왔던데. 물론 내 것도 같이."

명노는 가끔씩 빈하에게 선물을 하였다. 한 번도 자신이 건넨 적은 없었고 늘 미우를 통해서이긴 하지만. 어머니 황씨 부인이 서둘러서 혼인 말이 한 번 있었던 터라 썩 편하지는 않았지만 그럴 때마다 꼭 미우 것도 같이 해주어서 빈하는 딱히 거절할 명분이 없었다. 게다가 명노는 한 번도 빈하에 대한 마음을 직접적으로 내색한 적도 없었다. 하지만 빈하는 오늘은 왠지 명노의 선물을 받기가 싫었다.

"뭐 해? 어서 받아."

미우가 목도리를 바짝 들이밀었다.

"됐어. 집에도 차고 넘치는 게 목도리야."

"어디 없어서 선물하는 거라니? 네가 따뜻하게 겨울을 나기를 원하는 마음에서 주는 거지."

"그러니까. 목도리 없어서 겨울 못 날 형편도 아닌데, 뭐."

"넌 사람 무안하게 이럴 거야? 하면 내가 도로 들고 가서 명노 오라버니 손에 쥐여주리?"

하긴 그것도 이상한 일이었다. 그렇지만 정말 빈하는 선뜻 손이 나가지 않았다. 그래서 그냥 실없이 웃었다.

"아, 윤세 오라버니."

목도리를 내밀고 있던 미우가 발딱 몸을 일으켰다. 마침 약재 창고에 일이 있어서 윤세가 본채 쪽으로 들어서고 있었다.

"미우 왔구나."

윤세는 어색하지만 표 내지 않고 미우를 반겼다. 이랑풍 언덕에 갔다 온 이후 처음으로 얼굴을 대면하는 미우였다. 미우가 안채에 와도 윤세는 한 번도 아는 척을 안 했다.

"잘 지내셨어요?"

미우가 과장되게 반가운 척을 했다.

"그래. 미우 너도 잘 지내었니?"

미우가 말을 시키는 바람에 어쩔 수 없이 윤세가 마루 쪽으로 다가왔다.

"윤세 오라버니, 이것 좀 보세요."

미우가 윤세 쪽으로 목도리를 내밀었다.

"예쁘지요?"

"그래."

윤세와 미우가 말을 나누는데 빈하는 여전히 웃는 채로 가만히 있었다. 윤세가 오는 바람에 빈하는 더 곤란해져 버렸다. 빈하는 괜히 윤세의 눈치를 살폈다.

"빈하 목도리예요. 명노 오라버니가 선물한다고 퇴궁 길에 부러 사오셨답니다."

"그래?"

윤세의 목소리가 조금 올라갔다. 그래서 빈하가 그렇게 기분 좋게 벙글거렸다고 생각하니 기분이 좋지 않았다.

"명노 오라버니는 빈하가 정말 좋은가 봐요. 항상 저랑 빈하를 똑같이 챙기거든요."

"그렇구나."

"참, 그리고 이것."

미우가 복주머니 안에서 다시 무언가를 꺼냈다. 남색 남자 목도리였다. 저자에서 파는 것이 아니고 집에서 만들어 손수 수까지 놓은 것이었다.

"이건 제가 오라버니에게 드리는 선물이랍니다. 추워지면 하시라고 솜씨를 한번 부려보았어요."

목도리에는 윤세의 반려화인 엉겅퀴를 수놓았는데 미우의 솜씨가 워낙 빼어난지라 엉겅퀴꽃도 예뻐 보였다.

"내는 괜찮은데. 일부러 만든 걸……."

"오라버니도 참. 얼음폭포에서만 이 년간을 지내다 오셨으니 제대로 된 겨울 목도리라도 하나 있으시겠어요?"

"충분히 있어."

얼음폭포의 겨울 날씨는 너무 추워서 솜을 몇 겹으로 놓아 두툼하게 만든 목도리를 해야 했다.

"얼음폭포에서 하시던 목도리를 하고 다니면 국읍에서는 눈총을 받을 것이에요. 아무도 그런 목도리는 하고 다니지 않으니까요."

미우가 윤세 가까이로 와서 다시 목도리를 내밀었다. 이번에는 윤세가 빈하의 눈치를 살피며 가만히 서 있었다.

그런 모습을 지켜보면서 빈하는 괜히 화가 났다. 이유도 모르겠지만 속이 부글부글 끓었다. 싫으면 싫다고 단호하게 말할 것이지 흐지부지 말을 흐리는 윤세가 미웠다.

"빈하야! 내가 윤세 오라버니를 좋아해도 되겠니?"

"그게 어디 나한테 물을 일이니?"

"하지만."

"되었다. 그는 네가 알아서 할 일이지."

미우와 나누었던 대화도 떠올랐다.

"오라버니, 얼른 받으세요. 미우 옷 짓는 솜씨랑 자수 솜씨랑 얼마나 출중하게요? 오라버니는 좋으시겠네요. 이리 살뜰히 챙겨 주는 사람도 있고."

샐쭉하니 빈하의 고개가 돌아갔다.

"너도 좋겠구나. 이리 예쁜 목도리를 선물하는 이도 있고."

미우에게서 목도리를 받아 든 윤세도 생전 쓰지 않던 딱딱한 말투로 빈하를 보았다.

빈하가 고개를 돌려 윤세를 보았다. 빈하와 윤세의 시선이 날카롭게 맞부딪쳤다. 미우는 모르게 은밀하게 오가는 시선이었다.

빈하의 안에서, 윤세의 안에서 엉겅퀴 가시들이 일제히 일어서는 기분이었다. 사이에 선 미우만 아무것도 느끼지 못했다.

"고맙다, 미우야. 내는 이만 가보마."

미우가 준 목도리를 들고 윤세는 성큼성큼 약재 창고 쪽으로 가버렸다.

윤세는 엉겅퀴 가시가 뾰족뾰족 올라와 불쾌한 마음으로 약재 창고 쪽으로 갔고, 빈하는 엉겅퀴 가시가 콕콕 찔러와 언짢은 기분으로 앉았다. 윤세가 목도리를 받아주어서 기분이 좋은 미우만 혼자서 생글거렸다.

빈하의 마음에, 윤세의 마음에 엉겅퀴가 돋은 채로 구월의 하루가 지나갔다.

엉겅퀴의 꽃말은 <독립 혹은 엄격>.

5.

물매화

물매화가 그네를 타는 여인의 치맛자락처럼 피어 흩날렸다. 시월의 공기 속에서 꽃대를 늘이며 파르르 몸을 떨었다.

 저잣거리 중앙 마당에서 들놀음패의 놀이가 있는 날이었다. 들놀음이 벌어지는 동안은 모든 점포들이 문을 닫고 사람들은 구경을 하러 몰려들었다. 이랑비랑 한약국도 예외는 아니었다.

 빈하와 윤세 그리고 빈유는 함께 저잣거리 중앙 마당으로 갔다. 휘파와 웅이도 함께였다. 기후는 그냥 약국에서 쉰다면서 같이 오지 않았다. 저번 날의 일로 아직까지 기후의 마음은 편치 않은 것 같았고 윤세에게도 웅이에게도 살갑게 대하지 않았다.

 "오늘은 또 어떤 놀음을 보여줄까요? 더도 말고 덜도 말고 두 달에 한 번씩만 들놀음을 보여주었으면 좋겠어요."

 빈하는 한껏 들떠 있었다.

 "그이들이야 전 읍을 돌아다니며 공연을 하는데 국읍에서만 그리 자주 할 수가 있겠니?"

빈유도 들뜬 표정을 숨기지 못했다.

"윤세 오라버니, 들놀음패 놀이를 보신 적이 있어요?"

빈하가 윤세를 쳐다보았다.

"그럼."

"뭐, 뭐 보셨어요?"

"「숙향전」, 「별주부전」, 「천녀전」…… 웬만한 건 다 보았구나."

"그때는 누구랑 같이 보았는데요?"

"글쎄. 그때그때 달랐지, 뭐."

"볼 때마다 새롭고 신났지요?"

빈하와 함께였다고 말을 못 하고 윤세는 잠시 빈유와 눈을 맞추었다. 일전에 서로에게 엉겅퀴 가시를 세웠던 일은 잊어버린 듯 빈하와 윤세는 다정하게 이야기를 나누었다.

"웅아! 넌 들놀음을 본 적이 있어?"

들뜬 표정 그대로 빈하가 웅이를 보았다.

"아이참, 누이! 내 이름은 '웅'이 아니고 '웅이'라고요. 그러니까 날 부를 때는 '웅아'가 아니라 '웅이야'라고 불러달라니까요."

"그게 뭐 그리 차이가 나니? 웅아나 웅이야나."

"쳇! 그럼 앞으로 나는 누이를 빈누이라 불러도 되겠네."

빈누이는 결혼한 남자와 불법한 관계를 가지는 여자들을 일컫는 말이었다. 누이는 누이지만 후비보다 한 단계 아래 계급인 빈처럼 첩의 의미를 가진다는 뜻이었다.

"뭐, 빈누이? 요 돌콩만 한 게 진짜?"

"자꾸 '돌콩, 돌콩' 거리지도 말아요. 누이나 나나 도토리 키 재

기 아닌가요? 한 절기만 더 지나면 외려 내가 더 크겠구만. 누이
야말로 돌콩만 해서 누가 스물한 살이나 먹었다 그러겠어요?"

"웅아! 너 정말!?"

"웅이야라니까! 빈누이!"

"요게."

"메롱!"

"잡히면 너, 가만히 안 둔다."

"잡기나 하면 용하지. 내가 꽃다람쥐만큼이나 빠르거든."

빈하가 고함을 지르자 웅이도 따라서 고함을 지르더니 도망을
갔다. 빈하도 치맛자락이 휘날리도록 뒤를 따랐다. 휘파도 신나서
달렸다. 아주 둘이 붙여놓으니까 열네 살 웅이나 스물한 살 빈하
나 한 치 차이도 없이 똑같았다.

윤세와 빈유가 고개를 절레절레 흔들었다.

[꽃다람쥐만큼 빠르다고? 흥! 나한테는 턱도 없다, 이 녀석아!]

제일 앞에서 뛰는 휘파가 혀를 찼다.

들놀음패의 놀이가 시작되었다. 길게 수염을 기르고 팔자걸음
을 걷는 남자가 나왔다. 어깨에 무엇을 넣었는지 봉긋하게 솟아
올라 하늘까지 닿을 기세였다. 뒤에는 간사하게 생긴 남자가 따라
나왔다.

"에헴! 자, 오늘은 어느 놈의 배를 갈라 돈을 꺼내볼까나?"

팔자걸음의 남자가 먼저 말을 했다.

"약사 어르신, 갈라진 배를 기워야 할 판에 도리어 배를 가른다
니 무슨 말입니까?"

간사하게 생긴 남자는 목소리도 간사했다.

"이런 어리석은 놈. 약사란 자고로 나라에서 허가까지 받고 칼을 든 도둑놈이야. 하니 칼끝이 무뎌지기 전에 한 놈의 배라도 더 갈라서 돈을 뜯어내야 할 것이 아니냐?"

팔자걸음의 남자의 말에 사람들 사이에서 와하하하! 하고 웃음이 일었다.

"돈을 꺼내신 후에는 무엇으로 다시 채워 넣으실 요량입니까? 배가 폭삭 꺼질 텐데요."

"똥을 넣어야지. 널리고 널린 것이 그것이다. 소똥도 있고 개똥도 있고. 어차피 사람의 배라는 게 다아 똥통이 아니더냐?"

"하면 그 냄새는 어쩌실 요량이십니까요?"

"냄새를 없애주는 약재를 만들어서 또 팔아먹어야지. 악취를 없애는 데는 홍매화 말린 매화초만큼 좋은 것이 없으니까."

"하면 돈이 쏟아지겠습니다요."

"암! 와르르 쏟아져야지. 돈을 주워 먹고 여기로 돈이 다시 우걱우걱 삐져나올 만큼 말이야."

약사 역할의 남자가 자신의 엉덩이를 탁 쳤다. 사람들이 다시 와하하하! 웃어젖혔다. 빈하도, 윤세도, 빈유도, 웅이도 함박웃음을 터뜨렸다. 그런데 웃음이 왁자하게 퍼져 나가던 그때, 누군가는 무리에서 빠져나가고 있었다.

금낭 한약국의 약사 이봉생. 들놀음패의 놀림을 받는 남자.

방금 약사 역을 하던 들놀음패 남자와 꼭 닮은 모습의 봉생은 못마땅한 표정을 지으며 뒤로 물러 나왔다. 그러다가 함께 서 있는 네 사람을 보았다.

"이거 이랑비랑 한약국의 고 약사가 아니신가?"

봉생이 빈유를 보고 먼저 인사를 했다.

"안녕하십니까, 이 약사님."

"내야 언제든 안녕하네."

"들놀음패 놀이를 구경하러 오신 길입니까?"

"그러네. 한데 영 볼거리가 못 돼서 그만 돌아가려고."

봉생도 들놀음패가 흉내 내는 사람이 자기라는 것을 알았다.

"한데 고 약사 자네는 일행이 많구만. 그 처자는 누이동생이고 옆에 선 낯선 이는 누구인가?"

"저희 약국에서 학문하는 약학생입니다."

"허드렛일하는 아낙에 약사도 한 명 더 있는 걸로 아는데 또 약학생을 들었다고?"

"네."

"쯧쯧쯧! 이리 셈에 아둔해서야. 약사 노릇 해서 버는 돈이 얼마나 된다고 사람을 셋이나 두고 약국을 운영해?"

"그럭저럭하고 있습니다."

"뭐 그리 고고하게 하시지 말게. 손 떨리고 눈 어두워지면 그날로 약사 자리는 뎅강인데. 젊었을 때 영민하게 굴란 말이지."

"걱정 마십시오. 제 앞가림은 제가 알아서 할 것입니다."

"젊은 사람이 말이지, 어른의 말을 새겨들을 것이지. 쯧쯧쯧. 놀다들 가시게. 내는 이만 가보겠네."

이봉생이 멀어져 갔다. 방금 들놀음패의 남자처럼 어깨를 한껏 추켜올리고 팔자걸음을 걸었다.

휘파가 윤세의 어깨에서 내려오더니 봉생의 걸음걸이를 흉내 내었다.

"빈유, 저이는 누구인가?"

"건너 골 금낭 한약국의 약사일세."

"웅이의 아버지가 약초꾼으로 일했다던?"

"맞네."

윤세가 옆에 서 있는 웅이를 보았다. 빈하와 둘이서 아주 해태 눈을 하고서는 들놀음 구경에 넋이 빠져 있었다.

"한데 어찌 저 들놀음패의 남자와 꼭 모양이 닮았네."

"저 들놀음패의 놀이가 바로 저이를 놀리느라 만들어진 거네."

"웅?"

"약사랍시고 과한 약재비와 진료비를 받아 사람들의 원성이 자자합니다."

둘의 대화를 듣고 있던 빈하가 끼어들었다. 해태 눈을 하고 있더니 아주 정신을 다 팔고 있었던 것은 아닌 모양이었다.

"게다가 왕진 한 번 받으려 하면 은을 한 냥은 치러야 하니 사람들이 배를 가르고 돈을 꺼낸다고 놀려댈 밖에요. 한약국 이름도 자기 것이 아니고 돈으로 샀다고 하던데."

약국 앞에 '한'이라는 명칭을 붙이려면 약사 과거에서 삼위 안으로 급제를 해야 했다. 봉생은 돈을 주고 그 급제의 자격을 샀다.

"돈만 밝히는 이가 수완은 좋아서 무역선을 따라 들어오는 외국 약재는 잘 구비를 해두어 돈 있는 귀족가나 민가 사람들은 즐겨 찾는 모양입니다. 아주 약사 망신은 혼자서 다 시키고 다니는 이예요."

빈하가 손가락을 흔들며 화가 난 표정을 지어 보였다. 휘파도 발을 굴렸다. 웅이 혼자만 여전히 들놀음에 홀려 있었다.

그때였다.

반짝, 이상한 기운이 공기 중에서 빛났다. 찰나의 섬광이 빈유의 심장에 내려앉았다. 빈유의 눈이 번쩍 뜨였다. 고개를 이리저리 휘돌렸다.

"들놀음 끝나면 쉬엄쉬엄 들어오너라. 내는 잠시 어딜 좀 다녀와야겠다. 윤세, 빈하랑 웅이랑 함께 있게."

말도 다 하지 못하고 빈유가 급히 걸음을 옮겼다.

"빈유 오라버니, 들놀음이 한창인데 어딜 가요?"

"빈유."

부르는 소리를 듣지도 못하고 빈유는 홀린 사람처럼 멀어져 갔다.

"오라버니가 갑자기 왜 저런답니까?"

"그러게 말이다."

"우리는 들놀음 끝나면 저자 구경이나 좀 더 하고 갈까요? 쉬엄쉬엄 들어오라니깐. 웅이야, 너도 좋지?"

"좋지요."

"그러자꾸나."

세 사람은 다시 들놀음으로 빠져들었다.

빈유는 섬광을 따라 급히 발걸음을 옮겼다. 행여나 놓칠세라 급하게 걸어갔다. 늘 차분하기만 한 빈유의 옷자락이 휘날렸다. 그 섬광은 분명히 아라였다.

'분명 쓰개를 내리고 쳐다보는 모습을 보았는데.'

공기 중에 남은 물매화 향기는 아직도 은은했지만, 아라의 모습은 신기루처럼 어느새 사라져 보이지 않았다. 빈유는 결국 서운한 발걸음을 돌렸다. 어깨가 한없이 처졌다.

'애타는 그리움에 내가 헛것을 본 건가.'

빈유는 한약국으로 무거운 걸음을 떼었다.

그러나 사실 빈유가 보았던 섬광은 아라가 맞았다.

"아라 아씨, 하마터면 딱 마주칠 뻔하였습니다."

돌아서 가는 빈유의 모습을 모퉁이에 숨어 선 두 여인이 지켜보았다. 아라와 유모였다.

"이만 돌아가시지요."

"아니, 유모. 아직 약사님이 저기 걸어가시고 있지 않은가? 모습이 완전히 사라지거들랑 그때 돌아가오."

"아씨, 참말로 어쩌려고 자꾸 이러십니까?"

"그냥 조금만 더 있다 가자니깐 그러네."

"쇤네가 잘못했습니다. 쇤네의 잘못이네요. 어쩌자고 처음 아씨를 뫼시고 문밖출입을 시작하여서는."

"그냥 얼굴만 뵙고 돌아가는 것이오. 무어가 큰일이오?"

"대감마님이나 마눌하님 아시는 날엔 쇤네의 목이 열 개라도 모자랍니다."

"알았소. 오늘이 마지막이네. 다시는 이런 부탁을 하지 않겠소."

"응당 그러셔야지요. 쇤네도 두 번 다시는 아씨 부탁을 들어드리지 않을 것입니다요. 내년이면 아씨는 신임 한울왕 전하의 후비가 되실 몸임을 잊지 마세요."

"잘 알고 있다니까."

아라는 유모를 졸라 세 번 정도 더 집을 나와서 빈유를 보러 왔었다. 빈유가 보고 싶어서, 음성이라도 한 번 더 듣고 싶어서 참을 수가 없었다. 살짝 패인 빈유의 볼우물 속에 빠져서 아라는 헤어 나올 수가 없었다.

오늘도 쉬지 않고 졸라대는 통에 난색을 표하던 유모가 어쩔 수 없이 고개를 끄덕인 것이었다. 입이 댓 발이나 나온 단아도 마지못해 옷을 벗어주었다. 그렇게 단아의 옷을 입고 쓰개를 쓰고 대문을 나서는데 문지기가 알아볼까 봐 가슴이 조마조마하였다.

막 이랑비랑 한약국 앞으로 다가서는데 본채의 문이 열리더니 빈유가 나왔다. 생김새가 닮은 것으로 보아 누이동생인 듯한 여인과 다른 남자와 함께였다. 아이도 하나 있었다.

그렇게 뒤를 따라와 들놀음패의 놀이판에까지 온 것이었다.

아라는 쓰개를 반쯤 내리고 빈유를 훔쳐보았다. 빈유가 사람들 속에 섞여서 웃음을 터뜨렸다. 깊이 팬 볼우물이 아라의 눈에 시렸다. 빈유가 누이동생을 귀엽다는 얼굴로 쳐다보았다. 잠시 그 자리에 아라 자신이 서 있었으면 하고 바라보았다.

그러다가 아라와 빈유의 눈이 딱 마주쳤다. 볼우물이 팬 빈유의 얼굴이 아라를 보더니 갑자기 웃음기가 걷혔다.

아라의 심장이 거세게 뛰었다. 빈유가 움직이기 시작했다. 사람들 사이를 헤집으며 자신을 향해 다가오는 것 같았다. 아라는 얼른 유모의 손을 잡고 급하게 뛰어와 모퉁이에 숨었다.

'설마 정말로 나를 보시고 뛰어온 것일까?'

한참을 두리번거리던 빈유는 어느새 천천히 멀어져 가고 있었다.

'설마, 아닐 거다. 아닐 게야. 그 많은 사람들 속에서 나를 어찌 알아보고? 아니, 아니지. 내가 누군지조차 모르실 텐데.'

싸한 바람이 지나가며 아라의 얼굴이 벌겋게 달아올랐다. 자신이 그랬던 것처럼, 빈유도 몇 번이나 자신의 집 앞을 찾아왔다는 것을 몰랐다.

"아라 아씨, 얼굴이 왜 그러신대요? 식은땀도 흘리시고."

유모가 놀라서 아라의 이마를 짚었다.

"글, 글쎄. 머리가 좀 어지러운 것도 같고."

"아이고, 이 일을 어쩐대요? 평생 가마만 타시던 우리 아씨, 급하게 뛰느라 경기가 나시나 보네요. 이 일을 어쩔꼬? 아이고."

"유모, 걱정 마. 그런 정도는 아니오."

"걱정 말기는요. 댁을 나왔던 모습 그대로 아씨를 모셔 가지 못하면 대감마님께서 경을 치시기 전에 제가 먼저 목을 확 매어 버릴라니까."

"유모는 무슨 말을 그리 험하게 하오?"

이미 빈유는 완전히 사라지고 없었다.

"참말 험한 지경을 당하기 전에 얼른 가서 물 한 바가지 얻어 올 테니 잠시만 여기서 기다리고 계세요."

"알았소."

"누가 말을 시켜도 답하지 말고 이 자리에서 한 발자국도 움직이시면 안 돼요. 아시겠지요?"

"그리할게."

"쇤네가 빨리 돌아오지 않아도 찾아 나서고 그러시면 안 돼요. 그것도 아시겠지요?"

"알았다니까."

"들놀음패가 온 날이라 저자에 사람이 넘치는구만요. 하니 혹여 조금이라도 봉변이 있으면 큰 소리로 고함을 지르세요. 그리하실 수 있지요?"

"유모는, 내가 애요?"

"이제는 아기씨가 아니니까 더 걱정이지요. 하여튼 얼른 갔다 올게요."

"알았어. 유모나 조심하오."

"딱 그대로 요 자리에 가만히 서 계세요, 딱."

아라가 못 미더운지 몇 번이나 뒤를 돌아보며 유모가 저쪽으로 갔다. 아라는 양손을 볼에 올려서 열기를 식혔다.

"약사님, 이젠 멀어지셨겠지? 정녕 이대로 가버리신 거겠지?"

가만히 한숨을 쉬었다. 배 아래쪽이 싸르르 아팠다.

"누가 가버리셨는데요?"

아라가 막 배를 어루만지는데 뒤에서 남자의 목소리가 날아들었다. 아라가 몸을 돌렸다. 칠흑같이 검은 아라의 머리가 남자의 옷깃을 스쳤다.

아라의 입이 벌어졌다. 배를 만지던 손은 어느새 자신의 입을 막고 있었다. 아라의 뒤에 남자가 서 있었다. 동곳 없이 반으로 올려 묶은 머리는 단정했고 연한 하늘색으로 맞춰 입은 바지저고리도 깔끔했다.

"누구를 찾으십니까, 아가씨?"

"아!"

남자가 다시 물었지만 아라는 눈만 깜박이고 또 깜박였다.

유난히도 까만 남자의 눈동자는 물기에 젖은 듯 촉촉했다. 다정한 웃음이 걸린 입가에는 아기의 손톱으로 눌러놓은 듯한 볼우물이 파여 있었다.

공기가 물레방아처럼 어지럽게 돌았다. 하지만 기분 좋은 어지러움이었다. 어디선가 물매화 꽃잎이 날아와 두 사람 사이에서 휘날렸다. 아라의 검은 머리카락을 스치고 남자의 볼우물을 스쳤다.

믿을 수 없었지만 그 남자는 빈유였다.

빈하와 윤세는 함께 약국으로 돌아가고 있었다. 들놀음패의 놀이도 다 끝났으니 다시 가서 약국을 열어야 했다. 저자를 한참 다녔는데도 결국 빈유는 다시 만나지 못했고 웅이는 아버지 드릴 간식거리를 사서 집으로 돌려보냈다.

"윤세 오라버니, 아까 보았던 약사의 별칭이 무언지 일러 드릴까요?"

"누구? 금낭 한약국?"

빈하가 고개를 끄덕였다.

"무언데?"

"도약사입니다."

"도약사? 평판이 저러한데 벌써 도약사가 되었니? 한약국 이름도 돈을 주고 산 것이라면서?"

도(都)약사. 왕실의 과거에 급제한 후 십 년은 지나야 하고 국읍 약사회에서 수장을 지낸 경력이 있는 약사에게만 붙는 이름이었다.

"아니요. 칼 도, 도(刀)약사. 칼 든 도둑놈 심보를 가진 약사라고 다들 그리 부릅니다."

"칼 도, 도(刀)약사라고?"

입이 비죽 나온 빈하를 보며 윤세가 호탕하게 웃었다. 웃음소리가 마치 메아리처럼 울렸다.

빈하는 곁눈으로 윤세를 보았다. 그러다가 문득 저번 날 꾸었던 꿈이 생각났다. 벼랑 끝에서 떨어지는 자신을 돌아보며 '빈하야!'라고 부르던 목소리. 메아리처럼 울리던 그 목소리. 얼굴은 보지 못했지만 분명 목소리는 윤세의 것이었다.

윤세에게 자신의 꿈에 대해 물어보고 싶었다. 왜 그런 꿈을 꾼 것일까? 왜 자신은 윤세를 불렀을까? 그리고 정말 윤세도 자신을 불렀을까? 그렇다면 이 년 동안 계속 빈하의 꿈속에서 살았던 사람이 윤세란 말인가?

모든 것이 의문투성이었다. 윤세의 웃음소리가 메아리처럼 울리면서 빈하의 생각이 끝 간 데 없이 펼쳐졌다.

"저기, 윤세 오라버니."

이윽고 결심을 한 빈하가 윤세를 불렀다. 혹시 윤세가 이 년 전의 사고와 무슨 관계가 있냐고 먼저 물어보려고 했다.

"와아아아! 잡아라!"

앞쪽에서 시끄러운 소리가 났다. 그리 넓지 않은 골목길이었다. 저만치에서 대견(大犬) 한 마리가 혀를 빼문 채 달려오고 있었다. 그러다가 골목 중간쯤에서 빈하와 윤세와 딱 마주쳤다.

으르르르릉!

대견은 사나운 눈빛을 하고 으르렁거렸다. 머리부터 목까지 여기저기 피가 맺혔다. 동네 왈짜 아이들에게 돌을 맞은 모양이었다. 요란한 소리는 개를 쫓는 아이들의 소리였고 피한다고 피하느라 골목으로 도망쳐 온 것 같았다.

뒤에서는 아이들이 쫓고 앞에는 빈하와 윤세가 있었다. 대견으로서는 도망갈 길이 막혀 버린 형국이었다.

으르르르릉!

다시 울부짖는 대견의 눈빛이 희번득 이상한 빛을 발했다.

"오, 오라버니."

놀란 빈하는 발걸음 하나도 뗄 수가 없었다.

"빈하야, 가만히 있거라!"

윤세가 조용히 빈하를 잡아당겼다. 하지만 그보다 먼저 대견이 빈하의 발목을 물어버렸다.

"악!"

발목을 감싸 쥔 빈하의 비명이 골목을 울렸다. 생피가 솟아 흘렀다. 윤세가 얼른 앞으로 나서서 빈하를 자신의 뒤로 감추었다.

"자, 괜찮다. 괜찮아. 우린 너를 해칠 사람들이 아니다."

빈하를 보호하느라 신경을 쓰며 윤세가 대견을 얼렀다. 하지만 한 번 사람을 문 대견은 날카로운 이빨을 더 드러낼 뿐이었다.

"자, 자."

윤세가 골목 담장 옆에 세워져 있던 막대기를 주워 들었다. 긴 장대였다. 그러더니 천천히 대견을 향해 다가갔다.

하지만 다음 순간,

크르릉! 와악!

뒤로 물러섰던 대견이 윤세를 향해 몸을 날렸다. 아이들에게 돌팔매질을 당한 터라 막대기를 주워 든 윤세의 행동을 위협으로 느낀 것이다. 하는 수 없이 윤세가 주워 들었던 막대기를 휘둘렀다.

오른쪽으로 한 번, 왼쪽으로 한 번, 다시 오른쪽.

윤세가 휘두른 막대기 끝에 대견은 저만치로 나가떨어졌다. 그리고 순간, 잠들었던 빈하의 기억이 서서히 깨어나기 시작했다.

깨깨깨깨깽!

내지르는 대견의 울음소리가 처량했다. 대견이 나가떨어지는 모습을 보고 윤세는 빈하를 향해 몸을 돌렸다.

"빈하 누이, 괜찮은 것이냐?"

윤세가 다가가도 빈하는 대답이 없었다. 하얗게 질린 빈하의 얼굴에는 핏기 하나 없었다.

"저리 가!"

빈하가 악을 썼다. 그사이에 몸을 일으킨 대견은 둘의 뒤를 지나 골목 밖으로 사라졌다.

"빈하 누이, 왜 그러느냐! 많이 놀란 모양이구나. 이제 다 괜찮다. 내다, 윤세 오라버니야."

"저리 가. 오지 마!"

빈하의 눈동자가 미친 듯이 흔들렸다.

"빈하 누이!"

"아아악! 아악! 저리 가! 오지 마! 오지 마아아아아아!"

윤세가 거의 빈하 앞에까지 다다랐을 때 빈하는 외마디 비명을 질러댔다. 대견을 따라왔던 동네 아이들은 빈하의 비명에 놀라 혼비백산 달아났다.

"아아아아악! 저리 가라고!"

빈하의 발악은 분명히 윤세를 향한 것이었다. 그리고 그런 고함 끝에 빈하는 윤세의 앞에서 그대로 고꾸라져 버렸다. 차가운 맨땅 위에 빈하는 헝겊 인형처럼 널브러졌다.

"빈하야!"

달려간 윤세가 빈하를 안아 들었다. 빈하의 몸이 축 늘어졌다.

"혹시?"

윤세의 마음은 동굴처럼 까마득해졌다.

"누구를 찾으십니까, 아가씨?"

빈유가 다시 아라에게 물었다.

"저, 저기, 그, 그러니까 그게, 그게……."

아라는 답을 못 하고 더듬거리기만 했다.

쓰개를 잡은 아라의 손에 힘이 빠져서 쓰개가 바닥으로 떨어지고 말았다. 빈유가 다가와서 쓰개를 주워 들더니 먼지가 나지 않도록 조심히 털었다.

"조심하셔야지요."

"고, 고맙습니다."

"혹 동행을 잃어버리셨습니까?"

"그것이, 같이 저자에 나온 이웃분이 있었는데, 그것이……."

자신의 신분을 들키지 말아야 하는데 거짓말을 하는 것이 쉽지가 않았다.

"아, 이웃분이 먼저 돌아가셨나 보군요."

"네."

답을 하면서 아라는 계속 뒤를 돌아보았다. 유모가 와서 아씨라고 부르기라도 하면 큰일이었다. 귀족가의 상징인 옷깃도 없는 단아의 옷을 입은 지금의 아라는 그냥 민가의 처녀일 뿐이었다.

"사람이 많아 혼자 돌아가는 길이 힘드셔서 그러십니까?"

'아, 모르겠다.'

아라는 눈을 질끈 감고 고개를 끄덕였다.

"댁이 어디십니까?"

"저, 저기 초막거리 지나서 삼거리에."

한 번 내뱉고 나니 거짓말이 술술 나왔다. 초막거리는 아라의 집과는 반대편이었다.

"하면 제가 좀 동행하여 드릴까요?"

아라의 눈이 휘둥그레졌다.

"정, 정말요?"

"제가 지나가는 아가씨를 붙들고 희언이나 할 만큼 한가한 사람은 아니랍니다."

"고, 고맙습니다."

"아무 한 일도 없이 고맙다는 인사를 벌써 두 번이나 들었네요. 하니 댁까지 정말 안전하게 모셔다드려야겠는데요."

"그, 그게 그냥 삼거리까지만 보내주시면 돼요."

"참말 그리해도 되겠습니까?"

"네."

아라가 고개를 끄덕이며 쓰개를 올려 썼다. 유모가 오기 전에 빨리 이 자리를 떠나야 했다.

"잠시만요. 저 아이에게 제가 심부름 시킬 것이 하나 있어요."

빈유가 지나가던 여자아이를 가리켰다.

"금방 얘기하고 오겠습니다."

빈유가 아라를 떠나 여자아이에게 다가갔다.

"아이야, 내 심부름 하나만 해주련?"

빈유가 여자아이를 부르면서 소매에 넣고 있던 엿을 꺼내었다. 들놀음을 보러 가기 전에 사서 넣어두었던 것이었다.

"별로 어려운 일은 아니란다. 뭐냐 하면……."

여자아이에게 뭐라고 속삭인 빈유가 다시 아라에게로 다가왔다.

"이만 가실까요?"

"하면 신세를 좀 지겠습니다."

아라가 공손하게 고개를 숙였다. 그 작은 동작 하나에도 물매화 향이 꿈결처럼 퍼졌다.

두 사람 다 지금은 아무래도 좋았다. 아라와 함께 걸을 수만 있다면 약국의 일이야 어찌 되든 돌아가고 싶지 않았다. 빈유와 함께 있을 수만 있다면 유모의 일이야 어찌 되든 신경 쓰고 싶지 않았다.

내년이면 한울왕의 후비가 되어야 할 아라. 하지만 빈유의 마음과 아라의 마음은 똑같았다. 연모의 마음이라는 것은 언제나 이렇게 맹목적인 것이었다.

빈유는 두근거리는 가슴을 겨우 억누르면서 아라의 옆에서 걸었다. 아라도 달아오르는 목덜미와 볼을 겨우 진정시키며 빈유의 옆에서 걸었다. 그림처럼 잘 어울렸다.

잠시 후 유모가 돌아왔다. 부지런히 돌아왔는데 아라가 보이지 않았다. 분명 그 자리에 가만히 서서 자신을 기다리겠다고 한 아라였다.

한 번도 쓰지 않은 새 바가지를 값을 더 치르고 사서 왔다. 유모의 손에서 바가지가 떨어졌고 물은 사방으로 튀었다.

"아이고, 아씨, 아씨!"

차마 이름을 소리 내어 부르지는 못하고 그저 아씨라고만 외쳤다. 유모의 눈이 미친 듯이 흔들렸다.

"저기."

그때, 조그만 여자아이가 유모 앞으로 다가왔다. 아까 빈유가 엿을 주고 심부름을 시킨 아이였다.

"혹시 이랑비랑 한약국을 찾아왔던 아가씨를 찾으세요?"

눈이 동그란 여자아이가 유모에게 물었다.

"그래. 맞다, 맞아. 네가 어찌 그것을 아는 것이냐?"

유모가 다급하게 여자아이의 어깨를 붙들었다.

"아가씨가 전해달라고 했어요. 한 식경(30분) 후에 초막거리 지나 삼거리에서 만나자고. 잠시 가볼 데가 있어 들렀다 갈 테니 거기에서 보자고. 가는 길은 가마를 타고 몇 번이나 가본 길이라 알아볼 수 있으니 아무 염려 말고 거기에서 기다리시라고."

여자아이는 아까 빈유가 시킨 대로 말을 전했다.

"참말로, 참말로 그 아가씨가 그리 말씀하시더냐?"

"네. 좋은 꽃 향기를 풍기던 아가씨가 제게 그리 말했어요."

유모는 마냥 삼거리에서 기다리고만 있을 수가 없어 미친 듯이 저잣거리를 헤매 다녔다.

"내가 미쳤지. 내가 광증이 난 게야. 아씨를 홀로 저잣거리에 세워두고 갔다 오다니."

무수히 자신을 탓했지만 어디에도 아라는 보이지 않았다.

"저자에 혼자 나와본 적이 없었나 봅니다."

"그렇지는 않은데 익숙하지가 않아서요."

매일 가마만 타고 다녔다. 가끔 걸을 일이 있어도 유모가 옆에서 몸을 지켜주었다. 물론 저자를 걸어본 적은 없는지라 부딪쳐오는 사람들을 피하느라 아라가 고생을 하였다.

"이리 안으로 들어서시지요."

빈유가 아라를 잡아당겨 골목 담 쪽으로 서게 하고 자신은 아라의 몸을 호위하듯이 하고 길 안쪽으로 걸었다.

"저희 약국에서 아가씨를 한 번 뵌 것 같은데. 혹 제 기억이 잘못된 것일까요?"

아라가 선뜻 답을 못 했다.

"저는 이랑비랑 한약국의 약사 고빈유라고 합니다."

"실, 실은 아버지 병증 때문에 한 번 갔던 적이 있습니다."

아라는 깜짝 놀랐다. 수많은 병자 중에서 잠깐 다녀간 자신의 얼굴을 기억해 내는 빈유가 놀라웠다.

"또요?"

"네?"

"제가 신분을 밝혔으니 아가씨의 성함을 물어도 괜찮을까요?"

"제 이름은……."

아라는 잠시 망설였다. 진짜 이름을 말해주기도 그렇지만 빈유에게 이름까지 속이고 싶지는 않았다.

"아라. 아라라고 합니다."

"아라? 예쁜 이름이군요. 보라색 안개의 결계와 깊은 소용돌이가 지키는 비밀의 아라."

아라는 바다라는 말이었다.

"아라에 가보신 적이 있습니까?"

지금 빈유는 일부러 갔던 길을 또 가면서 돌아 돌아 초막거리 건너의 삼거리로 가고 있었다. 지리를 하나도 모르는 아라는 바로 가는 길인 줄로만 알고 순하게 따랐다.

"아니요. 가본 적이 없습니다."

"가보지는 않았다? 하면 가보시고는 싶으십니까?"

빈유가 나직하게 물었다.

"기회만 된다면요."

아라도 나직하게 대답했다.

"이러면 어떨까요? 나중에 다시 우연히 이렇게 만나면 제가 아가씨를 아라로 안내해 드리겠습니다."

"……."

"무례한 말씀입니까?"

빈유의 물음에 답을 못 하고 서 있던 아라가 놀란 기색을 지었다. 저만치에서 유모가 사람들 사이를 헤치며 아라 쪽으로 다가오고 있었다.

"잠시만요."

아라가 빈유의 팔을 잡았다. 어디서 그런 용기가 나왔는지 모르겠지만 빈유를 이끌고 한적한 옆 골목으로 숨어들어 갔다.

"왜?"

"쉿!"

빈유가 묻자 아라가 손가락을 들어 입술을 가렸다. 골목 담 쪽에 바짝 붙어 있는데 골목 앞으로 유모가 지나갔다. 빈유도 유모를 알아보았다.

"휴우, 이젠 되었어요."

아라가 유모에게서 시선을 거두며 담에서 몸을 떼어내려 했다. 그런데 아라의 옆에는 빈유의 몸이 단단하게 버티고 있었다.

막 몸을 돌린 아라와 버티고 서 있던 빈유가 가까운 거리에서 마주 보게 되었다. 두 사람의 눈동자가 높이를 달리한 채 마주 보았다.

"그러니까……."

"저기……."

빈유와 아라가 동시에 탄성을 터뜨리면서 시선이 얽혀들었다.

빈유가 물끄러미 아라를 보았다. 그리웠던 물매화 향기가 코끝으로 스쳐 갔다. 아라도 눈을 피하지 않고 빈유를 마주 보았다. 알싸한 약재 냄새가 풍겼다.

분주하던 저잣거리에 빈유와 아라만 남았다. 멀리서 지나가는 사람들은 그냥 하나의 선으로 스쳐 지나갔다. 게다가 안으로 들어온 골목에는 인적이 하나도 없었다.

둘의 시선이 얽히면서 퉁기다 만 가얏고 현처럼 함께 울렸다. 시선이 서로를 어루만지면서 간절한 그리움을 단번에 알아보았다.

빈유가 아라의 손을 낚아챘다. 더 깊은 골목 안쪽으로 끌어당겼다. 빈유의 가슴 앞자락이 오르락내리락했고 아라의 검은 머리카락은 물레의 날실처럼 팽팽해졌다.

골목 안쪽은 난전들의 지붕이 맞닿아 있어서 설핏 어두움이 드리워졌다. 어둠에 표정을 읽을 수 없는 빈유가 아라의 팔을 놓았다. 거리를 두고 떨어져 서서 두 사람 다 아무런 말을 안 했다.

하지만 두 사람은 이미 서로의 안에 들어가 하나가 되어 있었다. 가쁜 호흡을 내쉬며 그리워만 했던 서로의 체향을 아프게 느꼈다. 근원지도 알 수 없는 전율을 따라 시간이 꿈속처럼 흘렀다.

"와아아아아!"

어디에선가 아이들의 떠드는 소리가 날아들었다. 두 사람 사이를 파고든 그 소리는 정지됐던 시간을 다시 돌리기 시작했다.

"죄, 죄송합니다."

퍼뜩 정신이 돌아왔다. 그제야 자신의 행동을 자각한 빈유가 아라에게 사과를 했다. 아라는 여전히 말이 없었다.

'고빈유, 미친 것이냐?'

빈유가 고개를 돌려 아라를 외면하며 먼저 골목 그늘을 나서려 했다.

"가, 지…… 말, 아, 요."

하지만 놀랍게도 아라가 팔을 내밀어 빈유를 잡았다. 눈가가 촉촉하게 젖어 있었다.

"지금 뭐라고……?"

하지만 빈유는 다 묻지 못했다. 아라가 빈유의 어깨를 감싸 안더니 조심스럽게 빈유의 입술 위에 자신의 입술을 찍었다. 찰나였지만 뜨거운 화인처럼 찍었다. 아라의 물매화 향기가 빈유의 입술 위를 휘감았다.

빈유의 머리카락이 쭈뼛 서면서 소름이 쫙 올랐다. 황홀한 소름이었다. 아라의 얼굴에도 피부가 돋으면서 파문이 일어났다. 어지러운 파문이었다.

처음 만났던 날, 빈유의 입술이 아라의 맨 어깨에 내려앉았던 그날부터 아라의 연모는 이미 빈유의 것이었다. 하지만 숨어서 훔쳐봐야만 했던 빈유는 아라의 가슴에 박힌 가시 같았다. 끊임없이 찔러와서 빼야만 하는데 뺄 수도 없고 빼고 싶지도 않았던 가시.

처음 만났던 날, 눈을 가린 채 가마를 타고 가서 화농을 치료해 주었던 그날부터 빈유의 갈망도 이미 아라의 것이었다. 하지만 높은 담장 안에 숨어 있는 아라는 잡지 못하는 꿈이었다. 끊임없이 마음이 갈라지는 통증의 꿈인데 깰 수도 없고 깨고 싶지도 않았던 꿈.

빈유가 다시는 놓지 않을 것처럼 아라를 세게 안았다. 그리고 이번에는 빈유가 입술을 겹쳐 왔다. 아라의 목 뒤를 조심스럽게 감싸 안고 다른 팔로는 아라의 허리를 감았다. 아라의 두 팔은 넝쿨처럼 올라와 빈유의 가슴을 짚었다.

빈유도 처음이었고 아라도 처음이었다. 아라의 청초한 첫 연모를 빈유가 가졌고 빈유의 결백한 첫 갈망을 아라가 가졌다.

빈유의 조심스러운 입술이 아라의 입술을 훑었다. 두 사람의 입술이 하나로 얽혔다가 다시 물렸다가를 반복했다. 달고도 시린 입김을 나누어 가졌다. 아라의 속눈썹이 빈유의 눈가를 간지럽히고 빈유의 볼우물은 아라의 볼을 적셨다.

입맞춤은 갈수록 깊어졌다. 두 사람 다 숨을 쉬는 것을 잊었다. 서로의 숨결을 남김없이 끌어당기며 차라리 그냥 이대로 숨이 멈추어 버리기를 바랐다.

처음이고 아마도 마지막일 것이었다. 두 사람 외에는 그 누구도 알 수 없고 알아서도 안 되는 은밀하고 비밀한 숨결의 나눔은. 처음이라서 간절했다. 마지막이라서 더 필사적이었다.

아라의 등 뒤에서 흙벽이 아프게 배겨왔다. 빈유가 두 손을 등 뒤로 넣어서 공간을 만들어주었다. 그러면서 빈유의 다섯 손가락이 아라의 등 마디마디를 훑듯이 올라갔다가 내려갔다. 아라의 다섯 손가락은 빈유의 목덜미에서부터 어깨 끝까지를 더듬으면서 움직였다.

고결한 아라의 가슴은 빈유의 손길 아래에서 납작해졌다가 부풀었다가 했다. 힘이 빠져 버린 아라의 몸은 빈유에게 의지하여 겨우 서 있었다.

그렇게 간절하고도 필사적인 입맞춤이 끝났다.

몸을 뗀 빈유가 아라의 팔을 잡았다. 아라는 팔을 늘어뜨린 채 서 있었다. 그런 후, 가만히 서로를 들여다보았다. 똑같이 아프고 똑같이 간절했다. 똑같아서 서로가 서로를 가엾어 하고 또 측은하게 여겼다.

빈유가 조금만 더 이기적인 사람이었다면, 아라가 조금만 더 용감한 사람이었다면 이대로 안은 서로의 몸을 놓지 않아도 될 것이었다. 하지만 빈유도, 아라도 그러지를 못했다.

"무례가, 되었습니까?"

잔뜩 쉰 목소리로 빈유가 물었다. 대답 대신 아라는 고개를 세차게 젓더니 빈유의 품으로 파고들었다.

"이대로 조금만 더 있어요, 우리."

아라의 음성이 간절했다. 빈유가 아라의 목덜미에 고개를 묻었다. 먹물 같은 빈유의 눈동자가 아프게 닫히며 물기가 흘러내렸다. 두 팔 벌려 빈유를 안은 아라의 눈가를 타고도 눈물이 넘쳤다.

할 말이 너무 많아서 아무 말도 못 했다. 대신 부서질 듯이 서로를 더 끌어안았다. 녹아들 듯이 서로를 더 파고들었다.

무심한 시간은 저 혼자 달아났고 한참을 하나의 몸처럼 겹쳐져서 떨어질 줄을 몰랐다.

*

비비추가 피어 흐드러진 이 년 전 유월이었다.

빈하와 윤세는 아버지인 고 약사와 함께 비비추가 가득 핀 언덕을 올랐다.

"와! 아버지, 온통 비비추 천지입니다."

앞서 걸어온 빈하가 먼저 비비추 꽃밭을 발견했다. 깎아지른 절벽 옆 넓은 땅이 온통 비비추 천지였다.

"어디 비비추를 캐볼까나?"

"네, 스승님."

고 약사와 윤세가 몸을 숙여 비비추를 캐기 시작했다.

빈하는 두 사람을 보다가 절벽 쪽으로 조금 다가갔다. 처음 보는 흰 꽃이 절벽 가까이에 가득 피어올라 있었다. 별 모양으로 피어오른 꽃잎은 노란색 꽃술을 달고 앙증맞게 피었다. 빈하는 쪼그리고 앉아서 한참을 들여다보았다.

"아버지, 이는 무슨 꽃이에요?"

꽃을 보며 빈하는 아버지에게 물으려 했다. 그런데 갑자기 빈하의 발 앞이 무너져 내렸다. 절벽 끝 지반이 약하였던 모양이었다. 예고도 없이 절벽 끝이 무너져 내리기 시작했다.

"윤세 오라버니!"

그때 빈하가 부른 사람은 아버지가 아니라 윤세였다.

빈하의 몸이 무너져 내리는가 했는데 겨우 튀어나온 나무뿌리를 거머쥐었다. 무너진 땅 위로 두꺼운 나무뿌리가 튀어나와 있었던 것이다.

"살려주세요! 살려주세요, 윤세 오라버니!"

여전히 빈하는 윤세를 불렀다. 고개를 숙이고 비비추를 캐고 있던 고 약사와 윤세가 동시에 고개를 들었다.

찰나의 순간, 두 사람의 몸이 함께 빈하를 향해 나아오는 듯했다. 그런데 그러지 않았다.

갑자기 윤세가 검을 꺼내 들더니 아버지를 향해 휘둘렀다. 강렬한 유월의 햇살을 받으며 윤세의 검이 빛났다. 오른쪽으로 한 번, 왼쪽으로 한 번, 다시 오른쪽.

혹여 비비추를 캐다가 산짐승을 만날지도 모른다며 윤세가 챙겨온 철검이었다. 그런데 윤세는 그 철검을 아버지를 향해 휘둘렀던 것이다.

윤세의 검이 멈추자마자 아버지는 가슴을 움켜쥐고 비비추 꽃무더기 속으로 쓰러져 내렸다. 아버지의 모습이 어느새 자취를 감추었다.

"윤세…… 오라버니?! 왜?"

아버지가 쓰러진 후에도 윤세는 가만히 있었다. 빈하가 나무뿌리에 매달려 대롱거리는데도 미동이 없었다. 빈하를 구하러 달려

올 기색은 조금도 없었다.

"독초를 먹고 엉겅퀴처럼 자란 사나운 사내입니다. 가시가 있는
꽃을 집 안에 두는 법은 없습니다."
"자고로 머리 검은 짐승은 거두는 게 아니라고 했습니다."

어머니 황씨 부인의 차가웠던 말들이 빈하의 마음을 베고 지나
갔다.
"윤, 세…… 오……?!"
그리고는 끝이었다. 빈하는 가을 낙엽처럼 흩날리며 절벽 밑으
로 떨어져 내렸다. 빈하 스스로 손을 놓아버린 것이었다.

빈하는 여전히 그날 속에 있었다.
절벽으로 떨어져 내리면서 몸을 부딪쳤다. 뼈가 으스러지는 소
리가 났다. 바닥에 떨어지는 순간 몸이 한 번 튀어 올랐다가 가라
앉았다. 세상이 캄캄해졌다.
"빈하야!"
"빈하야!"
황씨 부인의 목소리가, 빈유의 목소리가 자신을 불렀다. 하지만
입이 무거워서 열리지가 않았다.
"큰일이네. 광견병이 있는 개인 듯한데. 몸에 독기가 너무 서렸
어."

혼수상태로 누운 빈하를 부르다가 빈유의 얼굴이 일그러졌다.

빈하의 방 안이었다. 물린 상처에 처치를 받은 빈하는 창백하게 누워 있고 옆에는 황씨 부인과 빈유 그리고 윤세가 있었다.

"처치할 수 있는 건 다 했는데 하루가 지나도록 이리 의식을 차리지 못하다니."

빈유가 빈하의 이마를 짚었다.

"내가 뭐라 했더냐? 저 애를 가까이 두면 분명 해를 입을 것이라고 하지 않았니?"

빈하를 부르다가 지친 황씨 부인이 윤세를 노려보았다.

"어머니, 어찌 이 일이 윤세의 잘못입니까?"

"왜 하필 그 골목으로 들어서서는."

"빈하가 언제 남의 뒤를 따라가는 아이입니까? 그 길도 빈하가 앞장서서 들어섰겠지요."

"저 애만 아니었으면 너랑 함께 돌아왔을 것이다."

"제가 빈하를 남겨두고 먼저 갔고 윤세에게 빈하를 부탁했어요."

"시끄럽다. 누이가 저 지경인데도 너는 저 애를 감싸고도는 것이냐?"

"감싸고도는 것이 아니라 사실을 말씀드리는 것입니다."

"싫다. 정말 싫어. 내는 정말 싫어."

황씨 부인이 고함을 내질렀다.

"조용히 하세요, 어머니. 지금 빈하에게는 안정이 절대적으로 필요합니다. 어머니가 이러시는 것이야말로 빈하를 정말로 해롭게 만든다는 것을 모르시겠어요?"

"다들 꼴도 보기 싫구나. 만약 빈하가 잘못되는 날이면 빈유 너도 다시는 어미 얼굴 볼 생각을 하지 말거라."

황씨 부인이 치맛자락을 말아 쥐고 나가 버렸다. 방 안에 잠시 침묵이 흘렀다.

"빈유."

윤세가 무겁게 입을 열었다.

"어머님이 계셔서 말하지 못했는데, 내가 잠시 빈하를 보아도 되겠는가?"

"더 이상 우리가 할 수 있는 처치는 없네."

"알고 있네. 하지만 달리 처치할 방법이 있어."

"무슨?"

"독화사에 물렸다가 살아난 후에 내게는 기이한 능력이 생겼네. 휘파와의 인연도 그래서 만들어진 것이고."

"혹시 독화사에 물린 휘파를 자네가 살려냈는가?"

빈유는 윗목에서 잠이 든 휘파를 보았다. 광견을 만나는 바람에 휘파도 많이 놀랐는지 눈가에 물기가 말라 있었다. 윤세가 고개를 끄덕였다.

"설마하니 예전처럼 또 자네의 목숨 자락을 떼어놓아야 하는 처치 아닌가?"

"내가 독을 흡수해야 하긴 하지만 그럴 정도는 아니네."

"자네!"

"방문 앞이나 좀 지켜 앉아 있게. 아무도 들어올 수 없도록."

"내가 허해야 하는가, 말아야 하는가?"

"그저 방문 앞이나 지키라니까. 자네가 말린다고 하여 내가 아니할 것도 아니니까."

빈유는 무거운 걸음으로 방문 앞으로 가서 자리를 잡았다.

윤세가 빈하의 발치 쪽으로 가서 앉았다. 빈하의 발목을 싸맨 흰 천을 조심스럽게 풀었다.

빈유가 꿰매어놓은 상처가 드러났다. 윤세는 물에다가 손을 씻고 상처 위에 자신의 손을 얹었다.

상처가 잠시 움찔거리는 것 같더니 시커멓게 죽은피가 윤세의 손과 맞닿은 쪽으로 몰려들었다. 그리고는 서서히 윤세의 손가락 끝이 시커메지면서 빈하의 살색이 정상으로 돌아오기 시작했다.

빈유는 입을 막아 숨을 삼키고 그 모습을 지켜보았다.

윤세의 손가락 끝에 모여 있던 시커먼 기운이 이번에는 손등을 타고 올랐다. 그리고는 손목을 지나 곧 소매 안으로 모습을 감추었다. 숨을 죽인 채 얼마의 시간이 지났다. 이번에는 윤세의 목줄기를 타고 시커먼 기운이 얼굴 쪽으로 올라갔다.

"윤세."

빈유가 부르며 다가오려고 했다. 하지만 윤세는 다른 쪽 손을 내밀어서 저지했다. 드디어 입가에까지 시커먼 기운이 다다르자 윤세가 죽은피를 울컥울컥 토해냈다.

캄캄했던 빈하의 세상이 조금씩 밝아졌다. 빈하는 두 눈을 깜박이며 팔을 움직여 보았다. 거짓말같이 팔이 움직였다. 다리도 까닥여 보았다. 역시나 움직였다. 피가 난 흔적도 없었다. 안심이 되었다. 하지만 다음 순간, 아버지에게 검을 휘두르고 자신을 죽게 내버려 둔 윤세가 떠올랐다.

"아아악!"

처절한 비명과 함께 빈하가 몸을 일으켰다.

생각이 났다. 모두 다 생각이 났다.

이 년 전, 유월의 그날.

이 세상에서 아버지와 함께 마지막으로 행복했던 그날.

이 세상에서 윤세와 함께 마지막으로 설레었던 그날.

빈하는 손바닥에다 얼굴을 묻었다. 다행히 오늘은 눈물을 흘리지 않았다. 젖지 않은 얼굴이 빈하의 손바닥에 와 닿았다.

"빈하야, 괜찮으냐?"

"아가, 괜찮은 것이냐?"

빈유와 황씨 부인이 빈하에게로 다가와 물었다. 빈하는 서서히 손바닥에서 얼굴을 들었다. 흐린 시야에 사람들이 보였다. 빈유, 황씨 부인 그리고 저만치에 혼자 떨어져 앉아 있는 윤세.

윤세를 발견한 빈하의 눈에서 퍼렇게 불꽃이 튀었다. 주변을 둘러보았다. 머리맡에 놓인 자리끼가 보였다. 무거운 놋그릇 안에 차가운 물이 담겨 있었다.

빈하는 놋그릇을 주워 들었다. 그대로 윤세를 향해 힘껏 던져 버렸다. 빈유나 황씨 부인이 미처 말릴 틈도 없었다. 날아간 놋그릇은 윤세의 머리를 강타했고 물이 쏟아졌다.

"나가!"

빈하가 윤세를 향해 고함을 질렀다.

"빈하야, 왜 이러는 게야?"

빈유가 무릎걸음으로 다가가 빈하를 끌어안았다. 황씨 부인은 놀라서 파들거리기만 했다.

"저자가 왜 여기에 있는 거예요? 빈유 오라버니, 저자가 왜 여기에?"

"빈하야, 왜 그러는 거니? 저자라니? 윤세? 윤세가 왜?"

빈유가 잠시 윤세를 본 후 두서도 없이 물었다.

"아버지께 검을 휘두른 사람입니다. 이 빈하가 죽도록 그냥 내버려 둔 사람입니다. 한데 저런 살인마가 왜 우리 집 그리고 내 방에 있느냐 말입니다."

"빈하야, 너 혹시 기억이 돌아온 것이냐?"

빈유와 황씨 부인이 함께 놀랐다.

"네. 기억이 납니다. 몽땅. 아주 잘. 그러니 다시 묻지요. 저 포악무도한 자가 왜 여기에 있나 물었습니다. 오라버니, 어이하여 저자를 다시 우리 집에 들였습니까?"

"빈하야, 오래비 말을 들어보렴. 네가 알지 못하는 일이 있다."

빈유가 몸부림치는 빈하의 몸을 겨우 붙들었다.

"듣기 싫습니다. 다 듣기 싫어요. 저자를 당장 내보내요. 내보내란 말입니다, 당장."

빈하가 베고 있던 베개마저 들어 윤세에게 집어 던졌다. 이불도 사납게 날려 버렸다. 그걸로도 부족한지 이번에는 제 가슴을 치며 저고리 앞섶을 마구 뜯었다.

"빈하야, 진정하거라. 잠시만 진정하거라. 제발, 빈하야. 상처가 터진다."

발버둥 치는 빈하를 말리느라 빈유가 식은땀을 흘렸다.

"진정하라니요? 저런 패악한 자를 앞에 두고 진정하라니요? 나가! 나가! 나가아아아! 아아아아악!"

머리를 쥐어뜯으며 미친 듯이 몸부림치던 빈하의 몸이 다시 축 늘어졌다.

"빈하야, 정신 차려보거라. 빈하야!"

빈유의 목소리도 따라서 비명이었다. 황씨 부인은 그사이에 물기를 떨구며 앉아 있는 윤세를 보았다.

"보았는가? 자네는 그만 나가주시게나."

차가운 황씨 부인의 말에 윤세가 자리에서 일어났다. 놋그릇에 맞은 윤세의 머리에서 피가 살짝 배어 나왔다. 빈하가 던져서 쏟아진 물은 핏방울을 머금고 흘렀다. 피도 물도 닦지 못한 채 윤세는 방을 나섰다.

"결국……."

방문에 기대어 서서 윤세는 입술을 깨물었다.

추웠다. 다시 얼음폭포에 들어온 것처럼 온몸이 추웠다. 피도 물도 모두 그대로 얼어서 고드름이 될 것 같았다.

윤세의 망설임으로 다시 빈하가 상처를 입었다. 막연하게 기다려 온 시간들이 빈하를 다시 갈기갈기 찢어버렸다.

결백한 자신의 마음을 단 한 번도 고백하지 못한 윤세는 비겁한 겁쟁이었다. 그렇게 윤세는 자신만을 자책하고 또 자책했다.

물매화 꽃송이가 바람에 흔들렸다.

물매화의 꽃말은 <고결 혹은 청초>.

6.
황국

시월 꽃달의 밤이 지나고 십일월이 되었다.

화가야 천지에 국화가 피어올랐다. 그중에서도 노란색 국화인 황국은 어른 주먹보다도 더 큰 꽃송이를 활짝 벌렸다.

촘촘히 서로를 안은 꽃잎들이 몇 겹인지도 모르겠다. 한 송이에 붙은 꽃잎이 몇백 장은 되어 보였다.

이랑비랑 한약국 전체가 죽음 같은 고요에 잠겨 있었다. 알싸한 황국의 향기만이 본채는 물론이고 약국까지 감돌고 있었다. 꽃말처럼 황국의 향기도 슬프고 처량했다.

모두 진료 준비를 하고 있었다. 웅이는 괜히 본채랑 약국 사이를 왔다 갔다 하면서 눈치만 살폈다. 휘파는 윤세 옆이 아니라 웅이 옆에 붙어 있었다.

"약학생님, 객사에서 지내기는 불편하지 않으세요?"

웅이가 살며시 윤세에게 다가왔다. 빈하가 혼절한 후로 윤세는 약국 기숙실을 나가서 다시 객사에서 지냈다.

"괜찮다, 웅이야."

"저기…… 불편하실지 모르지만 괜찮다면 우리 집으로 오실래요? 제가 객사 찬모 못지않게 음식도 잘하는데."

언제나 윤세는 웅이에게 다정하고 친절했다. 사정을 다 알 수는 없지만 기숙실을 나가서 객사에서 지내는 윤세가 웅이는 가여웠다.

"나는 괜찮다니까."

"그래도."

"그만들 좀 속삭이지. 진료 준비가 한참이나 남았는데."

갑자기 기후가 고함을 질렀다.

"이거 어디 살얼음판 같아서 살 수가 있나? 고 약사 자네도 참 그렇네. 빈하 누이가 설 약학생 때문에 저 지경이라면 설 약학생을 내보내는 것이 마땅한 이치 아닌가?"

자세한 사정은 알지 못하면서 기후의 말은 계속 고함이었다.

"오해 때문에 벌어진 일이라고 하지 않았나?"

빈유가 침착하게 기후의 말을 받았다. 윤세는 웅이를 데리고 살며시 약국을 나가 버렸다.

"무슨 놈의 오해가 그리도 대단하여 빈하 누이가 저리 상하였단 말인가?"

"그걸 배 약사 자네에게 일일이 설명할 필요는 없네."

기분 나쁜 말이었지만 빈유의 말투는 여전히 침착했다.

"그래. 내게 일일이 설명할 필요는 없겠지. 하지만 이 년 동안 빈하가 꾸었던 꿈의 내용도 모두 설 약학생과 관계된 것이라면서? 그래서 꿈에서 깨면 그렇게 몇 날 며칠을 기침을 토했고. 하면 오해가 풀릴 때까지만이라도 설 약학생보고 약국에 나오지 말라 하여도 되지 않은가? 왜 죄 없이 모두가 숨을 죽이며 눈치를 보고 있어야 하는가?"

"이 년간이나 얼음폭포로 쫓겨가 있었던 내 벗이네. 겨우 다시 돌아온 벗을 내가 그리 내쳐야만 자네 속이 시원하겠는가? 게다가 약국에 꼭 필요한 손이기도 하고."

"언제는 설 약학생이 없어서 약국이 돌아가지 않았던가?"

"그런 뜻이 아니지 않은가?"

"다 좋네. 하면 내는 무언가? 지난 이 년간 내는 꼬박 고 약사의 옆에서 일을 돕고 힘을 보태었네. 비록 빈한한 가정 사정으로 약국을 열 수가 없어 자네의 약국에 머물렀다고는 하나 과거에까지 급제한 정식 약사의 몸으로 그러기가 쉬웠겠는가?"

"내, 자네의 고마움도 다 아네."

"내 고마움을 안다고? 아니. 내가 보기에는 그렇지 않네. 설 약학생 저이가 돌아온 후로 언제나 윤세, 윤세, 그리 부르면서 얼마나 내가 소외감을 느꼈는지 아는가?"

"소외감이라니? 누가 배 약사 자네를 따돌림 하였다고?"

"자네와 설 약학생 둘이서 그러했지."

"배 약사 자네가 모르는 세월을 우리는 오래 지내왔네."

"하지만 지난 이 년 동안 자네와 함께했던 사람은 나일세. 그 시간 동안 설 약학생은 멀리에 있었고."

"……."

"왜 아무 말이 없는가? 굴러 온 돌이 박힌 돌을 빼낸다더니 딱 그 짝이로구만."

"자네 말이 지나치네. 누가 굴러 온 돌이고 누가 박힌 돌인가?"

"몰라서 묻는가? 그리고 지금도 그렇네. 왜 이 상황에서 자네는 내게 역정을 내는 것인가? 역정을 받아야 할 사람이 정작 누군데?"

"자네까지 보태지 않아도 나는 지금 충분히 힘이 드네. 그러니 그만하세. 곧 병자들이 올 시간이네."

"알았네. 공은 공이고 사는 사. 나도 약사로서의 자각은 있는 사람이니. 하지만 명심하게. 내가 언제까지 다 참아내고 받아주지만은 않을 거라는 거."

엄포를 놓듯이 하고 기후가 진료실로 들어가 버렸다.

아버지 고 약사가 갑자기 세상을 떠나고 윤세마저 얼음폭포로 떠나 버린 후 혼자 남은 빈유가 약국을 지켜 나가는 건 힘이 들었다.

그때, 이랑비랑 한약국을 찾아온 사람이 기후였다. 자신의 약국을 개원할 때까지 일을 돕겠다고 했다. 기후의 말마따나 과거에 급제까지 한 약사가 남의 약국에서 그렇게 하기가 쉬운 일은 아니었다. 지난 이 년간 빈유와 기후는 좋은 동료였고 서로의 조력자였다.

하지만 이 년 만에 돌아온 윤세는 빈유에게는 아픈 손가락 같은 존재였다. 그는 아버지가 먹이는 독초를 견뎌내며 살았고 결국 그 독초 때문에 눈앞에서 아버지가 죽어가는 모습을 지켜보아야 했다. 엉겅퀴를 반려화로 삼게 한 아버지 때문에 늘 자신을 엉겅퀴같이 거친 존재라고 생각하며 살아온 윤세였다.

그래서 빈유는 윤세가 마음 아팠고 그 마음이 기후의 눈에도 보일 것이라 생각했다. 셈이 지나치게 밝은 것을 빼고는 크게 허물이 없는 기후였는데 이렇게까지 반발을 할 줄은 몰랐다. 어쩌면 윤세에 대한 마음 때문에 기후에게는 본의 아니게 상처를 주었는지도 모르겠다.

내색도 하지 못하는 아라의 일만으로도 빈유는 미칠 지경이었다. 그런데 이건 산 넘어 산, 아주 첩첩산중이었다.

"윤세."

웅이와 함께 다시 약국으로 돌아온 윤세를 빈유가 불렀다. 두 사람은 함께 윤세가 머물던 기숙실로 들어갔다.

"저기…… 내가 어려운 부탁이 있네."

"아니, 내가 먼저 말하겠네. 당분간만 약국을 좀 쉬면 안 되겠는가? 얼음폭포에서 돌아오자마자 쉬지도 못하고 계속 일했네. 달라진 환경에 적응하는 시간도 좀 필요하고 해서."

빈유가 하고 싶은 말을 윤세가 먼저 하였다. 빈유의 마음을 읽은 윤세의 배려였다. 빈유는 차마 그러지 말라고 말하지 못하였다.

"객사에 머물면서 달라진 국읍 모습 구경도 좀 하고 못 보았던 약학 서적들도 보면서 한가하게 지냈으면 하는데. 내년의 약사 과거도 준비해야 하니까."

"알았네. 그렇게 하게나."

빈하의 독을 대신 마신 윤세인데 빈유는 또 윤세를 내쳐야 했다.

"고맙네."

"내가 고맙지."

두 사람 다 짧은 말 속에 수만 마디의 말을 담고 있었다. 얼마 있지도 않은 짐을 윤세가 챙겨 들었다.

"미안하네."

기숙실 문을 나서는 윤세의 등 뒤에서 빈유가 한숨을 쉬었다.

"무슨 소린가? 미안할 사람은 오직 나인데. 미안하네."

윤세가 신발을 신었다. '내가 돌아오지 말았어야 했는데' 하는 말은 삼키고 말았다.

"약학생님? 웬 짐이에요? 에이! 설마 진짜로 약국을 그만두시는 거예요?"

윤세가 약국을 나서자 웅이가 쪼르르 따라 나왔다.

"아니. 내가 사정이 있어서 당분간만 약국을 좀 쉬려고."

"그럼 나는 누구랑 동무를 하지요? 배 약사님은 너무 무섭고 고 약사님은 참 좋기는 한데 나랑 놀아줄 틈이 없고 빈하 누이는 너무 유치하여서 나까지 격이 떨어지는 것 같고."

"빈하 누이가 격이 떨어진다고?"

"헤헤, 그건 괜히 한 소리고요. 사실은 사내가 여인이랑 동무하기를 즐기면 고추가 떨어진다고 아버지가 그러셨거든요."

"다 큰 사내의 고추가 떨어지는 법은 없다."

윤세가 서글프게 웃었다.

"내가 다 큰 사내예요? 빈하 누인 날마다 저더러 '돌콩, 돌콩' 이러는데."

"웅이야, 내 말을 잘 들어보렴."

윤세가 무릎을 낮추어서 웅이와 눈높이를 같이 했다.

"빈하 누이가 지금 많이 아프단다."

"예? 어디가요? 저번에 들놀음패 구경 갔을 때만 해도 멀쩡했 잖아요."

"응. 그런데 그날부터 앓아누웠어."

"아, 그래서 이즈음 약국에서 통 안 보였구나."

"그래."

"많이 아픈가요?"

"웅이야, 빈하 누이가 많이 아프기도 하고 또 웅이 너는 다 큰 사내이지 않으냐? 하니 혹여 약국에서나 본채에서 빈하 누이를 보게 되면 지금까지처럼 아옹다옹 다투지 말고 의젓하게 행동하 고 다정히 대해주거라. 자고로 다 큰 사내는 여인을 아끼고 위할 줄 알아야 하는 법이란다."

"좋아요. 내는 다 큰 사내니까 그럴 수 있어요."

"그래. 꼭 부탁하마. 그리고 언제든 네가 좋은 시간에 객사로 놀러 오너라. 저기 저자 끝에 있는 열화관에 머물고 있으니."

"알았어요. 약국 일 마치고 나면 매일 들렀다가 집에 갈게요."

"착하구나, 우리 웅이."

윤세가 웅이의 머리를 쓰다듬었다.

"에이, 내가 다 큰 사내라면서 머리는 왜 쓰다듬어요?"

웅이가 제법 의젓한 척을 했다.

"그래. 웅이는 다 큰 사내지. 그러니 빈하 누이를 잘 부탁한다."

"아무 걱정 말라니까요."

웅이라면 안심이었다. 윤세와 빈하의 과거를 모르는 웅이. 윤 세와 빈하의 마음을 모르는 웅이의 이 천진난만함이라면 빈하의 마음을 달랠 수 있을 것이다. 윤세는 웅이의 어깨를 두드리며 시리게 웃었다. 웅이가 휘파의 앞발을 잡고 악수를 건넸다.

길가에는 향밤꽃이 활짝 벌어졌다. 나무에서 열리는 밤과는 구별하기 위해서 향밤이라고 불리는 밤은 꽃에서 열렸다.

파란색 줄무늬를 가진 세 장의 꽃잎이 삼각형으로 피어난다. 그러다가 시들고 나면 그 모양 그대로 밤이 되어 여물었다. 물론 통꽃은 서리가 내리기 전까지는 그대로 삼각형의 파란 줄무늬 꽃을 매달고 있었다.

"빈하야, 그만 일어나거라. 언제까지 곡기를 끊고 누워 있을 참이냐?"

안채에서는 이씨가 애가 타서 빈하의 어깨를 흔들었다. 죽을 들고 왔는데 돌아누운 채로 이불을 덮고 있는 빈하는 꼼짝도 하지 않았다.

"벌써 열흘이 다 지나간다. 약사님이랑 안채 사모님이랑 얼마나 애를 태우는데 여태 이러고만 있어?"

이씨가 다시 빈하를 흔들었다. 웅이처럼 이씨도 아무것도 몰랐다.

"앞치마 두르고 찬방에 왔다 갔다 하면서 저지레도 좀 하고 그래봐. 빈하가 이러고 누워 있으니 내가 도통 살림하는 재미가 없어."

"……."

"빈하!"

이씨가 아무리 애를 태워도 빈하는 돌아보지 않았다. 그때, 빈하의 방문이 거칠게 열렸다. 황씨 부인이었다.

"무슨 좋은 일에 경사가 났다고 이러고 열흘이 넘도록 자리보전하고 누운 것이냐? 그리 곡기를 끊고 누워서 어미를 앞서가기라도 하겠다는 것이냐? 원흉은 따로 있는데 왜 죄 없는 다른 사람들 걱정을 시키는 게야?"

앓아누운 딸을 위로하기는커녕 다그치는 황씨 부인의 성정이었다. 무슨 말인지 모르는 이씨가 눈을 껌벅거렸다.

"오늘 그 원흉을 약국에서 들어내었다. 그러니 너도 그만 털고 일어나거라. 다시는 그 얼굴을 안 보면 그만인 게다."

탁!

열릴 때처럼 거칠게 방문이 닫혔다. 자기 할 말만 하고 황씨 부인은 다시 나가 버렸다.

"아주머니, 소반 내려놓고 가세요. 이따 먹을게요."

드디어 이불을 내린 빈하가 말을 했다.

"참말이지, 참말? 일어나 죽 먹을 거지?"

"네."

여전히 돌아누운 빈하의 등이 대답을 했다.

"무슨 일인지는 다 모르지만 살아는 있어야 은혜도 갚고 원수도 이기고 하는 법이야. 자고로 곡기가 들어가야 헤쳐 나갈 힘도 생기는 법이고. 빈하가 좋아하는 비비추 잎사귀 같이 넣어서 끓인 죽이니까 꼭 먹어."

"알았어요."

빈하의 대답에 이씨가 몸을 일으켜 방을 나갔다.

'남매간에 생전 화 한 번 안 내던 성정들인데 다들 이게 뭔 일

이람?'

이씨가 고개를 흔들었다.

이씨가 방을 나가고 한참이 지났다. 이불을 젖힌 빈하가 몸을 일으켰다. 지난 열흘간 정말 죽 한 그릇도 제대로 먹지 않았는지 드러난 얼굴이며 목덜미, 손목이 뼈만 앙상하게 남았다.

그 어느 누구에게도 윤세라는 이름의 '윤' 자도 꺼내지 못하게 했다. 빈유가 달래어가며 이야기를 할라치면 그 자리에서 경기를 일으키며 까무러쳐 버렸다. 미우가 찾아와도 보기 싫다며 얼굴도 내밀지 않았다. 윤세는 감히 본채 쪽에는 얼씬도 하지 못했다.

이 년 전 그때와 똑같았다. 빈하는 아무것도 알고 싶지 않았고 아무런 말도 듣기가 싫었다. 아니, 살아서 숨을 쉬는 것 자체가 버거웠다.

빈하는 소반에 담긴 숟가락을 집어 들었다. 죽을 한 모금 퍼서 입안에 넣어보았다. 까실하게 헐어버린 입안에서는 아무런 맛도 느껴지지 않았다.

"빈하 누이, 비비추꽃이 활짝 피었어. 약초를 캐는 내도록 비비 추꽃이 핀 곳으로만 골라서 디디고 다녔단다."

윤세가 뿌리째 뽑아온 비비추를 건네주면서 웃었다.

"빈하 누이, 참 고운 팔찌지. 저자에 나갔다가 누이에게 잘 어울 릴 것 같아 하나 사왔어."

윤세가 무지개색이 영롱한 팔찌를 빈하의 손바닥 위에 얹어주었다.

"빈하 누이, 원래 삼 일은 머물러야 하는 장인데 누이가 보고 싶어서 밤을 달려 돌아왔어."

지방 소읍의 장터에 약재를 구하러 갔던 윤세가 삼 일은 걸린다던 길을 하루 만에 돌아왔다. 밤이 꽤 늦어 어느새 새벽이 더 가까웠다.

"빈하 누이, 이랑풍 언덕에 가자꾸나. 오늘은 유난히도 꽃잎이 많이 날려. 빈유는 두고 우리끼리만 살짝 가자꾸나. 네가 행복해하는 모습을 보면서 나도 행복하고 싶어."

자신이 먼저 도시락을 챙겨서 대문간에 나가 있던 윤세였다.

"곱구나, 우리 빈하 누이. 참말 곱구나."

윤세가 빈하의 귀 옆에 비비추 꽃대 하나를 꽂아주었다. 빈하의 귀밑머리가 간들거리자 윤세는 눈이 부신 듯 중얼거렸다.

"빈하 누이!"
"빈하 누이!"
"빈하 누이!"

"그만! 그만!"

자신의 이름을 부르는 윤세의 목소리가 끊임없이 들리자 빈하는 귀를 막았다. 손에 쥐고 있던 숟가락이 떨어졌다.

"그래놓고, 그래놓고서는 어떻게 이래? 어떻게 이래? 나한테 어떻게 이래?"

빈하가 가슴을 움켜쥐었다.

"내가 뭘 잘못했는데? 아버지가 뭘 잘못하셨길래? 어떻게?"

애를 찢는 빈하의 울음이 그칠 줄 몰랐다.

"빈하야."

소리도 없이 방문이 열렸다. 미우였다. 한참을 방문 밖에서 빈하의 울음소리를 듣다가 들어왔다. 미우가 불러도 빈하는 답이 없었다.

"빈하야."

문에 붙어 선 미우가 다시 불렀다. 그제야 빈하가 울음을 멈추고 미우를 쳐다봤다. 복잡한 표정이 지나가면서 빈하의 눈동자가 사납게 떨렸다.

"기억……."

말을 잇지 못하고 미우의 침 넘어가는 소리가 들렸다.

"들었어. 네 기억이……."

"그래. 내 기억 돌아왔어."

미우의 말을 잘라 버리며 빈하의 입술이 열렸다.

"이 년 전 그날의 일, 그리고 윤세 오라버니의 일, 모두 다, 몽땅."

칼날처럼 날카로운 빈하의 말이었다.

"미, 안, 해."

미우가 띄엄띄엄 사과를 했다. 차마 빈하의 눈을 마주 보지도 못했다.

"미안해? 뭐가?"

"내가 윤세 오라버니, 좋아…… 해도 되냐고 물어본 일."

"그깟 것 아무런 상관없어. 그리고 넌 그게 미안해서는 안 되지."

"빈하야!"

"어떻게 그러니? 어떻게 너까지 그러니? 아무것도 모르는 척, 아무 일도 없었던 척, 어떻게 미우 너까지 나한테 그럴 수 있어?"

"……"

"재미있었니? 좋았니? 아무것도 모르고 오라버니라 부르며 바보같이 또 헤실거리는 날 보며 좋았니? 그래서 내 기억이 영영 돌아오지 않으면 그 사람 옆에서 그 사람 짝이 되어 그렇게 살아보기라도 하려고 했어? 나만 바보 만들어놓고. 내 동무라면서?"

"그런 거 아니야."

"그런 거 아니면? 그런 거 아니면 뭔데? 저런 철천지원수를 바로 앞에 두고서! 빈유 오라버니나 너나 다들 무슨 미친 생각인 거야?"

"원수 아니야."

갑자기 미우가 맞고함을 질렀다.

"윤세 오라버니가 왜 너의 원수니? 오라버니가 널 어떻게 사랑했는데? 오라버니가 널 얼마큼이나 사랑했는데? 너 때문에 얼마나 아팠는데? 그런데 어떻게 그런 표현을 써?"

"내 아버지를 죽이고 죽어가는 나를 그냥 버려둔 사람이야. 원수가 따로 있는 거니?"

"그건 어떻게 된 일이냐 하면……."

"됐어. 아무 말 마. 그 사람에 대해선 아무 말도 듣고 싶지 않아. 너도 그만 나가줘."

빈하가 악다구니 끝에 귀를 막으며 고개를 저었다. 미우가 한숨을 내쉬면서 문을 열고 나가려는 듯이 몸을 돌렸다. 하지만 방문 손잡이를 잡은 채로 가만히 서 있었다.

"네 탓이야. 너 때문이잖아."

미우가 입술을 깨물더니 빈하는 보지도 않은 채 말을 했다.

"왜 우리 탓을 하니? 왜 남 탓만 해? 지금도, 이 년 전 그때도, 너는 아무런 말도 들으려고 하지 않잖아. 아무것도 알려고 들지 않잖아. 결국 귀를 막고 눈을 감은 건 너야. 윤세 오라버니도 피해자라고."

빈하는 고개를 돌린 채 아무런 대답을 안 했다.

"윤세 오라버니 좋아해도 되냐고 물었던 것, 취소할게. 나 그냥 윤세 오라버니 좋아할 거야. 너는 이리 자기 맘대로 하는데 나라고 못 할 것 없잖니?"

미우가 고개를 돌렸고 빈하가 그제야 미우를 보았다. 두 사람의 눈길이 쨍하니 부딪쳤다.

빈하를 보러 왔던 빈유는 밖에서 빈하와 미우의 이야기를 다 들었다. 빈하의 방으로 다가가려던 걸음을 멈추고 다시 마루를 내려섰다.

싸늘한 분위기 속에 기후는 밥을 먹으러 자신의 집으로 갔고 황씨 부인이 식사를 거절하자 이씨는 빈유의 밥상을 약국에 차려놓았다. 하지만 빈유는 다시 약국으로 가지 않고 마당의 우물가로 나온 참이었다. 우물가에 피어난 봉숭아꽃들이 분홍색, 주황색, 빨간색으로 흔들렸다.

"나를 만지지 마세요."

중얼거리면서 빈유는 봉숭아꽃 한 송이를 만졌다. 그리고는 그 손가락으로 자신의 입술을 다시 쓸어보았다.

"하!"

빈유가 깊은 한숨을 쉬었다.

"우리는 왜 하나같이 만지지도 못하는 진실을 지니고 있는 것일까?"

빈유는 몇 날 몇 밤을 같은 꿈을 꾸었다. 물매화 향기가 풍기는 입술에 처음으로 입맞춤하는 꿈. 청초한 여린 몸을 부서질 듯이 품어 안는 꿈.

하지만 꿈에서 깨면 꿈같기도 했고 생시 같기도 했다. 빈유의 방 안 가득 물매화 향기가 풍기기도 했다. 하지만 아무리 두리번거려 보아도 눈에 들어오는 것은 가는 물매화 꽃대뿐이었다.

'내가 그래서는 안 되는 일이었다.'

그렇게 더 이상 잠들지 못하고 불면의 밤을 창가에서 서성거렸다. 밥숟가락을 든 채 멍하게 얼이 빠지기도 했다.

물매화 말린 매화초만 보아도 가슴이 아렸다. 시리게 지나는 바람이 겨울 같았다. 수시로 머리가 지끈거리면서 온몸에 열이 올랐다. 어지러움을 가시려고 손부채를 만들어 열심히 바람을 만들어내 보았지만 아무 소용이 없었다.

내색할 수가 없었다. 집 안의 무거운 분위기를 자신까지 거들 수는 없었다. 지금도 어디에선가 물매화 향기가 풍겨오는 것 같았다. 하지만 빈유의 앞에 있는 꽃은 봉숭아꽃뿐이었다.

"빈하야. 윤세야. 너희들은 또 어떻게 하면 좋으냐?"

빈유의 생각은 다시 빈하와 윤세에게로 나아갔다.

"윤세 오라버니 좋아해도 되냐고 물었던 것, 취소할게. 나 그냥 윤세 오라버니 좋아할 거야. 너는 이리 자기 맘대로 하는데 나 라고 못 할 것 없잖니?"

조금 전에 빈하에게 했던 미우의 말도 떠올랐다.

빈하도 윤세도 미우도 그리고 자신도 다 가여운 사람들이었다. 만지지 못하는 진실을 가운데 두고 속앓이를 하는 병자들이었다. 그런 생각을 하자 빈유의 머리가 다시 어지러웠다.

"황국 몇 송이 안채 방들에 들여놓을까나?"

국화는 방에 두는 것만으로도 열로 인한 병증을 치료하는 효과가 있다. 그래서 열이 날 때 생기는 머리 통증이나 어지러움에도 그만이었다.

"빈유 오라버니."

빈하의 방을 나온 미우가 빈유를 보더니 걸음을 멈추었다.

"그래, 미우로구나."

봉숭아꽃에서 시선을 거둔 빈유가 마치 이제 봤다는 듯이 미우에게로 한 걸음 다가갔다.

"잘 지내었니?"

"네."

"오랜만이구나."

"네."

"빈하에게 다녀가는 길이냐?"

"네."

미우의 대답이 짧게 토막이 났다.

"빈하는 좀 어떠하더냐?"

"그대로입니다."

빈유가 고개를 끄덕였다.

"점심시간인데 빈하랑 같이 식사나 하고 돌아가지."

"빈하가 저랑은 밥을 먹고 싶지 않을 거예요."

미우가 쓰게 웃었고 빈유도 쓰게 웃었다. 미우는 대문으로 나
갔다.

점심시간이 끝나고 보게 된 첫 번째 병자는 육십이 가까운 여
인이었다. 여인이 진료실로 들어서는데 기후가 걱정스러운 눈빛으
로 빈유를 보았다.

"점심상을 그대로 물렸다고 이씨 아주머니가 걱정하시던데 어
디가 안 좋은 것인가?"

속삭이듯 물어오는 기후의 음성이 깍듯했다. 윤세가 약국을
나간 것이 후련했지만 한편으로는 또 빈유에게 미안하기도 한 모
양이었다.

"괜찮네."

"안색도 창백한 것이 편해 보이지가 않는데. 속이 거북한 것인가?"

"아니라니까."

"오후 진료는 내가 볼 터이니 자네는 안채로 들어가서 쉬어도 되네."

"글쎄, 아니라니까. 그만 조용히 하시게. 괜찮다면 저 병자는 내가 진료하도록 하겠네."

드디어 여인이 빈유의 앞에 와서 앉았다.

"어디가 불편하시어 오셨습니까?"

빈유가 노년의 여인에게 물었다.

"자주 열이 오르고 머리가 어지러워 잠을 잘 수도, 밥을 먹을 수도 없습니다."

여인의 대답에 빈유가 여인의 손목을 잡고 잠시 진맥을 하였다. 약하면서도 빠르게 뛰는 맥이 잡혔다. 눈에는 핏발이 섰고 누렇게 뜬 낯빛은 부족한 잠을 여실히 보여주었다. 분명히 마음에 화가 차서 병증이 생긴 것이었다.

"심화가 맺힌 듯합니다. 혹 주변에 무슨 우환이 있으십니까?"

드러난 병증을 치유하기 전에 먼저 병증의 원인을 치유해야 했다. 빈유의 말이 끝나자마자 여인의 얼굴이 금방 울상이 되었다.

"그것이……."

여인이 금방 말을 잇지 못했다.

"늦게 얻은 탓에 금이야 옥이야 키운 딸아이가 이루지 못할 연모에 상사병이 들었습니다. 도통 식사도 못 하고 잠을 이루지도 못하니, 어미인 제가 어찌 홀로 밥을 먹고 잠에 들 수가 있습니까?"

"상사병이요?"

"네. 밥상도 차리는 족족 물려 버리고 잠도 자지 못하고 실성한 이처럼 웃었다 울었다 아주 난리도 이런 난리가 없습니다."

"상심이 크시겠습니다."

"사실은 약국에 온 것도 딸아이에게 맞춤한 약재를 지을 수 있을까 해서 겸사겸사 온 걸음입니다. 약국에 와서 진맥이라도 한번 해보자 청하여도 들은 척도 않고 꿈쩍도 하지 않으니."

"그러셨군요."

빈유가 고개를 끄덕였다. 남의 이야기 같지가 않았다.

"심중에 든 병증을 사람이 조제한 약으로 어찌 다 다스릴 수 있겠습니까? 하지만 먼저 마음의 열을 내려주고 심중에 든 멍을 해독하여 주어 스스로 이길 수 있는 힘을 기르게 해줄 수는 있지요."

"참말 그렇습니까?"

울먹이던 여인이 빈유와 눈을 맞추었다.

"따님의 연치가 어찌 됩니까?"

"이제 열여덟입니다."

"체형은 마른 편입니까? 살집이 있는 편입니까?"

"그저 중간쯤 가는 듯합니다."

"얼굴은 붉은 편입니까? 창백한 편입니까?"

"평시에는 화사하니 낯빛이 고운 아이입니다."

"하면 원래는 잠을 잘 잤습니까?"

"두말하면 잔소리입지요. 밤하늘에 마른벼락이 쳐도 달게 자던 아이였으니까요."

"손발은 찬 편입니까? 따스한 편입니까?"

"따스하지요. 가만히 품에 안고 누워 있으면 화로라도 품은 것처럼 따스합니다."

"문진(병자의 상태를 물어서 알아내는 것)으로 대강 체질을 알 수 있겠습니다. 약재를 준비해 둘 테니 이틀 후에 와서 찾아가시지요."

"고맙습니다, 약사님. 그럼 이만."

"잠시만요."

여인이 몸을 일으키려고 하자 빈유가 다시 불렀다.

"약재도 약재이지만 차를 음용하시는 것도 좋은 방법입니다."

"차를 음용하라고요?"

"네. 이런 증상에는 국화차가 더할 나위 없이 좋습니다."

"국화로 만든 차 말입니까?"

"네. 모친께서는 관절통도 좀 있으시지요?"

"아무래도 나이가 나이니만큼."

"모녀지간에 함께 국화차를 끓여 상음(평상시에 마심)해 보세요. 국화차는 관절의 통증을 완화시키는 효능도 있고 고혈압이나 눈의 피로에도 효험이 있습니다. 국화주를 담가 마셔도 좋고 국화꽃 말린 베갯잇을 사용하는 것도 좋지만 모녀지간이시니 국화차로 드시는 것이 제일 좋을 듯합니다."

"하면 국화차는 어찌 만들어야 합니까? 저자에 나와 있는 것을 사서 먹을까요?"

"아니요. 집 근처에 국화가 피어 있지요?"

"네."

"아무래도 같은 땅의 기운을 받은 것이 몸에도 좋으니 집 주변의 국화를 따서 만들어보시지요."

"방법은 어찌 됩니까?"

"국화꽃을 송이째 따서 우물물을 부어 흐르는 물결에 깨끗이 씻으세요. 그런 후 볕 좋은 곳에 펴서 삼 일 정도를 말리십시오. 큰 주전자에 말린 국화꽃 서너 송이와 물을 가득 부어 중간 불로 반 식경(15분) 정도 은근히 달이십시오. 그런 후 고운 채로 걸러서 물을 마시듯 수시로 음용하시면 됩니다."

"말씀하신 그대로 하겠습니다. 고맙습니다."

"안녕히 가십시오."

여인이 인사를 하고 나가자 기후가 말을 걸었다.

"약재 처방을 해주면 되지 무슨 사설이 그리 긴가?"

"말이 길었는가?"

"밖에 대기하고 있는 병자가 수십이네."

"글쎄. 남의 일 같지가 않아서."

"무슨 소린가?"

기후가 묻지만 빈유는 못 들은 척을 했다.

그 시각 대각간의 집.

아라는 쪽문을 열어놓고 별채의 마당을 내다보고 있었다. 바람이 시린 줄도 몰랐다. 아라의 별채 담장 위에는 물매화 꽃잎이 작별을 하듯 분분히 흩날렸다. 하나하나의 꽃잎은 부드럽게 패인 빈유의 볼우물을 닮았다.

"아라 아씨."

문이 열리고 유모가 방으로 들어섰다. 분단장을 하는 도구들이 담긴 상자를 들었다.

"무얼 내다보세요? 아뢰는 소리도 못 들으시고. 마당에 피어난 황국 보세요?"

물매화 꽃대는 담장 위에서 꽃잎을 휘날리고 있고 마당 뜨락 아래로는 황국이 온통 차지하고 피어올랐다.

"그냥 있었소."

"이즈음 어찌 그리 얼굴이 어두우세요? 식사도 도통 못 하시고 잠도 제대로 안 주무시고. 무슨 근심이 있으십니까? 이 유모에게 모두 말씀해 보세요."

애타는 유모의 물음에도 답이 없이 아라는 고개만 저었다.

"혹 태양궁에 입궁하는 일이 마음에 걸려 그러십니까?"

이번에도 아라는 고개를 저었다.

"마눌하님께 아뢰어서 제가 꼭 따라 궁에 들 터이니 너무 걱정하지 마세요. 제 목숨을 걸고 약조 드릴게요."

"유모 목숨은 열 개라도 되오?"

그제야 아라가 웃었다. 빈유처럼 쓰디쓴 웃음이었다.

"어디 좀 보세요. 너댓 달만 지나면 태양궁으로 입궁하셔야 하는데 얼굴빛이 이래서 어째요?"

유모가 여우 털로 만든 화장 붓을 하나 들었다.

"아루 공주님 미색이 화가야 제일미라 하시는데 그런 얼굴빛으로 왕자님의 괴임을 받으실 수 있겠어요?"

"내는 어째도 상관없어."

"에휴! 연모를 얻지 못하는 여인이 얼마나 서럽고 아픈 법인데 그런 말을 함부로 하세요? 이 유모가 얼른 곱게 단장시켜 드릴게요."

유모가 아라의 더 가까이로 다가왔다.

"싫다니까."

아라가 고개를 저은 후에 고개를 숙여 버렸다.

"아라 아씨."

애가 탄 유모가 다가와서 아라의 고개를 살짝 쓰다듬어 올렸다.

"아씨?"

유모의 눈이 휘둥그레졌다. 고개를 떨구고 있던 아라는 울고 있었다.

"아이고, 아씨. 왜 그러신대요?"

"유모."

아라가 유모의 품으로 파고들었다.

"그래요. 말해보세요. 이 유모에게 다 이야기해 보세요."

"유모, 연모를 얻지 못하는 여인이 서럽고 아프다 했지? 하면 연모를 잃은 여인은 어떻게 되는 것이오? 연모를 말하지조차 못하는 여인은 또 어떻게 되는 것이오?"

"연모를 잃다니요? 연모를 말하지 못하다니요? 그게 대체 다 무슨 말씀이시래요?"

영문을 모르는 유모가 품을 파고드는 아라의 등을 토닥였다.

대문을 세 개나 지나야 나오는 별채에서 곱디곱게만 자란 아라

황국   225

였다. 유모 자신의 손으로 꽃보다 더 귀하게 길러내었다. 그런 아라가 연모를 이야기하고 있었다. 연모를 잃은 여인은 어떠하냐고 물었다. 물론 그 상대는 빈유일 것이었다.

열흘 전에도 같이 빈유를 만나러 갔다가 아라를 잃어버렸다. 하지만 지나가던 여자아이의 말대로 저자를 헤매다가 한 식경 후에 초막거리를 지나서 삼거리에 가보았다.

거짓말처럼 쓰개를 쓴 아라가 삼거리에 서 있었다. 아라를 무사히 찾았다는 생각에 어찌 된 일이냐고 묻지도 못했다. 아라도 아무 변명이 없었다. 온몸을 세심하게 살펴보았지만 상한 데도 없었다. 그렇게 무사히 함께 집으로 돌아올 수 있었던 것만으로도 유모는 안심을 하였다.

'하지만…….'

아라는 내년이면 한울왕의 후비가 되어야 할 몸이었다. 그리고 빈유를 보고 싶다고 하여 같이 나간 걸음이었지만 아라의 그 마음이 이토록이나 애절한 연모이리라고는 유모는 상상하지 못했다. 그저 자신을 치료해 준 약사에 대한 단순한 고마움으로 인한 풋정일 것이라고 유모는 믿었다.

그저 지나갈 마음일 것이다. 그래야만 했다. 그래서 아라의 울음이 커져만 가는데도 유모는 아무 말이 없었다.

빈하는 방 안에 앉아서 곰곰이 생각에 잠겨 있었다. 윤세가 약국을 나가고 미우가 다녀간 후 며칠이 훌쩍 흘렀다. 빈하는 미우가 했던 말을 떠올렸다.

"네 탓이야. 너 때문이잖아."

"왜 우리 탓을 하니? 왜 남 탓만 해? 지금도, 이 년 전 그때도, 너는 아무런 말도 들으려고 하지 않잖아. 아무것도 알려고 들지 않잖아. 결국 귀를 막고 눈을 감은 건 너야. 윤세 오라버니도 피해자라고."

"윤세 오라버니 좋아해도 되냐고 물었던 것, 취소할게. 나 그냥 윤세 오라버니 좋아할 거야. 너는 이리 자기 맘대로 하는데 나라고 못 할 것 없잖니?"

빈하의 손에는 무지개색이 영롱한 팔찌가 들렸다. 바로 윤세가 선물해 준 그 팔찌였다.

"빈하 누이, 어때?"

머쓱하게 다가온 윤세가 팔찌를 내밀었다.

"참 고운 팔찌지? 저자에 나갔다가 누이에게 잘 어울릴 것 같아 하나 사왔어."

"고마워요, 오라버니."

"어울리는 주인을 만났으니 팔찌도 고마울 거야."

하여튼 빈하에게는 주저리주저리 말도 잘하는 윤세였다. 빈하가 팔찌를 낀 채 들어 올려서 이리저리 돌려 보았다.

"우와, 신기해. 돌리는 방향을 따라서 색깔이 달라져요."

"그렇구나."

"오래오래 소중하게 간직할게요."

"빈하야, 연모의 마음은 무지개색과 같다고 하더라. 함께 인생을 살면서 때로는 붉은색처럼 타오르는 마음으로 연모를 나눌 것이고, 주황색처럼 서로의 마음에 등불이 되어주기도 하겠지. 함께 노란색으로 화사한 봄날을 즐거워하고 초록의 여름날을 거닐기도 할 거야. 하지만 때론 파랑으로 우울하고 아파할 때도 있어. 그때도 같은 마음으로 옆을 지켜야 하고, 혹 남색으로 병이 들어 힘겨울 때도 서로의 치유제가 되어주어야 한대."

"그래요?"

"때로는 보라색으로 서로에게 멍을 입히기도 하는데 그 또한 연모의 마음의 한 모습이라 멍이 빠지기를 바라면서 인내도 배우게 된대. 그게 바로 무지개색이고 연모란다."

"오라버니가 어떻게 그런 멋진 말을?"

"아니야. 장신구 난전의 주인이 해준 말인데."

"어쨌든 내게 말해준 사람은 윤세 오라버니니까 내게는 오라버니가 한 말이야. 멋있다, 오라버니."

감탄을 내뱉는 빈하의 모습은 팔찌보다 반짝였다. 그 눈빛은 더 눈이 부셨다. 윤세가 팔찌에다가 입을 맞추었다. 바람처럼 살랑이면서 다가왔다가 멀어진 윤세의 입술이었다. 빈하의 얼굴이 붉어졌다.

"오라버니, 뭐, 뭐예요?"

빈하가 두리번거리며 말했다. 주변에는 아무도 없었다.

"흠, 흠! 그냥 팔찌에다가 한 거다."

어울리지 않게 낯을 붉히며 윤세가 달아났다.

"오라버니."

빈하는 팔찌를 꼭 쥐고서 한참을 서 있었다. 손목에 수많은 윤세의 입맞춤이 내려앉는 기분이었다. 솜털이 곤두서며 어지러웠다.

"빈하 누이, 나 잠깐 들어가도 돼?"

방문 밖에서 어린 목소리가 날아들었다. 웅이었다.

"그래. 들어와."

상념에서 깨어난 빈하가 힘없는 목소리로 대답했다. 어린 웅이까지 매정하게 내치고 싶지는 않았다. 방문을 열고 들어서는 웅이는 대바구니를 하나 들고 있었다.

"이것."

대바구니에 담긴 것은 윤이 나도록 까맣게 익은 까마중 열매였다.

"누이 주려고 일부러 산에 가서 따 왔어. 바쁜 시간 쪼개서 다녀온 길이니까 다 먹고 얼른 나아요. 한 바구니 채우느라고 며칠이 걸렸어."

웅이가 제법 의젓하게 말을 했다.

"약국 소제 일에 다친 아버지 돌보느라 바쁠 터인데 뭐하러 그랬어? 게다가 겨울이 다가오고 있어서 열매도 많지 않았을 텐데."

"누이가 방에서 꼼짝도 않고 있으니 내가 속상해서 그러지."

"쬐끄만 게 속상한 게 뭔지나 알고?"

역시 웅이를 보니까 좋았다. 괜히 실없는 소리가 나왔다.

"속상한 게 뭔지 모르는 사람이 어디 있어? 그리고 이래 봬도 나는 다 자란 의젓한 사내라고."

"뭐야?"

작게 웃음이 터졌다. 이렇게라도 얼마 만에 웃어보는지 모르겠다.

"정말이야. 약학생님이 나한테 그랬는걸. 웅이는 다 자란 의젓한 사내라고."

웅이의 입에서 윤세의 이야기가 나오자 빈하는 웃음을 멈추었다.

"또 그렇게도 말했어. '웅이야, 빈하 누이가 많이 아프기도 하고 또 웅이 너는 다 큰 사내이지 않으냐? 혹여 약국에서나 본채에서 빈하 누이를 보게 되면 지금까지처럼 아웅다웅 다투지 말고 의젓하게 행동하고 다정히 대해주거라. 자고로 다 큰 사내란 여인을 아끼고 위할 줄 알아야 하는 법이란다'라고."

"……."

"그래서 일부러 산에까지 가서 까마중을 따 온 거잖아요. 약학생님이 그러던데. 빈하 누이는 까마중 열매를 제일 좋아한다고."

윤세가 그렇게 말을 했단다, 웅이에게.

"그랬니?"

"응. 그래서 약학생님도 누이에게 준다고 점심시간마다 산에 가서 까마중을 따 왔잖아."

"정말? 나는 저자에서 사다 주는 건 줄 알았는데."

"아닌데. 제일 싱싱하고 좋은 걸로 갖다준다고 점심시간을 아껴가면서 매일 갔다 왔어. 빈하 누이는 아무것도 몰랐구나."

"……."

"얼른 먹어요. 내가 내일도 또 따다 줄 테니. 약학생님 대신에 누이 나을 때까지는 언제까지고. 알았지요?"

"알았어. 고마워. 네가 날 이렇게 좋아하는 줄은 몰랐다."

"약학생님이 좋아하는 사람은 나도 다 좋아요."

꼭 바구니를 다 비우라고 몇 번이나 다짐을 받으며 웅이는 방을 나갔다. 얼마나 시간이 흐르는지를 모르고 빈하는 가만히 까마중 열매를 쳐다보았다.

"설, 윤, 세!"

까마중을 보며 빈하가 또박또박 이름을 불렀다. 그러더니 손에 잡은 팔찌를 꼭 쥐었다. 이번에도 빈하의 손목에 수많은 윤세의 입맞춤이 내려앉았다. 이번에도 솜털이 곤두서며 어지러웠다.

아무에게도 말하지 못했지만 깨어난 기억과 함께 윤세에 대한 마음도 다시 살아나서 빈하의 안에서 꿈틀거리고 있었다. 아니, 윤세가 돌아오면서 빈하의 마음은 저절로 윤세에게 가 있었다. 밀어내기만 하기에는 윤세는 너무 큰 이름이고 무거운 존재였다.

빈유의 말도 미우의 말도 똑같이 윤세를 감싸고 있었다. 빈하의 오해가 사실이라면 두 사람 다 그렇게 행동할 리가 없었다. 빈하도 그것을 알았다.

하지만 이 년 전 그날의 진실을 확인하는 것이 너무도 두려웠다. 아버지의 죽음을 다시 한 번 확인한다는 것이 미칠 듯이 겁이 났다. 게다가 자신은 얼마나 사납게 윤세를 몰아세웠던가?

"왜 우리 탓을 하니? 왜 남 탓만 해? 지금도, 이 년 전 그때도, 너는 아무런 말도 들으려고 하지 않잖아. 아무것도 알려고 들지 않잖아. 결국 귀를 막고 눈을 감은 건 너야. 윤세 오라버니도 피해자라고."

미우의 말이 다시 떠올랐다.

"하지만 때론 파랑으로 우울하고 아파할 때도 있어. 그때도 같은 마음으로 옆을 지켜야 할 것이고, 혹 남색으로 병들어 힘겨울 때도 서로의 치유제가 되어주어야 한대. 혹은 보라색으로 서로에게 멍을 입히게 되더라도 그 또한 연모의 마음의 한 모습이라 멍이 빠지기를 바라면서 인내도 배우게 되겠지. 그게 바로 무지개색이고 연모란다."

윤세의 말도 다시 떠올랐다.

물과 피를 함께 뚝뚝 흘리며 가만히 서 있기만 하던 윤세를 생각했다. 이 년 전에도 지금도 윤세는 한마디 변명이 없었다. 아니, 빈하가 변명할 기회조차 주지 않았다.

"연모란 무지개색이란다. 그래서 파랑일 때도 남색일 때도 또 설령 보라일 때라도 그것도 역시 연모란다."

살짝 중얼거렸다.

그때, 방문 밖에서 휘파람 소리가 들렸다. 한낮의 안채에서 누가 휘파람을 부는 것일까? 방금 방을 나간 웅이일 리도 없는데?

다시 소리가 들렸다. 이번에는 약하게 방문을 긁어대는 소리도 함께 났다.

"누구십니까?"

빈하가 방문을 열었다. 아무도 없었다. 다시 방문을 닫으려는데 그제야 방문 아래쪽에 서 있는 휘파가 보였다. 양 볼이 볼록했다.

"뭐야? 휘파 너였니? 네가 정말 휘파람을 분 거야?"

휘파가 방으로 들어왔다. 빈하가 문을 닫고 자리에 앉자 쪼르르 빈하의 무릎으로 올라와 앉았다.

휘파람을 분다는 소리는 들었지만 직접 들은 것은 이번이 처음이었다. 윤세의 앞이 아니면 절대로 휘파람을 불지 않는다고 했다. 게다가 윤세가 아닌 다른 사람에게 손길을 허락하는 법도 없었다.

"휘파야, 오늘은 네가 웬일이래니?"

처음 있는 일이었다. 하지만 휘파는 빈하의 놀람에는 아랑곳없이 입에서 무언가를 뱉어냈다. 나무가 아닌 꽃에서 열리는 향밤이었다. 세 개나 되었다.

"어디에서부터 온 거니? 설마 객사에서부터 혼자 온 거야?"

휘파가 꼬리를 살랑살랑 흔들었다.

"그 먼 거리를 이 많은 향밤을 입에다 넣고 온 거야? 나를 주려고 일부러?"

휘파가 알아듣기라도 한 듯 코를 쫑긋거렸다. 그러더니 빈하의 손등에 볼을 비볐다.

"약학생님이 좋아하는 사람은 나도 다 좋아요."

빈하는 방금 전 웅이의 말이 떠올랐다.

"휘파야, 그래서 너도 향밤을 물고 내게 온 것이니?"

빈하를 향한 윤세의 마음이 얼마나 간절했으면 휘파조차 그 마음을 읽어내었을까?

향밤을 쥔 빈하의 손끝이 떨렸다.

휘파가 다시 휘파람을 불기 시작했다.

그대를 바라는 건

가슴에 하나의 풀꽃을 키우는 일이라네

달음질치지 않아도

그대는 풀꽃이 되어 내게로 늘어지고

향기 품은 공기가 되어

언덕을 넘어 보라색 아라로 간다네

그대를 그리는 건

마음에 조그만 풀꽃을 키우는 일이라네

비바람 모질어도

그대는 풀꽃이 되어 내게로 피어나고

향기 품은 햇살이 되어

동창을 지나 소용돌이 아라로 간다네

풀꽃 연가. 윤세가 늘 빈하에게 휘파람으로 불어주던 곡조였고 그래서 빈하가 제일 좋아했다.

'떠나 있는 그 시간 동안에도 오라버니는 늘 풀꽃 연가를 휘파람으로 불었어요? 해 저무는 얼음폭포에 앉아서 얼음처럼 찬 몸을 하고서도 쉬지 않고 이 곡조를 불었어요? 그래서 휘파가 이렇게도 정확하게, 이렇게도 애절하게 이 곡조를 휘파람 부는 거예요? 그런 거예요, 윤세 오라버니?'

빈하가 잠에서 깨어난 것처럼 기지개를 켰다.

"휘파, 고마워. 윤세 오라버니를 보러 가야겠어."

휘파에게 악수를 하고 방문을 열고 밖으로 나왔다. 휘파는 빈하의 소매 속으로 들어갔다.

저자 장터에서 쓰러진 후 처음으로 밖으로 나온 걸음이었다. 넘어가는 햇살이 내려앉는 마당에는 황국이 가득 피어올랐다.

황국의 꽃말은 <짝사랑 혹은 실망>.

7.

차꽃

차나무의 꽃이 이제는 완전히 만개했다. 흰색 혹은 연분홍색으로 꽃을 매단 차나무에서는 갓 끓인 차 향기가 났다. 공기의 움직임은 차를 담은 찻잔처럼 동그랬다. 곧 십이월이 될 것이었다.

윤세는 문이 반쯤 열린 객사의 방에서 미우와 마주 보고 있었다.

조금 전, 미우가 객사 열화관으로 윤세를 찾아왔다. 손에는 찬합을 싼 보따리가 한가득이었다. 앉으라는 말도 안 했는데 미우는 알아서 탁자의 한쪽에 몸을 내리더니 보따리를 올려놓았다.

"오라버니 좋아하시는 반찬, 조금씩 준비해 봤어요."

복잡한 시선으로 미우를 보며 윤세는 말이 없었다.

"객사 찬모가 해주는 밥이 어디 입에 맞으시겠어요? 식사 때마다 꺼내놓고 같이 드세요. 제가 직접 만든 것들이니 알뜰히 다

드셔야 해요."

빈하와 달리 미우는 가정적이고 여성적이었다. 수놓기, 음식 솜씨, 가정 살림 등 못하는 것이 없었다. 윤세는 여전히 입을 다문 채 탁자에서 멀리 서 있었다.

"뭐라고 말씀 좀 하세요. 사람 무안하게."

미우가 볼을 붉혔다.

"내가 분명히 다시는 걸음을 하지 말라 타이른 것으로 기억하는데."

미우가 객사를 찾아온 건 벌써 오늘로 네 번째였다. 번번이 외면당하는 보따리까지 꼭꼭 챙겨 들고서.

"그냥 찬거리 좀 챙겨 드리는 건데 무얼 정색을 하세요?"

"난 네게서 아무것도 받고 싶지가 않아. 또한 내가 줄 것도 없고."

윤세의 냉랭하기가 얼음폭포보다 더했다.

"난 일이 있어 나가려던 참이다. 문은 따로 단속할 필요가 없으니 알아서 돌아가도록 하여라."

윤세가 냉기를 풍기는 몸을 돌리며 문 쪽으로 향했다.

"윤세 오라버니."

미우가 탁자에서 벌떡 일어섰다.

"왜? 왜 오라버니는 꼭 빈하라야 해요? 빈하 기억도 돌아왔어요. 그런데도 오라버니를 저리 밀어내고 상처만 주는데 왜 꼭 빈하여야만 하는 거죠?"

단정하게 쌍꺼풀이 진 눈이 눈물이 고여 그렁그렁했다.

"당장 나를 좋아해 달라 하는 것도 아니고 마음을 달라는 것도 아니잖아요. 그냥 나도 오라버니 옆에 있다는 것, 그것만 생각해 달라는 거잖아요. 미우라는 내 이름 하나 오라버니 가슴에 살짝 써주는 게 그리 어려운 일이에요?"

"나는 분명히 말했다. 너에게 줄 마음 같은 건 내게 없다. 이미 내 마음의 주인은 정해져 있으니까."

"그냥 작은 조각 하나만요."

"내 마음의 먼지 한 톨까지도 모두 빈하의 것이다."

"빈하가 아니라잖아요. 빈하는 받기가 싫다고 하잖아요. 그런데도 계속 오라버니 혼자서만 우기고 있는 거잖아요."

"그래도 상관없다."

"그냥 나도 한 번만 봐주세요. 한 번만 돌아봐 주세요. 저는 그거면 돼요."

"우기는 건 너다. 예쁘고 고운 너의 나이에 그건 부질없는 짓이야."

딱 친동기간인 누이동생을 타이르는 윤세의 말이었다. 그리고는 더 이상 대꾸를 하지 않겠다는 듯이 탁자를 돌아서 걸어 나갔다.

"오라버니."

하지만 윤세가 문까지 가기도 전에 미우가 뒤에서 윤세의 등을 끌어안았다. 윤세가 팔을 풀며 밀어내려 했지만 미우가 손가락 사이사이를 깍지 끼더니 힘을 풀지 않았다.

"우기는 거라도 나는 상관없어요."

그렁그렁 고인 눈물이 미우의 말을 타고 흘러 넘쳤다. 그러자 윤세가 몸을 돌려 미우의 양팔을 떼어내며 움켜잡았다.

"지금 내 눈앞에 서 있는 사람은 미우 너다. 하지만 내 눈을 잘 보거라. 내 눈동자 안에는 누구의 모습이 새겨져 있느냐?"

미우도 알았다. 윤세의 앞에 서 있는 사람은 자신이지만 윤세의 눈동자에는 오롯이 빈하만이 새겨져 있다는 것을.

"싫어. 싫어. 윤세 오라버니, 제발 나한테 이러지 말아요. 빈하는 오라버니를 깡그리 잊었지만 나는 이 년을 하루같이 오라버니만 기다렸어요."

윤세는 울고 있는 미우가 가여웠다. 가질 수 없는 연모에 목을 매는 그 어리석음이 애처로웠다. 하지만 미우의 울음을 다독여 줄 사람은 절대 자신은 아니었다.

"그만 돌아가거라. 너에게 더 잔인해지고 싶지 않구나."

"윤세 오라버니."

윤세가 미우를 완전히 밀어내고 다시 문으로 향하려던 순간이었다. 객사의 방문이 흔들리는 소리가 났다.

객사의 방문 앞에는 빈하가 서 있었다. 오래 앓은 탓에 한숨처럼 여윈 빈하가 문고리를 잡고 서 있는데 손끝이 바들바들 떨렸다. 그래서 창호지를 바른 문이 함께 흔들렸다.

"빈, 빈하야!"

놀란 윤세가 빈하 쪽으로 한 걸음 다가갔다. 그리고 윤세가 빈하를 부르는 소리에 미우가 윤세의 몸 너머로 빈하를 내다보았다.

"지금 무슨…… 두 사람이 이게 무슨……?"

제일 놀란 사람은 빈하인지라 제대로 말을 잇지 못했다.

"빈하야! 아니다. 그것이……."

윤세가 빈하 쪽으로 더 다가갔다. 하지만 그보다 먼저 미우가 윤세의 앞을 가로막았다.

"보면 몰라? 객사의 방에서 젊은 남녀가 끌어안고 있었는데 무슨 일인지 구태여 설명이 필요하니?"

상상조차 해보지 않은 간악한 모습으로 미우가 답을 했다. 눈가가 지저분한 모양으로 돌아갔다.

빈하는 처음에는 미우를 뚫어질 듯 쳐다보다가 그다음에는 윤세를 보았다. 윤세는 피하지 않고 빈하의 시선을 마주 보았다. 강직한 눈빛이었다. 입으로 나오는 백 마디의 말보다 더 많은 말을 하고 있는.

"지금……."

빈하의 입이 다시 열렸고 미우의 눈가는 아까보다 더 지저분해졌다.

"지금 바로 미우 너는 돌아가 줘야겠다. 내가 윤세 오라버니랑 둘이서만 할 얘기가 좀 있어."

"뭐라고? 이 모습을 보고서도 오라버니랑 둘이서 무슨 할 말이 있다고?"

미우가 윤세의 몸을 더 막아섰다.

"내가 뭘 봤는데? 아니, 내가 뭘 봤든지 그게 뭐가 중요한데? 난 내가 본 것보다는 윤세 오라버니의 눈빛을 더 믿어. 친한 벗을 속이고 배신한 너의 말보다는 이 년을 참았다가 다시 돌아온 오라버니의 마음을 믿어."

"웃기지 마. 이 년 전 그날부터 넌 단 한 번도 오라버니를 믿었던 적이 없었잖아."

"이제라도 믿어보려고. 지금까지 보지 못했던 오라버니의 저 눈

빛을 믿어보려고. 그러니까 미우 넌 이만 나가줘. 자세한 설명은
윤세 오라버니에게 들을게."

미우가 양손을 아프게 끌어 쥐고 입술을 깨물었다. 몸이 휘청
거리는 듯했다. 하지만 윤세는 오히려 문 쪽으로 다가가서 하얗게
야윈 빈하의 몸을 붙들었다.

"미우야, 제발 그만 돌아가거라."

미우 쪽으로 돌아보지도 않고 윤세가 말했다.

"어떻게? 어떻게?"

윤세의 모진 말에 미우가 방을 뛰쳐나갔다. 빈하를 지나쳐 가
면서 서로 어깨를 부딪쳤다. 둘 다 많이 아팠다.

연모의 마음이란 언제나 이기적일 수밖에 없다. 그리고 자신의
연모가 아닌 상대에게는 잔인할 수밖에 없는 것도 진실이다.

"몸은 좀 어떤 것이냐? 이리 앉거라."

미우가 나가자 윤세가 빈하의 몸을 부축해 탁자 앞 의자에 앉
혔다. 그리고는 자기도 빈하의 건너편 의자에 가서 앉았다.

"여긴 어떻게 알고 온 것이냐?"

"오라버니가 열화관에 있다고 웅이가 알려주었어요."

때마침 안채 우물가로 온 웅이가 윤세의 객사를 알려주었고 휘
파는 웅이의 옆에 남았다.

거기까지만 이야기를 하고 잠시 침묵이 흘렀다. 아리고 싸한 침
묵 위에 차꽃의 향기가 내려앉았다.

"웅이한테 그랬다면서요? 다 큰 사내는 여인을 위하고 아낄 줄
알아야 한다고."

"……."

"그러니까 오라버니 대신 웅이가 내게 잘 대해주라고."

"그래."

"이것도 기억나요?"

빈하가 무언가를 내밀었다. 무지개색 팔찌였다.

"나한테 주면서 했던 말도 기억나요? 연모는…… 무지개라던?"

이번에는 윤세가 고개를 끄덕였다.

"그래서 왔어요. 오라버니의 그 말이 자꾸 맴돌아서. 내가 혹시 자꾸만 보라색으로 오라버니를 멍들게만 하고 있는 게 아닌가 싶어서. 그 멍이 빠질 시간도 주지 않고 자꾸 오라버니를 몰아세우고만 있는 것이 아닌가 싶어서."

빈하는 숨도 쉬지 않고 단숨에 몰아서 말을 했다. 여기에 오기까지 그리고 이 말을 하기까지 참 많은 시간을 망설이며 아파했다. 하지만 이제 더 이상은 망설이기도 싫었고 아프기도 싫었다. 그건 윤세도 마찬가지였다.

"듣고 싶어요. 알고 싶어요. 이 년 전 그날, 비비추 만발한 언덕에서 정말로 무슨 일이 일어났었는지. 그 진실을."

"상처를 다시 들쑤셔야 하는데…… 괜찮겠니?"

윤세가 깊게 까매진 눈빛으로 빈하를 보았다.

"네. 한 치의 거짓도 없이 진실이라면요."

빈하가 손을 세게 틀어쥐었다.

"힘들면 언제라도 더 듣고 싶지 않다고 말해도 된다."

"그 각오도 없이 오라버니에게 왔겠어요?"

윤세가 이야기를 시작했다.

비비추가 피어 흐드러졌던 이 년 전 유월.

"스승님, 스승님. 얼른 나오십시오."

"오냐. 윤세 너답지 않게 오늘따라 왜 이리 서두르는 것이야?"

고 약사가 다정한 웃음을 띠며 마루를 내려섰다.

"정오가 되기 전에 산에 올라야 합니다. 햇살이 중천에 떠오르
면 꽃들이 힘들어 합니다."

이랑비랑 한약국은 쉬는 날이었다. 빈하와 윤세의 혼인에 쓰기
위해서 빈하의 반려화인 비비추를 캐러 가기로 했다.

비비추를 캐 와서 안채의 마당 화단에 심어둘 참이었다. 이 년
간 잘 다듬으면 혼인식에 적합한 예쁜 모양을 만들 수 있을 것이
었다.

"스승님! 얼마 전 약초를 채취하러 갔다가 제가 발견한 곳입니
다. 절벽 끝자락 길인데 비비추가 얼마나 많이 흐드러졌던지 아주
장관입니다."

"그만 재촉하려무나. 그리도 좋으냐? 평소에도 이리 말을 좀
할 것이지."

여전히 고 약사의 미소는 다정했고 윤세가 한쪽 입가를 늘이며
수줍게 웃었다.

"무슨 호사한 일이라고 이리 이른 아침부터 부산하답니까? 하
루 쉬시는 날 좀 휴식하지 않으시고."

빈하와 윤세의 혼인이 못마땅한 황씨 부인이 새침하게 눈을 흘
겼다.

"언제 해도 할 일이오. 내 다녀오리다."

고 약사가 엄격하게 황씨 부인을 보았다.

"스승님 조심히 모시고 다녀오거라."

황씨 부인의 콧방귀를 못 들은 척 두 사람이 막 대문을 나서려던 참이었다. 어디 숨었다가 나타난 것인지 빈하가 쪼르르 뛰어나왔다.

"아버지, 윤세 오라버니, 또 나만 떼어놓고 가시려고?"

빈하는 팔에 토시를 끼고 치맛자락을 묶을 끈까지 준비한 것이 이미 중무장을 한 상태였다. 얼굴에는 햇빛을 가릴 분가루까지 덕지덕지 발랐다.

"너는 좀 있으면 혼례를 치를 처자가 어디 산길에 오르겠다고?"

고 약사가 일부러 야단을 쳤다.

"혼례를 치르면 산길에 못 간대요? 하면 동네 아주머니들은 뒷산에 달구경도 가면 아니 되겠네요."

"혼례를 치른 지 오래 지난 아주머니들은 상관없다."

"보세요. 저도 이리 입으니 썩 오래된 아주머니 같지 않아요?"

"아이쿠."

세 사람은 비비추가 가득 핀 언덕을 향해 오르기 시작했다. 햇살은 씻어 말린 듯 화사했고 공기 속을 헤엄치는 꽃향기는 여름을 저미며 피어올랐다.

고 약사의 걸음이 조금씩 빨라지더니 어느새 저만큼 앞서가 버리고 뒤에는 빈하와 윤세가 남았다. 윤세는 빈하의 걸음에 보조를 맞춰 천천히 걸었다.

"오라버니, 등에 멘 철검은 웬 거예요?"

윤세의 등에는 적당한 길이의 철검 하나가 세로로 묶여 있었다.

"혹시나 산짐승이 나타나면 우리 빈하랑 스승님을 지켜야지."

"무술도 잘 못하시면서."

"이래 봬도 꽤 한다. 알면서."

"핏."

"빈하야."

"네, 오라버니."

"나도 스승님 말에 동감이야."

"무슨 말이요?"

빈하가 동그랗게 눈을 뜨고 물었다.

"너도 이제 좀 음전한 여인이 되었으면 좋겠어. 나는 네가 해주는 밥을 먹고 네가 지어주는 옷도 입어보고 싶어."

"그건 배씨 아주머니가 다 해주시잖아요."

배씨는 이랑비랑 한약국의 안채 살림을 봐주는 이었다.

"아니, 너랑 나랑 혼인하고 그래서 우리 둘이서 살게 되면……."

윤세가 산꼭대기를 보고 딴청을 부리면서 말을 했다. 그러자 빈하의 볼이 확 붉어지면서 발가락이 꼼지락꼼지락 몸을 틀었다. 금방 빈하도 윤세의 얼굴을 외면했다.

"오라버니랑, 나랑, 둘, 이?"

"그래. 우리 둘만의 집에서."

"내가, 해주는, 밥 먹고, 내가, 지어주는, 옷, 입으면서요?"

"응."

"그럼 밥, 못하고 옷, 못 짓는 나는, 싫어요?"

"아니. 그럴 리가."

윤세가 헛기침을 내뱉었다.

"그래도 약국에 나가면 '우리 부인이 해준 맛있는 밥 먹고 우리 부인이 지어준 옷 입고 열심히 일하러 왔습니다' 그렇게 자랑하고 싶은데."

누구는 부인이 해주는 밥을 안 먹고 누구는 부인이 지어준 옷을 안 입어서 그런 걸로 자랑을 한다는 말인가? 하여튼 빈하 앞에서 윤세는 더도 덜도 아닌 딱 칠푼이, 팔푼이였다. 그리고 그 말에 입을 늘이며 헤헤 웃는 빈하도 하나도 다르지 않았다.

"알았어요. 정히 오라버니 소원이 그렇다면. 오늘 이후로 혼인 전까지는 다시 산길 따라온다는 말은 안 할게요. 그리고 배씨 아주머니랑 미우한테 수놓는 거랑 옷 짓는 거랑 부엌살림이랑 그런 거 열심히 배워볼게요."

"정말이지?"

"그럼요."

"약속하는 거다."

"네."

씩씩한 대답과 함께 빈하가 새끼손가락을 내밀었다. 윤세의 손가락이 따라 나와 고리를 걸었다.

"와! 아버지, 온통 비비추 천지입니다."

빈하가 제일 먼저 비비추 꽃밭을 발견했다. 깎아지른 절벽 옆 넓은 땅이 온통 비비추 천지였다. 장관이었다.

비비추를 보는 순간 빈하는 왈칵 부끄러움이 일었다. 혼인이라는 말만 들어도 자꾸 부끄러웠다. 그래서 윤세에게는 말을 못 하고 괜히 아버지를 보았다. 윤세도 살짝 눈을 피했다.

"녀석들!"

고 약사는 빈하와 윤세를 번갈아 보면서 웃었다.

"어디 비비추를 캐볼까나?"

"네, 스승님."

아버지와 윤세가 몸을 숙여 비비추를 캐기 시작했다. 연보라색으로 피어 흐드러진 비비추꽃 속으로 세 사람의 몸이 잠겼다.

빈하도 처음에는 그들의 옆에 앉아서 비비추 캐는 일을 거들었다. 하지만 곧 싫증이 났다. 한자리에서 가만히 한 가지에 집중하는 것은 빈하의 체질이 아니었다.

일어선 빈하가 두 사람을 보다가 절벽 쪽으로 조금 더 다가갔다.

"우와, 이건 또 무슨 꽃이야?"

처음 보는 흰 꽃이 절벽 가까이에 가득 피어올라 있었다. 별 모양으로 피어오른 꽃잎은 노란색 꽃술을 달고 앙증맞게 피었다. 빈하는 쪼그리고 앉아서 한참을 들여다보았다. 몸이 자꾸 절벽 끝 쪽으로 다가가는데도 자각하지 못했다.

"아버지, 이것은 무슨 꽃이에요?"

꽃을 보며 빈하는 아버지에게 물으려 했다.

그런데 갑자기 빈하의 발 앞이 무너져 내렸다. 절벽 끝 지반이 약하였던 모양이었다. 예고도 없이 절벽 끝이 무너져 내리기 시작했다.

"아악! 윤세 오라버니!"

그때 빈하가 부른 사람은 아버지가 아니라 윤세였다. 빈하의 몸이 금방 무너져 내리는가 했는데 겨우 튀어나온 나무뿌리를 거머쥐었다.

"살려주세요! 살려주세요, 윤세 오라버니!"

위태로운 나무뿌리에 매달린 채로 빈하는 윤세를 불렀다. 고개를 숙이고 비비추를 캐고 있던 아버지와 윤세가 동시에 고개를 들었다.

"빈하야."

고 약사와 윤세가 동시에 비명처럼 불렀다. 그리고 순간, 윤세의 눈앞에서 불꽃이 튀었다. 사고가 정지되고 숨결이 오그라드는 기분이었다. 그래도 모든 것을 팽개치고 당장 빈하에게로 달려가려고 했다.

"헉! 유, 윤세야."

그때, 고 약사가 말을 더듬으면서 윤세를 불렀다. 그리고 그 순간 윤세는 보았다. 스승인 고약사의 발목을 타고 오르는 무엇인가를.

독화사(毒花蛇)였다. 붉은 몸체에 더 붉은 꽃잎 문양을 지니고 사람을 죽이는 독을 지닌 화가야의 독화사.

이미 독화사에게 물린 모양인지 고 약사의 얼굴이 찡그러지기 시작했다. 그리고 다음 순간, 윤세는 자신의 발목에서도 기어오르는 독화사를 보았다. 눈앞에 반짝인 불꽃도, 숨결이 오그라드는 것도 모두 기분 탓이 아니었다. 윤세도 그 순간 이미 독화사에게 물려 있었던 것이다.

빈하가 선 절벽이 무너지는 파장으로 독화사 몇 마리가 땅굴에서 기어 나와 두 사람을 물어버린 것이다.

몸이 움직이지가 않았다. 빈하에게 갈 수가 없었다. 독화사는 순식간에 고 약사의 종아리까지 기어올랐다. 일단은 먼저 어떻게든 스승님의 몸에서 그 흉물을 떼어내야만 했다. 사람을 죽인 독화사는 시신을 훼손하기도 했다.

윤세는 철검을 꺼내 들어 고약사의 다리에 있는 독화사를 향해 휘둘렀다. 강렬한 햇살을 받으며 윤세의 철검이 빛났다.

오른쪽으로 한 번, 왼쪽으로 한 번, 다시 오른쪽.

윤세는 검을 놓치지 않으려고 온 신경을 모아야만 했다.

독화사의 몸이 동강이 나서 떨어지고 윤세의 검이 멈추자마자 고 약사는 가슴을 움켜쥐고 비비추 꽃무더기 속으로 쓰러져 내렸다. 이미 사지가 마비되면서 독 기운이 강렬하게 퍼지고 있었고 고 약사의 모습은 녹아버린 얼음처럼 비비추꽃 속으로 자취를 감추었다.

윤세도 더 이상은 검을 휘두를 수 없었다. 그러자 어깨에서 엉겅퀴가 자라나기 시작했다. 저고리를 뚫고 나와서 윤세의 다리에 기어오른 독화사를 휘어 감았다. 그대로 멀리 던져 버렸다. 반려화를 부리는 윤세의 능력이었다.

이제 윤세는 빈하에게 가려고 했다. 하지만 다리가 한 발짝도 움직이지 않았다. 동료의 피 냄새를 맡은 다른 독화사들은 어느새 사라지고 없었다.

'빈하야.'

소리 내어 이름을 부를 수도 없었다. 물속에 갇힌 붕어처럼 그저 입만 뻐끔거렸다. 겨우 빈하와 눈을 마주쳤다. 빈하의 얼굴은 고통과 배신의 충격으로 일그러져 있었다.

'윤세 오라버니, 왜?'

충격으로 창백해진 빈하의 눈이 윤세에게 그렇게 묻는 것 같았
다. 윤세는 손이라도 내밀려고 했지만 여전히 온몸은 나뭇등걸처
럼 뻣뻣했다.

"왜……? 윤, 세…… 오……?! 아아아아악!"

그리고는 끝이었다. 윤세를 다 부르지도 못하고 빈하는 가을
낙엽처럼 흩날리며 절벽 밑으로 떨어져 내렸다. 그와 동시에 윤세
의 몸도 비비추 꽃밭 속으로 쓰러졌다.

'이렇게 쓰러져서는 안 돼. 정신을 놓으면 안 돼.'

쓰러진 상태에서도 윤세는 빈하를 생각했다. 죽을힘을 다해 몸
을 움직였다. 온몸을 철검이 쑤시면서 지나가는 것 같았다. 불에
달구어진 철검 같아서 살갗이 타고 녹아내렸다. 눈알이 빠져나오
는 듯했고 갈기갈기 쪼개진 머리가 너덜너덜해졌다.

그래도 윤세는 몸을 뒤척여 배로 땅을 밀며 앞으로 기어갔다.
독화사에 물리면 가만히, 숨조차 참아가면서 독이 퍼지는 것을
최소화해야 했다. 그조차도 빨리 독을 빼내지 않으면 소용없는
일이었다. 하지만 윤세는 벼랑 끝을 향해 기고 또 기었다.

몸을 꿈틀거릴 때마다 비비추 꽃대가 꺾여 떨어졌고, 독화사의
맹독은 더 빨리 더 깊게 윤세의 몸을 파고들었다. 혈관 속으로,
힘줄 속으로 차마 말로 표현이 안 되는 고통을 안기며 파고들었
다. 하지만 그는 멈추지 않았다.

스승님과 자신은 누군가가 발견할 것이었다. 사람들의 왕래가
아예 없는 곳은 아니니까. 하지만 빈하는 어떻게 해야 하나? 절

벽 밑에 혼자 떨어져 누웠는데 아무도 거기에 빈하가 있다는 것을 모른다면 어떻게 해야 하나? 빈하 혼자 숨이 멎어가면서 그 절벽 아래에서 아침이 지나가고 또 밤이 지나간다면? 혼자서 아득하게 고통으로 진저리 친다면?

생각만으로도 끔찍했다. 자신의 살을 찢고 피를 태우는 맹독의 고통보다 그것이 훨씬 끔찍했다.

'제발!'

어떻게든 빈하가 떨어진 곳까지는 간 후에 죽어야 했다. 절벽 쪽으로 몸을 늘이고 있으면 누군가는 반드시 절벽 밑을 내려다봐 줄 것이었다. 윤세는 자신이 죽어서 대신 빈하를 살릴 수 있다면 제발 그렇게 되기를 간절히 바라고 또 원했다.

흐읍!

단말마의 신음이 윤세의 입에서 흘러나왔다.

관절들이 터지면서 오그라드는 소리가 들렸다. 온몸을 적시는 땀방울은 어느새 핏방울로 변했다. 작은 땀구멍 하나하나마다 피가 솟구쳤다. 입에서는 맹독의 쓴 내가 났다. 윤세의 혀를 태웠다.

'빈하야, 기다리거라. 조금만 더. 조금만 더.'

결코 멈추지 않았다. 조금도 망설이지 않았다. 공벌레같이 꿈틀대는 몸짓으로 윤세는 기고 또 기었다. 땅과 마찰하는 살갗의 껍질이 벗겨지며 비명을 질렀다. 절벽은 너무나 멀었다.

'제발 빈하에게까지만!'

윤세가 다시 간구했다. 절벽 끝에 피어 있는 엉겅퀴들을 바라보았다. 그러자 절벽 끝자락에 길게 자라나 있던 엉겅퀴 줄기들이 윤세를 향해 나아왔다. 공기를 가르며 윤세에게로 와서 윤세의 몸을 휘감았다.

그런 후 윤세의 몸을 끌어주기 시작했다. 윤세의 몸을 엉겅퀴 줄기들이 단단히 휘감은 채 빈하가 있는 곳으로 끌어간 것이다. 말 그대로 윤세는 맥없이 끌려갔다.

그리고 드디어 이제 거의 보이지도 않는 윤세의 시야에 절벽 밑으로 떨어져 내린 빈하가 들어왔다.

"다행…… 이다. 빈…… 하야."

그것이 윤세의 마지막 말이었다. 굳어버린 팔을 내밀어 절벽 밑으로 늘어뜨린 후 정신을 잃었다. 만신창이가 된 몸 주위로 세상은 온통 윤세를 집어삼키는 흑암이었다.

흑암 속에 갇혀 시간이 흘렀다. 윤세를 빨아들이며 집어삼켰던 흑암이 다시 윤세를 토해놓은 건 보름이 훨씬 지나서였다. 힘겹게 눈꺼풀이 열리자 제일 먼저 방의 천장이 눈에 들어왔다. 고개를 돌려 옆을 보려고 했다. 쉽지가 않았다. 겨우 눈동자를 굴려 옆을 보니 빈유가 앉아 있었다.

"윤세!"

빈유가 윤세의 몸 가까이로 황급히 다가왔다.

"정신이 드는가? 내가 보이는가? 내가 누군가?"

"빈유."

"그래그래. 내가 보이는군. 내가 누군지 알아보는군. 다행이네. 참말 다행이야."

자신의 목숨을 바쳐 대신 빈하를 살리고 싶었는데 윤세는 분명 살아 있었다. 물기가 어린 빈유의 음성도, 덥석 손을 잡아오는 빈유의 몸짓도 분명히 느껴졌다.

"벌써 보름이 지났네. 내는 이대로 자네가 안 깨어나면 어떡하나 얼마나 마음을 졸였는지 모르네."

"스승님은?"

슬픈 눈빛을 하고 윤세가 물었다. 똑같은 슬픈 눈빛으로 빈유가 고개를 저었다.

"과꽃읍의 큰아버님이 오셔서 장례를 주관해 치르고 가셨네."

스승님이 세상을 떠났다는 말에 윤세의 마른 눈을 타고 눈물이 흘러내렸다.

"스승님을 죽게 한 내가 결국에는 스승님의 마지막 길까지 지켜드리지 못했네. 면목이 없네."

"왜 그런 말을 하는가? 자네가 아버지의 부음(죽음)과 무슨 상관이 있다고?"

"내가 조르고 재촉해서 나선 길이었네."

"자네가 아니라도 준비해야 될 일이었어. 쓸데없는 생각은 말게. 괜히 몸만 상하네."

"왜, 어째서 나는 살아 있는 것인가?"

윤세는 이를 악물며 울음을 삼켰다.

"어릴 때부터 독초를 많이 먹어서 독에 면역이 생긴 탓이네."

"하!"

윤세가 어이가 없다는 듯이 실소를 터뜨렸다.

"내게 독초만 먹였던 아버지께 다시 고마워하는 날이 올 줄이야."

분명 스스로를 비꼬는 윤세의 말이었다.

'아, 아버지!'

마지막으로 집을 떠나던 날 엉겅퀴꽃 속에서 서글픈 미소를 지어주던 아버지의 얼굴을 떠올렸다.

윤세가 한참이나 마른 울음을 삼키고 빈유는 가만히 곁을 지켜주었다. 시간이 저 혼자 흘렀다.

"혹……? 혹시……?"

이윽고 윤세의 울음이 잦아들었다. 그런 후 빈하는 어떠하냐 물어보려 했지만 질문을 던질 면목이 없었다.

"빈하 말인가? 빈하도 생명은 건졌네."

윤세의 마음을 알아차린 빈유가 답을 하면서 쓰게 입을 다셨다.

"생명은?"

"에이, 그 얘기는 차차 하세. 지금은 자네 몸 회복하는 일만 신경 쓰도록 하게. 세상에! 독화사에게 물린 몸을 하고 그 먼 거리를 기어가다니. 가만히만 있었어도 이리 몸이 심하게 상하지는 않았을 것이야."

"내가 어찌 가만히 있을 수 있었겠는가?"

"자네 살갗이 몽땅 다 쓸렸네. 파상풍까지 겹쳐서 자네를 살려내기가 쉽지가 않았어."

"그럼 그냥 죽게 내버려 둘 일이지."

윤세가 살포시 이를 악물었다.

"그게 지금 벗이자 약사인 나한테 할 소린가?"

"……."

"자네라도 살아 있어야 빈하에게도 힘이 될 것이 아닌가?"

"미안하네. 내는 스승님을 죽이고 빈하도 내버려 둔 파렴치한 이네."

"틀렸네. 자네는 아버지의 시신을 온전한 모습으로 지켜주고 누이가 떨어진 곳을 사람들에게 알려준 고마운 은인이네. 자신의 목숨까지 돌보지 않은 채 말이야."

"미안하네. 모든 일의 시작이 나였어."

"아니. 모든 일의 마무리가 자네였지. 역시 자신의 목숨을 돌아보지 않은 채로."

"미안하네. 면목이 없네. 내는 입이 열 개라도 할 말이 없어."

"미안하다, 미안하다. 그놈의 미안하다는 소리는 듣기 싫네. 제발 쓸데없는 생각일랑 말고 빨리 몸이나 회복하게나. 마음이 편해야 몸의 회복도 빠른 법. 그런 후에 안채에 있는 빈하도 보러 가야지."

"부질없네. 내가 감히 어머님 얼굴을 어찌 뵙겠는가?"

쉬는 날 아침부터 부산하게 한다면서 눈을 흘기던 모습이 떠올랐다.

"내색하지는 않아도 어머니도 자네에게 고마워하고 계실 걸세. 하니 더 이상 그런 말도, 생각도 하지 말아."

갑자기 고 약사가 세상을 떠나고 윤세마저 중독이 되어 자리에 누워 있는 터라 이랑비랑 한약국에는 급하게 약학생 두 명을 들였다. 두 달 기한이었다.

돌연히 약국을 이끌어야 할 무게를 짊어졌지만 빈유는 내색 없이 일상의 삶을 살아내었다. 아니, 이를 악물고 치열하게 견뎌냈다는 말이 더 맞을 것이었다.

그런 빈유에게 자신마저 짐이 될 수는 없어서 더 이상 윤세는 앓는 소리를 하지 않았다.

시간이 흘러 사고가 난 날로부터 한 달이 훌쩍 지나가 버렸다. 그동안 황씨 부인은 단 한 번도 윤세를 들여다보지 않았다.

그날은 약국이 쉬는 날이었다. 윤세는 처음으로 방을 나와서 약국 안을 둘러보았다. 그리웠던 한약재 냄새가 기분 좋게 맴돌았다.

안채와 향하는 쪽문 쪽으로 다가갔다. 손잡이를 잡고 한참을 망설이며 서 있었다. 빈하를 볼 일도, 황씨 부인을 마주할 일도 막막했다.

문을 조금 밀었다. 본채와 약국 사이에 연결 공간이 생겼다. 약국과는 다른 본채의 향기가 풍겨왔다.

"오라버니, 달다, 까마중 열매."

열린 틈새로 목소리 하나가 밀려들어 왔다.

빈하다! 순간 윤세의 명치끝이 울렸다.

"많이 있으니까 실컷 먹어. 잘 먹고 잘 자고 산책도 하고 그래야지 빨리 낫는 법이란다."

다정한 빈유의 말이었다.

"방에서만 누워 지내는 것, 나도 이제 답답해요. 잘 먹고 잘 자고, 오라버니 말 잘 따라서 빨리 나을게요."

"착하구나, 내 누이."

"고맙습니다, 내 오라버니."

정답게 이야기를 나누던 오누이가 함께 웃었다.

그래서였을 것이다.

윤세는 안채와 통하는 쪽문을 열 자신이 생겼고 드디어 활짝 열린 쪽문 너머의 우물가에 같이 앉은 빈하와 빈유가 보였다. 윤세가 안채 쪽으로 무거운 발걸음을 한 발 들여놓았다. 빈하와 빈유가 더 가까워졌다.

'빈, 하, 야.'

부른다고는 했는데 목소리가 되어 나오지는 않았다.

"빈, 하, 야!"

다시 불렀다. 이번에는 말이 되어서 나온 모양인지 빈하와 빈유가 동시에 고개를 돌렸다

"윤세!"

빈유는 반가운 기색으로 윤세를 불렀고 빈하는 아무런 말이 없었다.

"빈, 하, 야."

윤세는 다시 빈하를 부르며 그들 쪽으로 한 발 더 다가섰다.

"아아아악!"

그때였다. 날카롭고도 처절한 빈하의 비명이 터져 나온 것은.

"아아아아악!"

빈하가 연달아 비명을 지르며 빈유의 몸 뒤로 숨어들었다. 빈유의 등에 얼굴을 파묻은 빈하의 온몸이 사시나무처럼 떨렸다.

"빈유 오라버니. 빈유 오라버니."

"빈하야, 왜 이러느냐? 너, 왜 이러는 것이냐?"

"저자는, 저자는 누구입니까? 나를 잡으러 온, 악귀입니까? 아니면 패악한, 살인마입니까? 아니요. 아니요. 나는 압니다. 저자는 악귀, 입니다. 살인마, 입니다. 저런 자가 왜, 우리 집에, 있습

니까? 빈하는 무섭습니다. 오라버니, 빈하는 너무 무섭습니다."

"빈하야, 정신을 차리거라. 윤세다, 윤세."

"싫어. 저리 가. 저리 가. 살려주세요. 살려주세요."

몸을 돌린 빈유가 붙들려고 하는데 빈하는 마치 미친 것처럼 발악을 해댔다.

"싫어. 안 돼. 저리 가. 살려주세요."

"빈하야, 제발!"

빈하의 눈동자에는 초점이 하나도 없었다. 미친 듯이 머리를 쥐어뜯었다가 저고리를 쥐어뜯었다가 했다.

윤세는 넋이 빠진 채로 서 있고 빈유도 어떻게 할 줄을 몰라 빈하의 이름만 불렀다.

"아니 이게 다 무슨 일이래요?"

찬방에 있던 배씨가 놀라서 뛰어나왔다. 그나마 황씨 부인은 친척 집 잔치에 가서 집에 없기가 다행이었다.

"빈하야, 왜 이러니?"

앞치마에 손을 닦은 배씨가 후다닥 빈하네로 다가왔다. 그러는 동안에도 내도록 빈하의 미친 비명과 몸부림은 그치지 않았다.

"싫어. 살려주세요."

어느 순간 빈하의 눈동자에서는 검은자위가 사라지고 흰자만 이 남았다.

울컥!

그리고는 빈하가 붉은 핏물을 토하기 시작했다. 그리고 뒤를 이 어서 빈하의 흰 저고리 위로도 피가 새어 나오기 시작했다. 겨우 꿰매어놓은 가슴의 봉합이 벌어지고 있었다.

"빈하야! 빈하야!"

"살려……."

그 비명을 끝으로 배씨까지 다가와서 붙든 빈하의 몸이 축 늘어져 버렸다. 입가로, 하얀 저고리 밖으로 쉼 없이 피가 흘러내렸다.

"배씨 아주머니, 약학생들 집 아시죠?"

놀란 배씨가 고개를 끄덕이는데 고개가 떨어져 내릴 듯했다.

"지금 바로 가서서 빨리들 좀 불러오세요. 위급을 다투는 병자가 있다 하시고요."

"알았어요. 알았어."

눈물이 그렁그렁한 배씨가 급하게 대문 쪽으로 내달았다.

빈유는 늘어져서 피를 흘리는 빈하를 안고 빈하의 방으로 급하게 들어갔다. 윤세 쪽으로는 한 번 쳐다보지도 못했다.

윤세는 짚 인형이 움찔거리듯이 걸어서 약국으로 돌아왔다. 발이 들리지 않아서 질질 끌었고 시선은 하늘에 고정되어 있었다.

약국 입원실의 약재 선반에 기대어 앉았다. 아니, 무너졌다는 것이 맞는 표현일 것이었다.

바깥의 부산한 움직임이 그대로 들렸다. 대문 여닫는 소리, 급한 발걸음 소리, 서로에게 무언가를 이야기하는 소리, 약재 창고가 열리는 소리, 약국을 오가는 소리, 우물물을 길어 올리는 소리, 물 끓는 소리…….

언제까지고 언제까지고 윤세는 무너져 앉아서 그 소리를 듣고 또 들었다. 그리고 다시 한 번 끝없는 흑암이 자신을 빨아 당기는 것을 느꼈다.

빈유가 약국으로 건너온 건 저녁이 되어서였다.

"성치도 않은 몸으로 왜 이러고 앉아 있는가?"

어둠 속에서도 약재 선반에 기대어 앉은 윤세의 모습은 정확하게 보였다. 윤세는 내도록 그렇게 앉아 있었다.

"빈하, 기억이 온전치 않네."

빈유도 윤세의 옆에 주저앉았다.

"아버지가 어떻게 돌아가셨는지, 자기가 왜 다쳤는지 아무것도 기억하지 못하네."

"……."

"아니, 그날의 기억 자체를 몽땅 잃었네."

"……."

"그렇지만 어떻게 자네까지 기억을 못 하는 건지?"

묻는 말도 아니었고 혼자서 하는 말도 아니었다.

"그래서 그렇게 말했는가? 생명만은 건졌다고?"

대답 대신 빈유는 한숨을 쉬었다.

"나는 이대로 빈하의 기억 속에서 사라지는 게 맞는 거겠지?"

"몸이 회복되면 정신도 온전해질 것이네."

"아니, 나는 그냥 이렇게 빈하의 기억 속에서 흔적 하나 없이 사라져 버리는 것이 좋을 것이네. 맞아."

"분명 그런 말은 듣기 싫다고 했네."

"미안하네."

"또 그 소리? 다시 말하겠네. 그리고 마지막이네. 자네는 아버지와 빈하의 생명의 은인이네. 그것 하나만 기억하게."

다시 시간이 흘렀고 빈하는 서서히 회복되었다. 윤세는 약국에서만 지내면서 안채 쪽으로는 절대 걸음을 하지 않았다.

그리고 또 그 일이 일어났다.

처음으로 빈하가 약국으로 왔다. 점심시간이었고 오후 진료가 시작되기 전, 약국이 비어 있는 시간이었다.

"오라버니, 나는 약재 냄새가 너무 좋아요."

"식사를 마치고 방에 누워 있으면 좋을 텐데."

기숙실 밖의 탁자에 오누이는 마주 앉아 있었다.

"아니요. 누워 있는 것보다는 약국에 있는 게 훨씬 편하고 좋아요. 약학생님들도 없는 시간이라서 부담도 없고."

"이제 참말 다 괜찮은 거지?"

"네. 오라버니가 일부러 문신까지 놓아주셨잖아요."

그때는 이미 빈하의 왼쪽 가슴 앞에 비비추꽃 문신이 새겨진 후였다. 빈하의 상처가 너무 커서 그것을 가리기 위하여 빈유는 중대한 결심을 하였다. 바로 빈하의 가슴 상처 위에 문신을 놓는 것이었다. 물론 윤세의 가슴에도 비비추꽃 문신이 있었다.

"아직도 그날의 기억은 하나도 안 나는 것이냐?"

"죄송해요."

"아니다. 그게 왜 죄송할 일이냐? 한데 빈하야, 혹시……."

빈유가 마른침을 한 번 삼켰다.

"혹시 윤세라는 이름, 기억나니?"

윤세가 숨어 있는 기숙실을 한 번 쳐다본 후 빈유가 물었다.

"윤세? 윤, 세?"

빈하가 고개를 갸웃거렸다.

"윤세?"

다시 한 번 고개를 갸웃거리는가 싶더니,

"아아아아악!"

저번처럼 빈하의 비명이 터졌다. 양손으로 머리를 움켜쥐며 고개를 격렬히 흔들었다.

"싫어! 싫어! 오라버니, 안 돼."

갑자기 빈하가 실성한 사람처럼 중얼거리기 시작했다. 고갯짓이 더 격렬해졌다.

"안 돼. 싫어."

"빈하야."

"싫다고, 싫어. 안 돼."

멀쩡했던 빈하가 혼절을 해버렸다. 그대로 옆에 앉은 빈유의 품속으로 쓰러졌다.

빈유가 급히 진맥을 하였다. 다행히도 잠시 정신을 놓은 것이었다. 저번처럼 피를 토하지도 않았다.

윤세가 기숙실을 나왔다. 빈하를 안고 있는 빈유와 눈이 마주쳤다. 두 남자는 한마디도 하지 않았다.

다시 며칠 후.

윤세는 이랑비랑 한약국을 떠났다. 마지막으로 약국의 기숙실에서 황씨 부인에게 인사를 올렸다. 사고 이후 처음 마주하는 두 사람이었다. 우스웠다. 작별을 앞두고 다시 만나다니.

"우리 약국으로 다시 돌아올 생각일랑 하지도 말게. 나는 두 번 다시 자네의 이름조차도 듣고 싶지가 않으니까. 물론 그건 빈하도 마찬가지일 테고."

격려의 말도, 이별의 아쉬움도 없이 황씨 부인이 윤세에게 건넨 인사였다. 빈유가 바닷가까지 그를 배웅해 주었다. 두 남자는 여전히 아무 말도 하지 않았다.

✳

이야기를 끝낸 윤세의 눈가가 촉촉했다. 빈하의 눈도 윤세와 똑같이 젖어 있었다.

"왜 진즉, 얘기하지 않았어요?"

"너를 잃을까 봐. 나를 봐달라고 하다가 너를 온전히 잃게 될까 봐 너무 무서워서 그랬어."

"그래서, 그렇게 떠났어요? 독거미, 독지네, 온갖 독충들이 우글거리는 얼음폭포로?"

"빈하 네가 내 가슴속에서 꺼지지 않는 불덩이 같아서 타 죽지 않으려고, 그 불덩이를 한번 얼려보려고 그래서 갔어. 네 옆에 있다가는 그대로 재가 되어버릴 것 같아서."

"그래서 얼렸어요?"

"아니. 얼지도 않고 꺼지지도 않고 매일매일 더 시뻘겋게 타올랐다."

"그런데 왜 안 돌아왔어요?"

"……."

"왜 안 돌아왔냐구요?"

"미안해."

아픈 침묵이 흘렀다.

"오늘은 이만 돌아갈게요."

빈하가 의자에서 일어났다. 몸이 한 번 휘청거렸다.

"나오지 마세요. 혼자 갈 수 있으니까."

"웅이라도 불러줄까?"

"아니요. 혼자 갈 수 있다니까요."

"널…… 보러 가도 될까?"

빈하가 몸을 돌려 윤세를 보았다. 힘없는 눈빛이었다.

"갈게요."

윤세의 질문에 답은 없이 빈하가 걸음을 옮겼다. 윤세는 잡지도 못하고 가만히 있었다. 하지만 몇 발자국 가지도 못하고 빈하는 주저앉고 말았다.

"빈하야."

윤세가 빈하에게로 달려왔다. 몸을 낮춰 앉으면서 빈하와 눈높이를 같이 했다. 한참을, 가만히, 서로 쳐다보았다. 깊은 눈빛이었다. 아픈 눈빛이었다.

"이런 반편이."

갑자기 빈하가 윤세의 가슴을 쳤다.

"이런 청맹과니."

빈하가 한 번 더 윤세의 가슴을 쳤다.

"반편이, 청맹과니."

빈하가 연거푸 윤세의 가슴을 내려쳤다.

"진즉 말했으면 좋았잖아요. 진즉에 얘기해 줬으면 좋았잖아요. 그게 뭐라고, 내가 뭐라고, 사람들이 지옥같이 무섭다고 하는 그 얼음폭포에서, 이 년씩이나, 그리 모질게, 그리 독하게……"

윤세의 가슴에 주먹을 쥔 두 손을 댄 채로 빈하가 울음을 터뜨렸다.

"그렇게 독충이 우글거리는 곳에서, 그렇게 모든 사람들을 다 두고, 왜 혼자서, 왜 그렇게 외롭게, 내도록 온몸에 한기가 배어들어서 옆 사람까지 추워지도록, 왜요? 왜?"

윤세의 가슴 위에 놓인 빈하의 손이 바들바들 떨렸다. 윤세가 빈하를 끌어안았다. 빈하의 등을 감싸 안는 윤세의 손이 이 년의 무게만큼 묵직했다.

"놔요."

"싫어."

"놓으라고요."

"싫어. 이제는 절대로 너를 보내지 않아. 결코 이 손, 놓지도 않아."

"왜 그랬어요? 왜? 왜 반편이처럼 모든 짐을 혼자서 지고?"

"말했잖아. 너를 잃을까 봐 겁나서 그랬다고. 네가 잘못될까 봐 너무 무서워서 그랬다고. 얼음폭포의 한기보다는, 목숨을 앗는다는 독충들보다는, 그게 더 무섭고 두려워서 그랬다고."

"혼자서 얼마나 아팠어요? 혼자 떨어져 얼마나 외로웠어요?"

"너를 잃는 것보다는 그래도 네가 살아 있다는 생각을 하며 견디는 것이 내게는 훨씬 쉬워서 나는 두 번 망설이지도 않았어. 그래야 나도 살 수 있으니까."

"미안해요."

빈하가 윤세의 목을 끌어안았다.

"아니야."

"내가 너무 미안해요."

"아니라니까. 내가 미안해. 널 두고 가는 게 아니었어. 아니, 이번에라도 좀 더 일찍 용기를 내는 게 맞았어. 미안해."

"내도록 오라버니를 보라색으로 멍 들이는 것도 모르고 나 혼자만 아프다고 투정 부리고, 미안해요."

"울지 마. 네가 울면 내가 젖어. 그래서 추워."

얼마 동안인지도 모르게 둘은 서로를 다독였다.

"오라버니, 많이 아팠죠?"

눈물을 걷어낸 빈하가 윤세의 이마 옆을 만졌다. 빈하가 던진 놋그릇에 맞아서 난 상처가 여태 남아 있었다.

"아무렇지도 않았다."

"거짓말."

"정말이야. 여기가 너무 아파서 이깟 상처쯤은 아무것도 아니었어."

윤세가 눈가를 늘이며 자신의 가슴을 가리켰다.

"이제 다시는 안 그럴게요."

"나도 다시는 안 그럴게."

"뭐든 다 말해줘요. 내가 다 들을게요."

"그래. 모두 얘기할게. 다 말해줄게."

"약속하는 거예요."

"약속할게."

윤세와 빈하가 함께 희게 웃었다.

빈하의 눈은 힘은 없지만 또렷했다. 빈유의 말이 맞았다. 빈하는 강한 여인이었다.

두 번 다시는 안아보지 못할 줄 알았다. 이렇게 여리고 작은 몸을.

두 번 다시는 기억해 내지 못할 줄 알았다. 이렇게나 간절하고 애틋한 연모를.

차꽃의 향기가 조용히 퍼졌다. 객실의 방 바깥에서는 빈유가 뜨거워지는 눈가를 누르고 있었다.

'괜한 걱정을 했구나.'

웅이에게서 빈하가 윤세에게 갔다는 이야기를 전해 듣고 달려온 걸음이었다. 하지만 올 필요가 없었다.

간절한 연모는 그 어떤 잔인한 진실보다도 강한 법이었다. 빈하와 윤세는 연모의 마음으로 서로를 단단히 안았고 이제 아마도 저 손은 풀리지 않을 것이었다. 서로의 삶에 차꽃 향기 같은 추억을 만들어가면서.

객사를 나온 빈유는 아라의 집으로 갔다. 가려고 한 것은 아닌데 저절로 발걸음이 거기로 향했다.

굳게 닫힌 솟을대문은 오늘도 웅장했다. 한없이 작고 힘없는 빈유가 열기에는 턱도 없이.

"아라 아가씨."

풍겨오는 차 향기가 아라를 불렀다. 답이 없었다.

차꽃의 꽃말은 <추억>.

8.

여우꼬리꽃

십이월이 되었다. 겨울에 피는 꽃, 여우꼬리를 닮은 붉은색 여우꼬리꽃이 피어났다.

이랑비랑 한약국은 평온한 일상을 되찾았다. 윤세가 다시 돌아왔고 아버지가 완치된 웅이는 이제 꼬마 손님으로 놀러 왔다. 물론 웅이의 아버지는 이랑비랑 한약국의 약초꾼으로 고용이 되었다.

다시 돌아온 윤세를 보며 기후는 별말이 없었다. 서로 멋쩍게 웃을 뿐이었다.

"내가 도대체가 마땅찮아서, 쯧."

하지만 황씨 부인은 한마디를 잊지 않았다.

"잘 오셨어요. 잘 돌아오셨어요."

빈하와 빈유 다음으로 이씨가 반가워했다.

"이제 내는 일꾼도 아니니까 공으로 약학생님 도와드릴게요.

엄청 고맙지요?"

웅이는 괜스레 거들먹거렸다. 윤세가 피식 웃음을 흘렸다.

어쨌든 제일 신난 건 윤세와 빈하였다. 윤세가 약재 창고에서 일을 하고 있으면 빈하가 달려왔다.

"어머니도 드시기 전에 오라버니한테 제일 먼저 가져온 거예요. 창고 안에 들어가서 얼른 드시고 마저 일하세요."

"어머니 보시면 싫어하신다."

"상관없어요. 어머니가 싫어하지 않는 것도 있나, 뭐."

"뭐 하고 있었니?"

"수놓다가 나왔어요. 너무 어려워요."

"나한테도 뭐 하고 있었느냐 물어보렴."

"약재 창고에서 일하고 있으면서 무슨?"

"아니. 나는 빈하 네 생각하고 있었는데."

"몰라요."

윤세가 놀리면 빈하는 삶은 감자나 먹거리를 내려놓고 달려가 버렸다. 볼이 빨개져 달아나는 뒷모습을 보며 윤세의 입이 아주 귀에 걸렸다.

점심시간이면 윤세와 빈하 그리고 웅이는 저자 구경도 자주 나 갔다.

"웅이 넌, 왜 자꾸 우리 사이에 끼어드는 거야?"

빈하가 밉지 않게 꿀밤을 먹였다.

"내가 언제 끼어들었소? 사이좋은 약학생님과 내 사이에 누이 가 끼어들었지."

"뭐라고? 요 돌콩만 한 게."

"흥! 안 들린다, 안 들려. 나는 다 자란 의젓한 사내이니까 속 좁은 여인네의 말 따위는 안 들린다, 안 들려."

융이가 귀를 막으면서 도리질을 했다.

"안 들려? 그래? 그럼 내가 아주 잘 들리게 해주지."

그러면서 빈하가 융이의 귀를 길게 잡아 늘였다.

"아야야! 빈누이, 이게 뭐하는 짓이에요?"

"뭐, 빈누이? 요게 또?"

빈하가 치맛자락을 잡고 덤볐다.

"으악, 사람 살려! 까마중 괴물이다."

융이가 윤세의 등 뒤로 가서 숨었다. 그 뒤를 따라온 빈하는 융이를 잡으려고 팔을 내밀었다. 그러면 융이는 요리조리 잘도 피해 달아났고 빈하는 약이 올라 죽으려고 했다.

윤세의 덩치가 커서 술래잡기를 하기에 딱 좋았다. 윤세를 사이에 두고 야단법석이 일어났고 윤세는 빈하도 다독이고 융이도 다독였다.

저녁이면 문을 닫은 약국의 탁자에 마주 앉아 이야기를 나누었다. 무슨 할 말이 그리 많은지 달이 휘영청 밝아지도록 이야기가 끝나지 않았다. 이야기를 나누는 내도록 서로의 얼굴도 달처럼 밝았다.

"정말! 그 밀담은 도대체 언제 다 끝나는 거야?"

그럴 때면 약국으로 통하는 쪽문이 벌컥 열리면서 빈유가 들어섰다.

"다시 돌아온 그날부터 매일 밤마다 정말! 빈하 너는 집이 안채냐, 약국이냐? 응? 똑바로 밝히거라."

"어디든 무슨 상관이에요? 윤세 오라버니가 있는 곳이 나한테
도 집이지."

"빈하 너는, 그게 이십일 년을 고이 기르고 품어준 오라비에게
할 말이냐?"

"에계, 오라버니가 언제 나를 기르고 품었대요? 저는 금시초문
인데요."

"쯧쯧! 이래서 선현들이 이르시기를 자고로 머리 검은 짐승을
거두지 않는 거라고 했구나."

"내가 짐승이에요? 사람이지."

"사람도 짐승이다. 생각이란 걸 하는 짐승. 그러니 빈하 너도
생각이라는 걸 좀 해보거라. 지금 너의 행동이 도리에 합당한지
아니한지."

"오라버닌 괜한 심술을."

"자꾸 이랬단 봐. 윤세를 확 다시 객사로 보내 버릴 테니."

"그럼 나도 따라 나가죠, 뭐."

"알았네, 알았어. 빈하야, 그만 안채로 건너가거라."

윤세가 마지못해 빈하의 등을 떠밀었다. 오누이의 정다운 토닥
거림에 언제나 중재자는 윤세였다. 그러면 빈하는 마지못해 안채
로 돌아갔다. 빈유를 향해 하얗게 눈을 흘기면서.

어느 날은 빈유가 윤세에게 이런 말도 했다.

"약사 과거 준비는 잘 하고 있는 거지?"

"최선을 다하고 있네."

"어젯밤에도 보니 기숙실에 늦게까지 불을 밝히고 있던데. 몸
상하겠네."

"이 년을 쉬었네. 남들과 똑같이 해서는 좋은 결과를 바랄 수 있겠는가?"

"혹시 말이네."

"응?"

망설이듯이 물어오는 빈유의 말에 윤세가 고개를 기울였다.

"약사 과거에 급제하고 정식 약사가 되면 자네가 이랑비랑 한 약국을 이끌어줄 수 있겠는가?"

"무슨 말인가?"

"내가 없이도 자네가 약국을 잘 운영할 수 있겠냐고?"

부질없는 생각이고 이루어질 리도 만무했지만 아라와 함께 국 읍을 떠나서 살 수 있다면 어떨까 빈유는 몇 번이나 상상해 보았다.

"쓸데없는 소리는. 급제할지 어떨지도 모를 일이고 스승님이 일구어서 자네가 키운 약국을 내가 왜 담당한단 말인가?"

"싫은가?"

"내는 공으로 남의 것을 탐내는 그런 사람이 아니네."

"내 동생인 빈하는 잘도 탐을 내더니."

빈유가 윤세의 등을 퍽 쳤다.

"그건 엄연히 다른 문제지."

윤세의 표정이 진지했다.

"도둑놈."

"누이 반편이."

두 사내는 함께 웃었다.

그래서 언제까지나 그렇게 평온하고 따스할 줄 알았다. 연모라는 이름으로 다시 서로에게 정답게 다가가는 빈하와 윤세의 시간들이. 아린 연모를 숨긴 채 그래도 견뎌내는 빈유의 시간들이. 이랑비랑 한약국에서 그들이 함께하는 잔잔한 일상들이.

"오라버니들, 오라버니들!"

약국이 문을 닫고 정리도 다 끝나가는 저녁 시간이었다. 수실을 산다면서 저자에 나갔던 빈하가 달려 들어왔다.

"빈하야, 문짝이 다 부서지겠구나. 웬 소란이야?"

빈유는 약재 상자를 선반에 넣고 있었다.

"지금 문 부서지는 게 문제가 아니에요. 이리로 모여보세요."

빈하가 빨리! 빨리! 하고 손짓을 했다.

"지금 국읍이 발칵 뒤집혔어요. 태양궁에 아주 난리가 났다구요."

"난리라니? 무슨 말이야?"

"국읍이 뒤집히다니?"

"태양궁이 무슨 일로?"

윤세와 빈유, 기후가 제각각 한 마디씩을 물었다.

"글쎄, 후비이신 광운비마마가, 아, 아니다. 이제 폐위되어서 그냥 열리관 부인이 되었다지. 어쨌든 그 폐위된 열리관 부인이 독화살 쓰는 궁수들을 사서 겸 왕자님을 시해하려 했대요."

"뭐라고? 그게 참말이냐?"

"어떻게 그런 잔인무도한 짓을?"

"해서? 왕자님께오서는 무탈하신 것이냐?"

"왕자님께오선 무탈하신데 왕자님 대신 아루 공주님이 독화살을 맞아서 세상을 떠났고 또 뭐 일궁녀 한 명도 독화살을 대신 맞고 죽었대요. 그런데 또 그 일궁녀가 사람이 아니라서, 뭐, 화살을 맞은 후, 뭐, 꽃으로 변해 버렸다고……."

뒷말은 자신이 없는지 빈하가 말꼬리를 흐렸다. 화가야에서 화인(花人)에 대한 이야기는 금기인지라 화인에 대해 아는 사람이 없었다.

"아이고, 빈하야. 웬 횡설수설이냐? 뭐? 일궁녀가 사람이 아니라서 꽃으로 변해 버렸다고?"

"제대로 된 이야기는 맞는 것이냐?"

"혹여나 이게 헛소문이면 불경의 죄를 지고 태양궁의 벌을 받을 수도 있다."

"아니라니까요. 앞의 이야기는 저잣거리에 방이 붙어 있는 걸 제 눈으로 똑똑히 본 거구요, 뒤에 꽃 이야기는 사람들이 수군거리는 소리에……."

빈하의 말에 세 남자는 서로를 번갈아 보았다.

"당분간 밤 산보나 유흥을 삼가고 각기 집에서 근신하라고도 붙어 있었어요."

"아루 공주님 국상은?"

"그것이…… 공주님도 열리관 부인과 작당을 한지라 이미 평민의 묘지에 장사를 지냈다고."

"뭐라고? 겸 왕자님 대신에 아루 공주님께오서 독화살을 맞았다면서?"

"그러니까 그게 작당도 했고 독화살도 대신 맞았다고……."

"도대체 답답하구나. 앞뒤 말이 하나도 맞지 않으니."

기후가 다그치듯이 말했다.

"이럴 게 아니라, 다 함께 방을 보러 가보세."

"그렇게 하세."

세 남자가 약국 문을 나설 준비를 했다.

"참, 또 있어요."

그제야 생각난 듯 빈하가 손뼉을 치자 세 남자가 걸음을 멈추었다.

"대각간 김우찬 대감요. 그분이 폐위된 열리관 부인의 사촌 오라버니라네요. 그래서 그 댁 아가씨는 내년의 국혼 후에 후비가 되시기로 했구요. 그런데 그 대감님이 이번 일에 함께 공모를 하지는 않았지만 직위를 보존하지는 못할 것이라고 말들이 많던데요. 저번에 빈유 오라버니가 따라가 보라고 했던 처자, 그 처자가 들어갔던 집도 그 집이었던 걸로⋯⋯?"

평소답지 않은 행동을 하며 빈유가 미행을 시켰던지라 빈하가 그 집을 기억해 내고 이야기를 유심히 듣고 돌아온 것이었다.

"빈하 너, 방금 뭐라고?"

"대각간 김우찬 대감요. 저번에 제가 미행했던 집, 그 집도 무사치는 못할 거라고 다들 입을 모아서⋯⋯."

갑자기 약국 문이 부서질 듯이 열렸다. 그리고는 빈유가 정신없이 바깥으로 달려 나갔다. 그 누가 말릴 새도 없었다.

"아니, 고 약사. 어딜 가는 겐가?"

"빈유."

"오라버니, 나한테는 문 부서진다고 타박이더니?"

메아리처럼 울리는 세 사람의 말을 뒤로하고 빈유는 미친 듯이 달렸다.

아! 아라 아가씨가! 아라 아가씨의 집이! 물매화꽃의 그 높은 솟을대문 집이!

생전 뛰는 법이 없는 빈유였다. 목숨을 다투는 병자의 일이 아니면 서두르는 법도 없이 늘 침착한 빈유였다.

'제발!'

하지만 지금 빈유는 더 빨리 달리지 못하는 자신의 다리가 원망스러웠다.

"고 약사님, 안녕하세요?"

빈유를 알아보는 사람들이 지나가면서 인사를 건넸지만 빈유는 대꾸할 정신도 없었다. 가슴은 터질 듯이 두근거렸고 단 한 번의 휴식도 갖지 못한 숨은 넘어갈 듯이 가빴다.

'아가씨가 위험해졌다!'

빈유는 그 생각 하나에만 온통 정신을 모았다.

벌겋게 달아오른 얼굴이 터지기 직전에야 빈유는 겨우 높은 솟을대문 집 앞에 다다랐다.

폐문(廢門).

큰 출입문 두 짝에 그런 글귀가 붙어 있었고 대문간 위에 달아 놓은 초롱에는 불도 밝히지 않았다. 담장 위에서 만발하게 피어 올랐던 물매화꽃은 겨울의 기운에 시들어서 지저분하게 말라붙었고 집 안에서는 불빛 하나 새어 나오지 않았다. 더 이상 물매화 향기도 풍기지 않았다.

빈유는 폐문 문구가 붙어 있는 대문 앞으로 다가갔다. 손을 들어 문을 두드리려고 했다.

'부질없다!'

하지만 빈유는 아무것도 할 수가 없었다. 자신이 두드린다고 견고한 문이 열릴 것 같지도 않았고 열린다 한들 빈유가 무슨 말을 할 수나 있을까?

'아아! 아라 아가씨.'

빈유는 대문 옆 담장에 기대면서 무기력한 자신의 손에 얼굴을 파묻었다. 쪼개지는 심장은 미친 듯이 아렸다.

"유모."

집 안 별채에서는 힘없는 아라의 목소리가 유모를 불렀다.

"왜 그러세요?"

가여운 낯빛을 한 유모가 아라의 가까이로 다가왔다.

"대문간에 잠시만 나가보려오?"

"대문간에는 왜요?"

"그냥 반가운 손님이 와 있을 것 같아서."

"아씨, 지금 누가 저희 집에 출입을 하겠습니까? 대감마님마저 지방 소읍으로 피신해 계시는 마당에요."

"그렇지?"

"뜬금없이 왜 그러세요?"

"나도 모르겠어. 왠지 반가운 손님이 나를 찾아와서 기다리고 있는 것 같아서."

빈유가 와 있는 줄은 꿈에도 모를 아라인데 연모의 마음이란 것이 놀라운 투시력을 발휘했다.

"얼른 기운을 차리세요. 집안이 흉흉한데 아가씨라도 가뿐히 털고 일어나셔야지요. 국혼도 얼마 남지 않았는데."

"유모도 참, 국혼은 이미 끝난 이야기라는 것, 유모도 알잖우."

"그래서 아예 자리보전하고 누우시려고요?"

아라가 고개를 돌리며 속상해하는 유모를 외면했다. 이룰 수 없는 연모로 가엾게 여위어가는 아라의 속마음을 유모는 알 턱이 없었다.

"아라야, 에미다. 잠시 들겠다."

조용히 방문이 열리더니 마눌하가 아라의 방으로 들어섰다.

"아가, 좀 어떠하냐?"

"그만합니다."

어머니가 들어오자 아라가 억지로 몸을 일으키려 했다.

"되었어. 그냥 누워 있거라."

"송구합니다."

"태양궁의 일로 집안이 이리 어수선하긴 하지만 아라 너는 아무 걱정을 하지 말거라. 네 아바님이야 열리관 부인의 일에 동조도 하지 않았고 전혀 알지도 못했다. 지방 소읍에 잠시 피신하셨다가 다시 돌아오시면 예전의 영광을 다시 찾으실 수 있을 것이야."

"저도 아바님 걱정은 아니합니다. 늘 청렴하고 강건한 분이시잖아요."

간사하고 욕심 많은 김우찬이었다. 하지만 별채에서 물매화꽃같이 자란 아라는 자신의 아버지의 진실한 모습을 알지 못했다.

"그래. 지금은 무엇보다도 너의 건강이 우선이다. 알았지?"

"네. 한데, 어머님!"

"왜 그러느냐?"

"이상하게 어깨 뒤가 자꾸 가렵고 아픕니다. 유모에게 보아달라 할까 했는데 어머님을 뵈었더니 어머님께 어리광을 부리고 싶은가 봅니다."

"그래. 어디 보자꾸나."

마눌하가 아라의 머리 쪽으로 갔다. 아라가 몸을 벽 쪽으로 돌리더니 천천히 저고리를 벗어 어깨를 드러내 보였다.

마눌하도, 같이 다가왔던 유모도 터져 나오는 비명을 속으로만 삼켰다. 핏기가 하얗게 걷혔다.

아라의 왼쪽 어깨 뒤, 아물었던 화농 상처가 다시 짓무르고 있었다. 저번보다 더 넓게, 더 심각한 상태로.

"어머니, 어떻습니까?"

"괜찮다. 아무렇지도 않은데."

재빨리 시선을 교환하며 두 사람 다 시치미를 떼었다. 시기가 좋지 않았다. 집안이 흉문에 휘말린 이때에, 아라의 등창이 재발하다니.

다가올 시간이 시커멓게 아가리를 벌리고 있었다.

"이게 대체 어떻게 된 일이야? 약재 창고 관리를 어떻게 이렇게 허술하게 해? 하루아침에 입은 손해가 도대체 얼마인 것이냐?"

이른 아침부터 이랑비랑 한약국과 본채가 쩌렁쩌렁 울렸다. 성마른 황씨 부인의 목소리가 사나웠다. 잠에서 깬 빈하는 기지개를 켜고 방을 나섰다. 온 집 안을 통틀어 항상 제일 늦게 일어났다. 마당의 약재 창고 앞에 황씨 부인이 서 있고 그 앞에는 윤세와 빈유가 섰다. 두 사람 다 똑같이 고개를 떨구고 죄인 모양으로 서 있었다.

"어머니, 무슨 일이세요? 아직 다른 집에서는 사람들이 깨기도 전입니다."

빈하가 마당으로 내려섰다.

그러고 보니, 오늘은 보름.

황씨 부인이 매달 한 번씩 약재 창고를 점검하는 날이었다. 새벽부터 일어나 부산하게 서두르는 통에 빈하가 잠을 깬 것이 한두 번이 아니었다.

"무슨 일이래요?"

약재 창고의 문이 활짝 열렸다. 그리고 약재 창고 안에서는 싸한 겨울 기운이 풍겨 나오고 있었다.

"왜 약재 창고가?"

십이월의 겨울이니 싸한 냉기가 풍기는 것은 당연했다. 하지만 약국의 약재 창고는 언제나 상온을 유지해야 했다. 그래서 겨울이면 세 개의 화로에 불을 피워 밤새 온도를 유지해 주었다. 안에서 잠을 자도 될 정도였다.

그러니 약재 창고 안에서 이렇게 싸한 겨울 기운이 흘러나올 리가 없었다.

"윤세 자네는 내쳐졌다가 다시 돌아온 것이 얼마나 되었다고 이리 큰 실수를 해? 약국에 입힌 손해는 어떻게 다 보상할 것인가? 이게 다 얼마인지 셈이나 할 수 있겠는가?"

황씨 부인의 말투는 창고에서 새어 나오는 겨울 기운보다 더 냉했다. 그러고 보니 화로에는 불기운이 하나도 없었고 바깥으로 향해 난 창문은 활짝 열려 있었다.

"빈유 너는, 내가 그렇게 마땅찮다고 일렀거늘."

"어머니, 윤세만 나무랄 일이 아닙니다. 저도 잠들기 전에 한 번 더 점검을 했어야 할 일이었습니다."

아무 변명도 없는 윤세 대신 빈유가 나섰다. 말없이 서 있는 윤세의 모습이 바위 같았다. 빈유도 왠지 멍했다.

"너는 나서지 말거라. 약재 창고를 관리하는 일이야 약학생의 소임이지, 어디 약사가 직접 나서 할 일이더냐?"

"그렇지만 제가 이 이랑비랑 한약국의 주인입니다."

대꾸하는 빈유의 말에도 힘이 하나 없었다.

"어디서든 부리는 일꾼들은 주인을 도우라고 존재하는 자들이다."

일부러 윤세를 일꾼으로 깎아내리는 말이었다.

"어머니, 그만하세요. 하룻밤 추웠다고 약재가 상하기라도 합니까?"

맥없는 윤세와 빈우의 모습에 화가 나서 빈하가 끼어들었다.

"네 눈으로 보고 말을 하거라."

황씨 부인이 빈하에게도 역정을 부렸다. 그리고 그 말에 빈하가 약재 창고 안으로 들어섰다.

약재는 그냥 보관하는 것이 아니고 얇게 늘여 만든 유리통에 종류별로 분류하여 보관했다. 특히나 비싼 약재들이 그랬다. 그런데 어젯밤 찬 기운이 스며들어 그 유리통들이 산산조각으로 부서졌다. 약재와 자잘한 유리 조각이 섞여 버려서 하나도 쓸 수가 없게 되었다. 게다가 어제는 첫서리가 내려 약재의 군데군데 살얼음까지 얼었다. 하룻밤 새에 일어난 일이 기가 막혔다.

"윤세 자네는 입이 붙었는가? 자네도 자각이 있는 사람이라면 어디 말을 해보게나."

황씨 부인은 계속 윤세를 추궁했다. 안 그래도 미운털이 단단히 박힌 윤세였고 사실상 손해도 이만저만이 아니었다.

"송구합니다."

"송구하다는 말로 끝날 일인가? 도대체 약국의 손해는 다 어쩔 셈인가?"

"손해는 최대한 제가 보상하도록 하겠습니다."

"하, 자네가 무슨 수로? 남의 집 식객으로 더부살이나 하는 주제에."

"어머니."

"어머니."

황씨 부인의 지나친 표현에 빈하와 빈유가 동시에 역성을 들었다.

"아닙니다. 제가 가진 금전이 있으니 최대한 피해를 복구해 보겠습니다."

"좋네. 만약 내 눈에 차지 않으면 자네의 처분은 내 마음대로 해도 되겠는가?"

"그렇게 하시지요."

찬바람을 일으키며 황씨 부인이 돌아섰다. 황씨 부인이 바라는 처분은 모두 알고 있었다. 윤세가 이랑비랑 한약국을 나가는 것. 그리고 이 가족의 삶에서 영영 사라져 버리는 것.

황씨 부인이 방으로 들어가 버리고 세 사람은 같이 약국으로 들어갔다.

"윤세 오라버니, 어쩐 일이에요? 오라버니가 이런 실수를……?"

"그래. 자네답지 않게 이게 어떻게 된 일인가? 나는 자네가 이런 실수를 했다는 게 통 믿기지가 않네."

"미안하네."

"빈유 오라버니, 윤세 오라버니 진맥 한번 해보세요. 어제 저녁 나절부터 몸이 편치 않다고 하시더니 정말 탈이 나신 것 아닌가요? 어제저녁 일찍 주무시겠다고 들어가셨잖아요."

"많이 안 좋은가?"

빈유가 윤세를 걱정스럽게 보았다.

"이런, 그렇다면 분명히 무슨 탈이 난 것이네. 자네가 나한테도 약재 창고를 단속했다고 말을 했어."

윤세가 단속했기에 빈유는 신경도 쓰지 않았다. 지금 빈유의 신경은 아라로 인해 온전하지가 못했다.

"진맥은 되었네. 다만 어제저녁부터 뭔가 머릿속이 희미한 것이, 내도 정확하게 확신을 못 하겠어."

윤세가 무겁게 대답을 했다.

"약사 과거 준비하느라고 자네가 너무 무리했어. 건강을 해치면 애써 공부한 보람이 없네. 내가 그러지 말라고 누누이 일렀지 않은가?"

"알았네."

"아침 진료 준비는 돕지 않아도 되니 잠시 기숙실에서 쉬게나."

"자네에게 참으로 미안하네. 약재 창고에 입은 손해는 내가 꼭 배상하도록 하겠네."

"됐네. 자네랑 내가 그런 것 따질 사이던가?"

"그런 사이가 아니니 더 원래대로 해놓아야지."

"자네가 무슨 돈이 있다고?"

"얼음폭포에서 이 년을 지내다 왔네. 내가 빈손으로 왔을 것 같은가?"

"사람도 참, 어서 들어가기나 하라니까."

"진료 시간 전까지 잠시만 누워 있겠네."

윤세가 기숙실로 들어가는 모습을 오누이는 걱정스럽게 보았다.

"항상 강건한 사람이 웬 일이래냐?"

"어제저녁에 기후 오라버니도 식사를 같이 했잖아요. 어머니에 기후 오라버니에 불편한 사람들과 같이한 자리라서 탈이 났을까요?"

"윤세가 그만한 일에 날을 세울 사람이냐?"

"그래도 어머니도 그렇고, 기후 오라버니도 썩 다정하지는 않잖아요."

"여인인 너야 그럴지 모르지만 사내들은 그만한 일로 머리를 앓지는 않는다."

"왜 여기서 여인이니 사내니 하는 말씀을 하시는 거예요?"

"또 우리 빈하, 요점을 피해서 가는구나. 어서 진료 준비를 서둘러야겠다. 너는 가서 윤세 좀 보고 나오너라."

"알았어요."

기숙실로 들어온 윤세는 멍하니 방문에 기대어 있었다. 빈하와 빈유가 떠드는 소리가 메아리처럼 들려왔다.

머리가 희미하긴 해도 어제저녁 분명히 문단속을 하고 화로에 숯을 채워놓았었다. 왜 이런 일이 일어났는지 도저히 이해가 되지 않았다.

[이봐, 내 친구!]

휘파가 쪼르르 발 아래로 달려왔다. 황씨 부인이 무서워서 밖에 나가지 못하고 기숙실에 있었다.

[대체 이게 다 무슨 일인가?]

"내도 모르겠어."

[자네랑 빈하 아가씨를 이어주려고 내가 향밤 선물에다가 적성에도 안 맞는 재롱까지 부렸어. 한데 자네가 이러면 말짱 헛일이지 않아?]

"정말 정확하게 모르겠다니까."

[어제저녁 먹고 와서부터 내도록 이상했어. 알고 있지?]

"응. 어제저녁부터 내도록 머릿속이 불투명해."

[설마 독화사 후유증으로 머리가 이상해진 것 아니겠지?]

"원래부터 머리 쪽으로는 후유증이 없었네."

[세상에 하나뿐인 내 인간 친구, 잘 들어봐. 지금이야말로 자네에게 좋은 기회야. 빈하 아가씨와 관계도 회복됐고 곧 국읍의 약사 과거에도 응시할 것이지 않나? 일도 연모도 모두 지킬 수 있는 절호의 기회라고. 그러니까 똑똑하게 굴어.]

"알았네."

"윤세 오라버니, 잠깐 들어가도 돼요?"

빈하가 윤세의 기숙실 앞으로 왔다.

"되었다."

윤세는 문에 기댄 몸을 일으키지 않았다.

"머리 한 번만 만져 볼게요. 열이 나는지 어떤지."

"열은 없다. 맥도 정상이고."

"그런데 왜 그래요?"

"아무것도 아니라니까."

"나한테 뭐 숨기는 거 있죠?"

"아니다."

"분명 앞으로는 무슨 이야기든 다 하기로 했어요. 기억나죠?"

"그래."

"알았어요. 그럼 조금만 계시다가 나오세요. 나도 진료 준비 도
울게요."

빈하의 발소리가 사라지자 윤세가 문에서 몸을 일으켰다.

"혹시, 그것 때문에?"

윤세가 바깥쪽으로 귀를 대고 잠시 동정을 살폈다. 그런 후, 기
숙실 벽장으로 다가갔다. 윤세의 짐이 쌓여 있는 뒤쪽으로 손을
넣더니 한참을 뒤적거렸다.

잠시 후, 어른 손만 한 상자가 따라 나왔다. 상자 속은 또 흰
천으로 꽁꽁 싸여 있었다. 윤세가 흰 천을 풀었다. 흰 천 안에는
하얀색 가루가 가득 들어 있는 유리병이 있었다.

"정말 이것 때문에? 설마?"

윤세가 고개를 저었다.

[그게 뭔가, 친구?]

"아니. 아무것도 아닐세."

[구린 냄새가 나는데. 난 그게 무언지 알아.]

"아니라니까."

[머리가 독화사의 후유증이 아니란 말은 믿겠네. 하면 설마 그 것에 중독이 된 건가?]

"아니야. 중독이 될 만큼의 양은 쓰지 않았어."

[정말 내가 생각하는 것, 아니지? 나도 아니라고 믿네. 세상에 서 내가 신뢰하는 단 하나의 인간 친구. 하지만 앞으로 두 번 다 시는 그걸 쓰지 말아.]

"알았어. 그래야겠어."

휘파가 윤세를 향해 눈동자를 굴렸다.

✳

작년 가을의 일이었다. 철을 캐내는 하루의 일이 끝나고 어느 새 해는 넘어가고 있었다.

윤세는 비비추가 무더기로 피어오른 얼음폭포 끝자락에 앉아 있었다. 빈하를 떠올리며 비비추 꽃대를 튕겼다. 일 년 내도록 얼 음이 얼어서 떨어지는 얼음폭포는 세 줄기로 갈라져 흐르면서 윤 세를 쳐다보았다.

어디선가 가냘프면서도 애절한 비명이 들렸다. 작은 동물이 내 는 소리였다. 윤세는 풀숲을 헤치고 안으로 들어가 보았다.

꽃다람쥐와 독화사였다.

이미 무얼 먹었는지 배가 부풀어 오른 독화사가 막 꽃다람쥐 한 마리를 더 삼키려고 하고 있었다. 윤세는 얼른 돌멩이를 집어

들어 독화사를 향해 날렸다. 머리를 얻어맞은 독화사는 음흉한 몸짓으로 바위틈으로 기어들어 갔다.

윤세는 독화사가 뿌린 독기에 중독된 꽃다람쥐를 데리고 숙소로 돌아왔다. 가만히 꽃다람쥐를 쓰다듬어 주었다. 그리고 그때 처음 알았다. 자신이 독기를 흡수할 수 있다는 것을.

윤세가 몇 번을 쓰다듬으며 만져 주자 꽃다람쥐는 정신을 차렸다. 그리고는 소리를 냈다.

[내 아내는? 새끼들은?]

"너, 정신이 들었구나."

[이봐, 인간. 내가 정신이 든 게 문제가 아니잖아. 내 아내는? 내 새끼들은 어디 갔냐고?]

"내가 갔을 때는 너 혼자뿐이었어. 설마 내 말을 알아듣는 거야?"

윤세는 볼록하게 솟아 있던 독화사의 배를 떠올렸다.

[뭐가 이상해? 자네도 내 말을 알아듣잖아.]

설명할 수는 없지만 독화사의 독에 당했다가 살아난 공통점 때문인지 윤세는 꽃다람쥐의 말을 알아들을 수가 있었다. 물론 꽃다람쥐도 마찬가지였다.

빈하가 그리울 때면 비비추 꽃무더기 앞에 앉아서 '풀꽃 연가'를 휘파람으로 불었다. 어느 순간 꽃다람쥐도 윤세의 휘파람 소리를 흉내 내기 시작했다.

그 꽃다람쥐에게 윤세가 지어준 이름이 휘파였다.

✳

"아씨, 제발 정신 좀 차려보세요."

별채 아라의 방에서는 유모의 애탄 음성이 흘러나오고 있었다. 아라는 간헐적으로 뱉어내는 신음 소리 말고는 마치 죽은 사람 같았다. 그나마 신음 소리도 잘 들리지 않았다.

"아이고, 이러다가 우리 아씨 잡겠네. 아씨, 아라 아씨!"

눈물에 울먹이는 유모가 다시 아라를 불렀지만 감긴 아라의 눈은 뜨이지 않았다. 그때 문이 열리고 마눌하가 들어왔다.

"아라는 좀 어떤가?"

마눌하가 아라의 이마를 짚었다. 열이 올라 펄펄 끓는 듯했다.

"이 일을 어쩝니까요, 마눌하님?"

"부산 떨지 말고 목소리를 낮추게."

"하지만…… 아씨의 열이 떨어지지가 않습니다."

"얼음주머니를 대보았는가?"

"지금도 겨드랑이 사이에까지 끼워두었습니다."

"열이 너무 오래가면 아니 될 터인데."

"마눌하님, 저자의 약사라도 부를 수 있게 허락해 주십시오."

유모가 구걸이라도 하듯 고개를 숙였다.

"시끄럽네. 지금은 아무것도 할 수가 없다고 내 분명히 일렀는데."

아라의 병증이 날로 깊어갔다.

이미 국혼은 물 건너간 일이었다. 하지만 저자의 약사를 부른다면 흉한 소문을 하나 더 보태기만 하는 일이라 마눌하가 이도 저도 아무것도 못 하게 하였다.

국읍의 저자에서 대각간 김우찬은 제일 쉽게 입에 오르내리는 간식거리였다. 그만큼 김우찬에 대한 사람들의 평이 좋지 않았다.

죄 없는 사람까지 함께 벌하지는 않겠다는 겸 왕자의 결단 때문이었다고는 하지만 멸문(滅門)의 화를 당하지 않은 것만 해도 천행이었다. 그러니 지금은 무조건 납작 엎드려서 죽은 듯, 없는 듯 지내야만 했다.

"마눌하님, 제발."

"시끄럽다 했네."

"마눌하님, 일전의 그 약사님이라면 은밀히, 조용히 모셔 올 수 있습니다. 그리고 그분이라면 분명 비밀을 지켜줄 것이고요."

유모가 다시 간구했다. 빈유를 부르자는 말이었다.

"어허, 유모 이 사람. 자네가 망령이 났는가? 그 일로 내게 치도곤을 당한 지 얼마나 되었다고?"

유모의 딸인 단아의 말실수로 아라가 변복을 하고 빈유를 보고 온 일이 들키고 말았다. 마눌하는 불과 같이 화를 냈다.

하지만 국혼을 앞두고 안 그래도 마음이 싱숭생숭한 아라의 옆에서 갑자기 유모를 떼어낼 수가 없었다. 그래서 유모와 단아는 광에 갇힌 채 심한 매질을 당했고 아라만 아무것도 모르는 채로 그 일은 그냥 넘어갔다.

"하면 이대로 아씨가 잘못되기만을 기다리라는 말씀입니까?"

"사람 목숨이 그렇게 쉽게 떨어진다던가? 그리고 만에 하나, 아라가 잘못되어도 그건 아라가 타고난 명운. 어쩔 수 없는 일이네."

"마눌하님, 제발."

아라에 대한 사랑이 극진한 마눌하였다. 하지만 지금의 마눌하는 마치 빈누이(첩)라도 보는 듯한 태도로 아라를 대하고 있었다.

그런 게 귀족이었다. 겉보기에는 화려하고 풍족해 보이지만 사람들의 눈에 보이는 것 때문에, 사람들의 입에 오르내리는 평가 때문에 자신을 속여야 하는 사람들. 눈앞에서 딸이 죽어가고 있어도 사람들의 입방아가 두려워서 약사 한번 청할 수도 없는 사람들.

"아씨가 잘못되시면 저도 못 삽니다. 아이고, 금쪽같은 우리 아씨."

그때, 눈물에 젖은 유모의 귀에 무엇이라고 말을 하는 아라의 소리가 들렸다. 눈물을 닦다 말고 유모는 아라의 가까이로 몸을 가져갔다. 무슨 소리인지 도통 알아듣지 못했다.

이번에는 아예 귀를 아라의 입 쪽으로 가져다 댔다. 느리고 나직한 목소리였다. 힘이 하나도 없이 흐느적거리는 음성이었다. 하지만 귀를 갖다 댄 유모는 분명히 그 말을 알아들었다.

"엥?"

유모는 잘못 들었는가 싶어서 귀를 더 가까이로 가져갔다.

"고, 빈, 유 약사님. 고, 빈, 유 약사님."

거친 호흡을 내쉬는 아라의 입에서 흘러나오는 목소리는 분명히 그것이었다. 유모의 눈이 보름달처럼 커졌다.

그날 밤, 어둠 속을 걸어온 유모가 대문을 탕탕 두드렸다. 한쪽 문에 붙은 '폐문(廢門)' 두 글자는 그대로였다.

"누구요?"

"내요. 유모."

대문 집사가 금방 문을 열어주었다.

"유모? 나간 것이 유모였소? 분명히 문단속을 했는데 문이 열려 있기에 웬일인가 했더니."

"내 일이 있어서 잠시 저자에 다녀왔소."

"언제 나간 것이오? 도대체 이 늦은 시간에 어딜 다녀오는 거냐 말이오? 손을 잡고 있는 뒤의 사람은 또 누구고?"

유모의 뒤에는 쓰개를 둘러쓴 여인이 한 명 더 있었는데 유모가 단단히 손을 붙잡고 있었다.

"아무도 집 안에 출입해서는 안 된다고 마눌하님께서 분부 내리신 것을 잊었소?"

"미안하오. 지금 단아 고뿔이 너무 심해서 약사를 한 명 데리고 왔소."

"유모 말고는 아무도 못 들어오오. 고뿔이야 두꺼운 솜이불 둘러쓰고 하룻밤 땀 잘 빼고 나면 나을 텐데."

"에이, 그러지 말고 좀 봐주오. 우리가 함께 봐온 세월이 몇 년인데. 그리해서 나을 고뿔이었으면 내가 이렇게 어수선한 분위기에 사람을 들일 생각을 했겠소?"

"어허! 안 된다니까."

"잠깐 진맥만 보고 나오겠소."

"절대 안 돼. 나까지 경을 치게 하려고."

"사실은 이 사람, 말 못 하고 눈 안 보이고 귀 못 듣는 청맹과니요, 청맹과니."

"참말이오?"

"암만."

"어디 봅시다."

대문 집사가 여인의 쓰개를 걷어내려고 했다.

"아이, 이 양반이. 어디 속고만 살았나? 이리 실랑이하는 시간에 들어갔다 나왔으면 벌써 약사는 자기 집에 돌아갔겠네."

"흠! 좋소. 얼른 갔다가 바로 나오시오. 내 여기서 단단히 기다리고 있을 테니."

"알았소. 알았어."

대문 집사를 세워두고 유모와 여인은 집 안쪽으로 들어갔다. 하지만 두 사람이 향한 곳은 유모의 방이 아니라 뜻밖에도 아라의 별채였다.

"휴우! 큰일 날 뻔했습니다. 어여, 이리, 이리 오세요."

유모가 여인을 재촉했다. 그렇게 두 사람은 아라의 방으로 들어섰다. 방으로 들어선 여인은 그제야 쓰개를 벗었다.

말 못 하고 눈 안 보이고 귀 못 듣는 청맹과니 약사라던 여인은 바로 여인의 치마저고리를 입은 빈유였다.

조금 전, 유모는 힘겨운 발걸음으로 이랑비랑 한약국에 들어섰다. 빈유에게 뭐라 말을 해야 될지 엄두가 나지 않았다.

하지만 약국에 들어서자마자 빈유는 금방 유모를 알아보았다. 아라 때문에 몇 번 얼굴을 봐서 눈에 익었고 무엇보다 아라 생각이 간절한 터에 다시 만난 유모는 아라를 보기라도 한 듯이 반가웠다.

마침 약국을 닫을 시간이고 윤세가 약국에 있어서 두 사람은 어두운 밖으로 나왔다.

"약사님, 어려운 부탁이 있어서 왔습니다."

"말씀하십시오."

"저기 그것이……."

"어려워 마시고 말씀하세요. 무엇이든 괜찮습니다."

"저기 은밀히 병자 한 사람만 봐주셨으면……."

"앞장서십시오."

빈유가 두말도 하지 않았다.

"아니면, 저번처럼 또 눈가리개를 할까요?"

"아니, 약사님이 어떻게……?"

유모는 깜짝 놀랐다. 딱 한 번밖에 보지 못한, 그것도 잠시 스치듯 본 얼굴을 빈유가 기억할 리가 없었다. 그런데 이것저것 묻지도 않고 빨리 앞장서서 가자고만 했다.

"빨리 가시지요."

"그것이 이번에는 여장을……."

"무엇이든 좋습니다. 얼른 앞장서기만 하십시오."

그래서 빈유는 유모가 챙겨온 여인의 치마저고리를 입고 아라의 집으로 왔다. 오히려 유모보다 앞서서 뛰다시피 걸어왔다.

"에휴!"

유모는 깊은 한숨을 내쉬었다.

빈유는 아라가 누구인지, 아라의 집이 어디인지 알 턱이 없었다. 그런데 지금 이런 일이 일어났다. 그렇다면 이 모든 것을 종합해 보건대, 빈유의 마음도 아라와 같은 것이었다. 설명할 수는 없지만 그랬다. 이제야 아라의 마음을 알아차린 것이 너무 미안했던 유모는 다행이라 생각하며 가슴을 쓸어내렸다.

언제나 그리워했던 물매화 향이 빈유를 맞았다. 아라였다. 정말로 아라였다.

"아씨, 아라 아씨. 약사님이 오셨습니다."

유모가 득달같이 아라에게로 달려갔다. 빈유는 아라를 소리 내어 불러보지도 못했다.

"아씨, 아씨."

하지만 유모의 애탄 부름에도 아라는 꼼짝도 하지 않았다.

"아씨, 이랑비랑 한약국의 고 약사님이 오셨습니다. 그리도 그리워하던 분이 오셨단 말이에요."

유모의 말이 울컥울컥 솟았다. 그리고 그 뒤를 이어 아라의 눈이 열렸다.

"고, 약, 사, 님?"

거의 들리지도 않는 목소리로 아라가 물었다.

"고, 약, 사, 님이 오셨다고?"

"네. 지금 여기 와 계세요."

비단 이불에 싸였던 아라의 몸이 움찔거렸다.

"고 약사님."

아라가 비명처럼 빈유를 부르며 몸을 일으키려 했다. 거의 한 달 가까이 까무러친 듯 누워만 있던 아라였다. 유모가 부축을 해 주었다.

"아라 아가씨."

빈유가 아라에게로 다급하게 다가가 앉았다. 핏기 하나 없이 마른 아라의 얼굴에 빈유의 가슴이 무너졌다.

아라가 눈을 깜빡거렸다. 유모가 빈유가 왔음을 말했고 바로 앞에 빈유가 앉아 있는데도 믿을 수가 없다는 표정이었다.

"정말? 고, 약, 사, 님?"

마른 아라의 손이 건너와 빈유의 볼에 닿았다. 그대로 빈유의 볼을, 코를, 눈을 자꾸 만져 보았다.

"정말로요?"

아라가 다시 물었다. 빈유가 고개를 끄덕였다. 두 사람 다 그렁그렁 눈물이 차올랐다. 이를 악물며 참아왔던 그리움이 차올랐다. 하얗게 야위어가도록 보고 싶고 달려가고 싶었던 간절함이 차올랐다.

아라가 빈유의 품으로 무너져 왔다. 빈유도 안겨오는 아라를 꼭 안아주었다. 아라는 너무나 가벼워서 가을 낙엽 같았다. 너무나 말라서 겨울 고목 같았다. 휘청거리며 껍데기만 남은 빈 몸이었다.

"아가씨, 이게 어떻게 된 일입니까?"

어떻게 알고, 어떻게 여기까지 왔는지 아라는 묻지 않았다. 왜 속였냐고, 왜 정체를 숨긴 채 나를 만났냐고 빈유도 묻지 않았다.

만나서 되었다. 이렇게 서로의 몸을 안을 수 있어서 되었다. 함께 있는 시간이라서 그거면 다 되었다.

"아이고, 아라 아씨가 약사님 만나러 가신 걸 안 후로 마늘하님이 아예 문밖출입을 못 하게 하셨습니다. 때맞춰 하필 이번 태양궁의 변고로 대감마님의 입지도 위태로워지시고. 그랬더니 대감마님께서 억지로 이찬 김시령 대감 댁과 혼사를 추진하고 있습니다. 그 댁 도련님도 아니고 아씨보다 스무 살이나 훨씬 많은 그 댁 대감의 후처 자리로. 그 길만이 지금 대감마님의 입지를 그나마 지킬 수 있는 길이라면서……. 아이고."

"……."

"아라 아씨 심화(心火) 때문에 생병이 생긴 데다 등창 화농까지 다시 덧났습니다. 마눌하님은 숨기기에만 급급해서 약사 한번 불러주시지 않으시고요. 하니 이 일을 어떡하면 좋습니까요?"

눈물에 젖은 유모의 말이 기탄없이 쏟아져 나왔다.

"유모, 어찌 약사님 앞에서 그런 말을 아뢰는 게요? 말조심하시게."

어디서 그런 힘이 나오는지 아라가 단호하게 유모를 나무랐다. 찔끔한 유모는 입을 다물고 울음만 훌쩍거렸다.

"약사님, 와주셔서 고맙습니다. 정말 고맙습니다. 끝내……."

아라는 치밀어 오르는 울음을 애써 참았다.

"끝내 다시는 못 뵙고 떠나게 되는 줄 알았습니다."

"떠나다니요? 어디로요?"

"제가 얼마나 더 버틸 수 있을지 모르겠습니다."

"왜 그런 험한 말을 하십니까?"

"아닙니다. 저의 명운은 이제 다 된 것 같습니다. 하나 그리운 분을 마지막으로 보고 갈 수 있게 되었으니 이제는 되었습니다."

"제가 약사입니다. 어찌 제 앞에서 그런 말을 하신단 말입니까?"

"저를 보러 와주셔서 고맙습니다. 되었으니 이만 돌아가세요."

돌아가라 해놓고 아라는 여전히 빈유에게 안겨 있었다.

"그럴 수 없습니다. 이런 아가씨를 두고 제가 어디로 간단 말입니까?"

"아버님이 비록 지방 소읍에 내려가 계신다고는 하나 안채의 어머님께오서 별채에 신경을 곤두세우고 계십니다. 차후 뒷감당을 어찌하시려고 그러십니까?"

둘의 애절한 모습을 바라보며 유모는 소매 끝으로 눈물을 훔쳤다.

"유모도 잘못하였소. 어쩌자고 약사님을 사지(死地)로 모셔 온 겐가? 되었네. 나는 이만 되었어. 그만 약사님을 모시고 나가오."

아라가 빈유의 품에서 몸을 일으키더니 빈유를 밀어내었다. 고개까지 외로 돌리며 빈유를 외면했다. 울음을 삼키는 아라의 어깨가 바들바들 떨렸다.

"아가씨."

빈유가 아라의 턱을 쥐고 고개를 돌렸다. 그런 후 자신을 쳐다보게 했다.

"아니 가겠습니다."

빈유가 결연하게 고개를 저었다.

"어허, 유모. 어서 모시고 나가라는데도."

빈유에게서 시선을 떼지 못한 채 아라가 다시 불같은 호령을 내렸다. 하지만 얽혀 버린 두 사람의 시선은 풀어질 줄을 몰랐다.

제발!

빈유가 숨죽여 울었다. 아라가 숨죽여 울었다. 유모는 흐느껴 울었다. 가야만 하는데 갈 수가 없는 빈유가 울었다. 가라고 해놓고 보낼 수 없는 아라가 울었다. 지켜보는 것 말고는 아무것도 해줄 수 없는 유모가 울었다. 눈물이 차고 넘쳐서 온 방이 흥건하게 적셔들었다.

하지만 그때였다. 아라의 방문이 부서질 듯이 열렸다. 눈물 가운데 젖어가던 세 사람이 깜짝 놀라서 방문을 바라보았다.

방문 밖에는 마눌하가 서 있었다. 노랗게 노기에 차서 분을 참고 있는 모습이었다.

"마눌하님."

"치맛자락 안으로 사내의 바지가 보이더라고 해서 내가 설마설마했거늘. 아씨를 제일 측근에서 하늘같이 모셔야 할 유모가 대감마님과 내 눈을 가리고 귀를 막았구나."

유모가 발딱 일어섰다. 곧장 방문 앞으로 나가더니 머리를 조아렸다.

"마눌하님, 용서하십시오!"

"무슨 불벼락을 맞으려고 또 이런 일을 꾸민 게야?"

"용서하십시오. 용서하십시오. 시름시름 야위어가는 아씨를 뵙고 있기가 민망하여 이 유모가 미친 마음을 먹었습니다. 용서하십시오, 마눌하님."

유모가 바닥에 몸을 붙여 엎드렸지만 마눌하의 눈길은 더 싸늘해질 뿐이었다.

"이보게들."

"예, 마눌하님."

별채의 마루 밑에 건장한 장정들이 몇 둘러서 있었다. 바깥채에서 기거하는 일꾼들이었다.

"늦은 밤 별채를 범한 이 패악한 자를 당장 끌어내어 멍석말이를 하고 광에다가 가두어두도록 하게."

"아이고, 마눌하님. 약사님이야 무슨 죄가 있습니까? 이 유모가 다 잘못하였습니다. 제가 다 잘못하였어요. 그러니 모든 벌은 제가 받겠습니다."

"시끄럽네. 내가 자네는 그냥 두고 보고 넘어갈 것 같은가?"

마눌하의 호령이 서릿발 같았다.

"무엇들 하는가?"

"네."

둔탁한 발걸음들이 마루를 울리며 방으로 다가왔다.

"어머니."

죽은 듯이 빈유에게 안겨 있던 아라가 고개를 들었다.

"고 약사님은 아무런 잘못이 없습니다. 다 소녀의 잘못입니다. 소녀가 유모에게 이리 해달라 청을 넣었습니다. 싫다, 안 오겠다 하시는 약사님께 저를 보러 와주십사 제가 투정하고 제가 억지를 부렸습니다."

"넌 조용히 있거라."

"이제 막 돌아가시려던 참입니다. 그러니 약사님은 이만 보내주 시어요."

야윈 두 손을 비비듯이 하며 아라가 어머니 쪽으로 엎드렸다.

"시끄럽다고 했다. 너 또한 나라의 대각간이신 아버님의 명성과 명예에 누를 끼쳤고 어미인 나에게는 씻을 수 없는 수치를 입혔 다. 조용히 물러나 있으렷다. 너의 행실에 대한 책임도 추후 물을 것이다. 무엇들 하는가? 이 패악한 자를 썩 끌어내지 않고!"

마루 위로 올라왔던 이들이 방 안으로 걸음을 들였다. 아라를 안고 있던 빈유는 거친 손길 끝에 끌려 나갔다.

"고 약사님."

지켜보던 아라는 결국 혼절을 하고 말았다.

"아이고, 아라 아씨."

유모가 달려가서 아라의 몸을 안았다.

"자네가 아라의 유모일 수 있는 것도 오늘로 마지막이겠군. 아라가 정신이 들면 당장 내 방으로 건너오게."

밖으로 끌려 나온 빈유는 차가운 땅바닥으로 내동댕이쳐졌다. 하지만 방 안에서 혼절해 버린 아라밖에 눈에 들어오지 않았다.

퍽! 으읍!

차가운 밤공기 속에 매질하는 소리와 신음을 참는 소리가 참담하게 울렸다.

한참의 시간이 흐른 후, 멍석말이를 당하고 광에 갇혔던 빈유는 달빛을 밟고 이랑비랑 한약국으로 돌아왔다. 그리고는 약재 창고로 가서 꿀풀을 꺼내 들었다.

꿀풀. 하고초(夏枯草).

여름 하(夏), 시들 고(枯), 풀 초(草). 여름 한철만 피어났다 시드는 꽃. 가을까지는 꽃들이 시들지 않는 화가야에서도 유일하게 여름 한철을 지나면 시들어 내리는 꽃.

빈유는 말없이 하고초꽃과 잎을 갈았다. 하고초 뿌리도 갈았다. 목이 붓고 화농이 생기는 인두창에는 즉시 효험을 발휘하는 약재다. 하지만 멀쩡한 사람이 먹게 되면 맥박이 빨리 뛰면서 혈압이 오른다. 잘못하면 목숨까지도 잃게 되는 무서운 약재였다.

빈유는 어두운 약재 창고에 앉아 말없이 하고초를 갈고 또 갈았다. 빈유의 얼굴이 그믐달처럼 창백했다. 차츰차츰 그믐달보다 더 창백해졌다.

그렇게 십이월이 다 지나 버렸다.

"아이고, 쯧쯧! 이를 어쩌나? 결국 이런 변고가 생기는구만."

"아라 아씨가 무슨 죄인가? 짠해서 죽겠구만."

"참말 가엾게 되셨어."

저자에 소문이 파다하게 퍼졌다. 대각간 댁 무남독녀 아라 아가씨가 열병 끝에 목숨을 잃었다는 소문이었다. 대각간 김우찬도 없이 은밀한 밤중에 소리 소문 없이 장례를 지낸다고 했다. 혼인 전의 죽음이라서 화장(火葬)이란다.

아라가 불꽃과 함께 사라져 가던 밤.

빈유는 마당에 앉아 시린 겨울을 뚫고 피어난 여우꼬리꽃을 바라보았다. 아직까지 잎만 무성한 동백꽃을 빼면 마당에 유일하게 피어난 꽃이었다. 여우꼬리 모양을 닮아서 여우꼬리꽃이라고 불렸다.

하지만 그날 밤, 빈유의 눈에는 벌겋게 날름거리는 잔인한 불꽃이었다. 모든 것을 삼켜 버리는, 자비라고는 없는 불꽃이었다. 어린아이처럼 순진했던 아라의 마음을 파괴해 버리는 불꽃이었다.

벌건 불꽃은 빈유의 통곡을 태웠다. 빈유의 마음을 태우고 넋을 태웠다. 빈유의 전(全) 삶을 태워 버렸다.

여우꼬리꽃의 꽃말은 <동심>.

9.

동백꽃

인생은 새옹지마(塞翁之馬)라고 했던가? 희극이 비극이 되고 비극이 희극이 되고 다시 그 비극이 희극이 되는 인생.

　빈하와 윤세의 오해가 풀리면서 얼마간은 모두에게 행복한 시간이었다. 하지만 요즈음 이랑비랑 한약국은 초상집 아닌 초상집이었다. 윤세는 어둡게 가라앉아 있었고 빈유는 넋이 나간 사람처럼 정신을 놓고 있기가 일쑤였다.

　"아이참, 여기가 이랑비랑 한약국 맞아요? 꽃잎 휘날리는 소리가 아니라 폭풍우 몰아치는 소리가 나잖아요."

　오죽하면 웅이가 그런 소리를 했다.

　이랑비랑이란 이름은 꽃잎이 휘날리는 모양에서 따온 것이었다. 그런데 이건 꽃잎이 아니라 폭풍우가 휘몰아 도는 것 같은 요즈음이었다. 모두가 아슬아슬했고 위태로웠다.

　그리고 드디어 사건이 또 터지고 말았다.

"야!"

거친 고함과 함께 약국의 문이 열렸다. 술에 취한 남자가 들어서더니 입구에 있던 항아리를 걷어찼다.

"심장 약한 사람이 약을 지으러 왔는데 심장을 흥분시키는 처방을 내려? 이런 썩을!"

남자는 한 손에 처방문을 팔랑거리면서 삿대질을 했다. 진료를 기다리던 병자들이 놀라서 구석으로 몰려갔다.

제일 먼저 윤세가 남자에게 다가갔고 곧 진료실에서 빈유와 기후가 나왔다.

"병 낫자고 약국을 찾았더니 처방문을 잘못 써서 병자를 죽일 뻔하다니? 그러고도 여기가 약국이야?"

"먼저 진정을 좀 하신 후에 무슨 말씀인지 자세히 일러주십시오."

기후가 앞으로 나섰다. 윤세는 나설 처지가 아니고 빈유는 무심한 듯 보고만 있었기 때문이었다.

"내 안사람이 심장이 약해서 진맥을 했는데 지금 약국에 약재가 없다면서 처방문을 써줬잖아. 그래서 써준 대로 조제를 했는데 그 약재가 오히려 심장에 해로워서 내 안사람이 저승문 앞까지 갔다 왔다고."

깜짝깜짝 놀라기를 잘 하고 자주 가슴이 답답하고 달리면 호흡이 쉽게 가쁘다고 하던 여자 병자였다. 그래서 건삼, 강황, 오가피를 처방한 후에 약방에 가서 산사자와 삼백초를 같은 비율로 구입해 약을 달여 먹으라고 했다.

"무엇이 잘못됐습니까?"

이번에도 기후가 물었다.

"이 처방문을 보라고. 내야 까막눈이라 글자를 모르지만 약방의 약장이 보고 말하던데. 이건 심장을 흥분시키는 약재라고. 내 아내가 하도 이상하여 약방에 먼저 들렀다가 오는 길이라고."

약방은 약국의 처방문을 가지고 가서 약만 사는 곳이었다. 남자가 팔랑거리는 처방문을 기후가 받아 들었다. 처방문에는 '山査子(산사자), 白鮮皮(백선피)'라고 적혀 있었다. 처방문을 읽고 난 기후의 얼굴이 싸하게 질렸다.

"설 약학생, 이것 내가 불러주는 대로 약학생이 쓴 처방문이 맞지요?"

기후가 윤세를 향해 처방문을 내밀었다. 윤세가 맞다고 고개를 끄덕였다. 요즘 빈유가 넋을 놓고 지내는 바람에 병자의 진료에 자꾸 차질이 생겼다.

할 수 없이 진료는 거의 기후가 하고 처방문은 윤세가 써주기로 했다. 무슨 고민으로 어둡게 가라앉아 있는지는 모르겠지만 그래도 윤세는 자기 몫의 일은 제대로 해내었다.

그리고 오 일 전쯤, 방금 들어온 술 취한 사내가 아내와 함께 약국을 찾아왔다. 진료를 마친 기후가 윤세에게 적으라고 한 처방문은 산사자와 삼백초였다. 약재 창고가 상하는 바람에 구비되지 못한 약초가 몇 개 있었고 산사자와 삼백초도 그중 하나였다.

그런데 지금 사내가 들고 온 처방문에는 산사자와 백선피가 적혀 있었다. 삼백초는 어혈을 풀어주고 심신을 안정되게 하는 효능이 있지만, 백선피는 심장을 뛰게 하여 활력을 주는 약재였다.

깜짝 놀란 윤세가 처방문을 다시 들여다보았다.

"이런!"

분명히 자신의 글자였다. 싸한 기후의 눈이 윤세를 노려보고 빈유는 그저 멍한 눈으로 윤세를 바라보았다.

"죄송합니다. 죄송합니다."

윤세가 사내에게 빌다시피 용서를 구했다.

"모든 것은 제가 책임지겠습니다."

"사람이 죽을 뻔했는데 어떻게 무엇을 책임진단 말이야?"

"말씀하시는 것은 무엇이든지 다 하겠습니다."

"이런 돌팔이 약국은 당장 문을 닫아야지."

"약국의 잘못이 아닙니다. 제가 처방전을 잘못 썼습니다."

"당신이 약국의 일꾼인데 뭐가 약국의 잘못이 아니란 말이야?"

"죄송합니다. 정말 죄송합니다. 함께 관아로 가시지요."

남아 있던 병자들은 모두 돌려보냈다. 그리고 윤세는 관아로 갔다. 조서를 꾸미기 위해서였다.

윤세가 간 후, 멍한 표정의 빈유가 탁자에 앉으며 이마를 괴었다.

"믿을 수 없네. 윤세가 삼백초와 백선피를 헷갈리다니?"

"고 약사 자네도 그렇고 설 약학생도 그렇고 둘 다 도대체 요즘 왜 그러는 것인가? 애초에 자네가 넋을 놓고 있지 않았다면 일어나지도 않았을 일일세."

"……내가 면목이 없네."

"이 이랑비랑 한약국의 주인은 고 약사 자네라는 것을 잊지 말게."

"……"

"그리고 내가 이런 이야기까지는 안 하려고 했는데……."

기후가 은밀하게 목소리를 낮추었다. 무슨 말이냐고 빈유가 고개를 들었다.

"잠깐 나를 따라와 보게."

기후는 빈유를 데리고 윤세가 기거하고 있는 기숙실로 갔다.

"주인도 없는 방에는 왜 들어가는가?"

빈유가 의아하여서 물었다.

"아무 말 말고 그저 따라 들어와 보게."

그래서 두 사람은 같이 윤세의 기숙실로 들어갔다.

"잠깐 서 있어보게."

그리고 기후는 곧장 벽장 쪽으로 먼저 다가갔다. 벽장 문이 열리고 기후가 벽장 안쪽의 윤세의 짐을 뒤지기 시작했다.

"무슨 짓인가? 다짜고짜 주인도 없는 방에 들어오더니 허락 없이 남의 짐까지 뒤지고?"

"잠깐만 기다려 보게. 좀 이따가는 나에게 감사하다고 할 터이니."

이윽고 기후의 손에 하얀 가루가 담긴 약병이 따라 나왔다.

"이게 무언가?"

기후가 병을 내밀자 빈유가 물었다.

"얼마 전 점심시간이었네. 그때 나는 기숙실 옆 벽장에서 약재를 간추리고 있었는데……."

"한데?"

"갑자기 문이 부서져라 설 약학생이 뛰어들더군."

"해서?"

"내가 있다는 기척을 낼 틈도 없이, 정신 나간 사람처럼 기숙실로 달려 들어갔네. 무슨 일인가 싶어서 열린 문으로 쳐다보는데 벽장에 달려들어 이것을 꺼내더군."

"……."

"그런 후 이걸 먹었어."

"……."

"얼굴이 몽롱하게 풀리더군."

"답답하네. 그게 다 무슨 말인가?"

"무슨 말인지 모르겠는가?"

"모르겠네."

"하면 열어서 맛을 보게."

"내가 윤세의 것을 왜?"

"글쎄 맛을 보라니까."

기후가 아예 병을 기울여 빈유의 손바닥에다가 하얀 가루를 부어주었다. 하얀 가루에서는 퀘퀘한 냄새가 올라왔다. 그리고 빈유는 단번에 그 냄새가 무엇인지 알았다.

하지만 도저히 믿을 수가 없었다. 결국 소량의 가루를 덜어 입에 넣어보기까지 했다. 썼다. 너무 썼다. 하지만 창백하게 질려 버린 빈유의 마음은 그것보다 훨씬 더 썼다.

양귀비꽃 가루였다. 환각과 착시를 일으키는 아주 강한 중독성의 아편.

"말도 안 돼."

빈유의 팔이 늘어졌다.

그날 밤, 빈유와 윤세는 약국의 탁자에 마주 보고 앉아 있었다. 난리가 나는 통에 약국 문을 일찍 닫아서 기후는 벌써 돌아가고 없었다.

"윤세, 나는 자네의 진실한 벗이지?"

입이 열 개라도 할 말이 없는 윤세였다.

"도대체 자네에게 무슨 일이 있는 것인가? 내게라도 말을 해야할 것이 아닌가?"

"……."

"난 자네가 이런 실수를 했다는 게 믿어지지가 않네. 내가 자네를 봐온 세월이 얼마큼인데. 저번에 약재 창고 일도 그렇고. 혹여 아무에게도 말 못 할 고민이라도 있는가?"

"미안하네. 내가 자네 볼 면목이 없네."

"지금 그걸 따지자는 게 아니잖은가? 그런 말을 듣고자 하는 바도 아니고. 도대체 요 근래 자네가 왜 이러는지 내는 꼭 알아야겠어."

"아무 일 없네. 아무 이유도 없고."

"자주 머리가 지끈거리고 정신이 멍하다고 하지 않았는가?"

"그건 과거 준비를 너무 열심히 한 탓이었네."

"아무런 이유도 없고 일도 없이 자네가 이런다고? 그 말을 지금 나더러 믿으라고?"

"안 믿어도 할 수 없네. 참말 말할 게 없으니까. 그리고 그 사람들 배상금은 내가 치러주겠네."

술 취한 사내는 자신의 아내를 위험하게 한 것에 대해서 어마

어마한 액수의 배상금을 요구하고 돌아갔다. 관아로 가서 조서를 쓴 윤세는 사내의 요구대로 배상금을 지불하겠다고 인장을 찍고 왔다.

"약재값을 변상한 게 얼마나 됐다고 자네에게 그만한 돈이 또 어디에 있어?"

"그는 걱정 말게. 내게 참말 돈이 넉넉하게 있으니까."

"내가 자네랑 돈 문제를 얘기하자고 이렇게 앉았는가? 그렇게 내 마음을 몰라?"

빈유는 절대로 먼저 아편에 대한 이야기를 꺼내지 않았다.

"내가 다시 약국을 나가 객사로 가겠네."

"참말 서운하네. 겨우 그것이 자네의 결론인가?"

"아무래도 나는 돌아오는 게 아니었어."

"정신 나간 소리."

"내가 사람을 죽일 뻔했네."

"죽지는 않았지."

"이번에는 운이 좋았던 것이야."

"그럼 빈하는? 우리 빈하는 어쩔 건가?"

"미안하네, 빈유. 잠시 나가서 바람이라도 쐬고 오겠네."

"저녁 식사 시간이야."

"안채 어머니께서 나와 같이 앉아서 식사를 하시겠는가?"

"……"

"내 알아서 들어올 테니 자네는 안채로 건너가게."

윤세가 일어섰다. 뒷모습이 쓸쓸했다.

"윤세, 나는 자네의 벗이네. 자네가 어떤 사람이든, 어떤 모습이든 나는 자네의 진실한 벗이라고. 무슨 연유로든 이것은 결코 변치 않아."

"고맙네."

쓸쓸하게 웃으며 윤세가 약국을 나갔다.

그리고 윤세가 나가자마자 안채와 통하는 쪽문을 열고 빈하가 들어섰다. 쪽문 뒤에 숨어 서서 윤세와 빈유의 이야기를 다 들었다.

"오라버니, 내가 따라 갔다 올게요."

"그래."

빈하의 마음을 아는지라 빈유가 고개를 끄덕였다.

"그런데, 빈하야."

빈하가 막 약국 문을 나서려는데 빈유가 불렀다.

"아무래도 당분간……."

"당분간?"

문고리를 잡은 채로 빈하가 고개를 갸웃거렸다.

"아, 아니다. 얼른 윤세나 따라가 봐라."

"그럼 윤세 오라버니랑 같이 들어올게요."

"그렇게 하려무나."

빈하가 약국을 완전히 나가자 빈유는 두 손에 얼굴을 묻었다. 힘없이 벌어진 손가락 사이로 얼굴을 묻었다.

'빈하야, 당분간 약국 문을 닫아야 할까 보다.'

가고 없는 빈하에게 빈유가 말했다.

'그리고 윤세, 자네가 사람을 죽일 뻔하였다고? 해서 약국엘 더 이상 나오지 못하겠다 하였는가? 하면 나는?'

빈유가 고개를 묻은 채로 세차게 흔들었다.

'나는 사람을 죽였네. 그것도 내가 태어나 처음으로 연모한 나의 여인을.'

놀라운 말이 빈유의 안에서 흘러나왔다.

'빈하를 어쩔 테냐니? 고빈유, 넌 그런 말을 물을 자격도 없다. 너는 제 손으로 직접 아가씨를 죽여놓고서는.'

속으로 말을 한 빈유가 손에 묻었던 고개를 들었다. 눈동자가 불안하게 흔들렸다.

"너는 살인자라고, 살인자."

빈유의 몸이 의자 뒤로 격하게 휘어졌다.

✻

빈유는 대각간의 집 마당에서 멍석말이를 당하고 광에 갇혔다. 그런 후, 어두운 광 안에 패대기를 당하였다.

"미친 사내로구만. 감히 예가 어디라고?"

"이제 곱게 죽기도 그른 줄 알게."

빈유를 끌고 온 사내들이 한 마디씩을 던지고 광을 나갔다.

빈유는 달빛도 들지 않는 어두운 광 안에서 혼절하던 아라의 모습을 떠올렸다. 피가 엉긴 팔다리가 쑤시고 아렸지만 아라를 생각하는 마음은 그보다도 훨씬 더 아렸다.

"아라 아가씨!"

옆에 있지도 않은 아라를 불렀다.

시간이 얼마나 지났는지 모르고 밤이 좀 더 어두워졌다. 광의

문이 열렸다.

그래도 빈유는 밤하늘을 올려다보며 뒤돌아 앉은 그대로 있었다. 몸을 돌려서 들어온 사람을 보지도 않았다.

밝은 촛불 빛이 일렁이며 다가왔다. 그래도 역시 쳐다보지 않았다. 그러자 이번에는 연한 분 내음에 사각이는 능포 비단 옷자락이 다가왔다. 그제야 빈유는 고개를 돌려 쳐다보았다. 뜻밖에도 마눌하가 청동 촛대에 촛불을 밝히고 다가와 서 있었다.

"마눌하님."

빈유가 얼른 몸을 일으켰다. 매질에 아린 온몸이 일제히 신음 소리를 냈다.

"몸은 좀 어떠신가?"

진정이 담긴 음성으로 마눌하가 물었다.

"그만합니다."

"미안하네. 내 또한 원해서 자네를 멍석말이 시킨 것은 아니니."

"……?"

"대감마님이 지방 소읍에 계시면서 아라를 잘 단속하라 단단히 주의를 주셨네. 사촌 누이인 광운비마마의 일로 입지가 없어졌으니 이제 마지막 끈은 이찬 대감 댁뿐이라고 하시면서. 해서 내뿐만 아니라 집안에 부리는 모든 이들이 아라를 주목하여 보고 있었지. 오늘 자네가 집에 든 것을 부리는 이들이 모두 알게 되었네. 하니 내 자네를 그냥 보낸다면 어찌 훗날을 도모할 수 있겠는가?"

"훗날을 도모하다니요? 무슨 말씀이십니까?"

"고 약사."

"네?"

"자네는 약사이지?"

당연한 것을 마눌하가 물었다.

"그것도 국읍에서도 이름난 약사이지? 죽어가던 병자도 말짱히 살려내는 것이 자네의 솜씨라 들었네. 그렇다면 말짱한 이를 병자로 만드는 법도 알고 있겠군."

"그렇습니다."

"거기에 더하여 죽일 수도 있겠군?"

"……그것은 왜 물으십니까?"

"할 수 있다는 얘기로군."

"……그는 약사로서는 할 수 없는 일입니다."

"아니. 이번에는 자네가 그 일을 해주어야 하겠어. 누군가를 죽이는 일."

"마눌하님, 어찌 그런 참혹한 말씀을 하십니까?"

아라와의 연모를 덮어주는 대가로 누군가를 죽여달라는 말이었다.

"아라일세."

하지만 마눌하의 입에서 나온 말은 의외였다.

"네에?"

고통이 가득 담긴 빈유의 두 눈이 튀어나올 듯했다.

"자네가 죽여야 할 사람, 바로 우리 아라라는 말일세."

"마눌하님, 차라리 소인을 죽여주십시오. 어찌 소인에게 그리 참혹한 일을 하라 하십니까? 어찌 제게 아라 아가씨를……?"

"……."

"제가 연모하는 이입니다. 제 목숨과도 바꿀 수 있는 이입니다. 하니 이대로 소인의 목숨을 거두어주십시오. 기꺼이 제 목숨을 드리겠습니다."

"아니, 바로 그 연모를 지켜주고자 하는 말일세."

마눌하의 말은 갈수록 놀라움이었다.

"어차피 저리 그냥 내버려 두면 아라는 목숨을 부지하지 못할 것이네."

그 생각은 빈유도 동의했다.

"해서요?"

"저 아이가 더 병인이 되게 만들어주시게. 하면 마지막으로 궁내 어약사를 청해서 진맥을 의뢰할 것이네. 하고 차후에 저 아이, 병을 이기지 못해 세상을 떠난 것으로 일을 진행할 것이란 말이네. 그래야 대감도 믿을 테니까."

"어찌 그런 일을 하시려 합니까?"

"내 또한 어미일세. 하나뿐인 딸자식이 내를 앞서가는 것을 어찌 두고만 보겠는가? 또 구사일생으로 다시 회복한다 해도 아비뻘 되는 늙은 인사의 후처가 되는 것도 내는 못 보네. 절대로."

"마눌하님."

"독초여서는 안 되네. 하면 궁내 어약사에게 금방 들통이 나고 말 테니. 그런 약재를 조제해 줄 수 있겠는가?"

"아무리 독초가 아니라 하나 자칫 목숨을 잃을 수도 있습니다. 게다가 지금 아라 아가씨의 몸이 너무 허약하여 이겨낼 수 있으리라고 장담도 못 합니다."

"어차피 둘 중 하나이지 않겠는가? 연모의 정을 이기지 못해 죽든지, 연모의 정을 지키려다가 죽든지. 아니 그런가?"

"아무리 그래도……."

"화농의 상처는 저리 곪아 들어가기만 하는데 어차피 이대로는 회생할 가능성이 없네."

"마눌하님, 아무리 그래도 저는 할 수 없습니다."

"그래? 좋네. 그게 싫다면 감히 대각간 댁을 월담한 죄를 지고 자네가 먼저 아라 곁을 떠나도 되겠구만. 내 자네를 태양궁에 고해서 국법으로 엄히 다스릴 것이니. 하면 아라야 저절로 자네 뒤를 따르지 않겠는가?"

빈유는 말이 없었다.

"어쩌겠는가? 하겠는가?"

"……."

"이 길로 약국으로 가시게. 내일 새벽녘에 사람을 보낼 터이니 은밀히 맞춤한 약재를 들려 보내주시고. 일이 잘 성사되고 나면 국읍을 떠나 지방 소읍으로 가시게. 어디든지 상관없네. 국읍에서야 어찌 온전히 몸을 숨기고 살 수 있겠는가?"

"……."

"그리해 주겠다고 약조하겠는가?"

아라와 함께할 수도 있었다. 빈유도 몇 번을 생각했던 일이었다. 하지만 잘못되면 아라를 잃을 수도 있는 일이었다.

'그렇지만?'

아무것도 안 하면 아라를 살릴 수 있을 가능성조차 없었다.

빈유가 고개를 끄덕였다. 곧 촛불 빛이 사라졌다. 사각거리던 비단 옷자락도 사라졌다. 광의 문은 활짝 열린 채로였다. 대문의 빗장도 열려 있었다.

달빛을 밟고 집으로 돌아온 빈유는 새벽이 밝도록 뜬눈으로 밤을 지새웠다. 달빛도 없는 어두운 밤이 그의 마음에도 잠겼다.

새벽이 밝아오기 시작하자 빈유는 약재 창고에 들어가 하고초를 갈기 시작했다. 꽃잎을 갈고 뿌리를 갈았다. 그리고 거기에다가 망령초를 갈아 넣었다. 사람을 며칠 동안 죽은 듯이 만들 수 있는 망령초를.

그리고 아직 아침이 밝아오기 전, 은밀히 들어온 발걸음이 빈유가 건네준 약을 들고 다시 대문을 나섰다. 물론 조심히, 조용히, 소리를 죽이며.

"제발! 아라 아가씨, 제발!"

빈유는 기도를 하는 심정으로 두 손을 모았다.

밥을 먹을 수가 없었다. 잠을 잘 수도 없었다. 평생의 사명으로 알았던 약국 일도 손에 잡히지 않았다. 눈에 초점이 맞지가 않았다. 몸과 정신이 따로 걸어 다녔다.

"제발 날 위해 이겨주세요. 제발, 아라 아가씨."

오직 아라를 향하는 빈유의 간절한 기원이 칼날처럼 마음을 저몄다.

며칠 후, 저잣거리에 퍼진 소문은 대각간 댁 무남독녀 아라 아가씨가 열병 끝에 세상을 떠났다는 것이었다. 은밀한 밤중에 아라의 장례가 이루어졌단다. 하늘로 치솟는 불길에서는 물매화 향이 진하게 풍겼다고 했다.

빈유에게는 아무런 연락도 오지 않았다.

*

"내가 죽였다, 사람을 살려야 할 이 손으로. 내가, 아라 아가씨를. 그런데도 왜 나는 따라 죽지도 못하는 것인가?"

빈유가 웃었다. 눈물을 흘리면서, 그렇게 울면서 웃었다.

윤세를 뒤따라 나온 빈하는 발소리를 죽이고 걸었다. 태양궁의 변이 있은 후 국읍에서는 저녁 출입을 삼가서 밤거리에는 사람이 많지 않았다.

윤세는 어두운 밤거리를 걸어서 야트막한 산자락 앞까지 갔다. 하늘연못이 있는 곳이었다. 작은 연못 주위로 동백꽃을 주르르 심어놓아서 꽃봉오리가 망울망울 맺혀 있었다. 윤세는 동백꽃 옆으로 가서 앉았다. 가만히 연못 물을 들여다보았다.

"왜요? 빠져 죽기라도 하려고요?"

빈하가 윤세의 옆으로 가서 앉았다.

"빠져 죽기에는 물이 너무 얕구나."

"어깨가 축 늘어져서는 이게 뭐예요? 오라버니랑은 어울리지 않아."

"넌 뭐하러 따라왔어?"

"따라오는 줄 알고 있었어요? 발소리도 죽이고 왔는데."

"아무리 소리를 죽여도 빈하 너의 소리는 다 들린다."

"빈말할 기운은 있으시구나, 오라버니."

"그런가?"

328 이랑비랑 한약국

윤세가 여전히 어두운 물속을 들여다보았다.

"저번 약재 창고 일도 있고 오늘 처방전 문제도 그렇고 요즘 내가 무슨 정신으로 사는 건지 모르겠구나."

"사람이 살면서 실수할 때도 있죠."

"하지만 내 실수로 사람이 죽을 뻔했다."

"안 죽었잖아요. 빨리 발견하기도 했고."

"누가 오누이 아니랄까 봐 똑같은 말을 하는구나."

"빈유 오라버니도 이렇게 말했어요?"

"하나도 안 틀리고."

다 들어놓고 빈하는 모르는 척을 했다.

"당분간은 약국을 쉴까 해."

"당분간?"

"그래. 당분간."

"진짜 당분간이지?"

빈하는 그러지 말라고는 못 했다. 처방문을 잘못 쓴 일은 분명히 큰일이었다.

"응. 나 혼자 이겨내야 할 문제도 있고."

"오라버니 혼자? 나랑 같이 이겨내면 안 되고요?"

"아니, 꼭 나 혼자여야 해."

"그래도 뭐, 다른 여인이랑 같이 하겠다는 것보다는 낫네."

"넌 내가 밉지도 않니? 약국에 두 번씩이나 피해를 입혔는데."

"내가 오라버니 그렇게 힘들게 했을 때 오라버니는 내가 미웠어요?"

"아니."

"그러니까 나도 당연히 안 믿지. 게다가 난 오라버니를 믿어요. 언제나 그리고 영원까지."

"나를 믿어? 이런 순간에도?"

"어떤 일에도, 어떤 순간에라도 나는 오라버니를 믿어요."

"너의 믿음을 지켜주지 못해 미안하구나."

"아니라니까요. 한데 오라버니도 그렇고 빈유 오라버니도 멍하게 넋이 나가 있고. 요즘 다들 무슨 일인지, 정말."

"난 사실 빈유가 더 걱정이다."

"오라버니가 지금 빈유 오라버니 걱정할 때예요? 걱정 마세요. 빈유 오라버니 곁에는 나도 있고 어머니도 있고 이씨 아주머니도 있고. 오라버니야말로 객사로 나가면 혼자잖아요."

"너야말로 걱정 말거라. 휘파도 있고 얼음폭포에서도 이 년간이나 버텼던 나다."

"나 때문이었잖아요."

"너 때문이 아니야. 내가 비겁하고 용기가 없어서이지."

"그러니까 다시는 비겁하지도 용기를 잃지도 말아요. 실수는 실수고 앞으로는 절대 그런 일이 없도록 더 노력하면 되잖아요. 실수했다고 넘어져 있다면 그 실수를 만회할 기회도 없어요. 제가 옆에서 도울게요."

윤세가 빈하를 가만히 보았다. 까만 눈동자에 진심과 진정이 담겨 있었다. 백 마디 응원의 말보다 더 깊은 신뢰가 들어 있었다.

"그래, 빈하야."

윤세가 몸을 일으켰다. 빈하도 따라서 일어섰다.

"잠시 잊었구나. 내 곁에는 언제나 힘과 용기를 주는 네가 있다는 걸."

"이제라도 알았으면 됐네요."

"약국으로 가자. 다 정리하고 과거 시험 준비부터 해야겠다."

"좋아요."

둘이는 연못가를 걷기 시작했다. 집으로 가자고 해놓고서는 연못가를 빙빙 돌았다.

"오라버니가 그랬잖아요. 연모는 무지개색이라고."

"그랬지."

"연모만 그런 게 아니라 우리 인생이 다 그렇지 않을까요? 화사한 빨강으로 활기찰 때도 있고 따스한 주황색으로 즐거울 때도 있고 봄처럼 노랗게 꽃 피고 여름처럼 초록으로 신록이 오르기도 하지요. 하지만 때로는 파랑이나 남색으로 고뇌하기도 하고 보라색으로 멍이 들어 신음하기도 하는 거예요. 봐요, 딱 우리 인생이잖아요."

"그런 말도 할 줄 알고, 우리 빈하 다 컸구나."

"모르셨구나. 내가 다 큰 게 언제인데. 아무튼 그러니까 오라버니는 그냥 지금 보라색으로 멍이 들어 신음하고 있는 것뿐이에요. 이 멍만 빠지고 나면 다시 빨강이나 주황, 노랑, 초록이 될 거예요. 내가 그렇게 믿고 응원할게요."

"넌 어쩜 그렇게 무조건적으로 나를 믿어주는 것이냐?"

"왜냐하면……."

"뭐라고?"

빈하가 무엇이라고 하긴 했는데 웅얼거리는 말이라서 잘 들리지 않았다.

"……하니까요."

"응?"

여전히 안 들렸다.

"연모하니까요."

어마어마한 고백이었다. 그런 후에 윤세의 볼에다가 입술을 찍었다. 빈하의 얼굴이 붉어졌다. 냉큼 앞서서 걸어가 버렸다. 돌아선 목덜미까지 빨갰다.

윤세는 빈하의 뒤를 따랐다. 빈하가 앞서갔는데도 윤세의 보폭이 넓어서 금세 옆으로 가서 섰다. 윤세가 빈하의 팔을 잡았다. 그대로 윤세가 빈하를 끌어안았다. 두 팔로 빈하의 등을 감쌌다.

"고맙다, 빈하야."

윤세가 속삭였다. 빈하가 알았다고 고개를 끄덕였다.

"그리고 방금 네가 한 말은 취소해 줘야겠어."

"무슨 말 말이에요?"

"나를 연모한다는 말."

"왜요?"

빈하의 물음에 윤세가 웃었다. 빈하의 양어깨를 잡고 얼굴을 봤다.

"언제나 먼저 용기를 내준 건 너였어. 그러니까 고백만큼은 내가 먼저 하게 해다오."

"알았어요. 방금 제가 한 말은 취소."

윤세가 손을 뒤집어 빈하의 볼을 만졌다.

"나는 너를 연모한다."

윤세의 손등에서 손톱 끝까지 빈하의 볼을 천천히 훑으며 내려 갔다. 그런 다음 검지만으로 빈하의 눈썹을 쓸었다가 콧대를 쓸 었다. 마지막으로 빈하의 입술을 따라 선을 그렸다.

"참 밉다, 우리 빈하."

그리고는 닿았다. 윤세의 입술이, 빈하의 입술에.

고개를 외로 꼰 윤세가 빈하에게 입술을 겹쳤다. 천천히 열렸 다 닫히는 윤세의 입술이 빈하의 입술을 물었다가 놓았다.

목 뒤를 감쌌던 윤세의 손이 앞으로 와서 빈하의 볼을 감쌌다. 다섯 개의 손가락이 넝쿨처럼 빈하의 얼굴을 안았다. 다른 손은 빈하의 손을 잡았다. 손가락끼리 깍지를 꼈다.

동백꽃 봉우리들이 일제히 꽃잎을 터뜨렸다.

점심시간이었다.

빈하와 웅이는 같이 윤세의 기숙실 문에 걸터앉아 있었다. 다 행히도 윤세는 객사로 가지 않았다. 대신에 약국에서는 허드렛일 만 하고 병자와 관련된 일은 일절 하지 않기로 했다.

"빈하 누이."

"응?"

객점에 점심을 먹으러 간 윤세는 아직 돌아오지 않았다. 잠은 약국에서 자지만 식사는 나가서 했다.

"내가 그동안 약국 분위기가 어수선해서 말을 못 했는데, 나 저번 날 밤에 이상한 것을 봤소."

"이상한 것? 뭔데? 아니, 그건 놔두고 밤에 왜 밖엘 다녀? 태 양궁의 변고 때문에 지금 시절이 얼마나 흉흉한데."

"아버지가 밤마다 방금 뜬 술을 찾으시는 걸 어째요?"

"에구, 돌콩인 줄만 알았더니 효자였구나."

"지금 중요한 건 그게 아니고, 배 약사님 말이오."

"응? 기후 오라버니?"

"맞소. 그 약사님이 이상한 사람이랑 만나던데."

"기후 오라버니가? 이상한 사람, 누구?"

"왜 전에 저잣거리 들놀음패 놀음 보러 갔다가 본 사람."

"저자에 사람이 한둘이야?"

"왜 어깨가 이리 솟구치고 요리요리 걷는 사람."

그러면서 웅이가 거들먹거리는 팔자걸음을 걸었다.

"누구? 금낭 한약국 이봉생?"

"아, 맞다! 봉생인지 봉황인지. 에이, 내가 그때 한 대 후려쳤어야 하는데."

"무슨 소리냐?"

"글쎄, 내가 우리 약국 배 약사님이 봉생인가 봉황인가 그 사람 만나는 걸 봤다니깐. 그것도 두 번씩이나."

"웅이야, 자세히 말해보거라."

숫제 빈하는 웅이에게 얼굴을 들이밀었다.

"헤! 웬일로 웅이래?"

"깐죽거리지 말고."

"알았소. 그게 말이오. 한 열흘은 됐는데……."

＊

웅이는 아버지 심부름으로 주막에 가서 약주를 사오는 길이었다. 저녁 식사 때가 한참이 지난 지라 거리에는 사람이 얼마 없었다. 웅이의 그림자가 혼자서 늘어졌다.

"응?"

웅이의 앞쪽, 객사의 입구에서 누군가가 걸어 나왔다. 웅이는 그냥 무심히 지나가려고 했다. 하지만 객사를 나온 남자가 심하게 주변을 두리번거렸다. 그 모습이 이상해서 저절로 시선이 갔다.

"저분은?"

웅이가 눈을 모으고 자세히 보았다. 그 남자는 바로 기후였다.

"배 약사……."

웅이는 손을 흔들며 기후를 부르려고 했다. 하지만 다음 순간, 말을 멈추고 밤 그늘이 지는 곳으로 몸을 숨겼다.

기후의 뒤로 다른 남자가 나오고 있었다. 얼굴은 잘 모르겠지만 몸태가 눈에 익었다. 그 남자였다. 들놀음패의 놀림을 받던 팔자걸음의 남자.

'뭐야? 우리 약국 사람들이 다 싫어하는 저 사람을 배 약사님이 왜 만나지? 나도 얼굴 마주치기 싫은데.'

웅이는 고개를 갸웃거렸다. 기후가 앞쪽으로 지나가는데도 아는 척을 하지 않았다. 며칠 후 밤에도 두 사람을 또 보았다.

✳

"웅이야, 확실한 거냐?"

"얼굴도 그렇고 걸음걸이까지 확실히 기억나요."

"정말 확실한 거지? 정말?"

"그렇다니까. 이번에는 내가 일부러 노려볼 듯이 얼굴을 기억해 뒀지. 그 인간이 우리 아버지 약초 품삯도 떼먹은 인사잖아요. 다음에라도 길에서 만나게 되면 가만두지 않으려고."

"기후 오라버니가 꼭 그 사람이랑 만났다는 보장은 없잖아."

"아니. 갈림길에서 분명히 서로 손짓을 하고 헤어졌소."

이상했다. 왜 기후가 이봉생을 만난 것일까? 그것도 두 번이나?

"일어나. 너 나랑 좀 가보자."

빈하가 웅이의 손을 잡아 일으켰다. 그렇게 둘은 금낭 한약국에 갔고 웅이의 입을 통해 이봉생이 확실하다는 대답을 들었다.

빈하는 곰곰이 생각을 모아보았다. 기후가 저녁을 먹고 간 저녁에 윤세는 처음으로 알 수 없는 어지러움과 탁함을 느꼈고 그날 밤, 약재 창고 사건이 일어났다. 그 후로도 간혹 그런 말을 했는데 그것은 언제나 약국 사람들과 함께 차를 마시고 난 후였다.

혹시? 말도 안 되지만 혹시?

"웅이야, 열흘 전이면 약재 창고 일이 났던 날이지?"

"정말 그러네."

"하면 두 번째로 두 사람을 본 날은 언제였니? 혹시 처방전 사건이 난 날 아니야?"

"그게……. 아, 그러고 보니 처방전 사건이 났던 그날 같은데."

"확실해?"

"응. 그날 약국 문을 일찍 닫았잖소. 해서 아버지한테 내가 돌아왔을 때 진즉에 심부름을 보내지 왜 이리 늦게 보내시냐고 투덜대면서 갔던 기억이 나오."

"웅이야, 술 취해서 찾아온 그 아저씨 기억나지?"

다시 이랑비랑 한약국으로 돌아온 빈하가 다짐하듯이 물었다.

"나도 약국에 있었잖아."

"혹시 그 아저씨가 던진 처방문 봤어?"

"아무도 관심을 안 쓰길래 내가 주워놨지."

역시 웅이였다. 소제 일 도울 때 습관이 남았는지 약국 안팎으로 떨어진 것들은 모두가 웅이의 차지였다.

"어디 있어?"

"저기 올려뒀는데."

웅이가 탁자 옆으로 붙여 세워둔 선반으로 갔다.

"여기 있다."

웅이가 사내가 던지고 간 처방문을 들고 왔다. 확실했다. '山査子(산사자), 白鮮皮(백선피)'라고 적혀 있었다.

"멋지다, 우리 웅이."

빈하가 뚫어질 듯이 종이를 들여다보았다. 의아한 웅이는 빈하를 뚫어질 듯이 보았다.

이틀 후, 기후가 약국으로 막 들어서려는데 빈유가 윤세에게 역정을 내고 있었다.

"분명히 그 약재들은 창고 바깥쪽으로 쌓아두라고 하지 않았는가?"

"미안하네. 분명히 바깥쪽으로 쌓는다고 쌓은 건데."

"제일 자주 사용하는 약재들을 그리 안쪽으로 쌓아두면 가지러 갈 때마다 얼마나 손이 번거롭겠는가? 처음부터 다시 정리를 해야 하지 않은가?"

"……."

"게다가 종류가 다른 약재를 섞어서 쌓아두다니. 비록 모양과 색깔이 똑같다고는 하나 향은 이리 다른데."

"내가 정리할 때는 분명 다 같은 향이었네."

"지금 그걸 변명이라고 하는가? 이 약재를 그대로 가져다 썼으면 또 약국에 무슨 분란이 났겠는가? 저번 처방문 사건과는 비교도 안 될 큰일이 생겼을 것이야."

"미안하네."

"정말 한두 번도 아니고. 자네가 아무리 나의 벗이라고는 하나 내가 봐주는 것도 한계가 있네."

"빈유, 내가 일부러 그런 것이 아니네. 빈하도 보고 있는데 그만하면 안 되겠는가?"

"그래요, 빈유 오라버니."

그러고 보니 빈하는 둘을 지켜보면서 안절부절못하고 있었다.

"빈하한테 부끄러운 것은 알겠는가? 어머님이 집에 안 계시기에 망정이지 어머님마저 계셨으면 분명히 다시 자네를 다시 내쫓으라고 했을 것이네."

황씨 부인은 어제 채송화읍에 있는 언니 집에 다니러 갔다. 채송화읍에는 온천이 있어서 추운 날씨에 몸 보양을 하고 오라고 빈유가 보내 드렸다.

"내가 언제까지 자네를 감싸고돌 수 있겠는가?"

"……."

"입이 달라붙었는가? 뭐라고 답을 해보게."

"할 말이 없어 그러네."

"할 말이 없다, 면목이 없다. 그 말도 이제는 지긋지긋하네. 할 말이 없을 일을, 면목이 없을 일을 만들지 않으면 되지 않는가?"

묵묵히 고개를 떨구고 있던 윤세가 갑자기 고개를 들었다.

"알았네. 그런 일을 안 만들게 내가 약국을 나가면 되지 않겠는가?"

"내가 지금 자네에게 나가라고 이 말을 하는 것인가?"

"이 말이든 저 말이든 내가 없으면 그만일 일이네."

윤세가 몸을 돌려 본채 쪽으로 가버렸다. 얼굴이 벌게진 빈하가 뒤를 따라 나갔다.

"에휴, 이렇게 계속 약국을 운영해야 할 것인가?"

빈유가 혼잣말로 중얼거렸다.

"고 약사."

그제야 기후는 약국으로 들어섰다.

"아침부터 왜 그렇게 시끄러웠던 것인가?"

다 들어놓고는 못 들은 척을 했다.

"아무 일도 아니네. 진료 준비나 시작하세."

빈유가 태연한 척 진료실 쪽으로 갔다.

'흠, 그래도 동무라고 내 앞에서만은 감싸고돈다는 말이지?'

기후가 주먹으로 턱을 괴었다.

이봉생은 그날 밤, 객사의 구석진 방에서 누군가를 기다리고 있었다. 앉아 있어도 다리 모양이 팔자였다. 곧 문이 열리고 기다리던 사람이 들어왔다.

"곧 약국 문을 닫을 것 같습니다."

"정말인가?"

이봉생이 반색을 하며 물었다.

"네. 고 약사는 정신이 없고 약학생은 실수투성이에 아편 중독이라는 오해까지 받고 있으니 약국을 계속할 수 있을 리가 없지요. 약학생 자신조차도 자신이 아편 중독이라고 믿고 있는 것 같으니까. 오늘도 약재 창고 정리를 잘못해서 치도곤을 먹었지요."

"그것도 자네 솜씨인가?"

"아닙니다. 아마 진짜로 환각 상태가 와서 자신이 직접 한 일이겠지요."

"오호라."

"약국의 평판이 땅에 떨어진 이 마당에 이제 저까지 그만둔다고 하면 아마 약국 문은 저절로 닫히게 될 것입니다."

"약학생은 어떻게 속여 넘긴 건가?"

"같이 밥 먹을 때, 차 마실 때, 아무도 모르게 그치의 것에만 환각초를 조금씩 넣었지요. 딱 표 나지 않을 만큼만."

"십 년 묵은 체증이 내려가는 기분이구만. 이제 더 이상 '우리고 약사님은 얼마나 좋으신데 이봉생 약사님은 왜 그런대요?' 이 따위 너저분한 비교는 듣지 않아도 되겠구만."

"그렇겠지요."

"게다가 이랑비랑이 문을 닫으면 우리 약국에 병자가 한 명이라도 더 늘겠어. 신나는구먼."

"……."

"한데 궁금한 게 있네."

"뭡니까?"

"내가 몇 번을 꼬여내도 들은 척도 안 하더니 어떻게 이번에는 자네가 먼저 나를 찾아왔는가?"

"글쎄요. 건드리지 말아야 할 것을 건드린 탓이라고나 할까요?"

대답을 하면서 남자가 얼굴을 찡그렸다. 놀랍게도 남자는 기후였다.

"약재 창고를 열어둔 날은 때맞춰 서리가 내려주고 누명을 씌우려고 한 약학생은 아편을 소지하고 있었고. 게다가 이번에는 알아서 실수까지 해주다니. 이는 필시 하늘이 나를 도우심이야!"

"흠."

"처방문 필사도 자네가 직접 했는가?"

"당연하지요. 뭐 어려운 일이라고 그런 일까지 사람을 쓰겠습니까? 종이 위에 대고 베껴 쓰면 그만인 것을. 이런 일은 비밀을 아는 사람이 적으면 적을수록 좋은 법이지요."

윤세의 잘못이었다고 생각한 약재 창고 일도, 처방문 일도 모두가 기후와 이봉생의 합작품이었다.

"이 약사님이야말로 그 사내 입단속은 확실히 한 거지요?"

이번에는 기후가 물었다.

"우리가 건넨 돈도 받았고 피해 보상금까지 받게 되었으니 그 사내의 입은 무덤에 갈 때까지 열리지 않을 것이네. 게다가 사람을 사서 한 일이라 우리 정체도 모르고 있으니 입단속을 따로 시키고 말 것도 없지. 그저 이랑비랑 한약국에 원한을 가진 자의 소행이라는 정도만 알고 있겠지."

"약국 개업은 확실히 밀어주시는 거지요?"

"암. 모자라는 돈도 내가 댈 것이고 처음 입소문 내는 일도 내가 도와주겠네."

"그것은 거절하지요. 이랑비랑 한약국에서 일했다는 것만으로도 입소문은 충분합니다."

"약국을 열 소읍은 따로 봐두었는가?"

"국읍 가까운 곳으로 물색해 두었어요."

"영민해. 참으로 영민해. 내 처음 자네를 보았을 때부터 그 영민함을 알아보았지. 그래서 자네가 마음에 들었지. 딱 젊은 날의 나를 닮았지 않은가? 크크!"

"누가 누구를 닮아요?"

기후가 버럭 고함을 질렀다. 이번에는 비록 뜻이 맞아서 한배를 탔다고는 하지만 이봉생 같은 작자와 같은 수준이 된다는 것은 생각만으로도 기분이 나빴다.

"누구긴 누구겠어요? 배 약사님이 저 흉한 팔자돌이랑 꼭 닮았지요."

갑자기 객실 방의 문이 벌컥 열렸다. 두 주먹을 움켜쥐고 얼굴이 빨개진 웅이가 방으로 뛰어들어 왔다.

분을 참지 못한 웅이는 발까지 굴렀다. 갑자기 일어난 일에 얼이 빠진 기후와 이봉생은 의자를 넘어뜨리며 일어섰다.

"꼬, 꼬맹이. 네가 여긴 어떻게?"

"나빠요. 정말 나빠. 한솥밥 먹는 식구끼리 어떻게 이래요?"

웅이가 기후를 보며 고함을 질렀다.

"네가 뭔가 오해를 했나 본데……."

"무슨 오해요?"

큰일이었다. 웅이의 입을 얼른 막아야 할 텐데.

"들어보려무나. 무슨 일이냐 하면……."

기후가 웅이의 가까이로 다가갔다. 조그만 남자아이 하나 정도 처리하는 것이야 일도 아니었다.

"그렇게 하죠. 대체 무슨 일인지 우리도 같이 들어볼까요?"

하지만 웅이의 뒤로 누군가가 또 나타났다.

"네가 어떻게……?"

화들짝 놀란 기후가 말을 잇지 못했다. 웅이의 뒤로 나타난 사람은 빈하였다. 그리고 빈하의 뒤에는 윤세와 빈유가 버티고 있었다.

기후는 맥이 풀려 버렸고 이봉생은 다리를 팔자로 떨었다.

웅이에게서 윤세가 썼다는 처방문을 받아 든 빈하는 글자를 세세히 살펴보았다. 그리고 금방 윤세가 쓴 것이 아니라는 것을 알아차렸다.

윤세에게는 독특한 습관이 있었다.

보통 사람들은 여러 개의 획이 있는 글자를 쓸 때 한 방향으로 획을 삐쳐 썼다. 하지만 윤세는 획이 여러 개인 글자를 쓸 때 한 방향으로 획을 삐치지 않았다. 처음 획을 위에서 아래로 쓰고 나면 그다음 획은 아래에서 위로 그다음은 다시 위에서 아래로, 처음 붓을 잡은 방향에서 끊이지 않고 끝의 획까지 이런 식이었다. 그래서 먹물이 하나는 아래쪽에, 다음은 위쪽에, 그다음은 다시 아래쪽에서 머물러 있었다.

하지만 윤세가 썼다는 처방문의 白鮮皮(백선피)의 鮮(선) 자는 아래 네 개의 획이 다 위에서 아래로 그어져 있어서 하나같이 먹물이 아래쪽에 머물러 있었다.

"나도 모르는 내 습관을 어떻게 알고 있었니?"

윤세가 놀란 눈으로 빈하를 보았다.

"처방문 아니더라도 오라버니가 글 쓸 때면 옆에 딱 붙어서 내가 얼마나 열심히 보았게요? 오라버니가 글 쓸 때 모습이 얼마나 멋있다고요."

"이번에도 빈하 네가 나를 도왔구나."

"이 년간이나 맘 아프게 했던 것 생각하면 아직도 멀었는데요."

"내는 다 잊었다."

"내는 안 잊고 있다가 두고두고 갚을 건데요."

"하면 내가 단단히 긴장을 해야겠구나."

"네, 각오하세요."

황씨 부인을 채송화읍으로 보낸 후, 기후가 올 시간에 맞춰서 윤세와 빈유는 놀음을 하였다. 빈하도 도왔다. 기후가 이봉생과 내통을 하고 있다면 분명 그 일을 일러바칠 줄 알았다.

집으로 돌아가는 기후의 뒤는 웅이가 밟았다. 다른 사람이 뒤를 따르다가는 들킬 수도 있으니.

기후와 봉생이 만나는 것을 확인한 웅이는 객사의 이름이 적힌 쪽지를 휘파에게 물려 보냈다. 그렇게 그 쪽지를 본 윤세와 빈유, 빈하가 객사로 왔던 것이다.

이번 일에는 웅이와 휘파의 공이 단연코 제일 컸다.

술에 취해서 난동을 부린 사내는 관사로 가서 고소를 취하했다. 자신이 다른 곳의 처방문과 이랑비랑 한약국의 처방문을 헷갈렸다고 번복했다. 이랑비랑 한약국의 그 누구도 사내나 이봉생을 탓하지 않았다. 다시는 그런 일을 하지 않겠다는 각서를 받은 것 외에는 심문하거나 추궁하지도 않았다. 이것은 모두 기후를 보호해 주려는 배려였다.

"지방 소읍으로 떠나게. 그리고 진정한 약사로서 살아가게. 이 년을 함께한 의리로 내가 자네에게 베푸는 마지막 온정일세."

"미안하네. 자네가 내게 이런 진정을 가지고 있는 줄은 정말 몰랐네."

"이 년을 함께했네, 자네와 나는. 그 시간 동안 쌓인 마음이 어찌 얄팍할 수 있겠는가?"

"……."

"내가 마음을 너무 아낀 탓에 기후 자네가 상하였네. 그 부분은 나도 미안하네."

"당치도 않은 말을. 내야말로 죽을 죄를 지었네. 하지만 용서해 달란 말은 하지 않겠네. 아니, 하지 못하겠네."

"세월이 흐르면 오늘의 일을 마음 편히 이야기 나누게 될 날도 오겠지."

그렇게 빈유는 기후를 떠나보냈다.

윤세에게 자신 대신 약국을 운영해 보겠냐고 묻는 빈유의 말을 기후는 엿들었다. 그래서 기후는 윤세가 자신의 자리를 빼앗아 버린 것 같아 참을 수가 없었다고 했다. 윤세만 싸고도는 빈유가, 윤세를 연모한다는 빈하도 너무 미웠단다.

게다가 놀랍게도 기후는 이 년 동안 빈하를 마음에 품고 있었단다. 자신의 약국을 개원하고 나면 제일 먼저 빈하에게 청혼을 할 예정이었단다. 그래서 그렇게 악착같이 돈을 벌었단다. 마찬가지 이유로 기후는 명노도, 명노의 사촌 누이인 미우도 싫었단다. 그렇게 선한 기후의 눈 뒤에 이렇게 무서운 인격이 숨어 있을 줄은 아무도 몰랐다.

윤세가 아편을 먹었던 이유는 독화사에 물린 상처가 아린 탓이었다.

"오라버니, 아무리 그래도 어떻게 몰래 아편을 먹을 수가 있어요?"

희게 웃는 윤세에게 빈하가 투정을 부렸다.

"빈유 오라버니에게 얘기하면 약을 조제해 주었을 텐데, 반편이."

"아직도 그 일로 통증을 느낀다 하면 빈유의 마음이 편했겠니? 그리고 그런 몸을 하고 어떻게 너에게 다시 내 마음을 얘기해 보기라도 할 수 있었겠어?"

"그렇다고 그렇게 아편을 입에 물고 통증을 견뎠단 거예요? 얼음폭포에서부터 이 년간을 혼자서 내도록?"

독화사에 물린 몸을 억지로 이끌고 빈하에게까지 기어갔다. 죽음을 각오한 행동이었다. 그리고 그 일로 윤세의 몸이 많이 상하였다. 빈유가 성심성의껏 치료를 하기는 했지만 다 빠지지 못한 독 기운은 한 번씩 윤세를 미치게 했다.

일 년 내내 얼음이 어는 얼음폭포에서는 그렇게 독 기운이 오를 때면 아편을 입에 물고 윤세는 고통을 견뎠다. 가족을 잃고 윤세와 함께 거하게 된 휘파만이 유일한 위안이었다. 그것은 이랑비랑 한약국으로 돌아온 후에도 마찬가지였다.

"숨기는 것 없기로 해놓고. 거짓말쟁이."

"이제 진짜 마지막이다. 정말 더는 없어."

"있으면 큰일 나려고요? 다시 한 번만 더 그랬다간 봐요. 이번에는 아주 빈하의 이에 물리게 될 테니."

"그러지 말거라. 내는 독화사보다 빈하 네가 더 무섭구나."

"뭐라고요?"

빈하가 눈을 흘겼다.

"이것 봐, 금방 무섭게 돌변하는 것."

"자꾸 놀리기나 하고."

"빈하 누이 놀려먹는 게 얼마나 달고 재미있는데."

웅이가 끼어들어 윤세와 한 편이 되었다.

[고마운 줄 알라고, 친구! 이번 일에도 내 공이 컸다는 것, 잊으면 안 되네.]

기분이 좋은 휘파는 휘파람을 불었다. 넷이서 시끌벅적 야단이었다.

"내 탓이야. 모두가 내 탓이야. 내가 넋을 놓고 있어서……."

하지만 사건의 전말을 전해 들은 빈유는 가슴을 쳤다.

아라의 일로 마음과 정신을 잃어버렸다. 그래서 유능한 그리고 앞으로 더 유능해질 기후를 잃었고, 마음속의 귀한 벗인 윤세와 아끼는 누이의 연모까지 잃어버릴 뻔했다.

자신은 하나를 잃었고 그 상실감으로 아파하고 있었는데 그 결과를 따라서 잃어버릴 뻔한 것은 너무 많았다.

"그래, 전부 내 탓이야. 내가 정신을 놓고 있어서!"

우물가에 선 빈유는 동백꽃을 바라보았다.

애닲은 연모의 꽃잎이 피어났다. 한 송이, 한 송이, 또 한 송이. 그리고 동백 꽃잎이 피어날 때마다 아린 연모는 대신 떨어져 내렸다. 연모 하나, 연모 하나, 또 연모 하나.

"아라 아가씨, 용서하세요. 아가씨를 죽인 나는 마음껏 아가씨를 그리워하지도 못합니다. 용서하세요."

잃어버린 연모를 가슴에 품고 다시 살아가야만 한다. 아리고 쓰려도 또 하루를 견뎌내야만 한다. 어쩌면 그것이 더 아라를 추억하는 길인지도 모르겠다. 아라가 다시 살아 숨 쉬게 하는 일인지도 모르겠다. 아버지를 잃었을 때도 그랬다.

동백 꽃잎보다 더 벌건 눈을 하고 빈유는 이를 악물었다. 모아쥔 가슴에는 벌건 동백 꽃물이 들었다. 겨울 동백꽃이 개화하는 일월이었다.

동백꽃의 꽃말은 <애닲은 연모>.

10.

개나리

새 봄이 돌아오고 개나리가 온 땅에 노란색을 칠했다. 보는 이
마다 희망이 솟아났다.

　이랑비랑 한약국은 쉬는 날이었고 빈유는 솟을대문 집 앞이었
다.

　이제 솟을대문 집 담장 위에는 물매화꽃 대신 개나리가 늘어
져 있었다. 무남독녀 외동딸까지 잃은 대각간 집은 지방 소읍으
로 이사를 가버렸고 집은 텅 비었다. 아픈 사연을 모르는 개나리
만 철을 따라서 꽃을 피워 올렸다.

　'오늘도 발걸음이 이리로 왔습니다. 참 반편이 같지요? 아가씨,
아가씨의 곁에서 아가씨를 연모하면서 살아간다면 어느 날 이 땅
에서의 삶이 서운하게 끝이 나버려도 마음껏 행복할 것 같았던
저였습니다. 우리의 하루를 다른 사람의 백 년처럼 아끼고 연모하
다가 어느 날 아가씨가 먼저 내 곁을 떠나더라도, 그래서 홀로 고

독 속에 남겨지더라도 연모의 그 기억 하나만으로도 버틸 수 있겠다고 소원했던 저였습니다. 마음껏 주지 못한 마음은 후회하면서, 아낌없이 안아주었던 마음은 고마워하면서 홀로 아가씨를 되새김질하며 그렇게 살아가고 싶다고 꿈꾸었습니다. 하지만 지금 제 마음은 쉼 없이 눈물만 흘립니다. 찢기듯 아려오는 심장이 저를 원망합니다. 아가씨 없이 살아가는 시간이 이 세상에서의 소멸보다 더 지독한 악몽인데, 마음껏 준 기억도, 마음껏 안아준 추억도 없는 저는 눈물만 흘립니다. 홀로 해 뜨는 풍경을 바라보고, 홀로 해 지는 풍경 속에 서 있는 것이 이렇게나 아픈 일이었습니까? 가슴에는 '아라'라는 붉은 글씨 한 자락을 새겨놓고 아무렇지도 않은 척 살아가는 일이 이렇게나 마음 저미는 일이었습니까? 제가 꿈꾸었던 일상은 소박한 것이었습니다. 아가씨와 함께 깍지 낀 손을 놓지 않은 채 향이 좋은 차를 나누는 일상, 안겨오는 아가씨의 머릿결에 얼굴을 묻고 '연모합니다'라고 속삭이는 일상, 함께 식사를 하며 매일매일 질리도록 아가씨를 바라보는 일상. 그것이 그렇게 큰 욕심이었을까요? 마지막 기억 속의 아가씨는 애타게 절규하는 모습인데, 봄마다 피어나는 꽃처럼 지지 않는 그 모습이 오늘도 제 마음을 저밉니다.'

아직까지도 대문에는 폐문(廢門)이라는 글자가 붙어 있었다. 아라는 대문 안에 있었고 빈유는 대문 밖에 있었다. 그리고 둘을 가로막은 그 대문은 영원히 열리지 않을 것이었다. 빈유가 아무리 두드리고 또 두드려도.

"아라 아가씨, 보고 싶습니다. 보고 싶습니다."

눈이 젖은 빈유가 발길을 돌렸다. 그리고 저만치 귀퉁이에서 은밀한 시선 하나가 돌아서는 빈유를 지켜보았다.

　윤세는 약국의 탁자에서 과거 시험 공부를 하고 있었다. 빈하는 웅이와 안채에서 놀았다. 윤세가 방해하지 말아달라고 당부를 하였다.
　한 사내가 다가와서 약국 문을 두드렸다. 쉬는 날이라는 것을 알리는 '休' 자가 붙어 있는데 못 본 모양이었다.
　"이런, 오늘은 약국이 쉬는 날입니다. 모르고 오셨습니까?"
　윤세가 출입문을 열었다.
　"아니요. 알고 왔습니다."
　"……."
　"이 약국에서 붉은 꽃다람쥐와 함께 계시던 약학생님, 맞지요?"
　"휘파 말입니까? 네."
　휘파는 윤세의 어깨 위에 앉아 있었다.
　"꽃다람쥐와 대화를 나누시는 것, 그것도 맞지요?"
　윤세는 답은 하지 않고 경계심이 가득 담긴 눈으로 사내를 보았다.
　"경계하실 필요 없습니다. 우연히 알게 되었습니다."
　"용건이 무엇입니까?"
　윤세가 휘파의 일은 못 들은 척했다.
　"약국에 왔으니 진료를 받으려고 온 것이지요."
　"오늘은 쉬는 날이라고 이미 말씀드렸습니다."
　윤세는 여전히 경계를 풀지 않았다.

"제가 진료를 받고 싶은 건 지금이 아니라 이번 꽃달의 밤이 지난 후, 봄의 두 번째 달 첫날 새벽입니다."

"봄의 두 번째 달 첫날 새벽요?"

"네. 묘시가 시작될 무렵요."

"왜 그 시간에? 그 시간에는 약국을 운영하지 않습니다."

"세상에는 말로 설명할 수 없는 많은 일들이 있습니다. 꽃다람쥐와 대화를 나누는 약학생님이라면 충분히 이해하실 텐데요."

"……."

"저에게는 생명이 달린 일입니다."

"……."

"그리해 주실 수 있겠습니까?"

사내의 말과 행동은 수상했지만 눈빛은 아주 진실했다. 게다가 휘파가 사내를 보면서 아주 반가운 표정을 지었다. 사내의 어깨에 올라앉았다가 내려오기도 했다.

윤세는 고개를 끄덕였다. 사내는 윤세 외의 다른 사람은 절대 알아서는 안 된다고 신신당부를 하고 돌아갔다.

"휘파, 저 사람이 누구야?"

[나도 모르네. 지금 처음 봤는걸.]

"하지만 저이를 보고 반가운 표정을 짓고 어깨에 올라갔다 오기까지 했잖은가?"

[그 이유도 나는 모르겠네.]

"이상하지 않은가? 처음 본 사람에게 자네가 그러는 건 처음 보았어."

[저 사람이 말하지 않았는가? 세상에는 인간의 말로 설명할 수

없는 일들이 많다고.]

"비밀이라는 건가?"

[비밀? 아니, 아주 슬픈 전설이지.]

"말을 알아듣게 할 것이지. 나는 지금 무슨 일인지 하나도 몰라서 정신이 멍하네."

[하면 안채 우물에 가서 세수라도 하고 오세. 나도 빈하 아가씨를 보러 가려고 하니까. 그 아가씨, 가만히 보면 꼭 다람쥐 같은 게 꽤 귀엽단 말이야.]

휘파가 딴청을 부리며 흐흐거렸다.

본채의 우물가에서 빈하와 웅이는 함께 까마중을 씻고 있었다. 황씨 부인은 이씨와 함께 산보를 나갔다. 돌아온 봄날의 햇살이 황씨 부인도 좋은 모양이었다.

"빈하 누이는 까마중이 그리 좋소?"

싱그러운 우물물에 손을 담근 웅이가 물방아를 찧었다.

"응. 나는 세상에서 까마중 열매가 제일 달고 맛있어."

"나는 왜 그런 줄 알아요."

"왜?"

"빈하 누이 속이 시커머서 그럴걸."

"뭐라고?"

"그렇잖아요. 한 날은 약학생님 보고 생글거렸다가 한 날은 약학생님 보고 찌푸렸다가. 속이 시커머서 도통 무슨 모양인지 알 수가 없다니까."

빈하와 윤세가 연모를 나누는 것을 모르는 웅이는 윤세만 보면 이랬다저랬다 아옹다옹하는 빈하를 이해할 수가 없었다.

"그건 속이 시커머서가 아니라……."

"아니면?"

웅이가 눈을 동그랗게 뜨고 물어왔다.

"내가 말을 말지, 말을 말아. 돌콩처럼 쬐끄만 너를 데리고 나도 참, 한심하다."

따스한 햇살이 빈하의 저고리 위에서 반짝였다.

"또, 또, 돌콩이라니? 내가 분명 나는 다 자란 의젓한 사내라고 말을 했는데."

"네가 다 자란 의젓한 사내면은 나는 호호 할멈이겠구나."

"호호 할멈은? 까마중 마귀 할멈이지."

"웅이, 정말 요게. 어째 공손하다 했다."

"메롱."

물방아를 치던 웅이가 혀를 쏙 내밀면서 달아났다. 그러자 약이 오른 빈하가 대야를 주워 들었다. 그대로 웅이를 향해 물을 날렸다.

"아이쿠."

하지만 빈하가 날린 물 폭탄은 웅이에게 날아가지 않았다. 사내를 보내고 안채로 들어섰던 윤세가 물 폭탄을 뒤집어썼다. 일순간에 물에 빠진 생쥐 꼴이 되었다. 가슴에 매달려서 같이 들어오던 휘파도 물에 빠진 다람쥐가 되었다. 어쨌든 둘 다 쥐는 쥐였다.

"오라버니."

"약학생님."

빈하와 웅이가 동시에 윤세에게로 달려갔다.

"이를 어째? 윤세 오라버니, 미안해요."

"쌤통이다, 까마중 마귀 할멈."

웅이가 또 혀를 내밀었다.

"둘이 또 토닥거리는구나."

"토닥거리기는요. 빈하 누이가 어린애처럼 다 자란 사내인 나를 괴롭히고 있었던 거라고요."

웅이가 볼멘소리를 내뱉었다.

"웅이, 너."

"누이는 야단이나 맞고 있어요. 내는 수건 가지러 약국에 다녀와야지. 난 의젓한 사내니까."

웅이가 다시 혀를 날름거린 후에 약국 쪽으로 달려갔다. 휘파가 뒤를 따라갔다.

"오라버니, 춥지요? 정말 미안해요."

"새로 돌아온 봄날이 이렇게 따스한데. 되었다, 금방 닦고 갈아입으면 되지."

얇은 봄옷을 입어서 물에 젖은 윤세의 속살이 내비쳤다. 그리고 심장 바로 앞에 수놓인 비비추가 보였다.

"오라버니! 잠깐만요. 전부터 묻고 싶었는데, 오라버니도 빈유 오라버니도 말을 한 적이 없어서."

"뭔데?"

"오라버니 가슴의 그 비비추 문신."

빈하가 검지로 윤세의 가슴 쪽을 가리켰다. 물에 젖은 저고리 위로 내비치는 비비추는 불꽃 모양이었다.

"나도 오라버니랑 똑같은 곳에 똑같은 모양의 문신이 있어요.

알아요?"

"응."

"혹시, 혹시 나를 따라서 비비추 문신을 놓은 거예요?"

"응."

"왜요? 오라버니도 상처를 입었어요?"

"아니."

"그런데 왜⋯⋯?"

빈하의 물음에 윤세가 찬찬히 빈하를 보았다.

✻

윤세의 이름만 들어도 혼절을 하는 빈하 탓에 윤세는 꼼짝없이 약국에만 갇혀서 지냈다. 그리고 약국에 숨어서 안채의 빈하를 훔쳐보았다.

윤세의 이름을 듣고 혼절한 후로 빈하는 통 약국에는 나오지 않았다. 멍하니 넋을 놓고 있을 때도 많았다. 그럴 때면 꼭 손가락으로 저고리 앞쪽을 손가락으로 만졌다. 절벽에서 떨어질 때 생긴 상처가 있는 곳이었다.

"빈유, 빈하 누이에게 문신을 놓아주면 어떨까?"

어느 날 저녁, 약국이 문을 닫고 난 후였다.

"응? 무슨 문신을? 어디다가?"

의아한 빈유가 안채로 가려다 말고 윤세를 보았다.

"떨어질 때 찢어진 가슴의 상처, 거기에다가 문신을 새겨주면 어떨까? 자주 거기를 만지작거리던데."

"숨어서 내도록 그것만 보았는가? 에휴."

윤세가 측은한 빈유가 한숨을 내쉬었다.

"예전에 아버지랑 지방 소읍에서 살 때, 우리 동네에도 그런 처녀아이가 있었네. 장터에서 놀다가 묶어놓은 말에 차여서 가슴에 상처가 생겼지. 그런데 늘 그 상처 때문에 주눅이 들어서 밝게 웃지도 못했었네. 하지만 어느 해인가, 솜씨 좋은 문신사가 그 상처에다가 그 처녀아이의 반려화를 문신으로 새겨주었지."

"그랬더니?"

"그 후로는 완전 다른 사람이 된 양 밝고 화사해졌어."

"정말로 심장 바로 앞에다가 문신을?"

빈유가 자신 없이 묻자 윤세가 고개를 끄덕였다.

"위험하지 않을까?"

"수소문해 보면 맞춤한 문신사를 찾을 수 있을 걸세."

"나는 그다지 내키지 않는데. 위험하기도 하고."

"나도 함께 놓겠네."

"자네가 뭘 함께 놓아?"

"내도 빈하랑 같이 똑같은 그 자리에 비비추 문신을 놓겠다고."

"자네 제정신인가? 아직 몸도 성치 않은데 멀쩡한 맨살에 문신을 왜 놓는단 말이야?"

"빈하가 상처 때문에 주눅 들어 있는 모습이 보기가 싫어."

"자네까지 그러겠다면 나는 더 싫네."

"부탁일세, 빈유. 내가 함께 문신을 놓으면서 간절히 기도하겠네. 빈하가 문신을 놓은 후 꼭 건강한 모습으로 다시 웃게 되기

를. 내 간절한 소원을 담아서 한 땀 한 땀 문신을 놓겠단 말이
야."

"듣기 싫네."

"빈유, 제발!"

"못 들은 걸로 하겠네. 나는 안채로 갈 테니 좀 이따가 상이 건
너오거들랑 자네도 식사를 하게."

윤세의 식사는 약국에다가 따로 차렸다.

"부탁일세."

윤세가 빈유의 팔을 붙들었다. 두 사람의 시선이 맞부딪쳤다.

"자네, 정말!"

"그래야 나중에라도 내가 다시 빈하에게 다가가 보기라도 할
것이 아닌가?"

"위험한 일이네. 맨살에 맨정신에 문신이라니?"

"상관없네. 간절한 나의 기도를 한울신이라도 거절하지는 못하
겠지."

그래서 결정했다. 빈하의 가슴에 비비추 문신을 놓기로.

빈유가 달여준 길초근(쥐오줌풀 뿌리: 달여서 천연수면제로 사용)이
들어간 약재를 한 사발 마시고 누웠다가 일어나니 이미 빈하의
문신은 끝나 있었다. 그리고 빈하가 잠이 든 채로 문신을 놓던 그
시각, 윤세는 약국의 입원실에서 맨정신으로 누운 채 비비추 문
신을 새겨 넣었다.

✻

"오라버니."

놀란 빈하가 윤세에게로 한 발 다가섰다.

"맨정신으로? 비비추 문신을 한 땀, 한 땀?"

윤세가 천천히 고개를 끄덕였다.

"정말로 그렇게……?"

빈하가 손을 내밀어 윤세의 가슴을 짚었다. 옷 위로 내비친 비비추 문신을 살며시 어루만졌다.

"오라버니! 나 때문에 독화사에 물리고, 나 때문에 얼음폭포로 쫓겨가고, 나 때문에 문신도 새기고."

"독화사에 물린 건 너 때문이 아니었다. 나 때문이었지."

"나 때문에 또 이렇게 다치고."

빈하가 손을 옮겨 윤세의 이마 옆을 만졌다. 빈하가 던진 놋그릇에 다친 상처가 아직도 삼각형으로 남아 있었다.

빈하가 다시 윤세의 가슴을 쓸었다. 물에 젖어 눅눅한 옷감 아래에서 비비추 꽃잎도 빈하의 손에 얼굴을 쓸었다.

"길초근을 마신 나는 꿈처럼 달게 잠을 잤는데 오라버니는 맨정신으로 한 땀 한 땀 그렇게 생살을 뜯었어요?"

"그 한 땀 한 땀마다 빈하 너를 향한 기도로 한 손 한 손, 손을 모았다. 네가 무사하기를. 그리하여 네가 다시 화사하기를. 피어난 저 개나리꽃처럼."

윤세가 자신의 가슴 위에 놓인 빈하의 손 위에 자신의 손을 포갰다. 두 개의 손이 하나로 포개져서 함께 개나리를 바라보았다.

심장이 갑자기 급하게 뛰었다. 그냥 급하게 뛰는 게 아니고 열기가 오른 심장의 소리였다. 빈하는 자신의 심장이 주책도 없이 뛰는 것인 줄로만 알았다. 얼굴이 저절로 붉어졌다. 그런데 그 심장 소리는 빈하의 손바닥 아래에서 나고 있었다. 윤세의 심장 소리였다. 그리고 그것은 또 빈하의 심장 소리이기도 했다.

"빈하야."

목이 메는 듯 윤세가 부르더니 빈하의 손을 잡은 자신의 손에 힘을 주었다. 그리고 다른 쪽 손은 살며시 건너와 빈하의 허리를 안았다. 빈하의 눈높이에 있는 윤세의 목울대가 움찔거렸다.

"오라버니."

빈하도 마른침을 삼켰다. 저도 모르게 윤세의 가슴을 짚었다.

"얼렐레."

하지만 뒤에서 날아온 음성이 두 사람의 얼굴 사이를 갈라놓았다. 수건을 손에 쥔 웅이가 뒤에 서 있었다.

"이, 이게 뭐하는 짓이에요? 벌건 대낮에."

어깨가 솟구친 웅이의 얼굴은 대낮보다 더 벌겠다.

"아, 아직 어린 미, 미성년자인 내도 있고 휘파도 있는데 어, 어떻게 이런……?"

웅이가 수건을 풀었다가 났다. 얼굴이 더 벌게졌다.

"빈하 누이, 순 여우. 누이가 우리 순진한 약학생님을, 약학생님을……?"

웅이는 눈앞의 광경이 믿기지 않는다는 표정이었다.

"웅이야, 여기 미성년자가 어디 있느냐? 웅이 넌, 다 자란 의젓한 사내라면서?"

뜻밖에 이 말을 한 것은 윤세였다.

"그리고 여우라니? 아니다. 내가 늑대다. 내가 빈하 누이를 꼬였는데."

"이…… 이……."

웅이가 다시 한 번 발을 굴려보지만 윤세의 말에는 꼼짝을 못했다.

"그리고 빈하랑 나, 곧 가시버시 맺을 거다."

윤세의 마지막 말이자 치명적인 결정타였다.

"헉! 그, 그럼 나는요?"

웅이가 하얗게 넋이 빠졌다. 그 모습을 보면서 긴장하고 있던 빈하와 윤세는 동시에 웃음이 터지고 말았다.

"너는 뭐?"

빈하가 다가가서 웅이의 이마를 검지로 밀었다.

"누이랑 약학생님이랑 결혼하면…… 나는요?"

"너 설마 윤세 오라버니랑……?"

어이가 없는 빈하가 허리를 잡고 웃었다. 윤세도 뒤에 서서 웃음을 참지 못했다.

"왜요? 가시버시는 좋아하는 사람이랑 맺는 거라던데?"

웅이는 어쩔 줄을 모르고 빈하와 윤세의 웃음은 그칠 줄을 몰랐다.

[알나리깔나리! 알나리깔나리!]

휘파는 웅이의 뒤에 서서 윤세를 놀렸다.

막 대문을 들어서던 빈유가 그 모습을 보았다. 화사한 세 사람은 꼭 개나리가 만발하게 피어오른 풍경 같았다.

'아라 아가씨, 우리는 마음 놓고 저리 한 번 웃어보지도 못했네요. 처음 만났을 때는 아팠고 두 번째는 놀랐었지요. 세 번째는 두근거리만 했고 마지막은 애타게 절규만 했습니다. 아라 아가씨, 피어난 개나리 꽃잎은 희망을 얘기하는데 저의 삶에는 두 번 다시 개나리가 피어나지 않을 것 같습니다.'

빈유가 애달픈 탄식을 삼켰다.

밤마다 빈하와 윤세는 약국의 기숙실에서 과거 시험 준비를 했다. 빈하가 질문을 하면 윤세가 답을 하거나 필답을 썼다. 여전히 윤세는 여러 개의 획이 있는 글자는 끊이지 않고 한 가닥으로 썼다.

"석자차(石子茶)의 쓰임은 무엇인가요?"

"일단 눈을 맑게 하고 토사곽란, 소화불량, 고혈압에 효능이 있다."

"복용법은요?"

"알맞게 데워 수시로 큰 잔에 한 잔씩 마시면 좋지."

"하수오의 효능은 무엇이지요?"

"특별한 맛은 없지만 혈을 보하는 역할을 한다. 신체 기능을 활성화시켜 주어서 머리를 검게 하고 쇠약한 신경도 안정시켜 주고 여성 질환인 대하증도 예방해 준다."

"특별히 주의해야 할 점이 있을까요?"

"독이 있어서 혼용하거나 대용할 때 조심해야 한다."

"그게 다인가요?"

"아니. 파나 마늘, 돼지고기나 양고기와는 함께 달이지 않아야 한다."

"헷갈리기 쉬운 문제만 골라서 낸 건데 이렇게 쉽게 맞히시다니 재미가 없네요."

빈하가 책을 덮으며 기지개를 켰다.

"재미가 없느냐?"

윤세도 따라서 어깨를 한 번 돌렸다.

"하면 재미있게 해볼까?"

"어떻게요?"

빈하가 벌써 재미있다는 표정으로 윤세의 눈을 보았다.

"벌칙 내기."

"벌칙 내기?"

"그래. 내가 문제를 맞히면 빈하 네가 벌칙을 받고 문제를 못 맞히면 내가 벌칙을 받고. 어떠냐?"

"좋아요. 벌칙은요?"

"그건 내는 사람 마음."

"재미있겠는데요. 음, 어디 보자."

빈하가 덮었던 책을 다시 펴더니 뚫어져라 보았다. 어려운 문제를 찾아내느라 골몰하는 모양이었다.

"여기 있다."

빈하가 드디어 무엇인가를 발견한 듯 미소를 띠었다.

"아라(바다) 건너 한나라의 전설적인 약조신(藥祖神) 신농이 저술한 저서의 제목은 무엇인가요?"

약재 공부를 꽤나 한 빈하도 처음 들어본 저서였다. 일부러 골라 골라 윤세에게 물었다.

"음……."

쉽게 답을 못 하는 윤세가 한참을 망설였다.

"답을 못 하겠으면 제가 알려 드릴까요?"

"아니다. 조금만 기다리거라."

"제한 시간을 두도록 하겠어요. 하나, 둘, 셋, 넷……."

"자, 잠깐. 생각났다."

"정말요?"

그럴 리가 없었다. 얼마나 정성 들여 고른 문제인데.

"해답은 「신농본초경」이다."

"에?"

빈하는 정말로 놀랐다. 윤세가 답을 맞히리라고는 생각지도 못
했다.

"좋아요, 뭐. 내기는 내기니까. 벌칙은 뭐예요?"

"여기."

윤세가 손가락을 들어 자신의 볼을 톡톡 쳤다. 빈하가 숨이 새
는 소리를 낸 후 윤세의 볼에다가 입술을 쪽 찍었다.

"무엇 하는 것이냐?"

"여기 입 맞춰달라면서요?"

빈하가 윤세의 볼을 톡톡 쳤다.

"아닌데. 웬 엄한 말을. 난 빈하 네 볼에다가 이렇게 하겠다는
말이었는데."

윤세가 붓을 들어서 빈하의 볼에다가 한 일자를 그었다.

"이게 뭐예요?"

"벌칙은 내는 사람 마음이라며?"

"오라버니는."

빈하가 몸을 일으켜서 윤세의 어깨를 때렸다. 그러면서 빈하의

몸의 중심이 윤세에게로 쏠렸다. 윤세는 무방비 상태로 앉아 있었고 그래서 그만 의자에 기댄 채로 빈하와 뒤로 넘어지고 말았다.

의자는 뒤쪽으로 나동그라져 버리고 빈하는 뒤로 누운 윤세의 몸 위로 쓰러졌다.

"오라버니, 괜찮아요?"

놀란 빈하가 몸을 일으켰다. 하지만 윤세가 조금의 미동도 없었다.

"오라버니."

빈하가 다시 불렀다. 그래도 윤세는 움직임이 없었다. 빈하의 눈이 휘둥그레졌다. 다시 윤세를 부른 빈하가 몸을 돌려 약국을 뛰어나가려고 했다. 빈유라도 불러오려는 태세였다.

"시끄럽다, 빈하야."

그때, 윤세가 빈하의 팔을 잡았다.

"참새처럼 재잘재잘 시끄러워."

"뭐야, 오라버니. 머리라도 다친 줄 알고 깜짝 놀랐잖아요."

정말로 놀랐다.

"시끄럽다니까."

그러더니 윤세가 몸을 반쯤 일으켜 빈하의 입술에다가 잠깐 입술을 찍었다.

"조용히 하라고 준 벌이다."

윤세가 한 팔로 머리를 베면서 서늘하게 웃었다.

"빈하, 너도 이리!"

다른 쪽 손으로 자신의 옆을 툭툭 쳤다. 빈하는 얌전하게 윤세의 옆에 누웠다. 그런 후 윤세의 얼굴을 빤히 보았다.

"내 얼굴 말고, 저기."

윤세가 팔을 뻗어 옆의 창문을 가리켰다. 열린 창문 너머로 봄밤의 하늘이 들어왔다. 무수하게 떠오른 별들이 금방이라도 별똥별이 되어 쏟아질 것 같았다.

"봄밤이 너무 아름답구나. 밤하늘의 별도."

"네. 반짝반짝 빛이 나요."

"빈하야, 별 중에 제일 빛나는 별 이름이 뭔지 아니?"

"난 별자리는 잘 모르는데요."

"잘 생각해 봐. 많이 들어본 이름이다."

"많이 들어본 이름요?"

빈하는 지금까지 제일 많이 들어본 별 이름이 무엇인지 생각해 보았다. 북극성, 북두칠성 정도가 다인 것 같았다.

"북극성요?"

"아니."

"그럼 북두칠성?"

"그것도 아닌데."

"에이, 엉터리! 오라버니도 잘 모르는 거지요?"

"아는데. 그것도 아주 정확하게 안다."

"그럼 어디 말해봐요."

"고빈하."

"네?"

별자리 이름을 물어봐 놓고 윤세는 뜬금없이 빈하의 이름을 말했다.

"고빈하 별자리가 어디 있어요?"

"여기 있잖아."

윤세가 갑자기 몸을 일으켰다. 그리고는 빈하의 위로 몸을 기울였다. 한 팔로 빈하의 머리 위를 짚은 후 가만히 빈하를 내려다보았다. 저리도록 오래.

"내 눈을 잘 들여다보렴. 누가 보이니?"

"나, 나요."

심장이 뛰는 빈하가 급하게 대답했다. 눈동자가 이리저리 흔들렸다.

"그럼 내 눈 속에서 네가 얼마나 빛나는지도 보이니?"

윤세가 다시 물었다. 그의 숨결이 조금 더 가까이 다가왔다.

"몰, 몰라요. 안 보이는데."

"그럼 더 가까이 들여다볼래?"

윤세의 얼굴이 더 가까이로 내려왔다. 어느새 서로의 숨결이 맞닿아서 밀착했다. 빈하는 눈을 질끈 감았다. 윤세가 놀리듯이 웃었다.

"어서 일어나. 봄밤이라고는 하지만 바닥이 차구나."

윤세가 빈하의 몸을 일으켰다.

"조금 더 따스해지면 별 보러 산에 갈까?"

"좋아요."

눈을 감은 것이 부끄러운 빈하가 얼른 대답했다. 공연한 기대를 해서 윤세가 자신을 놀리는 것 같았다.

"꼭 가는 거다."

"알았어요."

"오늘 못 한 건, 그때 가서 마저 하자."

윤세가 눈을 찡긋거렸다.

"싫거든요."

흥, 빈하가 고개를 돌려 버렸다.

다음 날, 명노가 빈하를 찾아왔다. 윤세와 함께 보자고 하여서 셋이서 객점에 갔다. 식사와 함께 차도 곁들여 파는 객점이었다.

빈하와 윤세가 나란히 앉고 건너편에 명노가 어색한 웃음을 건 채로 앉았다.

"윤세랑께 미안합니다. 빈하 누이랑 그런 사이인 줄은 꿈에도 몰랐습니다."

명노가 사과를 먼저 했다. 전날 이랑풍 언덕에 갔을 때, 윤세에게 빈하와 잘되게 도와달라고 했던 일을 사과하는 것이었다.

"미우도 그렇고 아무도 말을 안 해줘서 상상도 못 했습니다."

"저도 명노랑께 미안합니다. 그때는 저도 뭐라고 할 수 있는 말이 없어서……."

그랬다. 그때는 어정쩡한 상태의 빈하를 명노에게 무엇이라고 설명할 수가 없었다.

"아닙니다. 제가 눈치가 조금만 있었더라면 그렇게 모를 수는 없는데."

이렇게 나란히 앉아만 있어도 멋들어지게 어울리는 빈하와 윤세였다.

'그래. 왜 내가 하나도 몰랐을까?'

명노는 자조했다. 둘 다 명노를 보고 있지만 한 번씩 서로를 향하는 눈길 속에는 서로에 대한 마음이 담겨 있었다. 간절하고도 열렬한.

"전날 외숙부 댁에 미우를 보러 와주셔서 감사합니다. 빈하 누이, 너도."

"당연한 일이잖아요."

"미우가 한 번도 두 분을 만나지는 않았지만 그건 미안함 때문이지, 마음이 상해서 그런 건 아닙니다."

"얼굴을 볼 수 있었다면 좋았을 것입니다."

"저도 미우를 보고 싶었는데……."

물론 미안함도 있을 것이었다. 하지만 그렇게 모질게 거절당했으니 상처가 없다고도 못 할 것이었다. 그래서 빈하도, 윤세도 먼저 미우를 찾아갔었다.

"얼음폭포에서 이 년간을 견뎌낸 연모라니! 저라면 상상도 못 할 일입니다."

"마땅한 저의 자리를 지켰을 뿐입니다."

윤세의 대답에 명노가 어깨를 한 번 으쓱했다.

"그리고 빈하 누이도 나를 보면서 윤세랑을 떠올린 것이겠지?"

명노는 묻는 것도 아니고 혼자 하는 말도 아니었다. 이랑풍 언덕에 갔을 때, 함께 앉은 윤세와 명노를 형제간이라고 사람들도 오해할 만큼 두 사람은 정말 닮았다.

"미우는 어떻게 지내고 있나요?"

"저도 걱정입니다."

윤세와 빈하가 같이 미우를 걱정했다.

"추운 겨울이었잖아요. 어쨌든 미우도 조금은 추운 마음으로 겨울을 보냈겠지요. 하지만 이제 봄이 돌아왔어요. 온 산천에 개나리가 피어오르고 있잖아요. 절기가 새로 돌아오는 것처럼 이제 미우도 새로운 마음으로 일어서야 할 겁니다."

"그렇게만 된다면 다행입니다."

윤세는 고개를 끄덕였고 빈하는 말이 없었다.

"미우는 당분간 민들레읍에 있는 저희 집에 가서 지낼 겁니다. 그리고 국읍으로 다시 돌아오게 되면 그때는 정말 새로운 마음을 가지고 오겠다고 하더군요."

"명노랑의 집에요?"

"얼마나요?"

"글쎄요. 얼마가 될지는 미우의 마음이겠죠. 그래도 새로 시작하겠다는 마음을 먹은 게 어딘가요?"

명노가 사람 좋은 웃음을 지었다. 빈하와 윤세를 편하게 해주려는 배려일 것이었다. 함께 읽어보라며 서신 한 장을 주고 명노는 돌아갔다.

"혹시 제가 몸이 불편해서 약국을 찾거든 특별 병자로 잘 돌봐주셔야 합니다."

농담까지 던진 후였다.

윤세 오라버니.

얼굴을 보고 갈까 했는데 자신이 없어 그냥 갑니다. 다시 돌아오게 되면 그때는 꼭 웃는 얼굴로 찾아뵐게요.

저는 남의 것을 욕심내는 사람은 아니었어요. 많은 형제들 틈에서 자라서 늘 내 몫으로 정해진 것만을 가져야 했음에도 한 번도 투정을 부린 적도, 다른 형제의 것을 탐내본 적도 없었답니다.

그런 제가 처음으로 탐내본 것이 오라버니의 마음이었어요. 이미 그 주인은 빈하였고 제 몫은 조금도 없다는 것을 알면서도 끝까지 고집을 부리고 싶었나 봅니다. 노력하면, 애써보면, 혹시나 내게도 조금은 주어지지 않을까 어리석게 소망했습니다.

하지만 지금은 정확하게 깨닫고 있어요. 결코 남의 것은 탐내서는 안 된다는 것을. 무엇보다 그것이 마음이라면 결코 그리해서는 안 된다는 것을요.

저를 용서해 주세요.

빈하야, 정말 좋아하는 내 동무.

한 동리의 이웃 간으로 너랑 지낸 세월이 훌쩍 십오 년은 넘은 것 같다. 그동안 다툼도 많았고 언쟁을 할 때도 있었지만 그래도 빈하, 너는 내 가장 친한 벗이자 마음 깊은 곳의 동무란다.

내가 무슨 미친 마음을 먹고 너에게 그런 상처를 주었는지 모르겠다. 미안해. 내 진심을 다해 사과하고 싶어.

잠시 실수했지만 나는 너를 지금까지처럼 가장 좋은 동무로 여기고 싶어. 나를 용서해 주겠니? 다시 돌아오면 반갑게 나를 맞아주기를 욕심내 본다.

꼭 그러기를 기원할게.

미우의 서신은 짧았다. 객점의 식탁에 나란히 앉은 채로 윤세와 빈하는 같이 서신을 읽었다.

"오라버니, 미우네 집에 갔었어요?"

"응."

"나도 갔었는데."

"한 번도 얼굴은 보지 못했어."

"저도 못 봤어요. 문밖에 세워만 둔 채 나오지도 않던걸요."

"미우의 마음이 많이 아프겠지?"

윤세의 말에 빈하가 고개를 끄덕였다.

"그래도 어쩔 수 없다. 미우 스스로 딱지가 앉고 견뎌내야 하는 아픔이니까."

"오라버니가 이렇게 냉정한 사람이었어요?"

"냉정해서가 아니라 마음이 하나뿐이라서 그렇다. 하나뿐인 마음을 어떻게 나누고 어떻게 쪼갤 수가 있겠니?"

"미우가 마음을 잘 추스르고 돌아오면 좋겠어요. 개나리의 봄날이 지나가기 전에."

"첫서리가 오기 전까지는 개나리도 피어 있을 거다."

"그래도 꼭 봄이 끝나기 전에 돌아왔으면 좋겠어요."

"개나리의 꽃말이 희망이잖니? 우리 그렇게 희망을 품고 미우를 기다려 보자."

"얼굴을 보게 되면 정말 밉다 하고 한 대 때려줘야겠어요."

빈하가 눈물을 훔쳤다. 윤세가 빈하의 어깨를 감싸고 위로를 건넸다.

봄의 첫째 달, 노란 삼월이 지나가고 있었다.

오늘은 이랑비랑 한약국이 정말 바쁜 날이었다. 빈하와 웅이까지 나서서 일손을 도왔다.

"약학생님, 내가 있으니까 엄청 든든하지요?"

윤세에게 얼마간 삐쳐 있었던 웅이는 언제 그랬냐는 듯 다시 방실거렸다. 빈하에게서 꼭 다시 윤세를 빼앗아오고 말겠다고 부질없는 일념으로 칼을 갈았다.

"고맙구나. 웅이 덕분에 약국이 문전성시인걸."

윤세가 웅이를 치켜세워 주었다. 웅이의 어깨가 하늘로 올라갔다.

진료실 밖 약국에 약재가 수북이 쌓여 있었다. 약재 창고를 오가는 수고를 덜기 위해서였다.

진료실에서 빈유가 병자를 살핀 후, 필요한 처방약을 불러주었다. 그러면 옆에 있는 윤세가 처방문을 써서 진료실 밖으로 건넸다. 이것을 받아 든 빈하가 약재를 섞었다. 역시나 빈하의 솜씨는 웬만한 약학생 못지않았다. 물론 약재를 나르는 것은 웅이의 몫이었다. 휘파도 한몫 단단히 거들었다.

"약사님! 제가요, 당최 손목, 발목이 걸리고 무릎이 아려서 밭일을 할 수가 없습니다."

초로의 사내가 울먹였다. 빈유가 찬찬히 진맥을 하면서 문진을 했다. 몸 이곳저곳을 다정하게 쓸어주기도 했다.

"밭일을 하실 때 손목에 힘을 빼고 어깨와 팔 전체를 사용하세요. 몸을 너무 뻣뻣하게 하시는 것보다는 약간 구부리시고 일을 하다가 자주 허리를 펴서 하늘을 봐주세요. 하면 통증 완화에 효험이 있을 것입니다."

"어찌 진맥만 하시고서 제 일하는 버릇까지 다 알아내십니까?"

"그러니 약사지요. 어행호혈탕을 처방해 드리겠습니다."

"암요, 암요. 국읍에서도 이름난 약사님이시니까."

초로의 남자가 신이 나서 말을 했다. 옆에서 윤세가 어행호혈탕이라고 적고 필요한 약재를 적었다. 문 앞에서 빈하가 얼른 받았다.

"약사님, 봄이 돌아오니까 다시 아랫배가 쓰리고 다리가 붓습니다."

이번에는 두세 번 이랑비랑 한약국을 다녀간 여인이었다. 항상 봄만 되면 몸이 아팠다. 아이가 셋인데 셋 다 봄에 출산을 했다.

"미역국을 자주 드시고 콩 음식을 많이 드시라 했는데 그렇게 하셨습니까?"

"약사님 시키는 대로 한 치도 어긋남이 없이 했지요."

"만성 증상은 약으로 다스리기보다는 음식으로 다스리시는 것이 좋습니다. 약으로 나은 병은 다시 약으로 다스려야 하지만 음식으로 나은 병은 습식만 잘 하면 재발하는 일이 드뭅답니다."

"네. 그래서 봄 한 철만 지나면 다시 건강해지잖아요."

"강건하시네요. 이리 강건하시니 제가 걱정이 덜합니다. 부허자귀탕을 처방해 드리겠습니다."

여인이 어울리지 않게 입을 가리며 웃었다.

새로운 희망을 꿈꾸며 열심히 내일을 준비하는 윤세도, 돌아온 연모에 가슴 두근거리며 웃음이 새어 나오는 빈하도, 아무도 모르게 혼자 잃어버린 연모를 가슴에 품은 빈유도, 윤세와 빈하를 향한 부질없는 투지를 불태우는 웅이도, 어느새 한 식구가 된 휘파도, 이랑비랑 한약국의 모두가 열심이었다.

"우와! 화조(花鳥)예요, 화조! 우와! 우와!"

약국에서 진료 준비를 돕던 웅이가 본채 쪽으로 나가다가 탄성을 내질렀다.

"뭐? 화조라고?"

"화조?

"정말?"

모두들 본채 쪽 쪽문으로 다가갔다.

정말이었다. 안채의 뜰 위쪽으로 화조 한 마리가 앉아 있었다. 머리의 꽃은 붉은색 모란이었다.

화가야의 화조는 태어날 때는 다른 새와 모양이 같았다. 하지만 짝짓기를 할 정도의 성체가 되면 머리 위에서 꽃 한 송이가 피어난다.

꽃의 종류도 크기도 다양했다. 하지만 붉은 꽃은 모두가 암컷이었고 그 외의 흰색이나 보라색 꽃은 수컷이었다. 화조가 활동하는 낮 시간 동안은 꽃송이도 활짝 피었다가 화조가 잠에 드는 밤이면 꽃송이도 입을 다물었다.

"정말 웬일이래요? 오라버니들, 올해에 우리 집에 좋은 일이 생길 건가 봐요."

"오늘 밤이 꽃달이 뜨는 밤인데 화조까지 날아들다니, 뭔가 분명히 좋은 일이 있기는 있을 모양인가 보다."

"모란이 화조의 머리에 피어 있으니 더 화려하네."

"우와아! 나는 말만 들어봤지 보기는 오늘이 처음이에요."

모두들 한 마디씩 했고 헤벌어진 웅이의 입에는 솜뭉치가 들어갈 정도였다.

화조가 날아온 집에는 좋은 일이 생긴다는 속설이 있었다. 그도 그럴 것이 화조를 보는 것은 흔한 일이 아니었다. 아니, 아주 귀한 일이었다. 칠십을 산 노인들조차 화조를 본 것은 열 손가락을 꼽기가 어려웠다.

황씨 부인까지도 마루로 나와서 화조를 구경했다.

순간 빈하는 윤세의 약사 과거 급제를 기원했다. 윤세는 내일 새벽에 약국을 방문한다던 사내를 떠올렸다. 빈유는 아라를 떠올렸다. 웅이는 윤세와의 혼인을 기원했다.

저녁 시간에 막 약국 문을 닫으려는 참인데 조용히 문이 열렸다. 아직 스물이 되지 않은 소녀가 약국으로 들어섰다.

"저기, 고 약사님."

소녀가 들어서자마자 정확하게 빈유를 불렀다.

"무슨 일입니까?"

나이는 어리지만 병자에 맞는 대우로 빈유가 공대를 했다.

"잠시 왕진을 청해도 될까요?"

소녀가 머뭇거리듯이 물었다.

"네. 얼마든지요."

빈유가 머뭇거림 없이 고개를 끄덕였다.

아라를 만났던 시간. 아라에게로 갔던 시간. 아라를 안고 연모했던 시간. 그 시간도 막 약국 문을 닫으려던 그 참이었다.

"어떤 병증을 가진 병자입니까?"

빈유가 물었다. 병증에 따라서 준비하고 가야 할 것이 달랐다.

"뭐라고 말씀을 드리기가 곤란한데요."

"네?"

"그냥 고 약사님이 가서서 살펴보시면 될 것 같은데."

"대강의 병증이라도 말씀을 해주셔야 합니다."

"그냥 고 약사님이 가시면 된다니까요."

소녀가 비비 몸을 꼬았다. 두 눈에는 혹시나 빈유가 왕진을 거절하면 어떡하나 하는 걱정이 담겨 있었다.

"알겠습니다. 일단 가시지요."

다녀와서 저녁을 먹겠다고 하고 빈유는 소녀를 따라서 약국을 나섰다. 저번 겨울 태양궁의 변고로 여전히 국읍의 밤거리는 조용했다.

저잣거리를 돌아 한참을 걸었다. 그리고 어느새 두 사람은 초막거리를 지나 삼거리까지 이르렀다. 삼거리에서 빈유는 시리게 나누었던 처음이자 마지막 입맞춤을 떠올렸다. 그리고 다소곳하게 선 채로 멀어져 가는 자신을 보던 아라를 눈으로 그렸다. 잠시 숨이 가빴다.

도착한 곳은 한적하고도 조그마한 집 앞이었다. 굉장히 정갈해서 방금 물청소를 한 듯 보였다. 알싸한 물청소 냄새가 났다.

"이 방입니다."

소녀가 작은 본채의 가운데 방을 가리켰다. 낮게 불을 밝혀놓아 방 안이 보이지 않았다. 소녀가 앞장서서 방으로 들어갔다. 빈유도 따라 들어갔다.

"응? 이 향기는?"

방 안에서는 낯익은 향기가 났다. 그에 빈유의 심장은 물색없이 뛰기 시작했다. 낯익은 향기가 가득한 방의 윗목에는 발이 하나 늘어져 있었다.

"병자는 저 발 너머에 있습니다."

소녀가 발을 가리켰다. 빈유는 천천히 발을 향해 걸었다. 주체를 못 하고 뛰노는 심장 때문에 다리가 후들거렸다.

"그럴 리가 없다, 그럴 리가. 설마……?"

자신에게 암시를 걸듯이 빈유가 중얼거렸다. 그러면서 아침에 보았던 화조를 떠올렸다. 등 뒤로 소녀가 문을 열고 나갔다.

밖으로 나온 소녀가 방문을 한 번 돌아보더니 한숨을 쉬었다.

"어머니."

그림자 하나가 소녀에게로 다가왔다. 다가오는 그림자를 보고 소녀가 불렀다.

"약사님은 잘 모시고 왔니?"

"네."

"그래. 수고했다. 우리는 밤 산보나 다녀올까?"

"좋아요."

소녀가 고개를 끄덕이자 어머니는 소녀를 안듯이 하고 집을 나섰다.

드디어 빈유는 발 앞에 섰다.

이제 손을 내밀어 발을 걷고 그 너머에 있는 병자의 얼굴을 보면 되었다. 하지만 빈유는 감히 손을 내밀지도 못했고 발을 걷지도 못했다. 풍경처럼 가만히 서서 발을 쳐다보기만 했다.

발 너머에서도 아무런 기척이 들리지 않았다. 숨소리마저 건너오지 않아서 마치 방 안에 빈유 혼자만이 있는 듯했다.

겨우 손을 내밀었다. 바들바들 떨리는 손길이 안쓰럽기까지 했다. 드디어 빈유가 발을 걷었다. 발 너머에서 빈유를 기다리던 병자의 얼굴이 드러났다.

처음에는 빈유의 눈이 휘둥그레졌다. 그다음에는 입이 벌어졌다. 마지막으로 눈물이 그렁그렁 고였다.

"아라…… 아가씨?"

믿기지 않아서 빈유가 불렀다. 분명히 아라였다.

"고 약사님."

누가 먼저인지도 몰랐다. 어느새 다가선 빈유와 아라가 서로를 껴안았다. 공기 한 방울도 들어갈 틈도 없이 두 사람의 몸이 뜨겁게 밀착했다.

아무것도 묻지 않았다. 아무 말도 할 필요가 없었다. 빈유에게는 아라라서 되었고 아라에게는 빈유라서 되었다. 서로가 서로의 앞에 이렇게 살아 있어서 그걸로 되었다. 지금 서로의 호흡을 느낄 수 있다면 그것이 전부였다.

지지 않는 꽃물이었다, 빈유에게 아라는.

손이 아리도록 헹구어내고 또 씻어내도 조금도 빠지지 않는 붉은 꽃물이었다. 이미 완전히 물들어 버려서 뽑아내는 것밖에는 방법이 없는 핏빛 꽃물이었다.

단 하나뿐인 열쇠였다, 아라에게 빈유는.

하나의 자물쇠에게는 하나의 열쇠밖에 없듯이 그 이름 하나만으로도 이미 충분하고 충만한 빈유는 아라를 열 수 있는 단 하나의 열쇠였다.

당신 없이 어떻게 살아갈 생각을 했을까? 당신을 보내고 어떻게 숨을 쉴 각오를 했을까?

심장을 조여오는 단 하나의 연모. 없으면 내가 죽을 나의 호흡. 떠나면 내가 죽을 나의 온기.

빈유가 아라의 얼굴을 다시 확인하고 또 안았다. 아라가 빈유를 올려다본 후 다시 빈유에게 안겼다. 진하고 진한 꽃물이 되어 물들었다. 하나뿐인 자물쇠와 열쇠가 되어서 서로를 잠갔다.

빈유가 들어선 집 담장에 개나리가 피어올랐다. 까만 밤 속에 노란 희망이 되어 피어올랐다.

행복하겠죠? 행복하겠죠? 밤에게 개나리가 소곤소곤 속삭였다.

그럼. 행복할 거야! 암, 행복하고말고! 밤이 *끄덕끄덕*, 개나리를 향해 고개를 *끄덕*였다.

빛나는 꽃무리로 둘러싸인 꽃달이 서서히 떠오르고 있었다.

꽃달이 저물고 새벽이 밝아왔다.

윤세는 약국 탁자에 앉아서 사내를 기다렸다. 뿌연 유리문 너머에서 약국을 향해 다가오는 인영이 보였다. 윤세는 바로 문을 열었다.

"저를 기다리고 계셨습니까?"

"어서 들어오십시오."

제일 먼저 휘파가 진료실로 들어갔고 사내는 뒤를 따랐다. 윤세가 맨 마지막이었다.

"저는 정식 약사가 아니고 약학생입니다. 그런 저에게 병증을 보이셔도 되겠습니까?"

약학생이 진료를 하는 것이 불법은 아니었다.

"꼭 약학생님이어야 해서 일부러 찾아온 것입니다."

사내의 말은 강건하였다.

"좋습니다. 어디가 어떻게 불편하십니까?"

대답 대신 사내는 저고리를 벗었다. 금세 상체가 드러났다. 마치 꽃의 잎맥처럼 적당하게 자리한 잔근육이 아름다운 몸이었다.

그런데 사내의 몸은 온통 멍투성이었다. 쇄골 아래로부터 손목 위까지 그리고 배꼽 위까지 칼로 베어낸 듯한 멍 자국이 한가득이었다.

그런데 놀라운 것은 멍 자국들이 하나같이 수정처럼 아름답게 반짝인다는 것이었다. 사내는 사람의 몸이 아니었다.

"말도 안 돼. 당신의 정체가 도대체 무엇입니까?"

"이것입니다, 제가 구태여 약학생님을 찾아온 이유가."

사내의 멍 자국이 너무나 반짝여서 윤세는 눈을 뜨기가 힘들었다.

"제가 먼저 물었습니다. 당신의 정체가 무엇입니까? 당신은 사람이 아니군요."

"아니요. 저도 사람입니다."

"정체도 모르고 치료를 할 수는 없습니다."

"사람이라고 했습니다."

윤세도 사내도 고집을 꺾지 않았다.

[이봐, 친구. 자네가 어떻게 나와 대화를 하는지 사람들에게 말로 설명할 수 있는가?]

옆에 앉아 있던 휘파가 끼어들었다. 윤세가 답을 못 했다.

[설명할 수 없지? 이분도 마찬가지네. 설명할 수 없는 사연이

있어.]

"자네는 그 사연을 아는가?"

[물론 알고 있네.]

"그럼 자네라도 말을 해주게. 또 비밀이라고 말을 해주지 않을 것인가?"

[일전에 말하지 않았는가? 비밀이 아니라 아주 슬픈 전설이라고.]

사내는 윤세와 휘파의 대화를 듣고만 있었다.

[어제 화조가 날아들지 않았는가? 이 손님이 오시느라 화조가 먼저 온 것이네. 하니 성심성의껏 치료를 해드리게. 약사인 자네의 눈에는 저 상처가 보이지 않는가?]

그러고 보니 사내의 심장 주변으로 난 빛나는 멍 자국들은 살이 헐어서 진물이 흘러내리고 있었다.

"내가 이 사람을 치료하는 것이 옳은 일인가?"

[옳은 일이네. 그것도 아주 많이.]

휘파의 대답에 윤세가 사내를 향해 반듯하게 앉았다.

"통증이 있습니까?"

"아니요."

"머리가 어지럽거나 열이 오르십니까?"

"아닙니다."

"잇몸이 붓거나 손발이 부풀지는 않습니까?"

"그 또한 아닙니다."

"애초에 어찌해서 생긴 상처입니까?"

"글쎄요. 심장 주변에 생긴 상처이니 심장에 문제가 있어서 생긴 것이겠지요."

"그리 두루뭉술하게 이야기하시면 아니 됩니다. 드러난 병을 고치는 것도 중요하지만 병을 일으킨 병인(病因)을 아는 것이 우선입니다."

윤세는 말린 갑오징어 껍데기 가루를 넣어서 고약을 으깨기 시작했다.

"지금 치료를 한다고 하여도 이런 상처는 언제든 덧날 수 있습니다. 말씀해 주시지요."

"……연모하는 여인이 있습니다."

사내의 입이 무겁게 열렸다.

"어찌 보면 이 상처도 그 여인에게 가까이 가기 위해서 제 스스로 얻은 것이지요."

"해서 그 여인의 가까이에 갔습니까?"

"네. 아주 가까이."

"한데요?"

"몇 달포만 지나면 저도 제 마음을 이야기할 수 있어서 기다리고만 있었는데 그 여인이 지금 혼인 말이 오가고 있더군요. 혼자서 속을 끓이고만 있었더니 그 일로 하여 상처에서 진물이 흐르나 봅니다."

"왜 몇 달포를 기다려야 합니까?"

"……."

"왜 지금은 마음을 이야기하지 못하십니까?"

"제게 그럴 사정이 있습니다."

"연모라는 것에 사정이 왜 필요합니까? 연모하는데 왜 기다리십니까? 숨기고 지켜보기만 한다고 상대가 나의 연모를 알아줍니까? 혼자서 속앓이를 한다고 상대가 나의 연모를 기다려 줍니까?"

윤세가 경험과 진심을 담아서 사내에게 말했다. 일전에 휘파도 윤세에게 했던 말이었다.

"그러지 마세요. 그는 좋은 일이 아닙니다."

"……."

"이야기를 하십시오. 터놓고 본인의 마음을 이야기하시란 말입니다."

"여인이 나의 마음을 받아주지 아니하면 어찌합니까?"

"숨기고 있으면 받아준답니까?"

"제가 싫다고 물리치면 어떡합니까?"

"하면 혼자서 속앓이를 하면 좋아해 준답니까?"

사내가 윤세를 가만히 보았다. 깊은 생각을 하는 표정이었다.

"먼저 다가가시고 먼저 말씀하세요. 그 후에 거절을 당하고 싫다는 말을 듣게 된다면 최소한 후회는 남지 않을 것입니다."

"거절을 당한 후에 저의 애틋한 연모가 분노로 변질될까 두렵습니다."

"이리 몸이 상하도록 연모하는 여인인데 그럴 리가 없습니다. 그리고 이런 진심을 알게 된다면 어느 여인이 그 간절한 마음을 거절하겠습니까?"

"정말 그럴까요?"

"저의 경험에서 나온 말입니다. 하니 믿어보십시오."

마지막으로 윤세가 고약 위에 습지를 붙였다.

"약재는 이레마다 조제하여 약국 건너 주막에 맡겨두겠습니다. 그리고 이번 달 꽃달의 밤이 지난 후의 새벽에도 기다리겠습니다. 혹시 필요하시면 찾아오십시오."

진료실을 나가는 사내에게 윤세가 마지막으로 한 말이었다. 사내가 고개를 숙여 감사를 표했다.

[이봐, 친구. 마지막 말은 무슨 뜻인가?]

"뭐가?"

[왜 약재를 주막에 맡겨둔다고 했는가? 또 꽃달의 밤은 무엇이고?]

"알면서 뭐하러 묻는가? 저 사내는 약재를 찾으러 오지 않을 것이고 꽃달의 밤이 지난 새벽이 아니면 약국에도 오지 않을 것이지 않은가? 틀렸는가?"

[어찌 알았는가?]

"글쎄, 붉은 꽃다람쥐의 벗으로 일 년을 넘게 살아서 그런 것 아닐까?"

[빈하 아가씨랑 콩닥거리더니 너스레도 많이 늘었군. 보기 좋네, 친구.]

그 새벽, 이랑비랑 한약국을 다녀간 사내는 화인이었다. 인간 여인을 연모하여 칼날의 의식을 거쳐 사람의 몸이 된 후, 이제 딱 세 번의 꽃달의 사슬을 남겨놓은 상태였다. 실연의 아픔으로 멍 자국에서 진물이 흘렀다. 하지만 아무 약사에게나 갈 수는 없었다. 그래서 꽃달이 스러지기 직전 빛나는 멍 자국을 한 채로 윤세를 찾아왔던 것이다. 화인은 휘파를, 휘파는 화인을 알아보았다.

그 사내가 화인인 것을 윤세가 알게 되는 것은 그로부터 한참이 지나고 화가야의 사십오 대 한울왕인 겸이 「화인열전」을 편찬하고 난 후였다.

개나리의 꽃말은 <희망>.

11.

비비추

비비추의 절기가 되었다.

윤세는 태양궁의 약사 과거에서 삼위로 급제를 하였다. 태양궁의 약사 과거에서 일위는 수휘(首輝), 이위는 목휘(目輝), 삼위는 비휘(鼻輝), 사위는 구휘(口輝), 오위는 이휘(耳輝)였다. 그중 윤세는 비휘(鼻輝)가 되었다.

"쯧! 이왕이면 수휘(首輝)가 될 것이지……."

태양궁에서 내린 약사 첩지를 받고 돌아온 윤세를 보며 황씨 부인이 혀를 찼다. 하지만 윤세를 마중하러 대문간까지 나와 있었다.

그리고 며칠 후 황씨 부인은 잔치를 열어주었다. 오롯이 윤세의 약사 과거 급제를 축하하는 잔치였다. 아주 떠들썩했다.

이 년 전의 사고 이후, 한 번도 편안한 웃음을 지어본 적이 없는 황씨 부인이 싱글벙글 입을 다물 줄을 몰랐다. 잔칫상을 앞두고 앉은 사람들 사이를 오가면서 이씨도 자기의 일처럼 기뻐했다. 웅이도 날쌔게 음식을 날랐다.

"이번에 비휘(鼻輝)로 급제를 했지 뭐예요? 혼사나 치르고 나면 과거 준비를 하라 하였더니 혼사에 앞서서 과거부터 보겠다면서 고집을 피우더니."

마루 위에서 친척들과 함께 상을 받은 황씨 부인이 마당까지 들리도록 큰 소리를 냈다. 입이 아주 머리 장식에까지 돌아갈 지경이었다.

윤세와 빈하는 마당 한켠에서 잔치 자리를 쳐다보았다.

"어머니도 참. 어쩜 저리 없는 말을 아무렇지도 않게 지어서 하시는 걸까? 창피하게."

"뭐 어떠냐? 오늘은 모두가 즐거운 잔칫날이지 않니?"

"일가친척분들 중에서 어머니가 오라버니 싫어한 것을 모르는 분이 어디 있다고? 내가 정말 망신스러워서."

열다섯 살의 윤세가 처음 이랑비랑 한약국에 왔을 때부터 지금까지 한결같이 윤세에게는 차기만 한 황씨 부인이었다. 독초를 먹고 엉겅퀴처럼 자란 사내는 싫다면서 윤세를 멀리했다. 독초만 먹고 독초만 연구한 아버지 밑에서 제대로 약사 공부나 했겠냐며 윤세를 무시하였다.

하지만 지금의 모습을 본다면 그 누구보다 윤세를 살뜰히 아끼는 어머니의 모습이었다. 그리고 윤세는 독초만 먹고 자란 엉겅퀴에서 빈하의 예비 신랑으로 신분이 수직 상승했다.

"아무래도 나는 상관없다. 어머니가 나를 저리 곱게만 봐주신다면."

"오라버니는 배알도 없어요?"

"널 상대로 배알을 부려서 뭐하려고?"

"내가 아니라 우리 어머니인데요."

"너를 낳아주시고 너를 길러주시고 그래서 내가 너를 연모하게 만들어주신 너의 어머니. 참 고마우신 분이고 평생을 감사할 분이지."

"정말 그렇게 생각해요?"

빈하의 눈이 길게 늘어났다.

"한 치의 거짓도 없이."

윤세가 등 뒤로 빈하의 손을 잡으면서 빙그레 웃었다. 그런 후, 검지로 빈하의 손바닥을 간질였다.

"아이고, 비휘 약사님. 이리 오셔서 술 한잔 받으세요. 이렇게 좋은 날 주인공이 맨입으로 계시면 되겠어요?"

상에 앉은 한 남자가 손짓해서 윤세를 불렀다.

"네. 한잔 주십시오."

윤세가 얼른 빈하의 손을 놓고 상으로 갔다. 빈하는 자랑스러운 눈빛으로 윤세를 보았다.

잔치가 파할 무렵, 집을 나온 빈유는 정갈한 작은 집 앞으로 걸어갔다.

"약사님, 오셨습니까?"

"안녕하세요?"

마당에서 모녀가 반갑게 빈유를 맞았다. 아라의 유모와 단아였다.

"오늘 집에 잔치가 있어서 음식을 좀 싸왔습니다."

그러고 보니 빈유의 양손에 보따리에 싼 찬합이 가득 들려 있었다.

"무슨 음식을 이렇게나 많이 가져오셨어요?"

유모가 보따리를 받아 들었다.

"뭘 좋아하시는지 몰라서……."

"아라 아씨는 아무것이나 잘 드십니다. 입맛이 까다롭지 않으세요."

"그런가요? 유모님과 단아도 함께 드시라고 가져온 건데."

빈유가 멋쩍은 듯이 머리를 만졌다.

"아씨는 방에 계세요. 들어가 보세요."

유모가 빈유를 아라의 방 쪽으로 밀었다.

"아가씨, 접니다. 들어가도 되겠습니까?"

"들어오셔요."

방 안에서 낮은 음성이 대답을 했다. 연노랑 창호지의 방문이 열리고 빈유가 들어섰다. 얇은 망사 천을 드리운 창으로 햇살이 조심스럽게 내렸다. 그리고 입술연지를 바른 여인처럼 고운 물매화 향기가 빈유를 맞았다.

"어서 오세요. 오늘은 안 오시나 했습니다."

"그럴 리가요? 잔치가 파하자마자 바로 달려왔습니다."

"급제 축하 잔치는 잘 치르셨어요?"

"네. 다들 흥에 겨워했지요."

"혼자 나오기 서운하셨겠네요."

"그럴 리가요. 이렇게 고귀한 꽃을 만나러 오는데 서운할 리가 있겠어요?"

"향기를 숨겨두느라 힘드신 것은 아니고요?"

"아닙니다. 이 향기로 인하여 제가 살아갈 수 있습니다."

빈유와 아라가 마주 보고 앉았다.

"국읍을 떠날 채비를 하고 있습니다. 약국 일은 마무리가 되었고 어머니를 설득하는 것에 시일이 좀 걸릴 듯합니다."

"언제가 되든지 기꺼이 기다리겠습니다."

"우리 둘, 사람들이 아가씨를 잊을 때까지 이 년간만 지방 소읍에서 지내다가 돌아와요."

"언제까지라도 저는 괜찮습니다. 한데 약국 일은 어찌 마무리하시려고요?"

"동무에게 맡길까 합니다."

"동무에게요?"

"사실은 이번에 급제한 동무와 저의 누이가 곧 혼인을 할 사이입니다."

"경하드릴 일이 겹쳤네요."

"몸은 좀 어떠십니까?"

"이제 그만그만합니다."

✱

작년 십이월, 빈유가 전해준 약재를 먹은 아라는 깨어났다 혼절하기를 반복하며 갈수록 상태가 심각해졌다.

마눌하는 태양궁에 청해서 마지막이 될 듯하니, 한 번만 궁내

어약사가 아라를 봐주십사 청했다. 아라를 가엾게 여긴 한울왕
겸이 흔쾌히 허락을 하였다.

아라를 진찰한 궁내 어약사는 더 이상은 가망이 없다고 진단
을 내렸다. 그 길로 지방 소읍에 있는 김우찬에게 서찰이 갔다.
김우찬은 변고가 생기면 등창 병을 들키지 않게 은밀하게 화장을
하라는 답신만을 보내왔다.

사람도 없는 빈 관을 화장했다. 아라는 유모와 단아가 모시고
아무도 모르는 밤중에 집을 나왔다. 살 수 있는 집과 아라의 신
분패는 마눌하가 만들어주었다. 이제 공식적으로 아라는 유모의
큰딸이었고 단아의 언니였다.

하지만 아라의 등창 화농은 쉽게 나을 기미가 안 보였다.

"빨리 약사님을 뵈어야지요."

아라의 머리맡에 앉아서 유모가 재촉했다.

"아니, 유모. 그러지 마오."

힘이 하나도 없는 목소리로 아라가 만류했다.

"왜요? 오매불망 목숨을 바쳐서 그리워하시던 분이잖아요."

"내 등창 화농이 나을지 어떨지 아직은 모르잖아. 이미 그분께
나는 죽은 사람인데 그분을 만난 후에 혹여 등창 화농에서 회복
되지 못하면 그분께 나는 두 번이나 죽는 사람이 되오. 연모하는
분께 어떻게 그런 참혹함을 거듭 안겨 드릴 수가 있겠소?"

"고 약사님이 아씨의 등창 화농을 꼭 낫게 해주실 거예요."

"아니. 이미 상처가 너무 덧났소."

"그래서 아예 포기하시려고요?"

"아니, 절대 아니오. 나는 최선을 다해, 마지막 한 톨의 힘까지

합해서 싸울 것이고 이길 것이네. 그리하여 천운이 허락한다면 나는 반드시 살아낼 것이오."

"고 약사님 보시면서 함께 싸우고 함께 이기세요."

"안 되오. 인생에는 언제나 만에 하나라는 함정이 도사리고 있으니까."

"아씨, 제발."

"그 얘긴 그만하오. 내는 반드시 이겨낼 터이니. 그리고 꼭 그분을 다시 만날 터이니."

"약속하시는 거지요?"

"그럼. 대신에 유모, 단아를 시켜서 자주 약사님을 살펴보게 해 줘. 어떻게 지내시는지 말로만이라도 전해 듣고 싶소."

"알았어요."

그 후, 단아는 열심히 이랑비랑 한약국과 정갈한 작은 집을 오갔다. 좋은 소식은 빠짐없이 아라에게 전했고 나쁜 소식은 한 자락도 전하지 않았다. 솟을대문 집 앞에 서 있던 빈유를 훔쳐본 것도 바로 단아였다.

그래서 아라는 약재 창고 사건이나 술 취한 사내의 처방문 사건은 몰랐고, 강건하게 잘 지내시더라는 말은 전해 들었다.

그렇게 시리고 아픈 겨울이 지났고 드디어 올해 삼월, 아라는 어느 정도 회복이 되었다. 노란 개나리가 전하는 희망이 아라에게도 찾아온 것이었다.

빈유를 청했다. 없으면 죽을 호흡인, 떠나면 죽을 온기인 빈유와 눈물 가운데 상봉을 하였다.

"불편하시지요? 바깥 공기 한 번 쐬지를 못하셨으니."

빈유의 걱정에 아라가 고개를 저었다.

"제가 숨 쉴 공기는 따로 있습니다. 약사님께서 곁에 계시면 어디에 있든 아라는 숨을 쉴 수가 있습니다."

아라의 얼굴이 물매화 빛으로 변했다.

"등창 화농의 상처를 좀 보겠습니다. 약은 잘 챙겨 드셨지요?"

"일러주신 대로 꼬박꼬박 정성을 들여 먹었습니다."

"그럼 잠시만."

빈유가 청하자 아라가 몸을 돌려서 앉았다. 그리고 조심스럽게 저고리를 풀어 비스듬하게 내렸다. 동그랗게 드러난 아라의 왼쪽 어깨는 매끈했다. 언제 그렇게 심한 등창 화농을 앓았나 싶게 거짓말처럼 말짱했다.

"이제 문밖출입을 하셔도 되겠습니다."

빈유의 말에 아라가 고개를 끄덕였다. 아라의 오른쪽 어깨 뒤의 물매화꽃 문신이 함께 끄덕거렸다.

빈유가 아라의 저고리를 다시 여며준 후, 아라를 안았다. 뒤돌아 앉은 그대로 아라는 한숨처럼 안겨왔다.

"제가 혹시 말을 한 적이 있습니까?"

아라를 두 팔로 가두어 안은 빈유가 물었다.

"무엇을 말입니까?"

"아가씨를 처음 뵈었던 날."

"네."

"아가씨의 방에 들어서는데 물매화 향기 때문에 얼마나 어지러웠는지 모릅니다."

"방 안의 향기가 그렇게 진했습니까?"

"아니요. 저도 몰랐지만 처음 본 그 순간부터 아가씨의 물매화 향기가 저를 옭아맨 탓이었지요."

"저의 향기가요? 그건 향낭에서 나는 향기였는데요."

"아니요. 저에게는 아가씨의 향기였습니다. 그래서 한동안 무슨 꽃을 보아도 향기로운지를 알지 못했습니다. 그리고 아가씨의 물매화 향기만 쫓아가느라 길가에는 온통 물매화꽃만 피어난 듯했지요."

아라가 숨을 죽이고 웃었다.

"어찌 웃으십니까?"

"약사님이 그런 말씀도 할 줄 아시는 분이셨습니까?"

"왜요? 저는 연모를 모르는 사내 같습니까?"

"아닙니다. 저에게 곱다 말씀 한 번을 안 하시던 분이라서. 보고팠다 말씀 한 번을 안 하시던 분이라서."

"왜 그랬는지 아십니까?"

"왜 그러셨는데요?"

"두려워서 못 했습니다. 떨려서 못 했습니다."

"무엇이 두렵고 무엇이 떨리셨습니까?"

"곱다 말하고 나면 집으로 돌아가기 싫을까 봐 두려웠고, 보고팠다 말을 하면 다시 헤어질 일이 생길까 봐 겁이 나서 말하지 못했습니다."

"하면 아직까지도 두렵고 아직까지 떨리십니까?"

"네. 아가씨를 끝까지 지키지 못할까 봐 두렵고, 아가씨가 옆에 있는데도 언제 떠나 버릴지 몰라 그게 떨립니다."

"이제 아라가 있을 곳은 약사님의 곁뿐이고, 이제 아라가 숨 쉴 수 있는 공기도 약사님뿐입니다. 천지간의 모든 이에게 저는 죽은 사람이고 오직 약사님께만 살아 있는 사람이잖아요."

아라의 답에 빈유가 아라를 더 세게 끌어안았다.

"혹여 나중에라도 후회하시지 않겠습니까? 대각간 댁 무남독녀 의 지위를 버리고 한낱 약사의 아낙으로 살아가시면서?"

"한낱 약사가 아니라 고빈유 약사님의 아낙이지요."

빈유가 아라의 몸을 돌려서 자기를 보게 했다. 그런 후 지긋한 눈빛으로 아라를 쳐다보았다.

"어이 그리 보십니까? 민망합니다."

빈유의 눈길에 아라의 볼이 붉어졌다.

"믿기지 않아서 봅니다. 이 고운 물매화꽃이 어찌 제게로 왔는 지 너무 감사해서 봅니다."

"앞으로 두고두고 볼 꽃송이예요. 오직 약사님만 보실 꽃송이 지요. 행여나 시간이 흘러 이제는 그만 다른 꽃을 보고 싶다는 그런 생각이나 하지 마세요."

"다른 꽃이라?"

빈유가 고개를 갸웃거렸다.

"화가야 안에 물매화 말고 달리 피어나는 꽃이 있었습니까? 저 는 다른 꽃이 있는지도 몰랐습니다."

"물매화의 꽃말은 정절입니다. 저의 정절은 오직 고 약사님의 것입니다."

"감사히 그리고 소중히 받겠습니다."

"올해의 물매화가 피어나는 모습은 함께 볼 수 있겠지요?"

"저는 이미 보았습니다. 제 가슴속에서는 삼백예순날 매일매일 피어 있는 물매화꽃이기 때문이지요. 이제 몸도 그만하시니, 다음 주엔 아라에 가볼까요?"

"정말 데려가 주시려고요?"

"이미 오래전에 약속 드렸잖아요."

"아라에는 한 번도 가본 적이 없는데."

"저도 아가씨와는 한 번도 간 적이 없습니다."

아라가 선하게 웃자 빈유는 볼우물을 그리며 웃었다.

참 긴 시간이 걸렸다. 이렇게 함께하기까지. 함께 마주 보고 웃기까지.

빈유의 눈동자가 떨리더니 아라의 입술로 다가갔다. 살포시 뜨인 눈길은 아라에게 오롯이 못 박혀서 반짝였다.

맞닿은 입술은 달콤했다. 엿이라도 녹여 문 것처럼 사르르 녹아들었다.

입맞춤이 끝나자 아라의 손가락이 빈유의 손가락 사이를 미끄러지면서 더듬었다. 빈유도 아라의 손가락을 조심스럽게 쥐었다. 그러자 둘의 손은 단단히 조여 맨 서로의 운명이 되었다.

며칠 후, 빈유는 약속을 지켰다. 아라와 함께 바다에 갔다. 멀리에서 피어오르는 보라색 안개가 이리저리 모양을 바꾸고 바다 위를 지나는 바람은 서늘하고 시원했다.

"보라색 안개라니? 얘기는 들어봤지만 정말 신기하네요."

화가야 바닷가의 보라색 안개를 처음 본 아라가 아이처럼 기뻐

했다.

"우리가 보지는 못했지만 천 년 전의 아라도 이 모습이었고, 우리는 보지 못하겠지만 천 년 후의 아라도 이 모습 그대로일 것이에요."

빈유의 음성이 벅찼다.

"그래요. 변하거나 그치지 않는 것이 아라니까요."

"제게 아라는 그런 존재입니다. 몇 번의 천 년이 지나도 변하거나 그치지 않는 이름. 바로 아라 말입니다."

빈유가 자신의 왼쪽 가슴 위에 손을 얹었다.

"아라가 어디로 흐르는지 아십니까?"

그러자 아라가 아득한 눈빛을 하고 빈유에게 물었다.

"글쎄요. 시작도 없고 끝도 없는 것이 아라잖아요."

"저기의 아라는 시작도 없고 끝도 없지요. 하지만 약사님 곁에 서 있는 아라에게는 시작도 있고 끝도 있습니다. 그 모든 것은 '고빈유'라는 이름 석 자에 매여 있습니다."

"그건 구속이 아닌가요?"

"맞습니다. 구속입니다. 하지만 기쁘고 행복한 구속입니다."

"원하신다면 언제까지든지 기꺼이 구속이 되어드리지요."

빈유가 절을 올리듯이 팔을 휘저은 후 고개를 숙였다.

"어머니가 다녀가셨어요. 지방 소읍에서의 생활이 좀 정리가 되셨노라고."

"마눌하님께서요?"

"언제까지 마눌하님이에요? 이젠 약사님도 어머님이라고 불러 주세요."

"그러는 아가씨는 저를 언제까지 약사님이라고 부르실 건데요?"

빈유의 손가락이 아라의 손가락 사이에서 까딱거렸다.

"어디로 가든 꼭 소식 전하라고. 어머니께서 보러 오시겠다고."

"그러셨군요."

"그리고 약사님께 많이 감사하다고, 당신 대신 이렇게 저의 곁을 지켜주셔서 많이 감격하다고 꼭 전해 달라고도 하셨어요."

"아가씨를 많이 그리워하시지요? 또한 아가씨도 양친이 많이 그리우시지요?"

"나이 든 대감 댁의 후처로 간 저를 보는 것보다는 아주 많이 낫다 하셨어요. 살아 있는 동안은 애틋한 마음으로 서로 보고 살자고 그렇게 말씀하시고 돌아가셨어요."

말은 그렇게 했지만 아라의 눈가가 처연하게 젖었다. 죽음이 아닌 죽음으로 갈라져 버린 혈육의 정이 많이 아플 것이었다.

"아이가 생기고 나면 함께 꼭 찾아뵈어요. 핏줄을 보시면 서운한 마음도 조금은 가시지 않겠어요?"

"고맙습니다, 약사님."

"또 약사님. 이제는 그만 빈유랑이라고 불러주세요."

"다음부터요."

빈유가 아라의 어깨를 감싸 안았다. 아라는 빈유의 허리에 팔을 둘렀다. 그렇게 서서 두 사람은 아라의 끝을 바라보았다. 영원히 그치지 않고 마르지도 않을 아라의 끝을. 그리고 그때 꽃잎을 휘감은 바람이 불기 시작했다.

"아! 이랑풍이 불어요."

바람 속을 떠도는 꽃잎이 빈우와 아라에게 축복처럼 쌓여갔다. 둘이서 함께 걸어갈 미래가 되었다.

윤세와 빈하는 함께 산을 오르고 있었다.

기억 속의 그날, 아버지와 윤세와 함께 올랐던 그 언덕을 빈하가 다시 올랐다. 윤세와 손을 꼭 맞잡고 얼굴을 바라보았다. 빈하의 기억 속 상처가 많이 회복되었다는 증거였다.

앞쪽에서 한 쌍의 남녀가 내려오고 있었다. 윤세는 사내의 얼굴이 낯익었다.

"안녕하세요? 설 약사님."

웃음을 건 사내가 먼저 고개를 숙여 인사를 했다. 설핏 드러난 쇄골 부분에 멍 자국이 아련했다.

"날씨가 화창하니 좋습니다."

윤세가 마주 인사하며 환하게 웃었다. 휘파는 사내의 앞까지 갔다가 다시 윤세의 소매 속으로 돌아왔다. 사내는 여인과 함께 다정히 언덕을 내려갔다.

넓은 평지가 나왔다. 평지 가득 피어난 비비추가 바람에 흔들렸다. 유월이면 피어나기 시작하는 비비추라서 여리게 피어난 새로운 꽃잎이 바람에 일렁였다.

"오라버니, 어쩜 비비추는 여전히 그대로네요."

빈하가 비비추꽃 사이를 뛰어다녔다. 비비추 꽃잎이 빈하의 저고리와 치마를 스치면서 향기를 묻혔다.

"너랑 비비추랑 한 쌍으로 닮았구나."

"당연하잖아요. 제 반려화인데요."

"그래도 빈하 네가 조금 더 어여쁘다."

"인제 알았어요?"

윤세는 뒷짐을 지고 나풀거리는 빈하의 뒤에서 걸었다.

비비추 언덕을 삥 둘러서는 상사화가 있었다. 연보라색으로 벌어진 비비추 꽃잎 옆으로 붉은색 상사화가 피처럼 피어올랐다.

"오라버니, 비비추를 빙 두른 상사화는 무엇이에요? 분명 상사화는 기억에 없는 풍경인데요."

"상사화 말이냐?"

"네."

"상사화의 뿌리에서는 뱀이나 두더지 등 악한 산짐승들이 싫어하는 향이 풍긴다는구나. 해서 상사화가 자란 곳에는 산짐승이 접근하지를 못해."

"혹시 일부러 갖다 심으신 것이에요?"

애잔한 기억에 젖어서 빈하가 물었다.

기억 속의 그날. 독화사에 물려서 목숨을 잃었던 아버지. 독화사에 물려서 빈하를 구하지 못했던 윤세. 윤세가 고개를 끄덕였다.

"이 많은 상사화를 어디서 다 캐다가 심으셨단 말이에요?"

"틈날 때마다 웅이와 함께 온 산을 헤매고 다녔지."

빈하의 눈이 감격으로 커졌다.

이제야 알겠다. 쉬는 시간이면 슬그머니 사라지곤 하던 윤세였다. 꼭 웅이만 데리고 나갔다. 둘이서만 자꾸 다니냐고 하면서 빈하가 질투 아닌 질투를 했었다.

윤세의 소매에서 휘파가 고개를 내밀었다. 금방 꼬리까지 빠져 나오더니 윤세의 다리를 타고 땅으로 내려섰다.

"휘파! 어딜 가는 거야?"

몇 발짝 뛰어가더니 꼬리를 살랑살랑 흔들었다. 어딘가에 시선을 박고 있었다. 그 시선을 따라가 보니 꽃 그늘 안에 꽃다람쥐 한 마리가 서 있었다. 갈색 꼬리털이 유난히 풍성해 보였다.

휘파가 다시 뛰었다. 꽃다람쥐에게로 곧장 가더니 코를 비볐다. 그러더니 꼬리를 서로 감고 빙빙 돌았다. 이전의 이랑풍 언덕에서와는 사뭇 다른 모습이었다.

"휘파가 새로운 짝을 만나려나 봐요."

"잘되었다. 이제 휘파의 아픈 기억도 조금은 치유가 되겠어."

[친구, 잠시 산책 좀 다녀오겠네. 둘이서 알나리깔나리 해보시라고.]

휘파는 꽃다람쥐와 같이 위의 숲 쪽으로 뛰어갔다.

"오라버니, 비비추의 꽃말은 '하늘이 내린 인연'이랍니다. 그래서 비비추를 반려화로 가진 빈하는 그 꽃말처럼 하늘이 내린 인연을 만났습니다. 너무 고맙습니다."

"그래?"

"나중에 아이들을 낳으면, 그래서 아이들의 첫돌이 되면 저는 열 장의 화선지에 몽땅 비비추를 그려놓을 것입니다. 하면 그 아이들도 자라서 하늘이 내린 인연을 만나게 되겠지요. 어미로서 제일 귀한 선물을 주는 겁니다."

"그래. 좋은 어머니를 만나서 빈하의 아이들은 하늘이 내린 귀한 인연을 만나게 되겠구나."

"오라버니, 어이 그리 말씀하세요? 어째서 빈하의 아이라는 서운한 표현을 쓰시냐고요?"

빈하의 볼이 샐쭉해졌다.

"그럼 내가 뭐라고 해야 하느냐?"

"그것이, 그것이……."

"말해보거라. 너의 아이들이 아니면 무어란 말이냐?"

"그것이…… 이 빈하의 아이들이면 또한 오라버니의 아이잖아
요."

"무어라고? 내가 언제 너에게 가시버시를 맺자 청한 적이 있더
냐? 방년의 아가씨가 부끄러움도 없이 잘도 그런 말을 하는구나."

"오라버니가 일전에 분명 우물가에서…… 웅이도 들었는데……
분명……."

이럴 때의 윤세는 정말 미웠다.

"흥! 사실 저도 오라버니에게 가시버시를 맺자 말한 것은 아니
거……."

빈하 또한 윤세에게 그런 말을 한 것은 아니라고 말하려고 했
다. 하지만 빈하는 말을 하지 못했다. 윤세가 빈하의 입술에 입을
맞추어 버린 탓이었다.

"뭐예요, 오라버니! 방년의 아가씨한테 무슨 무례한 수작이십
니까?"

"수작이라고? 그 예쁜 입술로 자꾸 종알거리니 내가 참을 수가
없었다."

빈하의 얼굴이 확 붉어졌다.

"그러니, 참지 않을 것이다."

윤세가 손을 내밀어 빈하의 허리를 안더니 강한 힘으로 끌어당

겼다. 잠시 스친 아까와는 달리 윤세의 입술이 길게 맴을 돌았다.

빈하의 어깨가 이랑풍의 꽃잎처럼 떨렸다. 윤세의 팔이 이랑풍의 꽃잎이 휘감기듯 빈하의 몸을 휘감았다. 쳐다보던 비비추는 부끄러워서 눈을 감았다.

그때, 정말로 갖가지 꽃잎이 이랑이랑 떨어져 내렸다. 이랑풍이 불기 시작한 것이었다. 화가야에만 부는 화가야의 꽃바람 이랑풍이, 윤세가 돌아오던 그날처럼 불어오기 시작했다.

윤세가 한숨을 내쉬더니 빈하의 입술을 떠났다. 빈하도 한숨을 삼키며 윤세의 입술을 보냈다.

"빈하야."

빈하를 안은 채로 윤세가 불렀다.

"네, 오라버니."

윤세에게 안긴 채로 빈하가 답했다.

"우리 아이들에게도, 그 아이들의 아이들에게도 비비추를 반려화로 선물해 주도록 하자. 온통 비비추만 만개하여서 고운 인연을 맺으며 살아가는 우리들이 되도록 하자. 그래도 되지?"

"당연히 좋아요."

"빈하야."

"말씀하세요."

윤세의 시선이 내려왔다. 어느새 빈하와 윤세의 시선이 같은 높이에서 만났다.

"정식으로 말하마. 하늘이 내려주신 인연, 내게 그 인연이 되어 주겠니?"

빈하의 고개가 아래위로 끄덕였다. 윤세가 빈하를 다시 안자 빈하는 윤세의 가슴에 고개를 묻었다.

　빈하의 머리 위에, 윤세의 어깨 위에 이랑풍의 꽃잎은 하늘의
인연으로 쌓였다.

　비비추의 꽃말은 <하늘이 내린 인연>.

〈完〉

작가 후기

이랑비랑 한약국은 경남 창원시 용호동에 실제로 있습니다. 그곳의
젊은 한약사 선생님이 실력이 뛰어나십니다. 약 한 첩을 달이더라도 삼
박 사일 온갖 정성을 다하십니다. 어려운 분들에게는 봉사도 많이 하
십니다. 그래서 언젠가는 그곳을 배경으로 글을 써보고 싶었습니다.

이 책은 이랑비랑 한약국을 중심으로 일어나는 사람들의 삶과 꽃의
이야기입니다.

화가야인들은 모두 오른쪽 어깨에 반려화를 새기고 있습니다. 화인
의 꽃달은 화인에 대해 집중하느라 언급을 하지 않았지만 왕실의 사람
이 아닌 보리와 다선, 미우와 초비 등은 모두 반려화를 가지고 있었습
니다.

윤세의 반려화는 엉겅퀴입니다. 거친 보라색 꽃 속에 가시를 지니고
있어서 늘 가시에 찔리며 살았습니다. 빈하의 반려화는 비비추입니다.
그 꽃말처럼 윤세에게 하늘이 내린 인연이 되어주었고, 그런 빈하로 인

하여 윤세의 상처는 위로를 받습니다.

빈유의 반려화는 노루귀입니다. 인내라는 꽃말처럼 늘 묵묵하게 자신의 일을 해 나갑니다. 아라의 반려화는 청초한 물매화입니다. 청초한 아라를 만나면서 빈유의 삶은 격정 속으로 휘말려 갑니다.

어떤 분들이 묻습니다. 꽃을 먼저 정해놓고 글을 쓰는 것이 아니냐고?

아닙니다. 저는 먼저 글을 구상하여 쓰면서 그 상황에 맞는 꽃말을 가진 꽃을 찾아내어 이야기에 접목을 시킵니다. 꽃의 나라인 화가야와 아주 잘 어울립니다.

이런 꽃의 이야기를 읽어주시는 모든 독자님들께 감사합니다. 읽어주시는 분들이 없으면 작가의 글쓰기는 의미가 없을 것입니다.

지혜를 주시는 하나님께 감사합니다. 매일 더 노력하겠습니다.

저의 출간작 〈배꽃 이울다〉와 〈화인의 꽃달〉을 사랑해 주셔서 감사합니다. 덕분에 부족한 제가 모교에 작가 특강도 다녀왔습니다.

좋은 기회를 허락해 주신 모교 삼현여중과 최정대 교장선생님께 감사드립니다. 저의 힘든 유년 시절을 안아주셨던 2학년 담임 이민혜 선생님과 3학년 담임 이재천 선생님께 감사합니다. 두 분 덕분에 빗나가지 않고 바로 설 수 있었습니다. 교육연구부 부장 강정아 선생님께 감사드립니다. 이선희 선생님과 이가윤 선생님께도 감사합니다. 정성 어린 준비로 수고하신 문혜진 사서 선생님과 도서부원 후배들에게도 감사를 전합니다.

청어람 출판사의 조윤희 편집장님께 감사합니다. 목소리만 들어도 기분이 좋아집니다.

　빈유의 모델이 되어준 이랑비랑 한약국의 강충식 선생님께 감사드립니다. 선생님 덕분에 저희 가족이 늘 건강합니다.

　윤세에게 늑대의 이미지를 제공해 주신 박지영 작가님께 감사합니다. 작가님 신작을 많이 기다리고 있습니다.

　꽃을 좋아하셔서 좋은 소재를 제공해 주시는 어머니, 황용순 권사님께 감사합니다.

　이 책을 저의 블로그 이웃이자 힘든 시간을 보내고 계시는 해피엔딩 이동화님께 드립니다. 저의 글이 동화님에게 긍정의 기운이 되었으면 합니다. 블로그 닉네임 라비안로즈처럼 꼭 장밋빛 인생이 되시기를 간절히, 정말 간절히 소원합니다.

　추워지는 절기에 다들 건강 조심하세요.

-2016년 12월

꽃의 작가 이영희